五百万
汉字

阿乙

人民文学出版社

图书在版编目(CIP)数据

五百万汉字/阿乙著.—北京:人民文学出版社,2017
ISBN 978-7-02-012349-0

Ⅰ.①五… Ⅱ.①阿… Ⅲ.①中篇小说—小说集—中国—当代②短篇小说—小说集—中国—当代 Ⅳ.①I247.7

中国版本图书馆 CIP 数据核字(2017)第 025347 号

责任编辑　文　珍
装帧设计　陶　雷
责任印制　王重艺

出版发行　人民文学出版社
社　　址　北京市朝内大街166号
邮政编码　100705
网　　址　http://www.rw-cn.com

印　　刷　三河市鑫金马印装有限公司
经　　销　全国新华书店等

字　　数　274千字
开　　本　880毫米×1230毫米　1/32
印　　张　12.25　插页1
印　　数　1—10000
版　　次　2017年8月北京第1版
印　　次　2017年8月第1次印刷

书　　号　978-7-02-012349-0
定　　价　48.00元

如有印装质量问题,请与本社图书销售中心调换。电话:010-65233595

目　录

001	信使
014	五百万汉字
024	巴赫
064	阁楼
085	极端年月
167	意外杀人事件
223	小人
236	鸟看见我了
258	虫蛀的外乡人
274	忘川
286	作家的敌人
304	春天
384	附录　编选后记

信　　使

我陪着二十一世纪的女人,看一张韩国碟。一个穿白裙的年轻女子坐在明黄色的水车旁,看着风把绿草如茵的四野吹出了波浪,不一会儿,在欧洲某个钢琴家的伴奏下,一个邮差敲打着车铃出现在唯一的路上。我的女人微闭双眼,陶醉在这美丽的意境中,生怕我打搅她,又生怕我走开不看。我咬牙切齿,猛抖手中一本书。

在书中,作者唐德刚说:总司令一声令下,万千小卒,顿时落下,只听苞谷田内一片瑟瑟之声,群虫争食。十余分钟之后,似乎又是一声令下,万千小卒,立刻起飞,剩下的苞谷园,只见断壁颓垣,一片荒丘。乖乖,此情此景,真是不见不信。我记得蝗虫起飞之后,还看见一位农村老大娘,手持一脸盆,坐地啼哭。她原先以为敲脸盆,可以吓走蝗虫,谁知蝗虫根本没有理她呢。

我喜欢和人对着干,你说乡村是天堂,我就说是地狱。蝗虫经过后,鼠疫闹一遍;鼠疫闹一遍后,军阀掳一遍;军阀掳一遍后,土匪还要操一遍。如是折腾,地皮下降好几寸,而石尖冒出好高,像一把把匕首插在路上。就是这纲常败坏、狗都不日的苦路,也走出一个邮差。他还在很远的地方,村庄的小孩就闻风出动,说是嗅到了酱油的香味。其实那是因为他有严重的脚气。

有时候邮差走着走着,想到什么,就坐在路边唱淫荡的词儿,拿手指擦脚趾,擦得后来歌也不唱了,直叫"爽也爽也"。

这邮差面黄肌瘦。就是这样子,眼窝深陷,两颊凸起,七八十斤的样子。他哼着:

三更时辰门扇扇响,
情哥哥进了妹妹的房,
娘问女儿什么响呀!
风刮树枝沙啦啦响。

他是个虔诚的青年,眼里闪现着赤诚的火光。他在早先并不是邮差,官办的邮驿不要他,洋人办的邮局不要他,就是民间的民信局也不要他。他是被关在门外的。那时候他看着邮差骑马坐舟,潇潇洒洒路过,总是像被遗弃的幼兽,在空地上焦躁地走来走去,踢石头子,有时候还哭。村人都说他是发了病,他却迷途不返。就是这样一个人,老天为了酬报他,派蝗虫、鼠疫、军阀和土匪把土地轮番刮一遍,刮得尘烟滚滚,人心惶惶,官办的、洋办的、民办的邮政机构通通歇业。这样,他就由一个怀才不遇的人迅速变成能者多劳的人,不停地接这个口信,带那个物件。他一直想证明自己是最优秀的,他也完全证明了。他名声日隆,开始成为那些活寡妇、白发人的寄托,他一到某地,某地就倾巢出动,围着他要结果。他说死了,人们就哭,他说还没死,人们就捶着心窝给他粮食。他送信只有一个原则:照单全收。现在的邮局还要问包裹里有没有摩丝有没有剧毒物品,他却是什么也不管的。而这似乎也成为他的传奇,传说最广的一件事是他给土匪窝送去了一个裤裆的秘密。

土匪窝那天休养生息,给老二和寨主的女儿操办婚礼,大家喝得醉醺醺了,忽见邮差来了。邮差大声喝问老二:"你是张顺吧?"老二说不是。邮差接着说:"你胳肢窝下有颗痣,你是张顺。你老婆托我给你带信,回家吧。"叫张顺的老二很恼火,叫人拖走这疯子,却不料寨主把枪往桌面一拍。邮差不饶人,继续呵斥:"你老婆知道你不承认,所以要我再带句话,如果大家不信你是张顺,可以告诉大家,你的阴毛下还埋了一颗痣,是绿色的。另外,你每晚要做那事前,都要去小便一次,叫做荡干净。"这下山窝闹翻了,寨主脸色很不好看,拿枪就顶住邮差的头,邮差闭着眼睛,不敢看。寨主退了三步,然后是啪的一声,张顺倒在地上,死了,邮差也尿了一裤子。寨主很不屑地说:"我当是什么英雄。"邮差说:"一路紧赶慢赶,未曾小便,这下被枪声震开了闸口。"寨主想想也是,念他独闯虎穴,是条汉子,便激他对饮三杯,又出银两礼送他下山了。

邮差作为传奇来到下沉村时,下沉村的地痞李水荣背着手绕着他走了三遍,问:"大土匪果真敬了你酒?"

邮差说:"是。"

李水荣又问:"你果真什么都接?"

邮差说:"是。"

李水荣复问:"尸体也接?"

邮差说:"是。"

李水荣这时哈哈大笑:"那我要是送自家的尸体呢?"

邮差脸色憋得通红,好似青面兽杨志碰到泼皮牛二,不过还是庄重地点头,说:"送。"

李水荣收住笑,拿冷眼认真研究了邮差一遍,扬长而去。走了那么几步,他冷笑道:"只怕是人都死绝了,我也死不了。"

李水荣是很难死,幼时,其母请人给他称命,称出个六两一钱的命来,卦云:名利双收,一生富贵。不作朝中金榜客,定为世上大财翁,聪明天赋经书熟,名显高科自是荣。注解起来便是:为人心秉直,聪明利达,心善口快,有才能。见善不欺,逢恶不怕,刚柔有济,事有始终,早能宽大,而能聚财,祖业如旧,六亲兄弟有靠,自立家计出外更好,二十至二十五六七八九岁有险,三十开外古镜重磨,明月再圆,六十六至七十方交大运妻宫小配,寿元七十七岁,卒于春光之中。这命阎王是要到七十七岁才收走的,目下李水荣二十不到,还有将近一个甲子可活,如何不嚣张?

村人见李水荣顺带着把大家也损了,也是敢怒不敢言。这李水荣有本钱——鼻根宝塔长,眼睛铜铃大。块头牛块头,鸡巴驴鸡巴。白昼做天罡,夜里闹地煞,想想都很可怕。村人私下也要绘声绘色说那根鸡巴,说鸡巴捅进张凤,就像粪勺搅动茅坑,时间久,动静大,弄得一村人睡不好觉。村人还说这张凤不要脸,没吹打就住进来,我看是恋上那物了,是把那物当米饭当枕头了。

韩国的爱情在电视上进展缓慢,有时候是朵雏菊,有时候是朵泪珠,眼见着杜鹃花式的鲜血在胸口越开越大,男女主角却还没有宽衣解带的意思。我脑袋里想李水荣和张凤绝不能这样,他们应该一进门就心急火燎地脱衣服,裤子没褪完,人就扑床上去了。

李水荣健硕的屁股就像捏紧的拳头,一下下往张凤身躯的深处揍去,起先还有些铺垫,后来索性疾风骤雨、狂风暴雨,撒开蹄子操,就好像操的不是一个女人,而是一张床板,一间房屋,一片大地,就好像要把整个大地操到地壳里去。这样操了一两个小时,张凤早像面粉袋一样晃来晃去,神志不清,而李水荣才刚刚出汗,汗珠像冒泡一样,从李水荣的发尖冒出,清楚地砸落在张凤脸上。张凤哀告道:"我帮你捋出来吧。"

说是捋其实捋不了,因为张凤站起来时,两腿一软,支撑不住,坐地上去了。张凤哭了,哭得声音越大,李水荣就越得意。对他来说,世界就是他的,土地是他的,粮食是他的,女人也是他的。

但俗话说,盈满则亏,李水荣也有做落水狗的一天。却说这治了李水荣的人,又是张凤。张凤的叔叔科举未中,流落异地,换了朝代却荣归故里,在县里做了督学。督学大人说男女早就平等了,你应该接受教育,这样就把张凤拖到县里女子学堂去了。张凤那天就像被绑架走的,嘴被捂住,手被捆住,两只小脚像扑水一样扑打着土地。但是在县里待了六七日,她的记忆就出问题了,她想不起李水荣的生辰八字和他的属相,她被眼前的景象冲击坏了,眼前是一个个方方正正的字,是一句句礼貌谦恭的话,是一个个头发中分的人,就像瞎子猛然看到漫山遍野开满五颜六色的鲜花,她眩晕了。

此时的李水荣则待在下沅村村头,捧着空空的双手,好像那里原来有一个大海,现在却生生蒸发了。他一直以为张凤会像往常一样穿越河流,走到他跟前,但是他再也没有看到。暮色开始变得越来越漫长,越来越迟缓,最后竟似是不走了,凝滞在天空中。李水荣灰心丧气地倒在枯草上,负气地让阴气慢慢渗入背部,他想这样病了就好,死了更好,但最后他还是腰酸背痛地起身回家。那回家的身躯像是被放了血,已不复当年之勇。在遇见一个邻居后,他强行拉住人家,气急败坏地说:"再怎么,别人也要喝我剩下的洗脚水啊。"

话说得如此酸楚,竟使我相信这个操蛋的男人也是有爱情的。

　　如是绵延一月后，虚弱不堪的李水荣终于放下等待张凤投诚悔过的架子，背上干粮进了县城。这一路他看到茂盛的鸦片地散发着床铺的温暖味道，看到尖尖的石头痛快地割着自己脚下的老茧，有时候他觉得不解痒，还要停下，把老茧故意放在石尖上摩擦。但是在这对鸭子式的大脚踏进县城后，它们就老实了，收缩了。县城石阶渗出的凉气，从脚心钻入血管，传递到心脏、手臂和大脑，竟使李水荣连连打战。

　　李水荣试图吸口气平复自己，但是这惶恐却似落下了根。越来越多着新式服装、剃新式头的人，给李水荣投下了越来越多的阴影，李水荣分明在他们冷若冰霜的脸上看到了刀兵气。李水荣想，或许这里到处都潜藏着兵爷，他这么想，果然就有一拨裤腿扎绑腿的丘八喊着口号走了过来。狗屁不是的李水荣感到小腿抽筋。

　　后来，李水荣像老鼠一样，忍受着一间间黑色店铺对自己构成的压力，沿着墙根往前走，走到了女子学堂。他不敢问看门的能不能进去，也不敢找看门的打听张凤，就偷偷坐在围墙外边，等那个变做凤凰的人出来。

　　这一月来，张凤读书本来无事，却不料因自己的胸脯比周边人鼓得大，被戴金丝眼镜的国文老师盯上了。张凤起先有些摇摆，后来又禁不下国文老师簧舌轻摇。国文老师说："这世上人只分作两种，一种是粗鄙，一种是不粗鄙。你如此佳人，好似那笛子，丢给农人，岂不是白白糟蹋，位置还不如门边耙锄呢。"张凤宽衣之前，面色红润，心儿狂跳，说："我已不是处女了。"国文老师恼恨地说："你脑袋怎么还有那么多旧思想呢？这个国家，这片土地，不破除这旧思想定然是没有出路的。"话虽说得动听,但当张凤完全打开身躯并闪出一道白光后,为人师表者还是控制不住先行射了。

张凤大约是连这事情也忘记得差不多了,以为这样就代表已经发生了,穿上衣服陷入惶恐中。她惶恐的正是李水荣,她没有在国文老师面前脱衣服,便不惶恐,一脱,惶恐滚滚而来。她觉得自己伤害了李水荣,而幼狮的可怕就在它受了伤,受伤使它气急败坏,使它铤而走险。这天杀的不正是亡命之徒吗?

张凤想解决李水荣的问题,文的武的想一通,脑门抓破,始终进不了门。

这样,她就走到校门外李水荣的视野了,就果然碰到李水荣了,她走不是,不走也不是,感觉周围人的目光火辣辣地钉在身上,她本是县城人,现在却有个乡下的亲戚过来揭露她的身份,她真想找个缝隙遁了,真想一头撞死在地,真想对着恼恨的李水荣一顿尖叫,但是李水荣却意外地没有恼恨,而是鼓着一双哀楚可怜的眼睛,像是要挨宰的水牯。这让她心里晃当当地碎了。

张凤暗示了下,羞急急地走在前头,李水荣仿佛懂得这意思,拉开一段距离跟着。这样到了一家昏暗的茶馆,张凤像主人、像主宰,很不耐烦地示意李水荣坐下。过了一会儿,她觉得不能这样刻薄,又过了一会儿,她又觉得就应该这样刻薄。她想让李水荣暴怒起来,想让李水荣把锅碗瓢盆都扔掉,想让他把她提起来抽几个耳光。

我在看阿兰·德波顿的《爱情笔记》时,看到这样一句话:触怒之后立刻发火是最为宽宏大量的,因为这样可以使冒犯者不会过于内疚,也不需要生气者息怒。我想张凤的心理就是这样的,这也许是分手的最好办法,你要发泄,让你发泄,要愤怒,让你愤怒,请愤怒,但是李水荣却始终只知道管理好眼窝里大把的泪水，最后管不住了，就号啕起来。李水荣像透过一张水窗帘，对张凤说："我日日夜夜想啊。"

张凤没有说话。

李水荣又可怜得像条狗，说："你让我做什么都可以。"

张凤似乎被这柔弱逼到一个绝境了，她既不能在这条情路上亲手宰了李水荣，又不能让李水荣把她宰了，她只能顺着李水荣的话勉强往下接，"好，你做一间四房的青砖瓦房来。"这话一说出，像雷电一样闪在张凤心里。张凤想自己怎么这般聪明呢，她没有说是做八房的，那样说就过分了，就让对方以为自己是故意刁难，她又说了做四房的，四房对一个女人来说难道不是应该的吗？张凤等着李水荣反击，等他说做不出四房好屋，这样她就可以再反击，说你还是个男人吗，这个要求过分吗？是呀，这个要求不过分，但对有点穷的李水荣来说，大约又是可望不可即的。

李水荣停止了哭泣，死死看着张凤，张凤努力使自己的眼睛仍然有着母牛般的柔情。张凤听到李水荣一拍桌子，说："好。你等着。"然后李水荣头也不回地消失了。

李水荣走了，就像一块石头从张凤的心口搬走了，张凤的呼吸一下畅通了。李水荣说"好"，就代表着他进了圈套，他要是不盖房子就等于放弃了，要是盖那又会知道自己终归是盖不起的。张凤一次次想自己怎么这么聪明呢，后来觉得聪明不能浪费，便让不那么粗鄙的国文老师知难而退了。

这么大好的河山，终归是要属于她张凤的。她开始想寻找一个文能安邦、武能治国，在不粗鄙和健壮两方面达到完美统一的男人做靠山，她这样想，便在做体操时，暗暗抓住体育老师的手拍打了自家胸部一下，这体育老师心领神会。这体育老师原是响应孙中山先生武术救国号召出来做老师的,会得好几手拳脚,此后便日日在张凤面前表演黑虎掏心、丹凤朝阳、双风贯耳,看得张凤甚是欢喜。张凤想,李水荣不过是条不会武术的水牛,再怎么耍赖,无理取闹,也是要被打得狗吃屎的。张凤吃下定心丸。

体育老师收完拳,呼气,双拳平出,大喊一声:"谁能杀我?"

张凤鼓掌:"无人。"

如是,光阴荏苒,张凤已习惯枕着体育老师的肱二头肌看夕阳,而后者强身健体似乎也离不得张凤的三寸宝地,两人卿卿我我,就等张凤毕业了,却不料邮差忽然冒出来。邮差还是那么瘦削,手无缚鸡之力,像只公鸡样在县城的石阶上蹦。邮差说:"李水荣让我带信来,瓦房盖到一半了,年底便可上梁盖瓦。请守诺。"

张凤听得,眼一黑,人猛然倒下去,就好似走在坚实的路上突然掉到深坑一般,后头体育老师赶紧扶住。体育老师掐了人中,又人工呼吸,终算是把张凤弄醒了,张凤醒了,看看眼神如炬的邮差,又要晕过去,体育老师便把她的头扭到自己这边,说:"看着我。"体育老师还扬了一边的胳膊,那里的肌肉像是火山,鼓胀不堪。张凤这才好了些,张凤说:"人家把房子盖好了。"

体育老师说:"怕什么?能杀了我?"

张凤点点头,闭上虚弱的眼,十分哀楚,十分好看,这更坚定了体育老师扶助弱小的信念,他大声对邮差说:"你他妈告诉他,我在县城等着他!"

李水荣第二次进县城时,胳膊撞来撞去,像个火药桶一般,随时会为了小事爆炸,但当路人试图拉住他胳膊时,他又置之不理。他怎么会理别的事呢?他现在牙齿把牙床咬得都快翻了,眼神快像石球要从眼窝里屙出来,他就像疯子一般死死盯着前方,恨不能三脚并做一脚。他这样强力奔走,以至人们都注意到他,人们仿佛见到他每一个毛孔都在呼呼喷火,每一个细胞都在吱吱尖叫。人们说他一定是寻仇去了,杀人去了,你看他尿急了,就对着树快速地撒,撒完了,裤门不关,就匆匆走了——这不是发癫痫的猛虎,得急病的蛟龙吗?

那天,李水荣是恍惚的,天空像被风刮起的床单,时而高时而低,时而明朗时而灰暗。他不记得自己是不是推翻了看门的,是不是顺手操起了一把木凳,总之他很快来到了学堂的操场。在那里,他看到一个人越来越大,大得快要爆炸了。这个巨人像是耍猴一样,左跳跳,右跳跳,嘴里不时吐出四个字,那声音像是从水管里发出的,听不清,嗡嗡的。李水荣觉得自己脑子也是嗡嗡的,他想赶紧砸倒这巨人,但是这巨人却收起套路,平站在那里,向他谦恭地作揖,就好像给李水荣端出一盘寿桃来。李水荣以为人家是服软了,却又清楚地听到对方大喊:"谁来杀我?"他想都没想,操起木凳就砸在对方脑袋上,然后他看到那巨人像蚂蟥一样缩小,蜷曲于地。

躺在地上体育老师兀自镇定,伸出手说:"你别逼我。"

李水荣更恼了,骑上他的身躯,操起拳,似武松打虎一般,左右开弓打起来,直打得体育老师三气不出,七窍冒烟,喉咙不断咳嗽起来。李水荣打着打着就没意思了,就软下来,不过他还是伸手捞了把人家的鼻血涂抹在人家脸上。就是这太阳底下猛然闪出的血光,突然刺激了体育老师,后者一拱身,竟把李水荣拱到一边了。李水荣以为人家要来骑他,却不料对方勾着手掌,让自己起来。李水荣起来冲过去,只见那老师轻轻一闪,轻轻一拍,自己便蹲到地上去了。李水荣闻到土地的味道,青青的,硬硬的,像是所有疼痛拍马加鞭杀到了。他欲再起,却不料体育老师赶过来泰山压顶,那手肘砸在身上时,像是钢棍砸在瓷盘上,李水荣听到肋骨断裂的声音,那声音像是枯井里蛤蟆的一声啼叫。李水荣软软地叫了声"娘",昏了过去。

体育老师欲要再压一次,邮差忽然又闪出来,他鞠躬,下跪,磕头,求得体育老师住手。体育老师连呸了几口,带着心脏不好的张凤优雅地走了。邮差望都没望他们,在众目睽睽之下,试图把李水荣背起来,但就是背不起来,最后还是几个校工过来帮忙,邮差才算把哼哼唧唧的李水荣扛到背上去了。

巨大的李水荣压着瘦小的邮差,艰难地向外边浮游,浮了很久,才浮出校门。那天,石阶上的人又都看到了这大败而归的场景。

后来的日子对张凤来说,就算安全了。有时候她也担心,因为她考虑到李水荣虽是个粗人,却不似一般人想得那么开。人都有弱点,人家自缢投河了怎么办呢?这样她就站在石阶上等邮差,仿佛邮差能带来一个结果,她似乎就需要一个结果,她可不能老这样耗着。

这样等了很久,邮差也没出现,倒是家乡来的人告诉她,李水荣复原后亲手把盖到一半的砖房拆了,拆一块骂一句,说,总是要死给你张凤看的,做鬼也要缠死你的。说得是那么恐怖,张凤听得也是一惊一惊的。但来人又告诉她,拆完他就不骂了,天天又和人打牌抓鱼,好似没有此事似的。张凤便双手合十,说,万能的时间啊。

万能的时间,像河流宽容沙石泥草一样,宽容了一切,使不幸不再延续,幸福像炊烟一样重新生起。就是在这样坦然大度的时候,春天降临了中国大地。我们瑞昌县的柳树换下痛苦的皱皮,冒出新鲜的芽苗,那些芽苗伸出它们的小手,像是蛇吐出它们的舌头,它们说:我们来了,我们回来了。而那些绿色的禾苗在蝗虫洗劫过的土地上齐齐整整地站着,有时候风往东吹,它们向东摇摆,有时候风往西吹,它们向西摇摆,但它们总还是坚强地站着;远处的山倒映在水中,则已经是苍翠的颜色,就像水中石头压着一件绿色的衣服。这样的景致,就和碟机里放的韩国电影一样,让人止不住微闭双眼,陶醉其中。

对了,在那绿色波浪掩埋的唯一路上,还出现了邮差,此时他已经有一辆自行车了。他打着车铃,吃力地骑着它,向县城游去,他的嘴里唱着小调,词已经进化成这样:

> 四更家里床板板响,
> 情哥哥妹妹睡得香,
> 娘问女儿什么响呀!
> 风刮窗纸啪啪地响。

我看到他有时候扛着自行车穿过绿色的河流,有时候趁人不注意从绿色的稻田里抄近路,有时候又停下车折下一根柳枝,嗅枝条里新鲜的味道。如此歪歪斜斜骑了一阵后,车胎爆了,他也不恼,慢慢推着车走。他大概走了四五个小时,他也不饿。

在女子学堂门口,邮差和看门的寒暄几句,进去了。然后他走到体育老师的宿舍门口,在那里他看到正在阳光下打盹的张凤,便踮起沉重的步子,绕着张凤走,那脚步踏在太阳晒软的黄土上,像是敲鼓,这鼓声终于弄醒了张凤。

张凤擦擦眼屎,又用手挡住阳光,才看清对方是邮差。张凤像任何一个将要结婚的女人一样微笑着说:"你来了?怎么现在变得这么胖啊?"

邮差什么也不说,继续绕着张凤走,那脚步声现在如此羞涩,如此腼腆,如此充满暗示的味道。张凤终于是嗤嗤笑起来,说:"你这是怎么了?"

邮差说:"你记得当年李水荣和我开的玩笑吗?"

张凤猛然惶恐起来,说:"他说找你送他的尸体。"

邮差说:"现在我送过来了。"

张凤说:"在哪里?"

邮差打了很久的饱嗝,才说:"在这里,我肚子里。"

五百万汉字

一九九二年第二期的《现代妇女》杂志，介绍了一位叫勾艳玲的记忆英雄，当时的记者通过吉尼斯编辑的嘴赞颂这位邮电系统的劳模："天哪！一万五千个！她能背一万五千个电话号码！"但是十年后，在一位国家领导人问她还背不背电话号码时，她回答说："不背了，现在都用电脑查号了。"领导人风趣地说："这说明科学进步了，社会发展了，我们的工作方式也改变了。"

这段资料让我想起我同学的父亲，他曾经是个铅字工人，闭着眼能从字库里挑出你想要的任何字，领导视察印刷厂时，厂长都要他出来演示一番。但是后来一项叫激光照排的技术让他没用了，他就去没有技术含量的门卫室上班，每天借酒浇愁。

那个时候我去他家，总能听到他像疯子一样唠叨，无非是李叔生逢其时，死得其所，而自己不过是丧家之犬。我没怎么在意，和同学一起玩游戏，直到有一天，我才猛然从他身上感觉到世人的屈辱与悲壮。他抱着一堆无用的铅字死了。

同学的父亲在公墓占了一个很小的位置，而他说的李叔却以铜像的姿态傲视整个陵园，在大理石基座上，雕刻有"视死如归"等字眼。后来我被抽调到党史办上班，看了很多解放前后的资料,才知道李叔是怎样死的。领导当时让我写了个《李康烈士小传》,我正正规规写了一万字,现在我看到勾艳玲的新闻,就想把李叔的事迹弄成小说,以纪念所有被毁灭的聪明,和曾由聪明带来的无限快感。

李叔最后的死是用一颗子弹实现的,子弹从头左边太阳穴钻入,陷在脑浆里没有出来。执行枪决的军统周苍黎把冒着烟的枪往地上一丢,叹口气说:"可惜那五百万汉字了。"

一九一五年欧阳博存等人编写《中华大字典》时,收录汉字不过四万八千个。到了一九五九年,日本诸桥辙次编写《大汉和辞典》,汉字也只有四万九千九百六十四个。但是周苍黎相信李叔的脑袋里有五百万个汉字,就像我现在也相信一样。

周苍黎和李叔是私塾同学,后来又一路进了国民中学,对李叔那颗硕大的脑袋自然印象颇深。梅抱村的独臂老人到现在还说,李叔很小时就能把《唐诗三百首》《宋词三百首》背诵完。周苍黎在审讯李叔时,恰恰用这个做武器,来考验李叔。

周苍黎:"不说,那还认不认我是同学?"

李叔点头:"认。"

周苍黎:"还是无话不谈?"

李叔:"虽然各事其主,无话不谈。"

周苍黎:"那你跟我说,你是怎么闭着眼把字从字库取出来的?"

李叔:"习惯。我用脚步、手给每个字丈量好了距离。"

周苍黎:"我姓名里的'苍'字怎么找?"

李叔:"前行三十尺,左拐,再左拐,行一尺,手抬半尺,草部十画,夹在'荞''蓓'之间。"

周苍黎:"每个字你都能做到万无一失?"

李叔:"万无一失。"

周苍黎:"武则天那个'曌'字呢?"

李叔:"铸字厂不会铸造这个字,但是在我心里,它应该返行十六尺,右拐,前行十二尺,半蹲下身子……"

周苍黎:"你出发的地点是什么?"

李叔:"宇宙的中心。"

周苍黎:"宇宙是什么?"

李叔:"就是一排又一排字库。"

周苍黎:"你怎么把一排又一排字库记住呢?"

李叔:"我已经说过了,用脚和手。脚和手长到我心里去了,每当我看到一个字时,我总是想到脚步在无声地走,然后无声地停止了。有段时间我打算用数字去记忆这些汉字,效果不错,但我还是更喜欢用脚步和手。我能听到字们在哭,在笑,在哀求,我看到它们没奶吃,就我这样一个父亲,我就悄悄走过去。"

周苍黎:"有没有记忆出现局限的时候,比如像茶杯的水满了。"

李叔:"我担心过,但是后来有一天我发现自己是无限的,因为我本身并没有记忆,我只是感知。你可能不知道感知的简单,也不是什么秘密,就是点、横、竖、撇、捺、钩六个基本结构,你知道这六点,就知道一切。如果世界还剩下一个'永'字,你就能把所有汉字都复原出来。"

周苍黎:"我办不到。"

李叔:"各人造化不同。这就是我只能做铅字工,而你能做干部的原因。"

周苍黎:"你会做干部的,只要你愿意。"

李叔:"不,我还是做铅字工吧。我喜欢这个。有人喜欢下棋,据说下到最后不要棋盘,嘴上念炮二进五就行了,我也是这样。"

周苍黎:"你会不会自己造字?"

李叔:"我早就造过了,我说过这是个宇宙,铸字厂给来的铅字只是整个汉字里很少的一部分,就是字典里的汉字也只是很少的一部分,我按照那六个基本构造创造了更多的汉字,我把他们存在脑子里,有五百万,但这还只是宇宙里很小的一部分。"

周苍黎:"为什么说很小?"

李叔:"六乘六,三十六乘三十六,一千二百九十六乘一千二百九十六是多少?没有止境的。"

周苍黎:"那你创造出来干什么?"

李叔:"和自己说话,比如说花,老是说牡丹就很无聊,要用自己繁殖出来的汉字说。有很多汉字我只用一次就丢了,我觉得这样有新鲜感。你应该会理解的,你和你老婆第一次的时候会很激动,但现在不激动了,你需要新的女人。就像我需要新的汉字。"

周苍黎:"那你为什么只创造了五百万个呢?"

李叔:"因为我被你抓住了。"

周苍黎:"抓住了也可以制造啊。"

李叔:"不,一离开我的房间我就创造不出来了。"

周苍黎:"你能告诉我一个你造的字吗?"

李叔:"告诉不了,字和你没感情,我说前行九十尺,左拐一尺,再左拐三尺,你肯定不激动,但我激动。再远的字,我都愿意跋涉,我找到它就擦拭它,亲吻它。"

周苍黎:"大概你和仓颉一样有感情吧。"

李叔:"我不如他,他制造了世界,我只制造了虚空。他造福子孙,我却只照应到自己。"

周苍黎:"你会不会为了字哭?"

李叔:"有时候我感觉一个字实在太丑陋,就想修改它,但是我发现仓颉已经做了最合理的选择,我再怎么修改也比不上原来的安排。这就是命,字也是命。比如粪,本是一个结构很美的字,命名错了对象。"

周苍黎:"你现在看着,枪就指着你的太阳穴。你死了,那些字怎么办?"

李叔:"不怎么办,本来无一物。"

周苍黎:"真的想通了?"

李叔:"真的想通了。"

周苍黎:"有没有想过,你可以不死的。"

李叔:"我本来就要死的。你刚才问我会不会为了字哭,我其实天天哭,我已经铅中毒了,已经咳血了。我天天舍不得那些字库里的孩子,我一走,它们就蒙灰尘了,就散架了。但是没办法,人迟早是要死的。这就是命。命该如此。"

周苍黎:"我们可以帮你治好病的。"

李叔:"治好也不用,你们又不能让我长生不老。只要我一天感觉到自己不是长生不老的人,我就会陷入到这种悲哀中,我就想一排排推倒这字库。"

周苍黎:"既然你已置生死于度外,把谜底告诉我又何妨呢?"

李叔说:"你还是枪毙我吧。"

周苍黎若是等闲,大概也混不进军统。能在刚刚察觉到李叔时就将其逮捕,已经很能说明问题。逮捕的时间卡得很准,李叔想把纸条吞下时,周苍黎已经掐住他喉咙。从那张沾满油墨的手里揪出来的是一张揉皱的纸条,上边用铅笔写着三个数字:三三、二一七、四二三。

周苍黎当然想知道这些数字代表什么,李叔当然也不会讲。李叔说,纸条既然没送到指定地点,它就没价值了,再问就是多余。但周苍黎觉得,哪怕它只是一个临时的、无用的密码,那也应该知道这密码写了什么。要是真一点用都没有,李叔怎么还愿为它受皮肉之苦?

从审讯室无奈地出来,周苍黎想,如果自己像李叔有一个汉字的宇宙一样,有一个数字的宇宙,那么他就能知道这些数字的含义。但他是凡人。周苍黎唯一可以把握的是:李叔可以出类拔萃,可以鹤立鸡群,但和他打交道的共军首长毕竟还是凡人,他们一定还得用世俗的语言交流。这就意味着,李叔和共军首长商定了一套彼此通用的密码翻译系统,就像他在和我说话时,使用的仍然是仓颉创造的字一样。

隔壁火速请来的算术老师,已经用算盘打了半个小时,他们将数字们拆散组合,加减乘除,汗如雨下,个中高手甚至抛掉算盘,用手指头速算,但是一对照军事地图上的那些经纬数据和坐标值,他们还是没有给出让人恍然大悟的答案来。密码本就不用说了,在总计破译的三本共军密码册里,这三个数字分别指代:晓海裴、死肥月、艳菌沉。毫无意义。

周苍黎有些伤心,一脚又踢开审讯室的门,叫兄弟们狠狠打,打到满地找牙再说。

事实证明,殴打对李叔来说,确实没用。周苍黎唯一的收获是,他注意到李叔偶尔会急促地看一眼墙钟。他看什么呢?难

019

道是担心接头的人在傻等？

也许那个接头的人已经在早上被射死了呢。早上，周苍黎亲手枪毙了一个有秘密的人，那个人也是视死如归，但是马虎的他却留下一张李叔的照片在夹包里。周苍黎有些可怜李叔，就给他倒茶，在喂他喝的时候，周苍黎发现，李叔又看了时钟一眼。

三点三十。

三三？

那么下一个是两点十七分？再下一个是四点二十三分？周苍黎有些兴奋，他喜悦地对李叔说："是不是三个时间点，三点三十，两点……"

"蠢货。"李叔说。

周苍黎很容易想到这是三个轰炸的时间点，或许也是里应外合起义的时间点，也许这样吧，可以吩咐人向上司汇报的。但是这边还要继续，因为李叔的眼神是那样蔑视，不是道义和主义上的蔑视，而完全是智慧上的蔑视。这使周苍黎很没把握，他知道任何人在真相被揭露时都应该惶恐一下的，但是李叔一点也没有。

周苍黎指示了一个手下，然后继续苦想。

四点时，钟响了，李叔身上有些颤动，周苍黎再次注意到了。他这次知道了，他实际直到这个时候才明白一点。他被自己的愚蠢灼伤了。

周苍黎大喊："赶紧到印刷厂拿版样。"

接着他大喊："控制印刷厂，没有我的命令不许发行报纸。"

李叔也就是在这个时候彻底瘫倒了，像是坚持了很久再也坚持不下去了，像是疲惫过度，生命到期了。

周苍黎嫌吉普车有点慢，他脑海里满是铅字工李叔狡猾的笑,李叔狡猾地伸手从字库里取出一枚枚字来,然后也记下每个字在版样上的位置,第一、第七,或者第八十五。

他一定记得自己所要传递的三个字,他记清了那三个字分别对应的数字,就是第三十三、第二百一十七、第四百二十三。然后他把这三个数字送出来,再由人传递出去,然后外边人只要从报纸找到这三个数位,就能对应找到三个汉字。这就是秘密所在。

不过他又想到李叔说的话,"你实在太蠢了。"他又有些不自信起来。

果不其然,在周苍黎激动地拿到版样后,他发现自己无法获取符合逻辑的三个字:

如果秘密藏在社论里边,那么三个数字对应的三个字是:破自勇;

如果秘密藏在短讯里,那么七条短讯分别的字数根本到达不了四百二十三;

如果秘密藏在民生报道里,那么三个数字对应的三个字是:菜虫捍;

如果秘密藏在通讯报道里,那么三个数字对应的三个字是:废莫定。

周苍黎坐在印刷车间发呆,现在连这张报纸也变成宇宙了,这里边的字每个都被施了魔法,它们都听从李叔的,按照李叔的思路走,但出现在周苍黎眼中时,却一个个失去意义。

就是这样,如果印刷好的报纸被送出去了,情报就被送出去了。但所幸,纸条被截获了,这样,商量好密码规则的共军首长和李叔,就失去理解的桥梁了。这也许算得上是周苍黎的功劳,自打上任以来,他基本保证居民的信件发不出去,电话打不出去，三人交头就能被盘查。这无疑增加了共军情报工作的成本。现在看来，唯一的漏洞是报社，党国的报社竟然活着这么一位特务，是可忍孰不可忍。

后来，报社负责人走过来说："外边的报童在等着呢。"

周苍黎疲惫地伸伸手说："发吧。"

在回去的路上，周苍黎又想到李叔的脸，这张脸深不可测。小时候在梅抱村，他们俩互相勉励，还算兄弟，但总看不出这个人有什么难以预测的东西。现在不同了，梅抱村也像那不可知的宇宙了，变得难以理解，难以辨认了。这仗这么打下去，什么亲朋好友、什么同学少年，都毁了。这样想了一会儿，周苍黎突然命令吉普车掉头，等他回到印刷厂时，第一个拿到报纸的孩子正准备往外奔呢，他一脚踢翻他。为了表示情形紧急，他还朝天放了一枪。

在确信报纸一张也发不出去后，周苍黎才又离开。

一回去，周苍黎就对半死不活的李叔说："这下好了，报纸也不卖了。"

李叔抬起头笑笑，说："你一定没有查出来那三个字，如果你按照这样的顺序去找，就会找到，就是第一个版最后一篇文章的第三十三字，第二个版最后一篇文章的第二百一十七字，第三个版最后一篇文章的第四百二十三字。这样三个字凑在一起，你就会知道答案了。"

周苍黎说："你告诉我有什么好处，反正报纸都扣留不卖了。"

李叔说："我告诉你也没关系，反正我总是要死的，我死了，这套情报传递方式就作废了。你难道不想知道吗？"

周苍黎说："说吧。"

李叔说:"蠢到家。"

周苍黎抽出手枪,打死了李叔。子弹从左边太阳穴钻入,陷在脑浆里没有出来。周苍黎把冒着烟的手枪丢在地上,叹口气说:"可惜那五百万汉字了。"

今天我也是这么可惜的,就为了一个情报,强迫自己学习了三个月的铅字抽取,混进敌人报社,并建立起对汉字的热爱,最后又亲手把这五百万的汉字给报废了。

后来的事情我在《李康烈士小传》里说得很清楚:早上九点,我军司令没有及时看到报纸(这一李康多年向其传递情报的舞台),想到李康的危险,还有多种可能。下午,他仍然没有看到报纸,因此确信这本身就是李康传递的情报。梅抱村。时不我待。没有报纸。必须在国军援军赶到前摧毁守军的军火库。必须赌博。我军司令下令飞行员驾驶苏联援机,趁夜飞临梅抱村,将李康和周苍黎的故乡,将这个隐蔽极深的国军军火库炸了个底朝天。

巴　赫

序　曲

　　很多人的第一份工作就是他的最后一份工作，有时甚至也是整个家族的最后一份工作，这符合中国人平稳的饭碗观。为了这个平稳，巴礼柯的父亲从楼顶上跳下来，巴礼柯在追悼会上被通知可以从遥远的乡下回来，顶职当一名老师。

　　——你知道楚辞吗？
　　——那你对函数了解多少？
　　——会不会外语？
　　——草履虫呢？
　　这些问题巴礼柯一个也回答不出来，于是教育部门的领导说：那好吧，你去教体育。
　　那是1975年，黑人阿瑟·阿什战胜白人吉米·康纳斯，夺取温布尔登网球赛男单冠军，钱锺书完成《管锥编》初稿，而米哈伊尔·谢尔盖耶维奇·戈尔巴乔夫正坐在苏共中央委员的位置上，向权力核心慢慢进军。
　　巴礼柯29岁，他吹响哨子，让孩子们在煤渣跑道上冲刺。

他还不会捏计时表,随便报了个成绩。他想,世界只有一个指标,因为他占有了,另外的某个人必须继续待在乡村,说着无用的普通话。

一

1991年,苏联最高苏维埃主席团主席戈尔巴乔夫宣布辞职,苏联画上句号;1993年,阿瑟·阿什因艾滋病去世,年仅49岁;1998年,钱锺书去世,享年88岁。

巴礼柯仍然是城市里一所小学的体育老师,准时到达学校,给自己倒一壶茶,提着茶到田径场,向学生传授蹲踞式起跑姿势,然后准时离开学校。在家里,他有一个行动不便的母亲,他给她做饭,洗衣,读报纸,把她撑扶到卫生间。

这样的事情有时也由女人来做。女人做饭,洗衣,读报纸,把他的母亲撑扶到卫生间。

他在公园第一次见到女人时,闻到一股雪花膏的味道,后来在新婚之夜,他也曾看见温热的粉红色搭肉裤。但是他们最终没有生育孩子。

结婚十年后,女人提出离婚,他想了下同意了。他要将不多的家产推让给她,她也要将它们推让给他。他们去民政局办理了手续,又一起走回家里,继续生活,像一个老掉的哥哥和一个老掉的妹妹那样生活。

二

巴礼柯不抽烟,不喝酒,不打牌,甚至不看电视。他只在每周六清晨5时离开家里,坐上第一班216路公交车,来到青山山脚,然后往上爬。傍晚时他走下山,赶上最后一班216路公交车,回到家里。到家的时间是晚上8点,电饭煲的饭正好煮熟,碗筷也摆好了。他洗完手坐下来,给母亲夹菜,然后自己扒几口饭吃,女人坐在侧边。灯泡一动不动吊在他们脑袋中间。

——山上怎样了?

女人问他。

——挂果了(或者还没有)。

他这样回答。有时候他想说,当他走过一道索桥后,即使是走在坚硬的青石上,也能感觉到整个地球在晃,就像地震发生了。或者,当他穿越阴暗的密林走到出口时,阳光像热血注射进他衰竭的身体,使他充满力量。他没说,他说,挂果了(或者还没有)。

——我喜欢吃这些东西。

女人说。

吃完饭,完成洗碗、洗澡和读报的工序,巴礼柯早早睡着了。他家里的灯关掉了。接着,一个街道五六十户的灯关掉了。最后,这个世界所有的灯都关掉了。黑暗像是通往死亡的平稳产道。

三

2007年11月3日清晨5点,61岁的巴礼柯像以往的每个星期六一样,离开家里。当时他穿着黑色田径裤,黑色T恤,背着一个包,包里放着饭团、茶壶、电筒、柴刀、信纸、笔和御寒用的外套。女人侧过身继续睡着了,她的生物钟将在一小时后响动,她会起来去买菜,再回来洗菜,然后做简单的早餐,招呼巴礼柯的母亲吃。

——记得带点野山楂回来。

头天晚上她这样和巴礼柯交代。

巴礼柯捏着手机登上了216路公交车,车窗灰蒙蒙的,座位冰冷,售票员缩紧身体,牙齿战战地问:你就穿这么多啊。

——我习惯了。

巴礼柯笑着回答,像是年轻人回应领导的关怀。售票员看了看巴礼柯,他的脸色红润,皮肤白皙,肱二头肌和胸肌凸显在T恤上,而腹部并没有像其他老人那样鼓隆起来,或者枯萎下去。其实她见过多次了,但她还是啧啧赞叹了一声。巴礼柯一动不动,礼貌地坐着,看着黑暗像一颗颗分子慢慢消散,逐渐来到的光明穿过一棵又一棵梧桐树,洒到柏油路面。

四

晚上8点,电饭煲的温控开关自动断开,女人端出做好的菜肴,把巴礼柯的母亲从床上撑扶下来。门锁着,没有听见楼梯间的脚步声。

——礼柯还没回吗?

巴礼柯的母亲问。

——是呀,还没有回。

女人看了眼墙上的钟,过去了一分钟。

——总会回来的。

女人说,然后给巴礼柯的母亲夹菜。老太太拨开袖子,拿食指在手腕上摁了一下,干皱的皮上留下一个小坑。

——你看,它恢复不了原形。

——吃吧。

——你看,它恢复不了原形,我老得不行了。

——吃吧。

吃完饭女人将巴礼柯的母亲扶到卫生间,又扶到床上。巴礼柯的母亲说:几点了?

——9点了。

——礼柯怎么还没回啊?

——是啊,怎么还没回。我打个电话去。

打完电话回来,女人说:电话关机。兴许没电了,车子抛锚了,或者没赶上车子。

——他跟山脚下人熟吗?

——他熟。

——熟就有得住了。

女人洗完碗,回到房间,做了一会儿针线,推开窗看一眼,发现天上有一些星星。她想,理应是他担心她们,而不是她们担心他。她打了个哈欠,上床睡觉了。

五

11月4日清晨6点,女人准时醒来,发现身边空荡荡的。拉开房门,看到桌上、沙发上、地板上也没有人回来的痕迹,便打开房门,楼梯也是空荡荡的。打电话,关机。女人刷牙,洗脸,向脸上涂了点大宝SOD蜜,然后挎着菜篮稳重地出了门。她共计从8万的总存款里支取了24元,用于购买猪肉、青菜、藕和鸡蛋。当她回来时,房内仍旧没有任何巴礼柯的动静。她就去淘米,煮粥,调制腌菜。等到粥香飘出,已经是7点半。

巴礼柯的母亲叫唤了几声,她走过去。

——礼柯回来了吗?

——还没有。

——这人怎么回事啊?

——估计过半小时就该回来了。

两个女人开始一边吃粥一边等,光线透过玻璃窗射入,屋内热辣起来。巴礼柯的母亲焦躁不安,大骂:他回来我一定打断他狗腿。我说真的,一定打断他狗腿。女人没有搭理,碗也不洗刷了,靠在沙发上打毛线,一针一针地打。墙上的钟一格一格地走。巴礼柯的母亲咕哝了几句,在床上静静地躺下。

钟敲响10点时,女人妄图再打几针,手却没力了,站起身来时腿也没力了。挪到电话机旁,频繁地拨打。关机。女人又挪到巴礼柯母亲的房间,发现她在偷偷出眼泪。女人伸手过去,她就抓住她的手,好像巴礼柯藏在她手里一样。

——我儿,你回来呀,快回来呀。

——我去报警。

女人气狠狠地说。女人走出门时,正好碰到邻居,就招呼邻居到屋里招呼下。女人走到街道上时,两条腿一下比一下有力,走得呼吸紧密起来。可是一到派出所,身子就全部软下来。警察扶她,扶不起来。

——怎么了?

——我男人失踪了。

六

女人回来时,两条腿又有力起来,上楼梯还小跑起来。可是推开门后,房间正中坐着的是哭得一塌糊涂的巴礼柯母亲。邻居说:没事的,没事的,就是天上只有一颗星星,巴老师也能辨清方向。女人看了眼墙上的钟,是中午12点,各种可能像魔怪一样冲杀上她的脑袋。

——被狼吃了;

——摔悬崖下死了;

——被山上掉下的石头砸死了;

——掉到猎户的陷阱流血过多死了;

——冷死了;

——被路过的山人打劫杀死了;

——从山上失足滚下来撞树上死了;

——自杀了。

他不可能自杀,他有娘,有班上,本来退休了,学校还没说返聘,他就屁颠颠地回去了。她去床头柜里翻,翻出六本存折,四张银行卡,一个都没少。

她走出来麻木地看着虚掩的门,门下有道窄长的黑影。中断的哭声再度响起时,她恼恨起来,说:别哭了,别哭了。然后拨打派出所的电话。派出所说已经和青山村委会联系过了,没有发现巴礼柯下山的情况,我们正在进一步追查。女人放下电话,也不知道如何办了,拍起沙发,投身于哭泣当中。这个邻居慌了,出门找人支援,不一会儿众邻居挤进来(包括搂着皮球的小孩)。他们眼神焦急地看着这两个东倒西歪的女人,幻想着那个走失的61岁的孩子。中间有一个劝慰良久,忽然拍脑袋,回家找来了电话本。在本子上有一个电话,是户外搜救队的。

——这个比派出所有效。

他说。

铺　垫

七

华莱士不是他真名,自从看了一张叫《勇敢的心》的碟后,他的真名就消失了。

每个城市都有一些神秘的人自愿聚集在一起,比如养鸽子的、唱摇滚的、搞户外搜救的,他们有着自己的语言,封号和尊严,做着可能是唐吉诃德的事情。他们永远不会有办公室,却蔑视挂牌子的单位和穿制服的人。

华莱士是户外搜救队的队长。11月4日晚他看了一谝地图,又看了一遍,慎重地画了几个圈,然后拆下西服、领带、衬衣、皮带、西裤和鳄鱼皮鞋,赤身裸体走到镜子前,给脸颊抹上印第安人才有的油彩,然后又穿上膝盖破损的淡迷彩服和行军皮鞋,戴上墨镜和美国军人的贝雷帽。他摆弄了几次帽子,使帽檐一侧恰好露出一丛白色的板寸来。他就这样戴着帽子,穿着鞋钻床里睡着了。

11月5日清晨5时,闹钟还没响,华莱士就一跃而起。他将行军包扔进拆卸了消音器的吉普车内,驾驶着它上了街道、水泥路和柏油路,朝着黑暗中的青山村前进。在那里,他抽掉将近半包烟,16个战友才陆陆续续赶到。

初起的太阳微弱,他对了下表,斜起高挺的鼻子,以使坚毅的唇廓能完整露出。他像将军一样说:目标,一个叫巴礼柯的老师,穿着黑色T恤,黑色田径裤,身高1.80米,体重80公斤,国字脸,眉毛间留有一道疤痕;范围,青山副峰和尚岭;战术,兵分四路,围攻式上山。出发。

和尚岭海拔863米。电信通过手机定位,证实巴礼柯的手机11月3日上午10时曾在此出现过信号。华莱士强调这是唯一可用的线索。他心里盘算,搜遍这里大约只需四到五个小时,但是久疏战阵还是使他们犯下想当然的错误。当雾像汽车尾气一层层喷出来时,他们便只能看见自己的脚尖,原本阳光条件下粗放式的搜索改为一步两步的脚量。然后因为持续迷路,搜救队乱成一团。

直到雾气被黑幕逐渐取代,他们才放弃了毕其功于一役的信念。

——我们怎么回去啊?

——朝着地球重心走。

华莱士在对讲机里哀丧地说。

八

11月6日早上9时,阳光大好,远处的和尚岭像尴尬的秃子,摆在红叶挂满的山野之间。华莱士面前的队员变成38个。他们花了几小时,汇聚到岭顶。他们看到的除开石头,还是石头。华莱士又布置他们从可能的路径返查,他们一路查到山脚时,没有找到任何遗物、气息和脚印,倒是发现和尚岭是世界的起源,歪歪斜斜的明径、暗径铺下来有十几条,通往罗马、东京、纽约、世界各地。

他们待在废弃的石灰窑下抽烟,看到三条搜救犬拖着养犬员往岭上飞蹿。

九

11月7日早上9时,天色阴沉,华莱士面前站了50人。他们按照前夜制定的计划朝着海拔1841米的青山主峰行进。刚过和尚岭,小雨落向尘土,好像露珠从树叶上无意坠落,接着一针一针密起来。山路逐渐湿滑。华莱士看着鞋尖的黄泥,焦灼不堪,拿起对讲机喊:现在要做的就是抢时间,越晚雨水对现场的破坏越大。想想他又说:注意安全,注意用木棍、枝条探路。

但还是有人滑落到灌木丛中。

下午1时,一名队员沿路爬行时走到路边准备小便,前脚拨扫灌木丛时忽然空了,立刻向后一倒。待起来后拿枝条刺探,才知下边是空的。搬起石头往里一扔,听到窸窸窣窣一阵响动,然后声音没了。然后山脚下传来一阵跌撞的回响。

——我不能再往上了,我的命差点没了。

——要下山的现在就请下山。

华莱士愤恨地在对讲机里说。接着又说:外地来的兄弟请注意,今年以来本城降雨量明显增多,灌木生长茂盛,除开能遮挡住路面外,还遮盖住了肉眼看不见的深沟以及悬崖,请务必小心。但是恐慌已似病毒传染开来。那个小便的队员率先走下山,他的同伙跟着下去,接着来路不明的想想也下去了,那些还在爬山的人回头一看那么多人回去了,以为计划有变也跟着下去了。华莱士像是被背叛的酋长,兀自向上走了一阵,在雨势加大后被迫撤退。

回到青山村,他看着收拾包裹的战友,脸色铁青,一言不发。这时,一个老年女人推着轮椅走过来,轮椅上坐着一个年纪更老的女人,她就是巴礼柯的母亲。巴礼柯的母亲痴痴地望着华莱士,华莱士往哪个方向走,她的眼神就落在哪里。华莱士被看得心慌,便走到她面前。她颤抖着手从包里翻出一个塑料袋,又从塑料袋里翻出橡皮筋捆好的人民币。

——首长,这是我攒下来的四百块,你二百,你手下二百。

——奶奶,快别。

华莱士的背脊钻过一股热流。接着他又说了一遍,奶奶,快别。

十

11月8日早上9时,前夜停息的雨又绵绵下起来,华莱士面前的队员变回38人。他返身指着雾霭笼罩的青山主峰说,这就是目标,不会有别的目标。

——他年纪大了,或许不会爬那么高的山。

一个队员插嘴说。

——不,你应该知道有人问过英国登山家马洛里,你这样费力登山为什么?

华莱士又返身指了一下海拔1841米的主峰,说:Because it is there.

这一天仍然有人滑倒在路上,也有人用棍棒探测出隐蔽的悬崖,但是再没有人退缩。华莱士走着走着,几次幻觉巴礼柯从雨幕中跑出来,定睛一看,却只是白花花的雨散着光。他不知道这是希望还是绝望。饿了,他靠在树根上大口啃面包。然后拿起对讲机说:一天,蚊子跟螳螂去偷看一女子洗澡,蚊子自豪地说,看,十年前我在她胸前叮了两口,现在肿得这么大了。螳螂不服气。

——螳螂怎么不服气了?

对讲机里有几声嘈杂的回话。

——螳螂说,那算什么,我十年前在她两腿间劈了一刀,至今每个月还在流血。

下午3时,对讲机信号弱起来,但是在断断续续的咔咔声之后,却传出一个准确的消息:发现一枚缺损的鞋印。

——你确信不是自己人留的吗?

——不会,这是双旅游鞋,后边印着四个字母,我拼给你听,a-n-t-a。

——安踏。

华莱士说。

他们发现的鞋印只有后脚掌。在场人用手机拍好照片,走到一个坡上找到信号,将它发送到山下驻点,驻点又与后方网友联系,网友又与巴礼柯女人联系。巴礼柯的女人找出这双鞋的盒子,将鞋的品牌和尺码反馈给网友。网友根据这些情况,上网查找鞋的鞋底照片,并将照片传送给山下驻点。驻点的人比照两张照片。纹理、尺码、镂空处,完全吻合。

——那么,这个鞋印指明了巴礼柯的前进方向。他上峰顶去了。

华莱士兴奋地说。

但是绵延不绝的雨忽而泼洒起来,兼之天色黑得很快,能见度十分低,众人也只能在发现鞋印处做足标记,仓皇下山。山下来了不少记者。一个村民说:珠穆朗玛峰有人上去,但是青山峰顶路途崎岖,已多年没人上去了。

十一

11月9日上午9时,继续下雨,华莱士面前站着197人。

他说:现在人力就是一切,我们与消防队合作。但是恶劣的环境导致拉网式排查进行到一小半时就被迫结束,而且前边看起来没路了。华莱士回来后上网,看到巴礼柯过去的学生在祈福,"慈祥""永远微笑""乐观"这样的词被反复使用。他心下感触。后又看到一位说,巴礼柯上课风趣幽默,当年为了多上他的课,大家商量集体体育不及格。华莱士心想可能吗。接着他想要是自己死,也会不会这样死得让人牵肠挂肚。

十二

11月10日上午9时,天气放晴,白云悬浮于青山,青山背靠浩渺蓝天,华莱士面前站着400余名队员、志愿者和记者。他挥舞着手大声说:人类的极限是多少,有人说是7天,有人说是49天,有人说是81天。我们就相信是7天。今天就是最后一天,活要见人,死要见尸。

队员到达昨天排查过的区域,用柴刀砍杀荆棘、丛枝,进展缓慢。灰心绝望之余,却是华莱士用望远镜看到另一方向的丛枝上挂着一张窄长的纸条。他游移过去,看到纸条为人工撕裂,小而尖的一边指着一个方向。纸条上边有"附小"两个红色宋体字。

——到这边来。

他招呼道。很快,华莱士看到一处灌木被砍斫的痕迹,接着越来越多的痕迹闪现出来。

——巴老师是聪明人,他选择了这座山的弱点开路。

华莱士指挥众人朝前砍斫、拓宽,又一张纸条浮现出来。接下去又有一张。越来越多的纸条像火把一样,向前燃烧,一直烧到一个开阔的草坡。草坡边有棵树,树下有堆人工铺就的草,草上有张塑料袋包好的纸片。纸片上写着:师院附小巴礼柯11月3日攀登至此疲极,迷路。在此住一夜,准备明日顺十字路口纸条方向下山,谢谢恩人。华莱士大声朗读着,热泪盈眶。再细看,在草堆边有吃剩的野山楂核,人类的粪便以及揉皱的卫生纸。华莱士喊道:他不是一般人,你看他还知道揩屁股,写的字也遒劲有力。接着勘察,又在草坡四周看到四条不很明显的小径,往北的那条有最后一张纸条。

——老天爷啊,他往那个方向去了。

华莱士向着北的方向一跪。那边山连着山,连了几十公里。

十三

11月11日上午10时,华莱士站在警车的脚踏上,拿起警用喇叭。在他眼前,是一个个接近两千个人头,两千个人头像浪花一排排涌过来,涌到这里算是靠岸了。在村口,还有不少车辆在忙着倒车。在路口,还有不少车辆在缓慢开进土路。因为赶来的人太多,平日荒凉的向青路一大早发生数起追尾事故,堵塞达一小时。华莱士看着底下一双双仰望的眼神,热血沸腾,几乎不信喇叭里的声音是自己的。

——出发。

他喊道。

庞大的搜救队伍在搜救犬带领下,浩浩荡荡,尘土飞扬,开过马路,开过和尚岭,开进青山主峰,在前头发现的草坪处向北扩散,进行地毯式搜查。因为天气晴好,一些训练有素的人开始采用绳索工具,下到一些悬崖下探寻。下午2时,华莱士的手机接到短信:根据科技公司GSM定位查询,巴礼柯的手机11月3日傍晚7时曾在火车站短暂出现过信号。

——这是怎么回事啊?

华莱士看了眼遍布山野的人群,不敢相信。他拿着手机四处走,终于走到信号有两格的地方,便打过去。

——这是怎么回事啊?

——是他们说的。

——他们有没有定位错啊,你再问问。

几分钟后,短信传到手机上,是这样一行字:他们说,我们对可能发生的追踪错误不承担责任。

——什么野鸡公司。

华莱士像是被镇压了,坐在石头上理思绪。巴礼柯留言"在此住一夜",那留言时间一定是在傍晚,他当时在草坡上,除非长了翅膀,才能飞到火车站。即使巴礼柯留言时间是下午,能抢到时间赶到火车站,作为一个道中人,他也应该将布置的求助现场销毁掉,以免误导别人。更何况纸条准确指出的方向是北,而火车站明显在南。也许他记错了时间,将 4 日写成 3 日,但是那也只是表明 4 日他在草坡。他跑到火车站,再跑回山上?他疯了。

他给巴礼柯家里拨打了电话。

——巴老师回家了吗?

——没有呢。山上有新情况了?

——没有。

华莱士抽上一根烟,看着一座山搭着另一座山的胳膊,另一座山搭着另另一座山的胳膊,转着圈绵延开去。

——你还信不信巴老师?

他问自己,问完看了眼报纸上巴礼柯的照片,巴礼柯对着他和蔼地笑着。

下午 3 时 30 分,恍惚前行的华莱士陡然闻到奇异的味道,再闻时又没有了。他捏着鼻子休息了一下,四处各走了七八米,终于准确捕捉到方向。是股腐臭。他拿枝条四下拨,一下看不到什么,招呼别人一起来拨后,终于从一个铺盖严密的枝叶下探测出一个悬崖。味道正是从下面浮上来的。

华莱士在腰间系绳索时,心脏跳得很快。上边人把他往下放,放到半空,他就低头看,却只是看到一颗又一颗清白的石尖。落地后,他朝四周看,也只看到空荡荡的石壁。没有蚂蚁,没有蛆虫,没有食腐的鸟儿,什么也没有,但是味道明明在。华莱士拖着绳索焦急地走来走去,终于在腐臭之雾中找到一个隐蔽的石缝。用枝条拨开缝隙前的草叶,他看到令自己羞辱终身的东西:一个鹰窝。

十四

11 月 12 日,搜救人员降为 500 人;

11 月 13 日,搜救人员降为 400 人;

11 月 14 日,搜救人员降为 300 人;

11 月 15 日,搜救人员降为 200 人。本城电视台播放了一期名为《寻找巴老师》的专题片,以每天为章节,每个章节开始时必有一只手有力地捏着邮戳,向着电视屏幕盖日期,一直盖到观众揪紧的心脏。华莱士看到自己在镜头前表情镇定。华莱士说,巴礼柯身亡只可能有三种情况:一是饿死了,但是现在山上正是挂果季节,巴礼柯不至坐以待毙;二是被狼吃了,但是排查到今天还是没有看到显见的血迹,我们都知道这样的人兽搏斗会遗留下大量的血迹;三是坠崖死了,但是基本的悬崖、断崖和深沟都被插标探访过——现在只有继续去扑剩下的没有发掘出的悬崖、断崖或深沟——也只有这样了。华莱士抽着烟,看着电视里陌生而夸夸其谈的自己。

11月16日,搜救人数降为100人。《寻找巴老师》被中央电视台以及国内15家上星卫视的讲述类节目转播。华莱士正在拉绳索时,接到战友递过来的电话,是家日本电视台进行远程连线,他已经有些经验,也懂得政策。说到入港时,忽听一声惨叫回荡山谷:一根尼龙绳崩断,一名志愿者坠落山崖。华莱士匆匆说:我们很忙。把电话丢给战友,赶过去,崖下一个过于自信的志愿者正僵硬着身躯呻吟,是盆骨摔坏了。专业消防队驰救三小时,将伤者运送至医院。华莱士在镜头前摘下眼镜,露出疲倦的红眼圈,说:我不赞成非专业队员继续上山搜救了。

11月17日,搜救人数降为50人。战友报告来新消息,在新区域发现干枯的女性衣裳,又在不远处看见一具男性尸骨。华莱士激动了好一阵子,可是接下来的结论很清楚,排除是身材高大的巴礼柯。华莱士拖着腿回家,打开电视,电视正在重播采访巴礼柯母亲的镜头,她对着镜头哭泣,说,我今年84岁,你们都是好青年,你们的恩德我报答不尽,你们出事了,我不知道要怎样感谢。

11月18日,搜救人数降为30人。华莱士看到报纸说,巴礼柯的女人根据律师建议,到公安局申请立案,提法是"疑似被侵害",理由有二:一是山上发现尸骨以及女性衣裳,不排除有杀人者潜藏于山;二是科技公司定位显示巴礼柯的手机曾在火车站出现过,不排除是杀人者携带遇害人手机潜逃至此。公安局表示考虑接受这个建议。华莱士想她们或许心死了。

11月19日,搜救人数降为20人;

11月20日,搜救人数降为15人;

11月21日,搜救人数降为10人;

11月22日,搜救人数降为5人;

11月23日,搜救人数降为3人;

11月24日,搜救人数降为2人;

11月25日,搜救人数降为1人。华莱士孤独地走上山,他感觉自己的身躯像纸条捆绑的柴禾,随时要散落一地。他对自己说,能走多远就走多远吧。走到一个山坡时,他看了眼群山,看出自己的渺小来,便将一面红色的旗帜插在那里。天完全黑掉后,华莱士孤独地走下山,他在小卖部买了一包烟,抽上几根,然后发动那辆日本原产的吉普车。上柏油路后,华莱士看着地面像河流一样流淌,脑子一边理这些天的情况,却是理到哪儿就卡壳在哪儿,他知道自己要睡了,便睡了,他睡了很久,然后被一声巨响惊醒,他看到车子抵着一棵巨大的树。他感觉胸前的肋骨剧痛,好像是要死了。他疲乏地想,不会有三百人、五百人、一千个人来寻找他了。他不是事情的元,或者,他不是元的事情。

11月26日,青山空无一人。

高　潮

十五

事情就这样过去了。师院附小曾经商量要办追悼会,一个老师说叫追悼会不好听,应该叫追思会。另一个老师说那也不好听。校办的人找到巴礼柯女人,委婉地说了这个意思,女人木然站立很久,轻轻摇头,说:死不死,活不活的。

死不死,活不活的,不如死。死尚有个清晰的结论,如今一鼓作气,再而衰,三而竭,失去了理由。就像好多天后才知自己被人骂了,要上门算账,失去了理由。女人戴好手套,一只脚踩实脚踏,推着自行车小跑几步,另一只脚飞越座椅,跨了过去。她开始上班了。

事情就这样过去了。人们将失踪人口自动计算为死亡人口,将巴礼柯女人自动计算为遗孀,将巴礼柯母亲自动计算为白发人送黑发人,认为世间悲苦莫过于此。一个姓巴的家庭,如今只剩两个外姓女人了。人们找了很多机会来表达自己的歉意。

2008年2月6日,农历除夕,先是学校的一拨人提着大大小小的礼品进来,坐满了沙发,接着邻居也提着包好的饺子过来,站满了房间。

——你们回吧。

巴礼柯的母亲说。

大家却是没有走的意思。

——那就吃掉我炒的花生。

巴礼柯的女人一手一手给大家捧。这时房间里有电视上朱军周涛浓情的声音,厨房有饺子煎得噼噼啪啪的声音,窗外有烟花一朵一朵冲上天的声音,远处有大钟敲响的声音。在这些声音中间夹杂着钥匙插在门上转动的声音。大家并没有注意到。然后,一个须发花白、眼窝深陷、皮面沧桑、瘦骨嶙峋的老头拄着拐杖,像只虾米躬身飘了进来。他在一双双木愣的眼睛注视下扔掉油腻的包,走到茶几边上跪着,拿脏手抓花生和糖果。他把糖纸一起嚼了下去,把花生壳吐出来。他的口腔飘出一阵浓重的口臭,他拖着一条油腻的田径裤。

巴礼柯的女人猝然晕倒。巴礼柯的母亲拿起拐棍,一边出眼泪一边戳他,戳了三四下,咬牙切齿地说:看我不打断你的狗腿。众人一下像是看到不该看的秘密,尴尬起来,争着去抱扶巴礼柯女人。掐了好一会儿人中、虎口,巴礼柯的女人才像孩子出生一般,号啕大哭起来。众人说:回来就好,回来就好。却是几步就溜走了。他们走在风中,走在雪中,好像被玩弄了,哭笑不得。他们把短信发给一个又一个认识的人:巴老师回来了。

——回来了?

——回来了!

十六

巴老师到底去哪里了?这个问题却一直没有答案。一开始人们以为羞于启齿是因为它关系到一个老人的尊严,在这样的敏感期度过后他自己会说出来,但是他却一直缄默。后来人们相信这样的秘密至少他女人会掌握,但是女人说:我说你要是不说,我就去死,你猜他怎么着了,他浮了一个眼白。

他浮了个眼白,像看陌生人一般看着女人,像在狼窝生活很久,心野了。这样就有一场看不见的战争,人们(包括他的女人和母亲)试图抢占这个秘密,而巴礼柯却将之视为退无可退的一个高地,严防死守。有时走过街道,别人就是没说话,他也会恼烦地说:别问了,有什么好问的?

——巴老师,你至少也得替那摔残和撞死的搜救队员留个说法吧?不是我多嘴,派出所还立了案呢。

胆大的邻居在他身后指戳。巴礼柯呆立了一下,气恨地走了。

僵持的结果是巴礼柯从此成为孤魂野鬼,人们(包括他的女人和母亲)认为他破坏了彼此之间基本的信任。而巴礼柯好似乐得承担这个身份,学校不用再去了,他开始梳理花白的头发,穿上干净整洁的衣服和皮鞋,像个绅士在城市四处逛。有人说他喜欢站在美容美发店的玻璃窗外,用手拨弄散掉的发型。这个说法增加了女人的怀疑,因为巴礼柯虽然还是没有去动用那六本存折、四张卡,但是学校的退休金却是不再打进来。巴礼柯把它们截留了。

——你拿那些钱去干吗?

女人问。

——你管得着吗?

——我当然管得着,老娘是你的老娘,不是我的。你不养难不成我养?

——你不是存了七八万吗?

虽然早已经习惯这样的冷声冷气,但女人还是忍受不了,眼泪流下来,也不说话,像多年前那样愤然走到房间收拾行装,准备离开。收拾了十来分钟,收拾的不过是三十年来的生活证据,点点滴滴浮现眼前,又抽泣起来。前方是不可掌握的黑夜,自己也不再青春年少,就是连"离婚"这枚砝码也早早弄丢了。这样一想,死这个字便闪进来,她想死了也好。这时巴礼柯进来,从公文包里翻出一沓人民币来,说:你数数。女人忽而在海中捞到船沿了,点着口水一张张数,一边数一边心算,一分不少。

——我给学校打电话,以后都打给你。

巴礼柯说。

——我给你留点吧,来,给。

女人抽出三张一百,给他。他迟疑了下,伸手接了。女人后来就怪自己仁慈了,但当时好像只有仁慈一条路。巴礼柯像个哀伤的破产者站在他面前,这些钱本是他挣来的。

女人后来在巴礼柯走了一百米后,悄悄跟上。巴礼柯不像以前身体好大刀阔斧地走,女人走着走着就近了,竟要压迫自己走慢点。巴礼柯目不斜视地走过银行、超市、电信营业厅;走过人行道、人行横道、盲道;走过电影院、饭店、洗浴中心;走过象棋摊、秧歌队、卖艺场子;走过美容美发厅。美容美发厅门口坐着穿松糕鞋、涂猪血口红的小姐,她跷着葱白的二郎腿,双臂紧缩,挤出乳沟,有意无意地对路人说,玩吗?巴礼柯目不斜视地走过去,然后在前方大约一公里处转身,按照原来的路线走回来,目不斜视地走过美容美发厅、卖艺场子、饭店、超市,走回家。

女人跟踪到第八次时,兴趣索然。她没有跟上去,她去农业银行排队,大约一小时后轮到她了,她把存折塞进去,说:今天是15号,我想知道工资打到账里没有?储蓄员把存折放进打印机里,出来后显示巴礼柯本月的退休工资一分不少地打了进来。生活就这样了,人会变得不可思议,钱不会。

十七

2008年7月15日,很多年纪大的人到银行排队,看工资到账了没有。巴礼柯像往日一样,走上街头,朝前漫无目的地走。

走到十字路口,他慢慢等红灯变成绿灯。天色尚早,大约下午三四点,洒水车像只螃蟹滑过来,把水浇向一辆辆自行车的轮胎。巴礼柯向后退上台阶,看着它朝右滑去。绿灯已经在跳了,他并不急。过人行横道后,他蹲在百货大楼的台阶上看别人下棋,那是两只同样苍老的头颅,凑在一起,像小孩子玩神秘的游戏。他看了一会儿走了,又在酒店门口停下来。酒店前门停车场的开阔地,一班穿着宋朝服装的服务员笔直站成三排,穿西服的领班大声说:欢迎光临。他们就大声说:欢迎光临。然后一起鞠躬。领班又大声说:欢迎下次光临。他们就大声说:欢迎下次光临。然后一起鞠躬。表情严肃。

　　走到一间报亭时,他拿起一份晚报翻阅,翻了四五个版,里边探出一个脑袋,买吗?他抖抖放回去了,好像是不值得买。走到家电超市门时,他看到那里摞箱子一样摞了二十多台彩电,每台电视里都在放范伟一瘸一拐离去的画面。谢谢啊。旁边看的人都笑了,巴礼柯松着两只手臂麻木地看。待电视墙统一变成雪花,他一个人呆立在那里,好像还有等待的。看了一下手表,他终于又走了。

　　他目不斜视地走过梦容美发厅。走过去时,一个穿松糕鞋、涂猪血口红的小姐跷着葱白的二郎腿,双臂紧缩,挤出乳沟,鄙夷地说:玩吗?他目不斜视地走了过去。十分钟后,他走了回来。那个小姐交叉了下二郎腿,尔后起身拉座椅,乳沟上像是长了两只眼睛,对着他眨。他像任何一个生手一般,手心出汗,任人宰割地看着里边。里边坐着五六个雷同的小姐,她们像猪仔一般拱到门口。金色的、绿色的、紫色的假睫毛一起扑闪,好像在说:来吃我吧,来吃我吧。她们把手一只只捞向巴礼柯僵硬的手臂,将他捞进去。

　　他指了指最里边一个独自抽烟的女人。她根本没有看外边。周围一片哎哟的唏嘘。他脸红了。女人把烟灰弹在烟灰缸里,转过身来,是张麻木的瓜子脸,鱼尾纹和皱纹都留下了痕迹。她坐着,却是俯视般地看着巴礼柯。

　　——我?

　　她笑了一下,牙齿已经不白。笑容很不礼貌地陡然收住。巴礼柯躲避着她的眼神,仓促点头。她站起身,掸掸黑色短裙,从化妆台上捞了卷卫生纸塞进包里,然后说:走吧。巴礼柯像条驴,低头跟着她走了。

十八

——你今年多大了?

走到空荡荡的巷子时,巴礼柯的心跳才平缓了一些些,他这样说话。前边钉着路面的高跟鞋停下来,接着又钉起来。

——二十五。

——你是哪里人呢?

——四川。

——四川哪里?

——你们这些人净整这些没用的。

巴礼柯有些尴尬,过了一会儿他又说:我看你不像是四川的。

——那老板你说呀,你说我是哪里的找就是哪里的。

——我看你是江西的。

前头的步子停下来,接着又走起来。

——江西哪里的?你猜猜看。

——瑞昌县的。

女子转过身来,从上到下打量巴礼柯,眼里露出恶毒的讥诮来。后来那讥诮的光又变成屈愤的怒火。

——对不起,今天不做生意了。

——姑娘,你误会了,我不是来做那事情的。

——那你来做什么?

——我只想和你聊聊天。

——你几十岁的年纪了,别和那些大学生一样了。你是不是要跟我说早些从良,到外边去上个正经班啊?是不是还要说你爱我,要等我啊?

巴礼柯窘迫得不行。在女人就要转身一个人走掉时,他的眼泪忽而淌下来。女人没见过这么老的男人鼻子尖挂鼻涕,斜眼看了他几眼,又停住了。

——算了,你有什么说的说吧。

——我请你吃饭。

女人没有回话。

——我请你吃饭。

女人咬着嘴唇,想了想,看了看巷子四周,说:好吧好吧,就那间驴肉火烧。

十九

他们走进窄狭的驴肉火烧店。桌面油腻,老板围着肮脏的围裙,狐疑地看着他们。巴礼柯试图消除这显而易见的误解,可是女子却以她职业的表情,冷漠而嫌弃地看着巴礼柯。老板诡笑着走了。

——我知道你是谁。

女子说。然后从包里拿出烟,清晰地打响打火机,专注于第一颗烟圈。此前巴礼柯一直是情绪的狮子,现在好像也不用遮掩了,嚅动着嘴唇,准备说话。

——你说吧。

女子把烟灰弹在地上,眼睛直视着他。

——从那里回到这里一共是 1350 公里,一共经过 25 个城市。春节前,公路边菜地没有菜,只有冻土,但是结婚的多。我在每个城市都喝了一顿喜酒。我直接走进宾馆,装作有事。

——春节晚会演过。男方以为是女方的客,女方以为是男方的客,塞个空红包就行的。

——我不是那样,我是装作进去有事,我不知道哪里可以容身,进了厕所,洗好脸,出来就清醒了,知道哪桌是散客,就坐在那里吃,吃光了。新郎和新娘过来敬酒,我又上厕所去了。我在厕所打饱嗝,眼泪就下来了。

——为什么?

——因为一个人都不认识。

——你说吧。

——我吃的时候,就想再不可能有下一顿了,可是我在每个城市都吃上了一顿。开始时比较顺利,后来衣服馊臭了,服务员伸出白手套拦我。我说我有事,他们说有啥事,我说不出来,他们就踢我。但是北方人比南方人好像多点义,那些流浪汉跑到喜宴门口打板子唱歌,把里边人唱出来,往他们的塑料袋里倒剩余的鱼肉。我跟在他们后头,他们说:不是我们一伙的。但是那些妇女还是给我也倒了一份。我得手就跑了。

——你吃点吧。

女人头向后仰了一点,保持着对巴礼柯的压力。

——我不饿。我吃不足时就去垃圾箱里刨,开始还知道腥臭,后来就不知道了。我身体还干净时,从很远的铁路坝上去,向火车站走,走到月台。我坐不上快车,快车门口都有检票的,我跟着一群农民工挤进慢车。我总是想自己能多乘上几站,但是他们总是很快将我发现,在下一站将我推下火车。而越靠近这里时,上车的农民工越少,我便没法往上挤了。我只能沿着铁轨走。我看到铁轨上有石头、饭盒、粪便,还有死掉的婴儿。

女人将半根烟掐灭,打了一个哈欠。

——你没经历过一分钱都没有的时候吧?

巴礼柯讨好地问。女人摇了摇头。这个时候小店走进来一对年轻夫妻,男方身材高大,手里抓着宝马钥匙,女方相貌姣好,白嫩的脖子上挂着名贵项链,两人脸上带到此探险的上层人的愉悦感。坐在巴礼柯面前的女人本已将目光收回到食物上,忍不住又往那做妻子的瞟了一眼。这一眼便瞟到她耳后不易察觉的疤痕。女人无声地耻笑。

——你说吧。

她说。

——我花了将近三个月才回到这里,可是我去那里只花了一天一夜。我坐着最便宜最慢的火车,也只花了一天一夜。我换坐中巴车,也只用了一个下午。一天一夜一个下午,我去了那里。

二十

——我本来可以早点去那里的。

巴礼柯绝望地看了眼女人,女人正仰着面孔看天花板上爬行的壁虎。两下里无话,壁虎爬在天花板上也没有声音。巴礼柯端起紫菜蛋花汤吸了一口,声响很大,女人听到了,坐直身体,说:是啊,你为什么不早点去呢?

——我说出来就好过一点。

——你说吧,我听着呢。

——我本来可以早点去那里的,但是一直拖了三十二年才去。

——为什么要拖呢?

——因为家里摆着一幅遗像。我看到那上边的相貌是端正的,斯文的,五官齐全的。但是听母亲说,死尸搬回来时脑壳是破裂的,血一直在滴,滴了一路,跟回了一路的蚂蚁。我下班要是回来晚一点,我的母亲就坐在那里不说话,生闷气。我说为什么,她就指着遗像说,你要是想走也可以,你看看你爸再走。我就陪着她坐在幽暗的时光里,好像坐进一口深不可测的井里,坐了三十二年。

——你说吧。

——我要是走了,我的父亲楼就白跳了。他跳下去了,本不该是我回城的,结果我回城了。

——本来该本不该的,这话我从小就在听,每天都听,听烦了。

巴礼柯忽而酸楚起来,擤了下鼻涕,接着说:我的母亲跟我说,你捏捏我的腿,一天比一天坏了,你要是走了,我就无依靠了,就要爬到街上去要饭了。别人是拿脚走路,一步走几尺,我是拿肚皮走路,我就要被车子轧死了。后来,好像是要做结实这个牢,她的腿真的坏完了,慢慢连拐杖也撑不住了。她说你一人招呼不来,你得有个女人,我就有了个女人。我好像什么都不知道,忽然得到一张纸条,要我去公园,我就去了公园。

——一共是二十元。

老板看到女子勾动的手指,过来收钱。

——我来我来。

巴礼柯抢着说,老板看了眼他,觉得理所当然是他付的,就把钱还给女子。女子也不说话。巴礼柯把一张一百递了过去,说,再加一壶茶,点心什么的。

——我不走。

女子说。

——好。在公园我遇见了那个满身是雪花膏香味的女人,也就是我后来的老婆。我草率地同意了,可是我不同意又如何?

本质的事情是遗像，这个女人不过是量上的积累，既然我突破不了我的父亲，那么娶一个我注定不喜欢的女人就是理所当然的。我不娶这个，就得娶那个……总是要娶的。结婚那天，我脸色苍白，大病一场，人们却像自己结婚了，脸色红润，头发上沾着彩纸。他们认为再没有比这一对更般配的了，他们将我丢在床上，就好像丢一只捆绑好的牲口。他们把门重重拉上，然后反锁上它。他们在外边嘿嘿地笑。我看着我的女人，尴尬地笑，任由她的手抚摸我的头，感觉像一个孩子被陌生的妇女抱着，像一个人投水自杀，一步步走到深湖里去，淹没了。

——后来呢？

女子玩弄着新款的诺基亚手机，旁边的夫妻正好奇地看着这边。

——后来我成为一个业余登山家。开始学校那些老师邀我时，我并不应允。后来他们就到我家来邀，我也不应允。我的母亲和妻子就说，你去吧，记得晚上 8 点回来吃饭。我就由着这些押差一样的同事带着上山了。其实我的脚一走出家门就自由了，就能感觉到它们的轻快和喜悦。但是在快要到达目的地时我又绝望了，因为我清楚地看到，到达目的地后的自己还是要折回去，乖乖折回那个四十来平的牢笼。

女子放下手机，抱着手望着他。

——其实新鲜的空气是假的，茂盛的树木是假的，潺潺流动的溪水也是假的。它们并不是空气，树木和溪水，它们是钢筋做的栅栏。我在山上坐着，包围我的仍旧不过是钢筋做的栅栏，我以为我离某种奇迹近了，其实是自欺欺人。我只不过是出来放放风而已。我出来放风，但是粗大的绳索和坚固的镣铐还挂在我身上，我走多远都是白走，我的母亲只要轻轻一拉，我就得乖乖回去。

——陈世美也会这么说吧。

女子揶揄道。

——是啊,陈世美也会这么说,陈世美也会找理由。

——那你最后怎么还是去了呢?

——因为我在山上听到了巴赫。

——巴赫?

——是啊,约翰·塞巴斯蒂安·巴赫。西方音乐之父。

——你这么说我倒有印象了,那个人总是教育我,说这个巴赫生前死后好长一段时间都不受重视,后来就被尊称为开山鼻祖了。

——是。如果不是后来一个叫卡萨尔斯的少年买了一只新琴想练手,去城市中所有的乐谱店找可供演奏的谱子,他那伟大的《无伴奏大提琴组曲》就要永远沉睡了。

巴礼柯停顿了下,说:想来我也叫卡萨尔斯,却在这里生活了足足三十二年。

他接着说:我顶职回城时,教育部门的人问我,你知道楚辞吗?对函数了解多少?会不会英语?草履虫呢?我摇头,额头渗出汗来。他们说,那好吧,你去教体育。其实我应该跟他们说,我知道贝多芬、莫扎特、柴可夫斯基和巴赫,但是我一紧张,就做了三十二年的体育老师。

这时门外传来宝马车发动的声音,女子转过头去。那华贵的银灰色车皮掠过时,女子露出被镇压的表情来。她在嫉恨。

二十一

——你说你在山上听到了巴赫。

女子回过头来说。

——是啊,是我最后一次登山时听到的,那也是我第一次一个人登山。因为约好的同事病了。我一个人坐在公交车上,看着黑暗像一颗颗分子慢慢消散,逐渐来到的光明穿过一棵又一棵梧桐树,洒到柏油路面,忽然觉出比以前更大的自由来。我下了车,张开双手,脚底下感受着石块和地面的热度,一个人朝山上走,也没有目的,也没有隐忧,就是痴痴地往上走。走到和尚岭时,忽然打了个冷战。我关掉了手机。我想我应该拥有这么一天,什么人也不知道我,什么人也找不到我,我一个人安静地享受着这个世界。

——然后呢?

——然后我披荆斩棘,豪情万丈,走上海拔 1841 米的青山主峰。在此之前,我的所有同伴都说这是不可能的事情,但是我只用一眼就比划出这山的弱点,我用柴刀轻松劈出一条路来。劈到后来就看到一个草坡,草坡那里有东南西北四条路,我很简单地走上往东那条,上了一百米便上到顶峰,在那里,那些未经阻拦的风冲过来,刮过我的 T 恤衫。清气一直灌到我的肺内,好像给内脏洗了一遍澡。我看着那些平日可怕的山肩挨着肩,窝在一起,便大喊:徽敏。

女子陡然惊了一下。

——我喊完,名字就在山和山间传递开来,好像可以传到霸州、潢川、麻城,一直传到江西省。但是我又清晰地看到它撞在不远处的一座山上,熄灭了。我失落地坐在那里,哀愁莫名,我想我是达不到。可是就在我这样枯坐,收拾背包准备回家时,忽然风来了,整个山野的红叶、草丛和树枝都舞蹈起来,好像麦浪一路划过。我站起身,马上听到我一生都不可能再听到的诗篇,巴赫的《无伴奏大提琴组曲》。我的耳朵里全部是逢一逢一逢的鸣响,逢一逢一逢。

女子呆望着巴礼柯。巴礼柯手舞足蹈。

——我靠在树上,泪流满面,听到漫山遍野都是大提琴的声音。大提琴的声音像潮水一层层经过我,又一层层消失,直到完全消失。就像从没有来过。我感觉到孤零零,我一个人孤零零地站在山上。我开始焦躁起来,我并没有像教科书上所说的那样,得到纯净的内心,从此宽怀仁厚,我开始焦躁起来,像狮子一样来回走动,我大喊操你妈。操你妈,我的父亲;操你妈,我的母亲;操你妈,我离过婚却仍旧和我生活在一起的女人,操你妈。

——你没事吧?

女子握着茶杯说。

——我骂够了,宣泄够了,吭哧吭哧靠在树上,接着哈哈大笑起来。我也不知道自己为何如此愉悦,如此解恨。我按照自己的旨意走下山,走到草坡,收拾一堆干草,吃上几颗野山楂,拉出一泡屎,然后取出纸笔,在干草堆上留下一张纸条,说我在这里迷路了,休息一夜,来日将从往北的那条路下山。可是。

——可是什么?

女子看到巴礼柯迎着她窃笑。

——可是我却往南走了,那就是我上山来的路。我把空白信纸拿出来,撕成一块块纸条。我把纸条摆在草坡的路口和路边的丛枝上,告诉他们我往北去了,可是我却往南走了。我从他们眼皮底下失踪了,我失踪了,我曾经以为毫无希望,可是这天我找到了飞越的翅膀。我飞走了,用一个正当的理由从他们的牢房里飞走了。

——你就这样到我们南方来了?

——是。我迫不及待地走下青山,走下和尚岭。走到山脚时,我看到远处有村民,就缩回树林朝西走。我穿过隐秘的河流,穿越村庄的视线,走到遥远的公路上,在那里等车。216路开过来时,我转身蹲着,告诫自己不要出错。我坐上了另一路车,到城里又换乘别的车,坐回到我的家,我当然没有回家,我走到一个烂尾楼,走到三层,扒开水泥袋,扔掉堆砌的坏砖头,从里边翻出一个塑料袋。塑料袋里有一张农村城市银行的卡,我带着卡去自动取款机取出700元改卷费。我带着这700元改卷费打的去了火车站,买好了去你们江西去你们瑞昌的火车票。我记得我是第一个通过检票的,我快步走进车厢,找到一个位置坐下。我看到一些人拖着行李默然无声地走进来,将行李默然无声地塞上行李架,又默然无声地下车抽烟。我想怎么还不走啊,怎么还不开啊,便打开手机看时间,我看到时间是2007年11月3日傍晚7时。我想还有十分钟火车就要开了,可是它们要是晚点也说不定,我紧张地看着窗外,看着那些在月台上奔跑的人,好像他们是来寻找我的,是来擒拿我的。我怕他们后头跟着一个头发花白的女人和一个满脸斑点的女人。我怕。直到列车员蛮横地关上车门,我才安心了。我想你怎么就不再蛮横一点呢。我新奇地听着车厢里的河南话、山东话、湖北话、乘务员变味的普通话,还有你们江西话,身体生出一层层的暖来,我想我是个旅客了,毕竟是个旅客了。我这个旅客的心脏像青年人一样蹿跳,我好像青年人一样几乎要站起来大喊:徽敏,我来了。

话语陡然停止。好像浪尖停在半空。好一阵子后,女子才把积长的烟灰磕到碟子里。她看了看巴礼柯,巴礼柯正悲哀地坐着。

——你来了,你只用了一天一夜一个下午。可是那个徽敏死了。

女子毫不留情地说。

二十二

——要不接下来我替你说吧。

女子说。

巴礼柯抬起哀求的眼望她,好像一条被阻拦在家门口的狗,又期待,又害怕棍棒再次落下。但可怖的事实还是再一次从女子嘴里说出。

——我来说吧,你光荣来到了我们江西省瑞昌县乐山林场光明村。你看,这是我的身份证,光明村。你来到了光明村,然后只看到一个坟包,是不是?坟包上的字刻错了,是不是?安徽的徽,刻成了微笑的微。

——是,是。

——我们乡下人不识字,刻错很正常,不像你们城市人。她是认识字的,可是她死了,就不知道自己被刻错了。她死得好,就是死惨了一点,喝农药没喝死,又挂裤带把自己吊死了。我们找了两天两夜没找到,准备不找了,还是狗叫了,狗叫着往山顶跑,我们跟上去,就看到一团黑影吊在树上。我们拿火把照,照到她的眼球撑裂,舌头伸到有一根筷子那么长。我们都吓坏了,我爸也吓坏了,可还是我爸爬到树上把她放下来,又把她抱回家。我爸在路上只说了一句话:她是站得高,望得远啊。

巴礼柯低下头。女子说:她天天盼你来,你不来。她死了,你却来了。巴礼柯露出桌面的肩膀瑟瑟发抖起来。

——她天天盼你来。她在房里弄了一个大箱子,挂上锁。大箱子里放着一个小箱子,也挂上锁。她每天开三遍大箱子的锁,又开三遍小箱子的锁,为的是看一眼里边的黑白相片。我们只要一过来,她就赶紧把相片放起来,锁上两层锁。她死了以后,我们撬开箱子,才看到这个人长得什么样。

巴礼柯抬起头,眼神焦渴。

——是的,国字脸,小分头,眉头就和你现在这样,有一道疤痕。你这疤痕是如何来的?

——打架打的。

——应该是在我们那里打的吧。

——是。

——她说了一百遍了。她疯了后就和每个人讲。她讲她一个人睡在林场,晚上也不敢开灯,也不敢熄灯,总是听到窗外有窸窸窣窣的声音。她就去光明村找你,你带着二十个知青跑到林场,什么也不说,把食堂砸个稀巴烂。你像保护神一样把她带走了,带往光明村,走到半路,林场召集的两三百号系统职工和当地村民提着锄头、菜刀和斧子赶上来,将你们围起来打。你们被打得鸡飞狗跳,喊爹哭妈,四散逃开,这个时候说是你本来趴在地上,忽然挣脱起身,大声说:你们不是狠吗?打死我啊,我今天倒要看看死字怎么写。你当时的头在流血,鼻子在流血,嘴角在流血,脸上衣上都是血,像鬼一样把他们震慑住了,他们两三百号人呆立不动,看着你。说是你忽然又从别人手中夺来一把菜刀,对着自己肩膀、手臂胡砍,砍了几刀就有人笑了,因为你拿刀背砍自己。你看了一眼,把刀口调转过来,照着自己眉骨就砍了一刀。

——是。

——你就砍了这么一刀,二十个知青和两三百号敌人都跑过来拦你。你像得了癫痫一样四处腾跳,人们只能把你箍住,你跳了几下,说:好。大家不知道什么意思,你又说了一声好。大家就把你放开了。这个时候说是你一人指着两三百号人喊:你们是不是耍流氓?有一个人躲着说,是又怎么样?你便操起锄头冲过去打,两边便又混战起来。她讲到这里喜滋滋的,说是你一人把他们全打翻了,你们赢了。

——我们没赢,是书记跑过来朝天放了一枪。书记说:你们谁是毛主席无产阶级文化大革命阵营的战士,谁就放下武器站到我这边来。结果两边都赶紧站过去。书记说,答应我,连人民内部矛盾都不算。我就和林场的团支部书记握手,说,是,连人民内部矛盾都不算。

——她讲完这个就说:小柯为了我连命都可以不要,他一定会来接我的。

巴礼柯像是又被重击了一下。

——你记得我们村有个供销分社不?

——记得,打架后徽敏被安排到光明村,就在那里站柜台。

——是啊,她在那里站柜台。文化大革命的时候乡一级有供销社,村一级有供销分社,可是一个破村要什么供销分社?摆那么多糖果、布匹卖给谁呢?她就赖在那里。后来县里发文件说取消村一级分社,她还写报告给上边,上边不批她就去上访。上访没结果了,人家要来取牌子和公章,她就赖在地上四处打滚。几十岁的人了,平时爱干净爱漂亮,就那样在地上像猫像狗一样打滚。人家说,好吧,牌子给你保留。她还是打滚,人家又说,好吧,公章也给你保留。她才爬起来。你说她保留这个牌子干什么?不就是想告诉那些来买货的人,我还是公家的人,我跟你们不一样?她只要站在那漆黑发亮的水泥地上,手摸着那漆黑发亮的柜台,就觉得我跟你们不一样。她就不能喂猪,就不能挑粪？她一天卖不出几包香烟，可就是要把这场面保持下去，你说她糟蹋谁的钱？糟蹋我爸的。我爸上山只能砍三棵树，一棵树出三根棍，砍三天凑齐二十七根棍，挑到莫家镇卖，卖不到二十块钱。棍削得整齐，钱赚得辛苦，却不够她一次进货。她进货也不进老百姓要买的货，就进那些洋气货，谁买呢？

巴礼柯的头像罪犯一样贴在桌面上，左右摇摆。这时老板从厨房走出来，走到门口，伸了个懒腰，蹲在那里一边抽烟，一边看来来往往的小姐的腿。

——她就那样站在柜台里，站到白发从黑发里钻出来，站到白发苍苍，像个狐仙。天黑了她也不舍得关店铺关灯，为什么啊？因为怕天黑了你来了找不到。她在那里恋恋不舍地等，有时候都能等到村里所有的灯火都灭了。你知道我爸说什么吗？我爸说，你不如去找啊，你去城市里找，我不拦你。我爸造什么孽？又不是我爸赖着要娶她的，是她赌气要嫁进门的。她等，她没有等到你，倒是等到了一帮城市里的亲戚。她拿着信开心了很久，提前十天就吩咐我爸去打猎，提前三天就吩咐我爸去买菜，什么兔子肉、野猪肉、野鸡肉，城里人不太吃的东西都预备好了，那帮亲戚却拖了有一个礼拜才到。菜都馊了。他们吃饱了喝足了，开着一辆车就走了，再也没回来。他们走的时候，她拦都拦不住，追着车子跑了很久，精神病又发作了。以前她还喜欢搂着我跟我说，等小柯来了，我就跟他走，我带着你一起走。那天以后她就喜欢掐我的胳膊，我那时还小，一条胳膊就被掐紫了。她对着我学那些亲戚的话，哟，还生了个女儿啊。她怪自己生育了我。生育了我，小柯就不来找她了。

——你今年多大了？

——不是跟你说了二十五吗？

——二十五,你妈那就是三十六岁生的你。

——人总是要生的,到了三十六还不生就说不过去了。

巴礼柯凄惶地看了眼门外,老板站起身来,对一个看不见的路人说:等下再过去,还有两位贵客呢。巴礼柯说:要不我请你去茶馆坐下吧。

——不要得寸进尺了。就在这里说完,说完拉倒。

——好吧。

——你知道我过去有多么害怕吗?我看到疯婆子从供销分社回来,就从门口蹿回家里,又从家里蹿到后边的山脚,在那里找个薯洞,揭开木板,钻下去。薯洞里有腐烂的味道,老鼠看到我进去,不知道往哪里跑,我吓得哭起来,可是我不敢放声哭。我躲在漆黑的薯洞里,一下一下数时间,数够一千一万,数到我以为疯婆子走了,才敢出来。我怕她掐我,打我。我要等我爸从田地里回来,我才敢扯着他衣角回家。

——她后来喜欢打你?

——她总是站在供销分社瞎想,她一想到我是祸根,就跑回来找我。总是这样。我真不稀罕跟她学普通话,真不稀罕她以前是吃商品粮。我只盼着她早点死。说起她死,我们找了两天两夜,哪里都找了,唯独没想到山顶。其实我们早应该想到的,因为她总是聒噪,你们两个曾经偷偷跑到山顶,对着山野拉大提琴。就是拉那个巴赫的什么曲。她说她一拉起来,那些红叶、草丛和树枝就舞蹈起来,好像麦浪一路划过。她说那把提琴是你偷了林场的大狮子鼓,在鼓腰上钻了两个洞,然后到处找弦啊线啊,慢慢安上的。她说你调音调了有一个月,她说这个世界不可能再有谁能像你一样,用如此简陋的材料制造出这么准确的一把琴来。她站柜台的时候看着它,回家了抱着它,有时候就是睡了也还是抱着。她抱着它说,小柯会回来的,他造了这么一把好琴。

老板走回厨房时,曾经斜眼看过巴礼柯,泪花在他眼圈里打转。老板又看了一眼。

——她死了,我第一个想起来的就是要丢掉这把琴。可是我爸拦住我,说毕竟是你妈啊。我就由着我爸处理了。现在这把琴还搁在尿桶旁边呢。

——对不起。

——你说这事情是不是应该你负责?疯婆子天天说,本不该她来的,她跟着你来了。本不该你回城的,你却回城了。你说,你既然把她带来了,为什么就不把她一起带走?

——因为当时只有一个指标。

——她说,本不该她来的,六九年你毕业了要上山下乡,还没轮到她,因为舍不得你,就主动申请跟你来了。她也是女人,她上你当了,你们男人没一个好东西。

——对不起。

——对不起有什么用?

——对不起。

巴礼柯拿额头一下下磕起桌面来,一旁老板早看不过,跑来说,怎么了,怎么了。巴礼柯却是越拉越哭,完全控制不住。

——对不起。

然后他努力地对女子说。

这个时候好像有一丝叫怜悯的东西擦过女子苍白的面孔,但是那薄薄的嘴唇终于还是向下一扣。

——你对不起谁呢?

她说。

——我对不起你们母女俩。

——呵呵,你可以对不起她,没什么对不起我的。我又不是你生的。我要是你生的,你就对不起我,我不是你生的。算了,理不清楚,谢谢你埋单了。

女子冷笑着站起身,把包挂在肩膀上,头也不回地走了。老板在后边高声说,莉莉下次记得来照顾生意啊。巴礼柯偏过头失魂落魄地看了一眼,他看到这个留着秦徽敏最后痕迹的光明村后代,消失时穿着一件黑色短裤。那叮叮当当的高跟鞋声一声声踩进他的心脏。

她的父亲比她宽宏大量,却让他哭不出来。她的父亲没跟他说什么,却也没有责怪他,殴打他,相反还请他吃兔子肉、野猪肉和野鸡肉,吃完了才把他带到坟包。她的父亲说:徽敏啊,我帮你把小柯等来了。小柯还是那么年轻。

二十三

三四个月后,某天清晨5时,62岁的巴礼柯离开家里。当时他穿着黑色田径裤,黑色T恤,背着一个包,包里放着饭团、茶壶、电筒、柴刀、信纸、笔和御寒用的外套。

如果他就此再次失踪,那么找的人会很少,找两下就算了。女人和母亲也会照例悲哀好一阵子,但是因为有了上次的经验,会显得从容不少。但是在晚上8点,电饭煲的温控开关自动断开时,他的钥匙正好插在房门上。因为是侧着身开门,背包忽然掉落在地,一些野山楂从里边蹿出,跳着下了楼梯。

阁　楼

　　十年来,朱丹接了母亲无数个无用的电话,唯一拒绝的,是一次可以避免自己死亡的报信。当时她走在回娘家的路上,午时的阳光使楼面清晰闪亮,没有风、燕子和蝉鸣,就像走进一座心慌的死城。她的母亲正疯疯癫癫地拖着拖板,迎面而来。猛然望见时,母亲已转进侧巷。她停住冲到嘴边的呼喊,觉得对方既然没看见,自己何苦多嘴。
　　她碰见的第二人是社员饭店老板,他蹲在桥边剥鸡。饭店有十几年历史,入夜后,他常和老婆将泔水倒进护城河。这是个软弱又容易激动的胖子,看了眼朱丹,朱丹并不看他。但走过去几米,她还是骂:"断子绝孙的。"
　　"什么?"
　　"断子绝孙。"
　　"又不是我一个人倒,都倒。"
　　"有种你就再倒,你倒。"
　　"倒就倒。"
　　老板端起大红塑料盆将混杂鸡毛的水泼向护城河,后又将烂菜根逐颗扔下去。而她早已走到家门口。十年来每次见面,她都诅咒,他也必有所还击,一直没有报应。按照他说的,自己是有垃圾往河里倒,没有垃圾也创造垃圾往里倒。

　　河内早已只剩一条凝滞的细流,河床的泥沼长满草,飘出一股夹杂粪便、泔水、卫生巾、死动物甚至死婴的剧臭。有一任县委书记曾开大会,说这是城市的眼睛、母亲河,修复治理刻不容缓,朱丹当时很激动,但只需进入实地测算,工程便告破产。它牵扯到一点五个亿。

　　十年前,朱家在河边筑屋是因它占据八个乡镇农民进城的要道。将建成时,母亲与来自福建的建筑工发生争吵,因为通往阁楼的楼梯又窄又陡。"有什么用呢?"母亲说,"这部分钱我不可能付,你们觉得划不来,就拆了它。"包工头争辩不过,草草完工,一天后拿着砌刀说:"你要活得过今年我跟你姓。"当时站在面前的是朱丹的父亲,他一脸愕然。

　　父亲是和善的人,和善使他主动给包工头的儿子取名,也使他无法阻止妻子不义的行为。除夕将近,好像是为了等女儿结过婚,也像是为了兑现自己身为一个男人对福建人的愧疚,他在郊外长河留下鱼篓、钓具和没抽完的香烟,去了另一个世界。

　　婚礼燃放鞭炮所留的火药味尚未散尽,新的鞭炮又点起来,客人们再度涌入,收拾、打理、吃饭、喝酒,像成群的企鹅挤来挤去。朱丹仰面朝天,放声大哭,几度要窒息过去,妇女们拿出手帕,不时擦拭她脸上汩汩而下的泪水。当她们散尽,她还在无休止地哭,就像哭是一张保护伞,或者是一件值得反复贪恋的事。

　　因为父亲过世,已为人妻的朱丹每天中午回娘家吃饭,以陪护母亲。也可以说是母亲让她履行这个义务。她和哥哥朱卫很小便受母亲控制。"休想逃出我的手掌心,"母亲总是说,当然还会补上,"我还不是为你们好。"

　　这种控制结出两种果实:

065

朱卫醉生梦死,而朱丹胆战心惊。

朱卫知道什么都不做也会受到母亲保护,索性让她全做了。高二他辍学,被揪着去交警大队当临时工,几年后转事业编。母亲买下婚房,让他和自己一直暗恋的电影院售票员结婚。他只负责长肉,年纪轻轻,便像面包发起来,回家后总是瘫在沙发上,说:"又说我,有什么好说的,要不你别管了。"而朱丹知道做什么都不会让母亲满意,生活中又总是充满这样那样的事情,大到是否入党,小到买青菜白菜,她都感到惶恐。有时不得不做出选择,她便捂着藏着,试图让自己相信母亲没有察觉。

"人总是要结婚的,我留意那小伙子半年了。"一天,母亲说。这是已决定的事,母亲却还是装着与她商量。果然,在她略表迟疑后,母亲大声呵斥:"你知道吗,替他说媒拉纤的一大堆,你算什么东西?"后来母亲带她去城关派出所所长家,那里坐着一位皮肤白净的年轻人,在镇政府上班,父亲是县政法委副书记。

大人们离开后,他一直低着头搓手。朱丹说:"我认得你。"

"怎么认得?"

"就是认得。"

出门后,朱丹听到派出所所长小声问对方:"怎么样?"

"我没有什么意见,就看人家怎么想。"

不久他们订婚,试穿婚纱时,朱丹少有地展露出那种女人对自己的喜爱,在镜前来回转圈。"怎么样?"母亲问。她忽然低头流泪。

"不满意?"

"不。"

"那为什么出眼泪?"

"可能是高兴得出了眼泪。"朱丹露出难看的笑。母亲后来侦测几次,确信女儿是满意的。但临办婚宴时风云突变,朱丹呆滞了,这就像一团阴影笼罩在两家人心上。婚后数月,亲家母忍受不下,杀上门来,说:"我知道你是强女人,但今天这事不能不说,丹丹有问题。"

"她能有什么问题?"

"不肯行房。"

母亲大声说不可能,心下却全然败了。"说是亲家去了,丹丹难过,我们理解,但也不能难过这么久;说是嫌弃我们家晓鹏,我们也不怕嫌弃。这事我不说出去,但总是这样,我看还是早些了断的好。"亲家母说。母亲想起自家两代女人的悲哀,怕是冷淡也会遗传——在嫁给好人朱庆模后,他们一年统共行不下三次房,都是又求又告的,最初一次她推来推去,差点将他阳根折断。

朱丹回来时,母亲说:"女人都要做这事情的,这是女人的命。"朱丹低头扒饭,母亲便分外忧伤地说,"都是要躺在那里让男人戳的,你听话。"

"我知道。"

"忍一忍就过去了。"

后来与亲家母说话,母亲知道女儿每次行房后都会呕吐,有一次还呕在床上。亲家母虽然没再说什么,母亲却是羞惭不堪。她又是吓又是劝,与女儿一起研究《新婚必读》,吃肉苁蓉、胎盘,效果并不明显。母亲走投无路,找了个信人求告,却不知这妯娌听时满脸焦灼,传闲话倒眉飞色舞。不一会儿,一座县城都知道此事。朱丹丈夫陈晓鹏受不住眼光,跟一个农校实习生好上,证据确凿,情节恶劣,朱丹和母亲却不敢闹,倒是那女孩子来到朱家门前叫阵。母亲走下去连抽她三耳光,被推倒在地。母亲便打电话叫派出所所长将女学生带走,关够二十四小时。

事实证明,母亲当初替朱丹选这个丈夫是对的。虽然从无一夜得到欢乐,也总是被教唆离婚,他终究还是像绅士一样护住婚姻。逢年过节,他一手提着很多礼物,一手拉着朱丹,来到朱家。他跟朱家去祭祖,很多事情办得也是向里的。在社会上,他和和气气,人们见多鼻孔朝天的人,见到他这样又有面子又不傲的,总是格外亲热。母亲第一眼看上他时就觉得儿子朱卫不争气,现在看着仍充满慈爱。母亲感恩于他顾大局。

朱丹产子后,母亲松下气来。一个身高一米五七、体重八十斤的人,几乎是刨空身体,为陈家生下一个六斤三两的儿子,怎么也说得过去吧?亲家母要的本来就是香火而不是做爱,现在得到了,家庭便从风雨飘摇进入平衡,甚至比本来就恩爱的家庭还要平衡。她们达成默契,只要陈晓鹏不带女人回家,怎么都好。她们可以围绕新生儿分配好角色和任务:

妈妈、奶奶、外婆

喂奶、换尿布、带他睡觉

可是,孩儿一过哺乳期,朱丹又呆滞起来。不但呆滞,还加了惊恐。有时坐着坐着,突然中蛊,捂着胸大口喘气,额头出许多汗。"丹丹你怎么了?"朱丹却是站起,抓过包要走。"你去干什么?"母亲问。

"回家。"

"这不是你家吗?"

她猛然站住。

"你这是怎么了?"

"我快要死了,"她焦躁地说,随即又补充,"死不了的,你看,只是突然有点不舒服。"

这症状每隔几日来一次,有时一日来几次。母亲盘问不出来,失了眠,便幻听到楼上有男性脚步声,来回走几趟消失了。母亲自恃身正不怕影子斜,摸索上楼,在楼梯口摁亮开关,却是什么也没看见。角落摆放着她和朱庆模结婚时的家具,还有一张四脚床。

"老朱,老朱。"她叫唤数声没人应。

母亲再不敢睡,开大电视,吵了自己一夜,次日便让保姆陪住。当嘴角长胡子的保姆在客厅打起呼噜,她感到从未有过的踏实。以后她带着朱丹去坟前祭祖,庙里烧香,那声响便再未来过,女儿却仍心慌不止。

曾有一次,女儿像是下定决心,自言自语走进厨房。母亲问:"丹丹来做什么?"她又呆傻回去,拼命摇头。

"你来厨房做什么?"

"我不知道。"

"丹丹别怕,有什么事就跟妈妈说,"母亲口气软和起来,朱丹痛苦地看了一眼,落下眼神,"别怕孩子,你说,说什么我都不怪罪你。"朱丹却是回客厅了。母亲关掉煤气灶,走过去,罕见地捉住女儿的手,说:"你不说怎么能治病救人,我们有病治病,有身体病治身体,有心病治心病。我们妇女都有这样那样的病,又不止你一个。"

"没事,你看孩子都生了。"

"是啊,孩子都生了。这就说明你什么问题都没有。"

"都有下一代了。"

"是啊,那就别想了,越想越想不开。"

母亲也就如此了。后来她去找亲家母,亲家母找来陈晓鹏,说:"以后别出去花心了,成何体统。"母亲说:"也别说晓鹏。就是都是夫妻,夫妻应该有夫妻的照应。"

"晓得的。"

后来陈晓鹏至少在样子上过得去,接送朱丹下班,夜晚也搂她肩膀睡,可后者并无起色。即使是吃阿普唑仑、百忧解,也不见效。

终有一天,母亲带着朱丹去省城看心理医生。那医生说:"深呼吸。"朱丹做了几分钟深呼吸,果然头晕脑涨,立足不稳。

"是不是感觉就要死了?"

"是。"

"怕不怕死?"

"怕。"

"在死之前,你给我做一件事,背着双手,蹲下去,朝前跳一步。"

朱丹有些错愕,母亲说:"让你做你就做。"朱丹背着双手,蹲下去,像青蛙僵硬地朝前跳了一小步,引得医生哈哈大笑。他说:"你觉得一个快死的人还能跳远吗?你见过吗?"母亲跟着笑起来,朱丹看着母亲也笑起来。"什么事都没有。"医生说。

"是啊,一向都是疑神疑鬼的。麻烦医师再开点药。"母亲说。

"开个屁。我跟你说,你女儿的病就是自己暗示自己。身体一不舒服,比如呼吸急促,胸闷——这是多么正常的事啊——就觉得是死亡的征兆。因此惊恐。惊恐得越厉害,她又觉得,要不是快要死了,怎么会如此惊恐?死个屁,死人能跳远吗?"

后来母亲咂摸几天,看见朱丹便恶毒地说:"死个屁。"女儿便低下头。可这也只好了半个月,朱丹有时走着走着,瞧见没人便弓着身子跳一步,次数多了便成强迫症。

此事久了,便由痛苦而厌烦,由厌烦而麻木,慢慢变成生活永恒的一部分。只是到退休那日,睹万物萧条,母亲才忽然意识到女儿比自己老得还要彻底。以前看女儿,觉得今日与昨日并无区别,这一天却像是多年后重访,诧异于一个三十多岁的女人,头发已像薄雪盖煤堆,灰白一团。

"你怎么不去染下?"

"染了前边是黑的,发根长出还是白的,更难看。"

你还要活很久。母亲想,开始跟踪女儿。女儿总是目不斜视,像鹅,撇着双手沉闷地走。母亲有些不齿。女儿自打第一次骑车摔倒后便不再骑,现在满街妇女都骑电瓶车,只她走路,搬什么都搬不了,像个文盲。女儿早上从夫家走到单位,中午从单位走到娘家,傍晚从单位走回夫家,既不理会人,也不被人理会。没人知道折磨她的人或事是什么。

由她去吧。有一天母亲意识到这样的跟踪早被察觉,便朝回走。她边走边抹泪,后来索性坐在路边水泥台阶上,看红尘滚滚。这些,那些,去的,来的,欢快的,悲伤的,一百年后都不在了。这样痴愣许久,她见着女儿坐出租车一驰而过。她迟疑片刻,像被什么弹了一下,趔趄着下到马路,拦停下一辆出租车。女儿若是出门办事,定会有公车接送。打电话至办公室,果然说是回娘家。方向却是反的。

那辆车出了城,驶过六七公里柏油路,转进村道,穿越一大片油菜花地、竹林和池塘,到达一座唤作二房刘的村庄。放眼望去,村舍鳞次栉比,贴着瓷砖,装铝合金窗,各有三四层,独女儿轻车熟路去的这家只有一层,仍是青砖旧瓦。女儿像是溶进黑洞那样走入大门。大概也只五六分钟,她又出来,后边跟着一对老人。女老人矮小,笑着,真诚地看着她,男老人骨瘦如柴,只剩一张黄黑的大脸,眉毛、鼻孔、嘴角紧扣着,正将巨大的左手搭在女老人肩上,努力将右腿拖过门槛。

"爸,妈,不用送了,好好休息吧。"

那女老人便回头说:"死老头,小朱跟你说再见呢。"女儿又走上前,捉住男老人瘫痪的右手,唤了一声爸,细声交代几句,他那原本像一块块废铁焊死的脸便忽然开放,露出全身心的笑。"要得,要得。"他说。

中午,母亲坐在餐桌边,看见女儿上得楼来,像上演哑剧那样,换鞋,放包,上卫生间,洗手,择菜,淘米,收拾茶几。她既不问母亲为什么不做饭,也不想知道保姆去哪儿了。她说了多少年的谎,骗了我多久啊。母亲心下闪过一丝恐怖,阴着脸坐着一动不动。女儿后来终于流露出惶恐的眼色。

"把碗放下来。"母亲说。

女儿的身躯明显震动。接着她听到母亲说:"给我。"她惶惑地望着,将茶几上的鸡毛掸子递过去。母亲指着她说:"告诉我,这些年你都干了些什么?"

"没干什么。"

"没有?"

"没有。"

"那你怎么管那中风老头叫爸?"

"我没叫。"

母亲举起掸子劈下,被匆促躲开。"跪下。"女儿便扶着桌沿转圈,像是快要哭了。"跪下,死东西,我叫你跪下呢。"女儿不肯从命,母亲便举着掸子四处追打。此时朱卫恰好归来,说:

"打什么,你从小到大就知道打,打得还不够吗?还不嫌丢人吗?"母亲便说:"你问她,问问清楚,她外边是不是有一个野老公?"

"没有。"

"还没有。"母亲又打将下去,女儿却是仰头挨了。母亲便不再打,只见女儿委屈地抽动鼻子,哭哭啼啼,取过包要走。母亲捉住,说:"别走,今天说清楚,不说清楚,就是死也要死在这里。"女儿挣脱不开,便恼怒地说,"还不是因为你。"

却是因此,母亲知道自己当年拆散了一对鸳鸯。当时她只当提个醒,却不料真的拆散了。她曾毫无来由地教训女儿:"你喜欢一个人时一定要想清楚。你只有一生,就像只有十块钱,一冲动,就花出去了。你脑子就是容易发热,喜欢听花言巧语。记得,你不慎重对待人生,人生也绝不会慎重对待你。"后来朱丹的表姐妹带着男人来做客,个个穿着文雅,举止得体。"你看看他们,要么家赀万贯,要么父母当官,一起来,多有面子。"母亲说。

朱丹寻思母亲看出端倪来了。她背地里和同学谈了三年恋爱,那人退伍后到亲戚的电池厂当销售主任,叫起来刘主任刘主任,颇是好听,却终究还是农业户口。"不过,无论如何,那都是我自己的选择,是我决定的,我不可能没有任何感情,"朱丹说,"现在想起来,我要是跟他过,苦是苦了点,也会比现在好。现在人不人鬼不鬼的。"

"那你当时怎么不说?"

"我敢说吗?"

"你就是处处寻思和娘作对。你想想,要是我死了,不存在,不干涉你了,你还会要他吗?你愿意和这样的人过一生?"

"那至少也比现在强。"

这时朱卫插了嘴:"丹丹的想法我理解。可是,天下执政党总是吃亏的,一等在野党变成执政党,你就会明白,它们连前任都不如。政治不可靠,男人也一样。你跟那人过得下去?我不信。"

"不是这回事。"朱丹说。

他们却是因此又知道朱丹还曾经历一个恐怖的夜晚。那时距离她与陈晓鹏结婚只有半个月,母亲出差,父亲陪同前往旅游,而哥哥则在医院照应妻子,偌大新居只剩她一人看守。她像只兔子,一回家便将门锁死,试图让自己相信男友刘国华并不知情。但后者还是在酒局上听到了,"你的女人和别人拍婚纱照了。"

那众人的目光像是巨大的气体,推着刘国华朝险地走。"算了吧。"一个朋友说。

"算什么。"

他取过蒙古刀,走向朱家。据说他们炸开锅,除开一人思前想后报了警,剩余人都骑摩托车逃回了家。值班民警说:"口头犯罪不算犯罪。"

"难道要等他把人杀了才能算?"

"理论上是这样的。"

那当过特种兵、身高一米八的刘国华凭着一股戾气走到护城河,像野狼一般嘶喊许久。那四周原本有灯火的便都熄了,朱家的那盏也在犹疑中熄了。此时,刘国华的真气已一而鼓再而衰三而竭,他用手拍打防盗门,啼哭起来,"丹丹,你开门呀,我的心被割得痛死了。"

这一两小时,朱丹脑袋一直嗡嗡作响,只觉得无法解脱,人间所有的不快与折磨都涌上来,就像有无数条鞭子在抽打,就像自己躲在逃无可逃的角落,而猛虎不停用利爪拍打脆弱的栏杆。她想撞墙,想有一把手枪对准太阳穴,射进去子弹。她想要通透,一种光明的通透。"我快要疯了,"她对母亲说,"我没办法。"她打开门。刘国华滚进来,抱住她的脚。他除开哭只会不停地问:"为什么?"

"我妈不同意。我跟她解释了几年,没用,她不同意。"

"那你还爱我吗?"

"不知道。"

"不知道,你不知道啊,"刘国华拍打着桌子,眼泪汩汩而下,"分明是你自己不要我了,你嫌弃我了。"

"我没办法。"

随后她又说:"我想过办法的,对不起。"

"你嫌弃我。"

"我没嫌弃。"

"那你怎么还和别人结婚?"

"人总是要结婚的,我年纪大了。你别说,你听我说,我等过你,你总是说你会赚钱,你赚的钱去哪里了,你造的房子在哪里,你难道要让我嫁到二房刘去?"

这是分手的好时机,刘国华连口说好,好,就飘到楼下去了。她未曾想如此轻松,出了一身汗,跟下来。他一出去就关门,这是她期盼的,但她强撑着倚在门边目送他,以示并不绝情。

"不行,我还是爱你,"刘国华从黑暗中走回来,"我根本没办法克制自己不去爱你,离开你我完全活不下去。"后来他像疯子一意孤行。他找到一个新的武器,那武器挥舞起来是如此自如,以至让他的软弱得到隐藏,同时也让他所有过分的要求得到

075

尊重。

要么你死,要么我死,要么一起死。

"你知道吗?你让我感到害怕。"她摇头晃脑起来。

"我不管。"

起初他像是在表演,后来便彻底陷进去,"搞死我吧,只有这办法了,你看,我根本克制不了对你的爱情。"她去厨房给他倒水,出来时,看见他极其夸张地回到悲伤状态,便完全克制不住嫌恶。她说:"喝口水吧,别说那些傻话了。"他一饮而尽,以一种动物般无声而可怖的眼神看着她,说:"你到底爱不爱我?"

"你喝多了。"

"你到底爱不爱我?我问你呢。"

"不爱,"她突然进入罕见的平静中,说,"我告诉你,我不爱你,永远不爱。这辈子不爱,下辈子也不。你就是将我杀了,我也会这么说。"

"你以为我不敢吗?"刘国华抽出刀子说。

"那就来吧。"

她闭上眼。在那分外寂静的等待中,她像烈士,被一种前所未有的自主感包围,她说:"来吧。"刘国华便绝望地嘶吼,他表达够对自己以及对方的眷恋,猛然一刀刺向自己手掌。

"你干什么?"

"滚开。"

那野兽往下便像个出色的行刑人,先后在自己肚皮、胳膊、膝盖以及额头画起线来,初时只觉那线突然变白了,接着便有一排鲜红的血珠窜头窜脑冒出来。"你要干什么?"

"滚开。"

在她错愕时,他又喊了一声,"滚开,你这婊子。"她便眼见着他将左手食指置于桌面,像切菜那样切下来。然后他说:"我就是要让自己记得。我将身上弄出这么多疤痕,就是要让自己记得。这样我就永远不会对你心软。我让这些疤痕替我记着,我和你有深仇大恨。从今天起,我们有深仇大恨。

"我保证,有一天我会回来清算你。我什么时候都可能回来,我可能搞坏你,也可能搞坏你父母、老公,还有孩子,可能搞死也可能搞残,可能搞一个也可能搞全部。搞一个还是搞全部,搞死还是搞残,全凭我的心意。我会等你长成一颗大桃子,再来采摘。我说到做到。到时就是你求我,我也不会原谅你。我以这根指头发誓,我永远不原谅你。"

然后他永远地消失了。

朱丹因此呆滞了。所有人都知道她在婚礼上惊恐不定,她不时张望门口,总是缩在父亲身后,一旦程序走完,便快速走回房间,锁上门。当时大家只当是羞怯。"我怕他来泼硫酸,"她对母亲说,在后者将她纳入怀中时,她号啕大哭,"孩子生下后,我怕他突然蹿出来,将他夺下来摔死。这些年,他就像一块钢板塞在我脑子里,让我不得安生,妈,我就像站在孤庙,雨地里到处是马蹄声,我转着圈儿,不知道危险会从哪里来。我怕。"

"别怕,我会救你的,我这就来救你。他来过么?"

"没。他消失了。我一度想,他当时只是虚张声势,时间终将会改变一切。时间会让他的愤怒消失。甚至我以为这威胁本身就是恶作剧,恶作剧就是目的,他依靠这个来惩罚我。这个国家毕竟还有王法。他吓吓我,吓得我过不下日子,他的目的便也达到了。但正当我这样想时,他托人从外地带来一只包裹,那里有一只塑料袋,袋沿滴着透明的黄油,袋内装着一只发霉的手指。那是他剁下来的食指。

"他就要回来了。"

尽管不太相信这说法,母亲还是在盛怒中召集本族在街上的人,杀气腾腾地去了二房刘村。"刘国华呢?刘国华在哪里?"他们在这青壮年都出外打工的村庄呼吼,找到那矮小的房屋。男老人照例用左手巴住女老人的肩膀,拖着残废的右腿出来。

"你们算什么东西?"母亲说。那老人嘴角瞬时流出一摊水,说:"说些什么呢?"

"她说,国华害了她女儿,"女老人说,接着又对母亲说,"你们也要讲良心,我们世代都是农民,我也知道你们是城里人,他们俩没好上,我们从来没怪过姑娘。不是一个条件。"

"什么不怪?你儿子说要杀了我女儿。"

"不可能,我儿子那么老实。"

"怎么不可能?"母亲使了疯,大声嚷起来,只见那男老人眼中滚下一颗球大的泪水,强忍着说:"你们走啊。"

"走什么走?我今天特为来告诉你们,我朱家就没怕过谁。"

"走啊。"

"我只是来告诉你们,我女儿这些年到你们家来,求你们,讨好你们,好让你们儿子回心转意,不要祸害她。她值得吗?你们配吗?你们哪一点配得上她讨好?"

那男老人怒得不行,颤抖着从随身包里抓出玻璃杯,掷过来,却是在距母亲还有一米时掉下。女老人马上大哭,"都死了人啊,都没一个人出来做主啊。"母亲倒不怕什么村人,就怕人家又要中风了,强上几句嘴,便镇定地钻进车里,一溜烟回得县城。她找到派出所所长,所长二话没说,将刘国华申报为追逃对象。

又过去两年,风平浪静。母亲吃了往日好用强的亏,在老年生活中落了单,被一个练功团队召去,每日傍晚大力鼓掌。一日用力过猛,顿悟,这世道原来是吃人世道,从此便难清醒。她又偏偏是无神论出身,因此能在表象上自控,一时使外人不能察觉。只是那疯癫像肥肉,时常勾引着她心甘情愿地走,一不朝前走,便如万蚁钻心。

那朱卫见情况如此,回家便少了。人们只道闺女是小棉袄,见着朱丹每日仍旧归来。母亲开始无休无止地折磨保姆,比如怀疑投毒。那保姆嘴角长胡子,大字不识一个村姑,哪里受得了这般侮辱,卷起铺盖要走,被朱丹拉住,加了两百工资。朱丹说:"三姑,你好歹在这里服侍八年了,就当她是个小孩,作弄她吧。"那保姆一听,心软了,后来还能开玩笑:"老怪,你说我下毒,我要下毒早就下了,轮不到今天。"

母亲说:"哼,你先吃,你下毒先把你毒死最好不过了。"

保姆便大碗喝酒,大块吃肉。然后她们在宅子里旷日持久地玩游戏。母亲总是出其不意在角落放上画过奇怪图案的人民币,装作忘记了。保姆总是将它们收集起来,还她,她便蘸口水一张张地点,要是少了,便大叫:"我早就知道你是个不诚实的东西,你就这样贪心,连主家这点钱都偷。"保姆便打电筒去找,不久便真找到五块钱。

却说一日,母亲灵感来了,怀疑保姆将农村的亲人接来住,便闲不住,四处搜寻。她从一楼翻至四楼,一无所获,便去了阁楼。通往那里的楼梯又窄又陡,她是单手扶着脑袋走上去的。她一打开锁,便见里边灰蒙蒙一片,一只壮硕的乌鸦扑棱棱飞出窗户。

两只用不干胶粘得严严实实,又被包装带捆死的木箱躺在那里,暗红色的油漆尚未剥落。看得出来,它时刻等待被搬走,却像是不幸的孩子被永久遗忘。母亲抹抹盖上的灰,心说:"我可是从来没整理这两箱东西。"

她下楼找保姆,没找着,便提着剪刀上来,撕裂不干胶,剪断包装带,将箱盖揭开。一股陈气几乎将她熏翻。接下来她所见的,让她痴愣。她先想到保姆父亲是宰牛的,接着判断这绝不是动物尸骨。她感到有意思了。这时,在她囫囵的脑海中,有两件事正相向而游,游到一块她就明白了。

尸骨……女儿。

但楼下此时正好传来保姆爽朗的笑声。三姑你还笑,你干的好事,你杀了人,还藏尸在此,坑害我朱家!她跌跌撞撞下楼,手翻笔记本,找儿子朱卫和女儿朱丹的电话号码。朱卫的手机一直没人接。朱丹的手机也一直没人接。第二次拨打时,朱丹已关机。母亲便在一阵强似一阵的恐惧中下楼去,走进光明的中午。她穿过护城河,走进知书巷,就快要撞着女儿了,却是侧身转进侧巷。兹事重大。她抄近路去城关派出所了。而朱丹走完知书巷后,走过护城河,和社员饭店老板交锋几句,便走到家门口。慵懒的保姆提着毛线及时闪现出来,谄笑着说:"丹丹回来啦?"

"我妈今天怎样?"

"还不是老样子。"

"我看她跑出去了。"

"不怕,她会跑回来的,她怕我偷她的东西。"

果然不久,母亲高叫着"别跑别跑",带一伙警察跑来。这事有诸多蹊跷处——疯子报案从来没人理,即使那老所长是她一世情人。他们从初中好起,没牵过一次手,拥过一次抱,亲过一次嘴,却像世间最亲的兄妹,一向都由他来忍让、迁就她的骄横。这天她啼哭着猛然跪下,所长便老泪纵横,"如果是儿戏,就当是陪你儿戏吧,反正我也早退居二线了。"他带着一名警察和两名实习生走进朱家大宅。上楼梯时,他们看见朱丹正汗如雨下地朝下走,便一起退到转角处,让她先下。

"丹丹你这是怎么了?"他问。

"没事。"

她凄苦地笑着,扶着栏杆软绵绵地走。大约十分钟后,那四名警察在查看现场时茅塞顿开,争先恐后朝下冲,其中一位还拔出枪。他们看见朱丹刚走到桥边。这十分钟啊,她只走了十米,她的脚就像粘着巨大的口香糖,她就像在噩梦里那样无望地逃跑。

"我们发现死者的西服里有刘国华的名片,他是不是你的初恋?"

"是。"

"他死了多少年了?"

"十年。"

据说在朱丹被铐起来时,母亲突然清醒了,她扑在女儿和警察之间,以极其正常的语言号叫:"是我干的,是我干的!"

"是我。"朱丹说。

那老所长几乎像拎一只兔子那样将她拎开了,她便抱紧他裤腿,大叫:"是我杀的,我一刀一刀地杀,一刀一刀地剐,我将他剐得稀巴烂。"

"是我。"朱丹说。

此后母亲便像扎进没有终点的深雾,再没正常过。她曾经去看守所门口守候,但并不知道守候的是自己的女儿,是保姆牵着她去的。当囚车驰过时,朱丹透过铁窗,看见母亲甚至在笑,只是这笑容平淡而遥远,像是彼此没有任何血缘上的联系。这件事轰动了整个县城,甚至整个地区,每天都有许多人插着裤兜,来朱家门前,仰着头参观,有的人还掏出手机拍照。刘国华的亲属早就在这里贴满"血债血还"的标语,也拉上了横幅。母亲这时就像是他们中的一个,好奇地看着每一个细节,有时还用手抚摸白纸,用脑海里残存的对知识的记忆,念出一些字来。

案件在地区中院审理。出人意料的是,陈晓鹏忽然不顾母亲的指责,动用父亲及自己在政法系统的一切关系,替朱丹运作了起来。他请来一位名贯三省的大律师,那律师在法庭上只一句话便使审理进入僵局:

"死者系服食大量安眠药自杀。我的当事人在死者昏睡后,探了他鼻息,才知他已断气。在慌乱中,我的当事人将他拖到床底,藏好。后来出于害怕,将他分尸,试图运走。如按照现在的刑罚,她构成侮辱尸体罪,但在当时,法律并未规定这一罪名。"

"胡扯。"

那本来就已闹过事的刘家亲属,在旁听席上鼓噪起来。法官这时敲打木槌,用一种长辈人的慈悲问:"被告,是不是这种情况?"

朱丹转过脑袋,看见刘国华的母亲正揪着一团白手绢,捂着唇鼻哭泣。哭着哭着,她用右手拇指和食指捉住鼻尖,清脆地擤下鼻涕,然后继续歪头歪脑地哭。在她大腿上有一张缀着白花的死者遗像。在意识到朱丹看她后,她站起来,大声说:"可恨这女子,这些年来总是到我家来,不是骗我儿子在广东,就是骗我儿子在福建,说是我儿子一定要赚可以买下一个县的钱才肯回来。你骗了我们多久啊。你这个骗子。"

朱丹说:"对不起。"

接着她转过来,对法官说:"我现在呼吸平稳,神态放松,医生说得对,当我转身面对恐惧时,恐惧便也如此。"

此后,公诉人要求出示证物。那两箱子白骨便被抬来,其中一只下肢还套着皮鞋,多数骨头被蛮力剁裂,裂口像开放着的喇叭花。"可以想见当时用力之猛。"公诉人说。

"这并不能说明什么。你并没有证据表明此案系他杀。"律师说。

"我们有被告总共八份供述。"

"我认为我们还是应该重证据而轻口供。"

"被告,你自己怎么看呢?"法官这时又慈悲地说,他的态度引得旁听席上一片震动,一伙由刘家邀来的亲友拍起桌子来,纷纷批评起这世道来。却是这时听到朱丹说:"我要说是我杀的,你们就会判定是我杀的;我要说不是我杀的,你们也就很难判定是我杀的。我如今要说,是我杀的。

"你们可能见过,我家地板上有一块划痕,那是他皮鞋蹭的。你们可以看见他的鞋跟有蹭掉的痕迹。那是我勒死他时,他的脚在本能地往地上蹭。他喝了我泡过安眠药的茶水,睡过去了,我扯下电话线,缠住他颈部,勒死他了。当时他的脑袋靠着我这边肋骨,这块肋骨现在还痛。

"人是我杀的。没什么好说的。你们刘家提出要赔偿,我这些年一直在积,积了有七万,算是对你们的补偿。"

她说完后,现场一片安静。那刘母举起遗像,想说却不知道说什么,便摇晃着它。"别让我看到他,恶心。"朱丹说。在处决她前,她写了一封简短的信,说:晓鹏,你一定要相信我是爱你的,我一直就在爱你。我们的儿子属于你。

她在牢里一直跪着,死命地闭着眼,就像枪决在即,但最终她是被注射处死的。(感谢 C 女士为我讲述故事的雏形。)

极 端 年 月

第一部分

1998 年 2 月 14 日下午

天空浩大,一只鸟儿忽然飞高,我感觉眩晕,便低下头。影子又一次叠在残缺的尸体上,就像我自己躺在那儿。

以前也见过尸体,比如刺死的,胸口留平整的创口,好让灵魂跑出来;又比如喝药的,也只是嘴唇黑掉一点。但现在我似乎明白肉身应有的真相:他的左手还在,胸部以下却被炸飞,心脏、血管、肉脂、骨节犬牙交错地摆放在一个横截面里。这样的撕裂,大约只有两匹种马往两个方向拉,才拉得出来吧。

五米外,躺着他烧焦的右手;八米外,是不清不楚的肠腹,和还好的下身;更远的桥上,则到处散落着别人的人体组织和衣服碎片,血糊糊,黏糊糊。桥中间的电车和出租车,像两只烧黑的鱼,趴在那里,起先有些烟,现在没了。

上午我往桥上赶时,已看到小跑而回的群众在呕吐,现在风吹过来,我还是支撑不住,我抱头蹲在地上,可是又觉得那尸体自行立了起来,在研究自己可怕的构造。我猛然看了一眼,它还是面目模糊,一动不动地躺着,我便被这孤独弄得可怜起来,便拨媛媛的电话,对她说:我爱你。

媛媛说:你说些什么啊?

我说:我要保护你一生一世。

媛媛说:你没事吧?没事的话我挂了。

我真想拉她衣领,告诉她,我庄重地说"我爱你",并不是因为今天是情人节,而是因为一颗很小的炸弹,像撕叠纸,撕了很多人。很多人,虎背熊腰的,侏儒,天仙,丑八怪,说没就没了,说吃不上晚饭就吃不上晚饭了。

可是等找到合适的词,电话却响起嘟嘟的声音。

我撕破喉咙,大喊"操你妈",天空轻易地把声音收走。我又将手机砸向石块,那东西只跳了一下,便找个草丛安静待着了。我慢慢靠上树,跌坐向树根,坐成一尊冷性的雕像。不久,媛媛的电话打过来,我又知自己心间其实埋着汹涌的水。媛媛一说"对不起",我的泪水便冲出眼窝,汩汩有声。

我说:我只是想见到你。

媛媛忽然明白了,带着饭盒就往这片距大桥二十七米的树林赶。她气喘吁吁的身影越变越大,我挣扎起来,展开双臂,摇摇晃晃地迎接她,抱她。她的胸脯踏踏实实地顶上我的胸脯,我便像走近篝火,身体生起一层层的暖来。

用调羹捞完铝盒里最后一口饭后,我静静看着发怔的媛媛,说:我吃饱了。

媛媛的口里冒出蚊子一般的声音:我背叛你了。

我说:你说大声点。

媛媛摇着头说:对不起。

我慢慢走过去,抱紧她,箍紧她,箍得两人都不再抽搐了。

后来,阳具热了起来,我去翻她毛衣,可媛媛泪眼婆娑地拦着。媛媛说:说你原谅我。

我说:我原谅你。

然后我将毛衣拉下来,却忽见她的上身跟着一起血淋淋地拉了过来。我突然醒过来。眼前哪里有电话,哪里有媛媛,眼前只有肥肿的下午一层一层浮着。

1998年2月14日傍晚

远天变成硫磺色时,一个白衣老头一截一截变大,走向这里。我想这就是要等的北京专家,便舞着手迎上去。我想告诉他,远地儿没尸体了,我们一起回去吧,可他却像个收破烂的,走走停停,拿着枝条在地上辛苦地拨来拨去。

我赶到他面前,敬了个礼。

老头抬起吊睛白额大头,说:会阴很好,臀部也不错。

我忽然闻到此人嘴里喷出的马粪味,心间晃当一下,下起暖烘烘的雨来,可是老头又撂下我,在一边蹲下了。他戴好手套捡起那只烧焦的右手,眯眼看了很久,又小心放下。

看到那个躺着的上半身后,老头用枝条指着它说:你看,胸部以下没了,是什么情况?

我说:距离炸弹应该很近。

老头说:不,是炸药,你没闻到硝铵的味道吗?你能形容这一路的尸体吗?

我说:都是血肉模糊。可能有的伤重点,有的伤轻点。

老头说:你长长脑子。车边是不是有两具整尸?他们衣服是不是还在身上?上边是不是还有很多麻点?

我说:是,是。

087

老头说:说明什么呢?

见我没反应,老头又说:说明不是炸死的,是被冲击波活活冲死的。你想,人飞出来,先和车窗户有接触,出来后又和地面有接触,铁人也报废了。但是他们顶多是个炸裂伤,不像面前这具,明显是炸碎伤。炸碎了,就说明他待在爆炸中心。你看他右手飞了,说明什么呢?你说说看。

我说:他身体右边靠近炸药。

老头说:准确说,是他用右手点着了炸药。

老头又说:他的会阴和臀部保存得不错,又说明什么呢?

我想到会阴和臀部对位,很难同时完好,支支吾吾起来。

老头点着我的太阳穴,说:都给你指得这么明。他是蹲着点的。蹲着,火药就炸不到屁股和鸡巴了。

老头又说:在离电车西南方向三十米处,我们找到另一具胸腹缺损的尸体,他是两只手都炸飞了。你说因为什么?

我说:可能两只手抱着炸药。

老头说:总算对了。你看着,现在我们基本可以画出电车爆炸前的样子了。左边多少位置,右边多少位置,坐什么年纪、什么身高的人,坐哪里,什么坐姿,我相信都可以画出来了。司机的位置在这里,毋庸置疑。我听说司机受伤不重,这就说明他距离爆炸点偏远,这样我们可以判定,爆炸点在后车厢。到目前为止,我们只找到两具胸部以下缺损的尸体,而且分别被抛到西南和东北方向的最远处,这说明是他们引爆了炸药。情况就是这样,他们待在一起,一个面向司机坐着,双手抱炸药,一个背对司机蹲着,点它。至于其他人,复位也容易,损伤重的靠炸药近,损伤轻的靠炸药远,右边受伤说明右边靠着炸药,左边受伤说明左边靠着炸药。这样,我们就可以把几具特点鲜明的尸体请上车了。我感觉那个背部一塌糊涂的男子,当时在歪着身子亲别人,因为距他不远的一具尸体正襟危坐,只是炸掉了手臂。我感觉还有一个小偷,他的手被破损的皮革缠着,像是要抓什么东西,却什么也没有,我估计是钱,钱烧掉了。我还听说售票员没事,但是面部一片漆黑,我估计她当时应该发现了情况,想过去看,结果刚抬脚,炸药炸了。

老头说到梗阻处,忽见我仍是汗如雨下,便没意思地丢下树枝,说:可以收了。

我郑重其事地戴上橡胶手套,把尸块和物品小心翼翼捡进塑料袋,又塞进编织袋,试图挽回一点好感,可是腰一次次折下,便没气力了。我想歇息下,又不敢,只是默念,事情总会结束的,结束了就回家拉媛媛的手,鞋也不脱,睡死过去。

收拾停当后,我挺了好几下腰,寻思老头会和我一起抬编织袋,可他却傲慢地丢下一个眼神,然后打着手电,跟着一晃一晃的光芒,走前头了。我把编织袋扛上肩膀后,抬头看了眼大桥。那里,一个个人在忽明忽暗的警灯照耀下,像是尸体一具具站起来,像是收割完庄稼,相约回家,像是遥不可及的幸福。像是要抛下我。

1998 年 2 月 14 日晚

下车后,我看见刑侦大队操场好像个屠宰场,堆满大大小小的编织袋,副大队长是算账师爷,在昏灯下点数。不一会儿,他扔掉账本,大步流星地走过来,两只手捉住老头一只手,握起来。

我拉开车后厢,拉出尸袋,小心听着他们聊天。副大队长说数出了二百零二袋,吓死人,老头说没什么没什么。我怕老头接着说,你们怎么还有这么弱智的警察。

卸好尸袋后,我过去向副大队长汇报,副大队长只唔了一声,我便要像个屁一样飞走,却不料又被他伸手拉住。副大队长说,你带首长去洗澡。我好似驴儿跋涉归来,背上忽又被重物压着了,脸上苦起来。

澡堂里,水柱砸向马赛克砖,好像下雨,我拿毛巾狠狠搓洗身体,好似血污永远搓洗不完。未几,我看到老头走回更衣处,在那里用干毛巾搓隆起的腹部和灰茫茫的阴部,像搓一只伤痕累累的皮球。我把头伸进水柱,想你老快点走啊。

可是老头却坐在那里抽烟。眼见抽完,又接上一根。

我穿好衣服后,老头说:走,一起吃饭。

我说:我还是不去吧,我去不合适。

老头呵斥道:让你去,你就去。

我是在那时知道绑架一词的,好似刚和莫斯科的情人度过第一个甜蜜的夜晚,便被差役架着往西伯利亚走了。我每往酒店走一步,便觉媛媛身体往水里没一截,走到门口,亮如白昼的灯光扑来,我咯噔一下,看到媛媛彻底沉入水中。湖面寂静,世界寂静了,无数亲热讨好的"你好你好"声却纷至沓来。

进包厢后,副市长起立鼓掌,隆重介绍:这位就是张其翼张老,公安部首批特聘的十大刑侦专家之一。大家欢迎。

老头也不谦让,落座于上位,然后四顾看去。桌上好似开了个蔬菜园,百合、土豆、苦瓜、茄子、青菜、玉米,百花齐放,百家争鸣。老头冷笑道:你们做西红柿鸡蛋汤是不是连鸡蛋也舍不得下?

副大队长鞠躬道:主要是怕心情不好。

张老说:心情不好算什么,心情不好也要吃饭啊。

副市长忙拍巴掌,把服务员喊来,说:有什么风味特产,尽管上。

又对张老说:我们地方小,不懂规矩,张老不要怪罪。

张老说:不怪。就来一瓶二锅头,一盘红烧肉,一盘腔骨,一碗猪肘子。小妹,速去。

我心里像被杀了一刀。世上拖人事莫过喝酒,敬酒还酒,还了还要敬,要么到中央,要么到地方,不矫情到凌晨不算完。我低下头,从这毫无用处的喧哗声中抽身出来,死盯着手机看,那上边的时间许久不变化一下,那上边一分钟慢似一世纪,那上边只写着永恒的四字:"中国移动"。我像从上课铃响起便开始憋尿的学生,坐立不安。许久,我又去想媛媛长什么样,却是什么也想不出,心下便有蚂蚁一行行,焦灼地爬。

正迷糊间,忽听副大队长从天上喝下来:老二,干什么呢?

我匆忙抬头,见红丝丝的肉片、肥硕硕的肉块和拦腰斩断的骨头,正冒着欢腾的热气,而张老已然夹好一块,要赏给我。一股呛水涌上喉间,可张老还在挑逗:闻一闻,很香的。

我闭上眼,生生把呛水吞了回去,张老嗤了一句,又去夹了三片,招呼大家:吃,吃。

大家说好,却只拨弄蔬菜,而张老早已将肉汁从唇间咬飞出来,我看得魂飞魄散,便又低头瞅手机,没有未接来电。我想把它恢复成鸣音,又怕不懂规矩。抬头时,张老又从碗内夹出肘子,大家唯恐被点名,埋头扒饭,个个把口腔塞得严严实实。

张老有礼送不出,愤愤地把肘子丢回碗内,那油汤猝然飞出,副市长已然控制不住,吐了,我们受领导启发,个个鼓起嘴巴。张老大嗤:你们干什么公安?拂袖而去。我们面面相觑,不敢赔罪,不敢挽留,只愿他走快点,他一走,我们就自由了,就欢快地吐起来,有的吐完,觉得不到位,抬头看看腔骨的血盆大口,继续吐起来。

我擦嘴时看到同事揉太阳穴,便问:你白天不是收尸吗,怎么也怕?

同事说:白天收东西,晚上吃人啊。说完眼泪出来了,我也出了些眼泪。我想这样也好,牢坐完了,解放了。却不料副大队长扔掉餐巾纸,拍巴掌说:今晚统统加班。

我忽然厌倦起这工作来。我想应该甩掉背上的重担,咬断鼻前的缰绳,离开这永无解脱的轨道,撒开蹄子去过情人节,可是又有声音告诉我,你这是命,而且是条好命。

我想给媛媛说下,可是害怕这样是把自己丢在砧板上,任她劈头盖脸地剁。我想她打过来就好了,我的声音像生病一样,她或许就理解了。

我拖着自己,恍恍惚惚走向大队,冷不丁被门口嘈杂的声音围杀过来,他们揪我衣服,摸我肩膀,给我下跪磕头。我张皇失措地说:往好里想吧。有个把粉底哭花了的中年妇女冲过来说:什么叫往好里想?我没工作,孩子要读书,怎么往好里想?

我想快步走进去,却不料她用手箍住我腿,我甩不是,蹬不是,只能干耗着听她嘶喊。她大概说老公本应加班去了,厂里却说没去,本应上午坐电车回,也一直没回。我听得晕头转向,心想这样也好,就待在这里,陷在这里,老死在这里。

那女子见我只是发愣,便苦苦哀求了:你带我进去看看,就是化成灰也认得。

我说:别多想了,明天我们会贴通知。

1998年2月14日晚—2月15日凌晨

进大队里后,手机总算响了,传来的却是副大队长的声音。

他以为张老吃饭带我,就是对我有好感了。他要我去服侍这糟老头儿。

我叫天不应,叫地不灵。

来到烟雾缭绕的办公室后,我只是坐着。张老抽烟,喝茶,觉得口里湿了,又抽,根本投入在他自己的世界。有时痰哗的一声飞出,我还觉自己是容器。

张老开始拼接一堆草图时,我想我画的现场图也在里边,便走过去说:这张好像应该拼在这里。

张老挥手说:走开。

我傻掉了,一动不动。张老又说:求求你走开行不行?

我这才像得到判决,走开了,但不知是该走到桌边,还是门外,便压着自尊心磨蹭,许久才敢落座于门旁沙发。坐好后,我将手机设为静音,颤巍巍点上烟,心下则伸出两只巴掌,疯狂抽张老的面颊。

张老的手机响过一次,张老吼道,你不打电话会死啊。然后将那东西一把拍到桌上。我颤栗起来,接着想这不是我一个人的问题了,这是所有人的问题。所有人都有问题,就说明你张老才是有问题,神经病。

后来,张老拿出尺、笔和白纸,画了几笔,揉掉了,如是往复,好似有了点进展,谁料副市长带队,亲自端西瓜来了。副市长说:不急这会儿,不急这会儿。

张老起身取了一片,一口吃掉,然后说:还要吃吗?

副市长脸煞白下来,找了个台阶,溜了出去。

人走了,张老就倒在椅上,翻来覆去,唉声叹气,好似大富豪破产。许久,我才听到他说:严丝合缝的东西又破碎了。

我想我待在此地为何呢。我就是看手机,看来看去,还是

"中国移动"。

我想,媛媛自己安排了,媛媛不在乎我了。而我呢?一直是她的囚徒。她说有光,于是就有了光;她不说,天下就黑暗了,我在夜雨中孤苦伶仃地走。

我恍惚觉得自己是暴怒的法官,手上提着皮鞭,围着媛媛走。我说,我给过你很多东西,比如钱,信任,以及任何的秘密,可是却不知道你在想什么,想着谁。我看到这个嘴角带血的烈士轻蔑地说:我为什么要说,我有什么好说的!我便被这轻蔑侮辱了,便想用刀剖开她的心脏大脑,看看里边到底埋了什么真相。但这就是人类永远的遗憾,你永远无法像知道自己想什么一样,知道别人想什么。别人就是城堡,媛媛就是城堡。在冥想的尽头,我扔掉屠刀,眼泪哗哗地跪下来,恳请城堡主人开恩,给我一个判决,要么让我活,要么让我死。

这样悲绝的字句眼见要冲出口时,我吓醒过来。张老像剪影僵立在灯光下,我想媛媛应该是睡了,今天不用多想了。

今天就这样了。

将近一点,张老才完工,他张牙舞爪了好一番,我才知是叫我。匆忙走过去,见桌上已摆好两张精密的电车复位图,火柴人或坐,或立,或躺,或蹲,一目了然,死十五,伤二十三,完全贴合。而且,以前我见过的示意图多是线标外奔,这些却是向里奔,向电车奔的,就好像尸体们沿着抛物线飞回去了。

张老说:怎样?

我老实巴交地说:像艺术品。

张老有些不好意思地笑了,张老说:两张图之间还是有误差的,爆炸点彼此差了一尺。我们差一个具体物证,有张草图上注明有螺丝钉,我已看过原物。这颗螺丝钉是哪里的,将决定炸点在哪里。现在,你打电话给公交公司,叫他们开辆同样的电车到桥上。

我说:现在?

张老说:当然现在。

是夜,一辆同品牌的电车开到被炸车旁边后,我们封锁好大桥,静观张老脚套塑料袋,手提电筒,在两辆车间来回奔波,不厌其烦。弄了有一刻钟,他说:电车上的螺丝虽然脱离,但基本能找到,就是倒数第二排连车座带螺丝一起飞了,说明爆炸点在那里。你们配钥匙,固定好钥匙,就能配另外一把了。道理一样。

说完,张老又找了两个刑警上新电车,让他们时而侧坐,时而正坐,时而蹲着,时而抱物,时而头垂,时而头歪,咔嚓咔嚓,拍下不少照片。我便想到美国大片的特技模拟了,我忽觉事情简单,但就是想不到。

回来后,张老改了改复位图,对着副大队长朗读:爆炸点距车地板十厘米,左壁五十五厘米,后壁一百零四厘米,即倒数第二排单座右下方;爆炸物系硝铵炸药,炸药应为十公斤,现场未搜到导火索,但可考虑为导火索引爆,你们可查炸药来源;爆炸前乘客动作基本测出,除待在倒数第二排单人座的两位乘客有嫌疑外,其余人处于浑然不知状态,因此,嫌疑人应基本锁定这二人,就是第十二号和第十三号,你们可重点查访。

副大队长说:张老真神仙也。

张老说:罢了。

1998年2月15日下午

我迷迷糊糊醒来,已是次日下午。手机躺在沙发边,像是深藏不露的门房,将告诉我,这十余小时谁关心过我,慰问过我。

我想显示屏上或许记载着二十个、五十个、一百个未接来电。都是媛媛打来的,媛媛很焦急,平均十分钟打一次。我得赶紧回个电话去。

但那里空空如也。

我想欠费了,又觉不可能,心下便忽然来了大水。我就是在车上爆炸了,她也不会来看看尸体;就是埋在棺材里了,这婊子也不会来洒一滴泪水。

我想想还是拨过去了,电话嘟一下,歇一下,好像公布答案的倒计时。我的嘴唇哆嗦起来,我会跟她说什么呢,我甚至都怕听到自己的声音了。可那声音终于无休无止地漫长起来,到最后又有个普通话很好的女子出来说些客气而冷漠的话。对不起,您所拨打的电话暂时无法接通,请稍后再拨。

对不起,您,请。

Sorry, the number you dialed is busy now. Please dial it later.

我咬着腮帮,像石头一般硬坐着。这时,张老走来问:醒啦?

我仓皇地笑笑,忽见张老又鬼魅般走远了,嘴上还说:又说废话了。

我问:饿吗?

张老背对我摆摆手,苍老地说:不用了,挺麻烦你们的。

我问:张老您这是怎么了?

许久,张老才搬椅子过来,俯身对我说:孩子,你觉得图纸很精细,像艺术品吧。

我说:是。

张老说:我每次做时也很兴奋,我总想看到事物回到它应有的状态。现在,我把乘客画回到昨天上午十时八分,我看到他们浑然不知地坐在车上,有的想着上班,有的想着回家,有的想着发财,有的色胆包天。我也看到那两人,一个闭眼,抖索着手抱炸药,一个把头凑到炸药包上看,镇静地把火苗移向导火索。火光一定照过他的脸,一定显现出他兴奋的眼神。我看到了这一切,几乎有射精的快感,可是就是有声音告诉我,你看到有什么用?

我说:怎么没用呢?

张老说:就是没用。我也测算出了爆炸点,可是测出了又有什么用?你们只要上车,看哪里损坏最大,就知哪里就是爆炸点了,你们也很快就知道是路上爆炸还是车上爆炸了。而炸药成分,你们也可化验出来,民间用药都是矿药,矿药都是硝铵,学名叫硝酸铵,有的也叫硝酸钠,都知道。还有,即使你们在现场查不到引爆人,也能通过认尸,排除出好人。关键一点,我记得你第一次见我,就说那具尸体应该靠近爆炸点,你说你都知道了,我论证这么久有什么用?

我说:张老千万别这样说,没您我们一筹莫展。

张老说:到目前为止,还没有国际组织声称负责,也没人自首。不过,自杀性爆炸,凶手往往留有遗书。你说,人家遗书都留了,我还论证个屁?好像人家留遗书是为了让人炸一样,不可能。写遗书就是为了炸人,炸自己。

张老说到哀处,猛拍大腿,叹一把老骨头,毁这荒谬的工作上了。

我说:我就不信善恶没有报。

张老说:啊呀,你说到我痛处了。最苦的就是这个,凶手无法起诉,你有气出不了。你判他五马分尸,他先把自己五马分尸了,你判他凌迟,他先把自己凌迟了,你不解恨,再剁几刀,像剁包子肉馅一样,有意义吗?我昨晚去现场复查,也是想推理下,看有没有可起诉的活人。我想还有种微小可能,就是这两人也是无辜的,他们处在炸药中间,导火索却是别人点的。但我在现场找人一模拟,就知不可能了,光天化日,长距离引爆太难,而且那座位的格局也只许两人互相遮挡,完成此事。

我说:您肯定抓过那种陷害他人的。

张老说:前年在501国道上抓过。那次爆炸发生在夜晚,卧铺车的人都睡了,现场表明,一个上铺女子,腹部和双腿被炸严重,损伤超过其余人。当地公安认定是自杀,我说你们还年轻,你们低估了别人的智慧。我这么说,是因为看到一个伤员的腋窝和脚板有炸伤,我的理由很简单,只有点了导火索然后找地方趴下的人,才会暴露腋窝和脚板。后来案件告破,情况就是这样。死者老娘还说,怎么也不会想到是他。但这样让我感到聪明的案件,却很少发生。有些要案奇案,破起来工作量巨大,我多半只出现场,还原一些数据,真正破案的还是你们地方民警。我说白了,就是个前期打杂的,就是个帮手。可有可无。

我把话题移开,说:您为什么出了现场还能吃喝?

张老说:你见了一般尸体,也能吃喝。我只不过看多爆炸的尸体,就一般了。其实也吐过,吐是因为那次爆炸超出我想象力了。那次是在一个破庙,我赶到时,就见一铜钟立在庙前,黑黢黢,开了裂,没什么大不了的,但一撬起钟,一股呛人的味道便冲出来,几乎要放倒我们。我们起先看到里边漆黑一团,什么也没有,擦擦眼,又看到肉末和骨头渣子粘在壁上,我马上意识到自己没看到一滴血,血被剧烈的高温烘干了,便哗哗地吐了。我眼泪花花地对旁人说,我是公安部的钟馗啊,我都吓坏了。

我说:是人都要吓坏的。

张老说:是啊,我从没见过对人这么彻底、这么有创意的玩弄。我感觉那壮汉被五花大绑罩在钟里后,叫了很多次娘,而外边的人则站在安全的田野,对他进行一道道宣判,然后息声,点着导火索,看着它慢慢往前烧。那是天下唯一的声音。那壮汉的肌肉一定鼓满了,眼睛也撑到最大,然后他看到一条红色的虫子钻进来,爬上他的脚,他想跳,跳不起来,想跑,无处可跑,接着爆炸降临,像有一万发子弹射过来,你看不见任何完整的器官,你被彻底消灭了。

张老接着说:那钟自己大概也受不了,跳了几跳,才闷响着落于地上。

我说:人为什么会用炸药呢?

张老说:这问题看起来傻,其实好,这问题和吃喝拉撒一样重要。一开始研究爆炸,受现场刺激,老觉得这事应该是人害怕碰上也害怕去做的,想想都是可怕的。可是一离现场,碰到情绪不服,比如女人被拐跑了,就又恨不能把人祖宗八代,活着的死了的,都炸个稀巴烂。

我说:是呀是呀。

张老说:仇恨带来的。人有时奇怪,杀人前气势汹汹,杀完了,杀得没呼吸了,又稀稀拉拉地哭起来,知道自己做错了。我想那两人要是能看见爆炸后的自己和人们,一定后悔。

我说:死了看不见。

张老说:是呀,生前却做了炸药的奴隶,或者说力量的奴隶。我这么说,你可能不理解。我就问你,你小时做梦是不是老盼望成为大孩子?你点头,那就是了。成人和小孩的最大区别就是力量,成人可以把小孩一脚踢飞,小孩不能反过来这样。这个世界就是这样,你有力量时,你就会受这个力量诱惑,大孩子打小孩子,不是他要打,是他体内的力量驱使他打。你看你原来的同学,能考上大学的,都是瘦弱不堪的,考不上的,都是身强力壮的。这就说明,个子大的人占有力量,他就会自觉地用这个力量去占有社会资源,已经能占有了就不会努力考大学了。

我说:是,美女也是这样,美女也不考大学。

张老说:没有力量的呢?自然就想工具了。马克思说了,工具是肉体的外延,是猴子变成人的原因。我打不过你,还杀不过你?炸药是弱者的砝码,炸药比匕首好用,速度快,不会好事多磨,同时杀伤力大。你想,就那么一下,形成大规模的爆炸面,钢都炸瘪了,何况人?而且它还能掩埋罪证,如果设计得足够好,就是谁死了也查不出呢。

我说:是。

张老说:弱者的不安心态,很容易转化为对工具的迷恋。我们小时做木枪,喜滋滋地用它,就是想在里边找英雄气。对炸药也是这样,很多人可以捕鱼,可以捞鱼,但他们就是觉得这种方式太没劲,所以用炸药炸鱼,仿佛一炸,全村都投来畏惧的目光。我见过不少没手掌的先生,蠢得要死,炸药响了,才知往水里扔。说明什么呢?说明紧张,紧张了想扔,又怕扔水里导火索灭了同伙笑话,就不镇定了。就是这样一个显见的懦弱证据,他们还乐于展露,人家一看,用过炸药的啊,怕了三分,其实狗屁。

我说:自杀性爆炸,自杀便自杀,为何要带上别人?

张老说:你这孩子装糊涂吧?你以为纯粹是自杀吗?你以为他们的敌人是那些乘客吗?

我说:他们是报复社会吗?

张老说:是啊。你看新闻联播播的那些自杀性爆炸,如果引爆者强大到可以管理别人,就不会采取这种手段。采取这种手段的唯一理由就是,我扳手劲扳不过你,打架打不过你,所以要靠炸弹来突破。就像人和墙,我对墙提要求,墙根本不回答,我殴打墙,墙还手都不会,但是一上火药,墙和你的区别就消失了。对那些人来说,墙也许只缺一个角,但这个角足以让整面墙都意识到。昨天的爆炸案也是这样,全国都知道了,整个社会也知道了。如果凶手有什么遗书,就很明显了,大家就会好好看他写了什么,听他说了什么。而平时,他们说话谁听?

我说:会不会有人仅仅为自杀而使用炸药?

张老说:一般人不会。我觉得用炸药还是想说出点什么,这炸药就是扩音器,就是讲话前剧烈的干咳。就是提醒大家,注意听我说,我不满。

1998年2月15日晚

张老晚饭没吃,走了,据说华北有个炸药车间出事,死的人比这边还多。我想找点事情做,忽然又找不到。这样,墙钟的秒针,像是割刀,一刀刀划向我的心脏。

我听到一个声音说:非问清楚不可了,非如此不可了。

我又听到嘟、嘟、嘟的声音,我好像觉得这声音是在嘲笑我。我知道媛媛是在以故意不接的方式,让我误以为她在上厕所、开会。我想你干吗不直接挂断呢?我脾气躁了,一次次按重拨,我想就是吵,也要把你吵死。这样恶狠狠好一番,猛不料媛媛的声音过来了,我措手不及。

媛媛说:你干什么啊?

我说:不干什么,就是想你,担心你。

媛媛说:你喝多了吧?

媛媛又说:有事吗?没的话我挂了啊。还要开会呢。

我说:当然有。

媛媛说:什么事?

我说:这么久了,你就不能打个电话吗?

媛媛说:你还好意思说,有女的给男的打电话吗?

我说:是啊,我是男的,我打给你,但是哪次你又和我好好说话呢?

媛媛说:什么又是不好好说话呢?

我说:这样就是。

媛媛说:你不知道人家忙吗?

我本想说"你是不是有了别的男人",说不出口,挂了,老子也还你一个嘟嘟嘟。然后我用手捏显示屏,捏到"中国移动"四字变歪、变彩、变没了,便把它丢到地上,用脚踩,踩烂了,又一脚踢到墙角。

我受不了你这现代怪兽的折磨了,你让恋爱变成每三分钟一次的狐疑、求证、拷打,你杀死孟姜女范杞良了。

晚上回家,妈妈见气色不对,问我,我说不出口,倒在床上翻来覆去。妈妈端来猪心桂圆汤,说:趁热吃了,别生气,女人有的是。

我说:不是那回事。

妈妈说:我不管是怎么回事,你是我儿子,你给我吃掉,身体要紧。

妈妈又说:我一早就看出不是什么好东西了。

我说:别说了。

妈妈气愤地出门,找张姨、王姨说去了,声音大到一条街都听得到,比如她老娘是卖糕点的,一天没几角钱利润,年终奖都没有,到哪里找这么好的女婿;又比如为了国庆结婚,挺好的房子又装修一遍,花了好几万,好几万不是钱啊;又比如过年过节,又是茅台酒又是铁观音,自家都喝不起,都孝敬给她了,现在好了,孝敬出潘金莲了。

我推开窗户,大喝:妈,别说了。

王姨、张姨赶紧把我妈推回屋。妈妈好似不服气,又加一句,就是那样,本来就是那样。

那夜,我看到媛媛挂在衣柜里的拳头大内裤,便想到她紧窄的腰身和阴部,如今躺在另一个男人身下,扭摆,呻吟,挛缩,便过去扯它,扯不破,又撕,撕不裂,又揉,揉成团,塞垃圾桶去了。然后我斗志昂扬地四处清理媛媛的东西,口红,本子,浴帽,丢了花花绿绿一堆。我好似又看到媛媛在躬身收拾,收拾完了,扬长而去。

我的心像是被刨过,空荡荡。

夜晚有些清冷的月色泻于床,我睁着眼,想自己浮游在没着落的半空,为雨淋,为风吹,为雷电穿过,便再也控制不住,滚下泪来。

我想肯定有这样的对话——

我说:我以后再不打电话了。

媛媛说:好吧。

我说:再不骚扰你了。

媛媛说:好吧。

我说:分手吧。

媛媛说:好吧。

我想媛媛一直是在等我,等我忍受不了折磨,先提出分手。

这几乎是她最后的仁慈和良心了。

1998 年 2 月 16 日

次日上午,我往办公室赶,穿过几十号法医,看到到处是胳膊、大腿、皮块、骨头、内脏,像半熟的卤制品滴着黑色的血。我觉得自己也死了,是在阴间。

中午开会,墙上贴满了十五张素描遗像。

副大队长说是省厅神笔马良根据拼接好的尸体,还原出的,十二号、十三号尸体因爆炸过度,只能还原一点点。我睁大眼睛看了看,那两张面孔好似一大一小两只鸡蛋。副大队长说:兄弟们,现在你们要做的是把群众放进来,让他们领人,谁领到这两具尸体,谁就是嫌疑犯的家属。

我跟跟跄跄走到尸体边,点好香烟,忽听四周喧闹起来,好像天上落下一个大海。不一会儿,面孔扭曲、欲哭无泪的男女老少便如急浪驰来,淹过一具尸体,又淹过另一具。不知是谁抢到先手,找准一具,哇地哭将起来。这哭声原是和呕吐一样,很快传染开来。我便想爸爸了,爸爸当年听说我掉到湖里去了,像飓风吹刮的树,像醉汉,跌跌撞撞跑过来,一下没跑好,竟然摔倒在地。我看到了,跑过人群去扯他衣角,他看了一眼我,不相信,又看了一眼,哇地大哭起来。

我却是也要哭了,便不再看他们。

如此喧闹很久,像是有个抽水马桶,把喧闹又抽走了,大家跪在地上默默烧纸,收拾尸骨,只有前天碰到的粉底女人,还在念叨:他爸你享福了,享大福了。我知道她老公恰如张老所言,到死还在亲嘴。我知道她现在难以自处。后来,几个浓眉黑眼的发廊妹被带过来,交头接耳指着一具女尸说:就是她。粉底女人忽然站起,扑上去掐,掐得个个落荒而逃。粉底女人见手间什么也没有,便跺脚大骂:众人养的,婊子养的,鸡,鸡。

我跟着默念:鸡,鸡。

粉底女人消停后,我看了眼天空,忽被惨淡的光线镇压了,忽然寂寞、寒冷。我闭上眼,想睡过去,仿佛睡过去了事情就会自己过去。等我醒来,也恰是这样,夕阳、群众、十三具尸体都消失了。而十二号、十三号尸体,还在面前一动不动躺着。我打起精神,重新审视它们,像审视没有谜底的谜面。我看到他们躺在飞速流逝的光阴里,急剧萎缩,失去皮肉,然后骨头也风化了,被风吹走,它们飘走时,挑衅地大笑。

媛媛跟着在空中挑衅地大笑。

我想,如果我即刻死掉,一定死不瞑目,便忽然理解起去年那个杀人的精神病来。就因为朋友说了一个关于他前妻的谜语,他逐渐失态,竟至疯了,尔后在精神病院遍访高人,仍不得其解,竟又逾墙来找朋友,朋友给了谜底,但他觉得是假的,便杀了朋友两刀。当时听来,心下有五字,"总之很恐怖",现在却忽然知道他的愤怒了。

回到家后,我干呕了好一会儿,半点不想吃,倒在床上,妈妈过来说,吃点吧。

我说:说了不吃。

妈妈擦着围裙讪讪而去,没过多久,又推门进来,我懒得理她,偏头装睡。又过了一阵,妈妈斗胆进来,庄重地说:老二,我也不知该说不该说,你就想到一点,家里什么都好,细水长流,留得青山在,不怕没柴烧。

我说:你说什么呢?

妈妈说:媛媛和她科长好了。

我说:你说什么呢?

妈妈说:我问到了,最近她和她科长去长沙出差了。

我说:出差不代表什么。

妈妈说:唯愿什么事没有。但是做父母的不喜欢这样的媳妇,你莫跟她来往了,不值得。

我挥了挥手。

妈妈说:你答应我,心里想开点。

我说:没事的,他也是喝我洗脚水,我早就不喜欢她了,正好。

可妈妈一走,压抑的火苗便在心间腾起,顷刻便将皮囊内的一切烧了个遍。我好像被什么推着,跃床而起,走来走去,将妈妈整理好的媛媛物品一一掀下来。有枚花瓶养着枯萎的玫瑰,掉下时竟然没碎,我提起一砸,它才清脆地碎了。然后,我又被越烧越大的怒火推到客厅里,我敲打着电话上的数字,一连敲错三回,才算敲过去了。

电话一通,我劈头就喊:别他妈又有事,长沙很好玩吧?出你的差去吧。

媛媛说:出差怎么了?

我说:你明明说开会。

媛媛说:对啊,出差就是为了开会。

我说:装什么糊涂,分手吧。

媛媛说:好吧。

我说:你来把你的东西取走吧。

媛媛说:不要了。

我说:是你的东西,你自己取走,否则我扔了。

媛媛说:扔吧。

我说:那你把我的东西还给我。

媛媛说:好吧。

我说:你还是烧了吧。

媛媛说:好吧。

我说:别好吧了,你记着,过年时我去你家,给了你两千块。

媛媛说:我还给你。

我说:当然要还。

媛媛说:今天你是不是疯了?

我说:你他妈才疯了,自己心知肚明。

媛媛说:我没法跟你说。

然后电话挂了,媛媛消失了,就好似在街头吵架,对面突然蒸发了,我看着自己遍体鳞伤,起起伏伏,大败而归,忽然泪流满面。

那咸东西流过嘴角时,好似导火索一般,把自尊又燃起来了。我重振旗鼓,拿手指敲电话,敲过去一次被挂一次,最后终于接通了,人却衰竭得只剩嘶嘶声,什么也喊不出来。

许久,我才听到媛媛说:早点休息吧。

我将话筒砸到桌上,转身走了,我想媛媛你给我记着。走到窗户处时,又听到楼下妈妈和张姨、王姨在大声说话。王姨说:早看出来了,上次那边亲戚就告诉我了,说是天天坐车,手里还捧九百九十九朵玫瑰花呢。张姨说:我也早知道了,说是当着街就十指紧扣。叫老二莫生气,惹进门才麻烦呢。

我推开窗疯了似的喊:张姨、王姨,你们早知道了,怎么不告诉我?

妈妈恼怒地看了眼我,见我神色不对,马上进屋。妈妈擦了擦我脸上的泪痕,说:气是生不完的,自己身体要紧。你答应妈,别难过了,别为女人生气。

妈妈又说:两个阿姨也是欢喜,你说你娶这样的女人进屋,一街的邻居都不喜欢。以后说话别那么直接了,她们也是怕媛媛以后做你媳妇了,得罪她了,所以过去不说。现在做不成了,不就说了?

我听不下去,转身进房,妈妈好似要跟进来,我把门反锁了。妈妈敲了几下门,我大声说"没事",敲门声才扭扭捏捏地消停了。

我拉灭灯火,却是幻觉刀枪棍棒都杀到眼前,我便取酒来一口口地喝,喝得热气一截截涌起来。我想媛媛你是堵墙,我是拿你这堵墙没办法了。我要是组织同事或者联防队员去打你们这对狗男女,你们就会掏出创可贴、红药水和云南白药,说自己和小偷带止痛片一样,早知道要挨打的,打完就没事了。我要是说你们真贱,你们就会说,是啊,我们真贱,贱得不行,七八代都很贱。我要是说把你们关起来,你们又会说我们多少还是懂得点法律,这样吧,我们是良民,申请个拘留,十五天后咱们算两清了。

我想我他妈是和自己说相声,什么气也出不了。

我提了枪,勒好裤带,拉开房门,穿过客厅,掏钥匙去开防盗门。转了几圈,晃当当响了,还是没开,我便踢。妈妈忽然穿着睡衣,赤着脚过来了。

妈妈说:你要去干什么?

我说:有点事。

妈妈说:你不能出门。

我说:你管不了。

我说:滚。

妈妈忽然拉开我,双手张到防盗门上,说:我不滚,今天你出不了这个门。

我喷着酒气,把妈妈拉到一边,继续扭钥匙。可是门总算开时,妈妈又喊起来:老二,你看着。

我回头一看,她手上抱着我爸爸的遗像。

我说:你想多了,媛媛不是还在长沙吗?

妈妈说:那你做什么去?

我说:我去散散心。

妈妈说:我陪你去。

我不耐烦地说:还是回吧,都回吧。

我把爸爸的遗像摆好在客厅时,发现他还是很严肃,到死都不会笑。

1998年2月17日

次日,妈妈陪我打车到大队门口,我进门后又出来,看到一辆公交车冒着烟跑了,妈妈不见了,才脚步轻飘,脸色发红,恍如隔世地走向办公室。我想到同事,就好像他们正一个个地在开怀大笑,我想你们给可怜的人积一点德,不要过来意味深长地拍肩膀。可是到了,却发现他们早已掉入自己苦恼的深渊,烟抽几口,就掷地上,用脚搓来搓去。

从医院回来的说:医院里二十三个伤者,三个快死了,六个暂时脱离危险,剩余十四个什么也讲不出来。司机伤得不重,头发却白了,病房掉下茶缸,他就尿床,声嘶力竭地要求转院。售票员正面受冲击,毁了容,医生怀疑精神失常,建议不要惊扰。还有些伤员虽然神志清醒,却提供不了什么线索。有一个甚至还说:就是你们坐车,也不会研究别人呀。

从炸药厂回来的说:本省的产销储渠道,说是每笔账都对得上,每件炸药都说得清去处,而且炸药外包装和爆炸案里发现的也不匹配。从做题目角度说,这是灾难,这意味着省里这个可控范围被排除了,嫌疑犯可能来自漠河,也可能来自海南,只要属于广阔的九百六十万平方公里,就都有可能。如果从尸体外观做大胆联想,来自蒙古、东南亚也不是不可能呢。

从停尸间回来的说:认尸的群众陆陆续续来了二十好几个,我们像陪领导参观一样,陪他们走到停尸间。他们歪着头,眯着眼,趴下身子,细细参观尸体,参观完了,一会儿说是,一会儿说不是,磨蹭很久,才羞涩地说,有百分之八十的可能不是。其中一位最伤人了,哭得梨花带雨,让我们以为找到尸主了,结果他接到传呼,就笑起来,说:你们看,没死,通了信呢。

从派出所搞调查回来的说:社会调查那么容易搞么?本来是可遇不可求的事,哪个派出所,哪个片区偶然找到线索,就破了,现在你投一百人一千人去做,投一百万一千万去做,做回来还是个零,这不是叫人下大海捞冰棍、到珠峰捉泥鳅吗?

大家都说:妈得个×。

副大队长脸黑着进来,众人立刻噤声。副大队长一个个看,一个个瞅,瞅得眉毛竖起来,眼睛凸起来,胸腔一起一伏,我们便知道,那股从部长嘴里缓缓生出,又在厅长、局长那里扇了几扇的怒火,终于要通过副大队长的嘴巴发泄到我们身上了。

空气宁静。

副大队长顿了顿,什么也没说,竟然走了。正当大家松弛下来时,他又折回来,让我哈气。我哈了口气,然后看到他整个脸皱成一团,接着伸出两颗大牙齿来。

副大队长喊道:你还好意思花天酒地。

我犟着头不回答。

副大队长又来揪我衣领,问:喝了多少?跟谁喝的?

我说:一个人喝的。

副大队长拍起我脑袋来,说:放你妈的屁。都什么时候了,你他妈是不是不想干了?

我说:是。

副大队长说:你再说一遍试试。

我大声地说:是。

大家忽然反应到什么,将我拥出门外,问我怎么了。我晃着泪水,什么也说不出来。中队长低声交代:别多想了,回家休息一两天,避避这烟鬼的风头,过几天他手头没烟了,又会到你抽屉里找的。

我匆忙点头,要走掉。忽然中队长又来拔我的枪,我说怎么啦。

中队长说:我先帮你存起来。

中队长又说:你别多想,我手下的人谁也开不掉。

我鞠了一躬,在他们错愕的眼光中,头也不回地走了。穿越大门时,好似穿越的是气候分界线,好似整个人忽然扎进茫茫冷水中,竟然想这就是冗长而惶恐的余生。我不知道要走到哪里去,只是脚步要走,左脚走了,右脚就要跟上去。东消失了,西消失了,南消失了,跟着北也消失了,雨开始宽阔而无限制地统治起世间来。

那些男人,女人,老人,小孩,在摇晃的树枝和被雨水浇得滴滴答答的遮阳篷下,迈着大惊小怪、有惊无险的脚步,充满信心地朝前游弋,各回各家,只有我像怪物,在伸手拥抱这密密麻麻的惩罚,好像寒冷、痛苦、病痛和死亡,才是快乐的本原。

好像高尔基在说:让暴风雨来得更猛烈些吧。

我也在说:让暴风雨来得更猛烈些吧。

我三年追来的女人,三天报废了。

我不可能再看到伞一般豁然打开的笑容,不可能再看到珠玉一般明澈的眼神,不可能再将敬畏的身体置放在她的胴体旁边,不可能再从她微皱的眉头和扭摆的身躯体察到自远方而来的挛缩。那挛缩像浪花、像烟火,水乳交融,恩爱偕老。可是现在,她像是提着铲子把她从我体内生生铲走了。

我忽然如赌徒溃败,忽然像人只剩半边,空荡荡,血淋淋。我晃了好几下脑袋,还是这样,几天前还应有尽有,现在却被剥夺得一干二净。

后来,我勉强朝着电信大楼走去,在路过水淋淋的栅栏后,我看到修车铺旁边有一家没关门的小卖部,小卖部有一部电话。

我拨了媛媛的电话。

我说:我承受不住了。

我说:对不起,是我多心。

我说:原谅我吧。

媛媛薄薄的嘴唇在我的想象中开启了,锋利而决绝的牙齿像是早已准备好。

媛媛说:分手是你说的,你说分就分,说好就好。你以为我是什么?

我说:是我不好。

媛媛说:对不起。我不想再担惊受怕了,钱已汇了,请注意查收。

我说:我不想要你的钱,我只是生气找不到出气的。

媛媛说:是你的钱,不是我的钱,你的钱,我还给你。

我说:好吧,还吧,我也接不到了。

我说:我活不下去了!

媛媛静默了很久。

我说:我活不下去了。

媛媛说:对不起。

我说:我想见见你。

媛媛说:对不起。

我说:我他妈想见见你,我他妈活不下去了。

可是电话挂了,我说的最后几个字她听不到,这几个字挂在我面前,像根冰棍。老板目瞪口呆地看着我,我也看了下自己,雨水将我的绿色制服涂染成黑色。

我凄惶地一笑,说:没见过警察这样吧?

老板不安地摇摇头。

我说:现在见着了。

我又说:我爸爸跟我说过了,宁叫天下人负我,不叫我负天下人。

老板说:你这是什么话,你工作那么好,又有面子。

我头也不回地走了,我想他一定对着我的背影深吸凉气,一定叫他的老婆出来看这人间奇迹。他说要报警,他老婆就揪他耳朵说,你真多事,一点记性都不长。

我苦笑着继续往浑噩的方向走,好似泪水从脸庞经过,一颗颗悲壮地砸开在眼前的路面上。我想我的活路就在你了,我在等待你伸出手,你伸出手轻轻一勾,我就像死狗看到骨头,阳光万道,益寿延年。

可是我的手机呢?我的手机不是早就丢了吗?我刚刚不是还在小卖部打电话吗?

我忽然又在人间多留了些时日。开始时,我准备等半个小时,可是我觉得这样的恐慌还不至于在人的内心生成。我想一小时足够了,一小时,媛媛在不停地说服自己,没事的,没事的,可是终于说服不了自己,她开始拼命打手机,打不通又往我家打,她一听到我妈的声音就说:阿姨,对不起,阿姨你快点帮我找回老二。阿姨,你快点。

一个半小时后,我脱下警服,颤抖着走进另一间小卖部。

我对妈妈说:媛媛来电话了吗?

妈妈说:没来。

我说:那你查查来电记录吧。

妈妈说:没有。你没事吧?不加班的话早点回,外边下了大雨。

我说:没事。

我放下电话,心间一叹,如今是死绝了。

我朝着一间废弃的大楼走去,楼道黑暗,好似地狱弯弯曲曲的入口。在最后一层,我拉了很久的铁门,以为拉不开,那冰冷的东西忽往旁边一冲,竟将虎口夹出血来。我惨叫一声,屈辱层层叠叠地涌上来。

拉开门后,狂风斜雨浇杀过来,我咬着牙齿,心想真是好死的时节。

啪的一下,啪,这个一米七三的身躯就将扑倒于坚硬的地面,雨水像清洗一只开瓢的西瓜一样,清洗着冒着热气的头颅,那本来还有点构造的东西,便很快模糊了,囫囵了,便不成样子了。第一个人看到地上这章鱼似的尸身后,手舞足蹈地大叫,接着来了很多人,他们也不打伞,也不加衣,就那样恐惧而好奇地看着警察拉警戒线,就那样等待媛媛。他们在媛媛跌跌撞撞来时,让开了一条路。他们心里说,就是这个可怕的女人,狐狸精,害死了这个男汉。他们心里想说的反映到他们的眼睛里,他们火辣辣地盯着媛媛。媛媛哆嗦着瘦弱的背,背上了沉重的十字架。

此后,她的背永远地驮了,她没地方可去了,单位是火辣辣的眼光,街道也是,世间尽是。她从此披头散发,噩梦缠身。

这样想,我好似平衡了很多,便趴在栏杆上静候上天的命令。我看到密集的雨自身边路过,直冲下去,整个世界哗哗地响起来,然后又慢慢看到妈妈在下边伸着脖子,往这边望,她找寻了很久,忽然撞上我的眼睛了。我心间忽有闪电,竟是一下看到那眼窝里空洞洞的绝望了,便怔了起来,许久又知她是根本看不到我的,她只能无能地俯身,去收拾我的尸骨,像收拾一堆柴火,她对旁边的人说,走开。

我看到她背起编织袋,对人说,走开。然后像个疯子消失在路面了。

我便知自己没勇气去死。我原本就怕死。我只是自怜。

可这时我的身躯忽又被大地这块磁铁紧紧拉吸,栏杆好似支撑不住,要翻滚下去。我仓促推了一把,那上边的一部分便分裂出来,像灭火器一样飞下去。

接下来轮到我了。可是那里边生锈的钢筋又生生把自己拽住了,我扑在上边差点掉下楼,直到自己慢慢从死亡的半空退回来。我忍着呼吸把全部身躯退回到楼面后,才踏实了,才知心脏像惊马般跳起来,才知呼吸像喷气般闯出来。我趴在楼顶,闻了很久,直到确信雨、树、尘土和万物的味道清晰地跑回鼻孔,才安心了。可是不久,我又神经质地爬起来,我害怕这楼面是斜的,我如今又要滑落下去。

骇然地站了几分钟,我去小心推别的栏杆,竟发现它们慢慢像摇篮一样,晃了起来。我便吓破胆,跳着跑了。

1998年2月18日凌晨及以后的一段日子

我像一条落水狗回来后,看到一个矮小的影子晃荡着,一会儿摸我的脑门,一会儿啧啧叹息,一会儿要去熬姜水,一会儿又要下去买药。

我定睛看了几眼,总觉得她是另外一个世界的。

我说:你是我妈吗?

妈妈说:我是你妈你都不认得了?

我说:你不是我妈。

妈妈说:老二,你是怎么了?

我把"老二"听得真切,便知到家了,便忽然放松下来,几乎在倒在沙发的同时,如释重负地阖上眼皮。如是睡了一会儿,觉得身上盖了好厚的被子,脚上盖了好厚的毯子,又被扶起来喝了好大一碗苦药,嘴角流了好些,不管不顾,又沉沉睡去了。这一睡进去,便好似进了一个雾世界,怎么走也走不到尽头,却总是有不长眼睛的恶人,忽然张牙舞爪地撞过来,我惊悚地连退几步,又总是被他们狞笑着撞上。他们撞上,像干枯的纸,碎落一地。后来我又看到半空中挂满脆嫩欲滴的雪梨,我跳起来够,够不着,我想大喊:梨,梨,梨。喉咙却是被掐住了一般,半点声音也吼不出。我感觉自己就要被掐死了,最后一次破口大喊,那封锁忽然就松了,喊声竟如惊雷,将我吓醒过来。

我看了很久,不知道自己在哪里,想起来找水喝,竟是没有丝毫力气了。抬头看了窗户,忽见天色已近微明,雨大概停了,可是风还在用拳头一下下擂着玻璃,偶然的远处,还有玻璃忽然掉下碎掉的声音。我转头看了眼妈妈的卧室,门开着,人却不知去哪里了。我忽然被彻骨的孤独包围起来,便缩紧在被窝,哄自己睡起来。

这样迷迷糊糊睡了一阵,隐隐听到远处有人在喊:老二回来啊。

另一个人跟着附和:回来了哎。

我心想是梦,可是又害怕这声音慢慢走到别地方去了,便支着耳朵听,便听到那声音曲曲折折,忽而东忽而西,没个稳定的方向,便想那是别人家的,便焦躁起来,绞痛起来,两腿竟蹬起被子来。如是伤心,忽又听到那声音猛然在门口大声响了起来,我听到妈妈在开防盗门,在一步步走过来,便觉鬼魅般的世界一寸寸退去,禁不住欢喜起来。

可是我的脸皮抽动着,却就是打不开眼皮。直到妈妈的手摸上我的额头,说:老二回来啊。我才忽然睁开眼皮,一看到妈妈,我便安宁了。

我说:妈,你们去哪里了?

妈妈和张姨一惊,接着灿烂地笑起来。

妈妈说:老二,我们给你叫魂去了。

我说:好生生的,搞迷信干什么?

妈妈说:怎么迷信?你小时发烧,都是我叫回来的。

张姨说:你妈想你肯定是看过爆炸案的尸体,丢了魂,就去叫了。

张姨又说:是一步步走着去叫的啊。

我心下一算,这大桥到我家,是十里路。

我说:你说你年纪比我大,我不担心你,你倒担心起我来了。

妈妈说:我就是这样,谁叫你是我儿子呢。你六十岁了,我九十岁了,你还是我儿子。

此时,忽听防盗门又晃当当响了,却是王姨端着热气腾腾的小米粥和茶叶蛋进来了。

117

妈妈说:辛苦王姨了。

王姨说:醒了?醒了就好,快给老范作个揖,老范保佑了。

妈妈一想正是,便匆匆跑到爸爸遗像那里,鞠了三个大躬,说:多谢范老子了。

我不顾她们说烫,狼吞虎咽,喝完粥,忽然又说:妈,我以后再也不理媛媛了,她就是来求我,我也不理了。

几位妇女听了,欢欣鼓舞,抢着说:这就好,就应该这样。以后就这样报复她。

我心想这只不过是说给你们听听,她怎么可能来理我呢。我又想,她们也就是这么听听,她们就巴不得我平安百岁。

未几日,我休养生息,来到单位,发现桌上果有张两千元的汇款单,扭捏几下,还是撕了,然后像赌气的工人,投入到工作当中,别人弄好的材料,再弄一遍,别人问过的人,再问一遍,如是几番,才知用力过猛,便慢慢正常了。

我叮嘱自己:人家是阿紫,你不是游坦之。

我起先以为副大队长会给我点小鞋穿,可是这烟鬼倒很直接地给我一句话:快去买条烟来,对了,买了一条,给你自己留一包。

我问为什么。他说:送一条就算行贿了。

后来,我们因为别的案件下郊县,路过大桥,忽然感怀起来,就停在那里看了看,我看到那里蓝天白云,山清水秀,烧黑的车辆已然不见,护栏也像从来没有损坏一样,立在那里。仔细找了很久,才在路心找到一个锅盖大的坑和众多麻点大的小孔,但它们已然阻挡不住一辆辆车,吼叫着,生机勃勃地爬上来,开过去。

我想,车一辆辆开过去是个好比喻,就像日子一天天开过去,新闻一天天开过去。我们起初不能接受羞辱,习惯又好了,好比一个人被锯了手,起初想自杀,等到学会用一只手吃饭、如厕、做爱了,便知带着缺失生活了。我们从没有实现过破案率百分之百。

老百姓也是这样,第一次看耶路撒冷爆炸时,心疼得不行,看多了,今天看到三十个人没了,明天看到四十个人没了,就麻木了,就只看到一个数字了,仿佛炸飞的不是肉,是数字,是一二三四五。我们这里也这样,这些日的大规模停水事件,骚扰了半个城市的日常生活,这样,那十几具尸体便被忘记了好些。十几具是什么,是三百万人口的几分之几?是不能复生的他们重要还是活着的我们重要?我们没水,不能喝不能吃不能洗澡,渴死啦,臭死啦。

我更是这样,我原来还咬着牙齿等媛媛和我联系,哭着恳求我原谅,等了一阵子,又觉得还是自己主动去和她见面好,就算了了心愿,可手头总有事。我就盘算,是事情重要,还是媛媛重要,结果是事情重要。后来听到张姨和王姨讲媛媛,是越讲越恶心,比如媛媛租了间房子,怕是被包养了,怕是每天操×,操得惊天动地,臭名远扬。我问自己,你心里难过吗?我便让张姨再讲一遍。张姨又说了一遍,我还是不生气。等到气候变了,街上女子衣服越穿越少,粉藕般的手和白玉般的胸露着,一晃一晃,我下身竟然说硬就硬,最后硬如一条铁杵。

我忽然忧伤起来。这世上原是没有忠诚的。

第二部分

1998 年 5 月 14 日

光阴荏苒,当媛媛把钱从四公里外重新汇来时,"情人节爆炸案"已像"杨乃武和小白菜",是历史旧案了。我手捏新买的摩托罗拉,把报纸盖脸上,脚架桌上,怀念路上偶遇的女人。当时我从公交下来,而她恰好袅袅地走上去。我回头一看,她已经消失在一堆俗人中了。

我想着两只危险的高跟鞋,像支撑一尊即将摔倒的瓷器,支撑着修长的腿、细嫩的腰和呼之欲出的胸脯,心都碎了。这时,我听到门忽被推开,摘下报纸,便看到一个头发乱如鸟窠、脸色酱黄、眼角还有眼屎的男子,举着皮包,叫喊着闯了进来。我拍着桌子说:干吗?

来者说:来领奖。

我说:领什么奖?

来者说:爆炸案啊,我破了爆炸案。

我心说民间福尔摩斯比民间科学家还多,便极不情愿地示意坐,要他把东西给我看,可他却捂死皮包,说一看就漏财了。他说:从二月十四日算起,我开展独立调查已有九十天,以一天八个工时计算,我出工七百二十个小时,以一个工时十元计算,你们应支付我七千二百元;另外,我去大桥,一天来回车费是二十元,三个月是一千八百元;还有,为了更好获取证据,我购买索尼相机一台,价格是三千四百元,购买胶卷六十卷,价格是三千元,都有发票。这样加来,是一万五千四百元。你们如果要看,除支付五万元的悬赏金,还需支付一万五千四百元的劳务费,总计是六万五千四百元。

我想你要说相声,我就捧个哏,便问:你叫什么呀?

来者说:周三可。

这么一说,我就明白了,嘴角竟压不住笑。周三可原也算本城有名的闲人,人传他从不理胡子头发,从不扣裤扣子,从来夹着一个温州产的假皮包,从来掏出很多名片。如果你不懂法,他会掏出律师名片,并且真的给你出庭,问被告时,他会像港片律师一样扶着墨镜说:现在我所有问你的问题,你只需回答 Yes or no,understand？如果你家有人出车祸,他会掏出调查公司的名片,信誓旦旦地说他握有现场证据,能证明是司机闯红灯还是你家人闯红灯,是车轧死了你家人还是你家人轧死了车;如果你活在某个闹市区,他会掏出报社通讯员的名片,名片上写"家事、国事、风流事,事事关心",动员你向他举报线索,一经采用,好处费二十元到五十元不等,其实他在向报社记者爆料时,至少拿一百。就是这样一人,可笑,可恨,可爱。

我说:谁知是不是宝贝呢？我们的狼狗去几百遍了,也没搜出来。

周三可急辩道:怎么不是呢？我一块石头一块石头地翻,翻了三个月,你看这里都翻脱皮了,你以为我诳你？跟你说,找到后我那个颤栗,我怕被人扒了,被人抢了,就一次次背上边的信息,背好了,记住了,才安心了,才想到要回家休息,冷静冷静。可是在家刚待一分钟,我又怕夜长梦多,便打车来了。我一上车就说,往刑侦大队开,请直接往刑侦大队开。

我说:说这些做什么呢,看看就知道了。

周三可说:不能看。

我说:怎么不能看？

周三可说:你看了不认账怎么办？

我说:你把警察当什么了？

周三可说:我不管,你要看,就立字据。

我便扯下材料纸,装作要写,周三可说不行,说非要带刑侦大队字头的那种文件纸,我便又扯了一张那纸来。我说:写什么啊?

周三可说:证明。兹证明,如市民周宏广所提供证据身份证一张,为"情人节爆炸案"破案线索,即支付悬赏金人民币六万五千四百元。

我说:这事我得请示领导。

周三可说:好,我就等领导呢,跟你这些人没法说。

副大队长过来后,说:好,就这样写,不漏财,找人去盖个大队章子。快给我看看。

周三可大受鼓舞,从包里倒出塑料袋,从塑料袋里又倒出纸包,里三层外三层揭开后,拿出一张残缺的身份证,上边写着:姓名,周力苟。头像和其余部分被烧毁严重,看不出是哪里人,多大年纪。缺损边沿有烧焦后结的黑痂,和爆炸案贴题。

我拿过死伤名单要核对,谁知周三可也从包里抽出一份来。周三可说:我核过了,死伤三十八位,有名有姓的三十六位,这张身份证的名字不在三十六位之列,我断定是凶手。

副大队长说:谁知是不是你随便找张身份证烧的呢?

周三可抢过身份证,说:我到北京交公安部去。

副大队长忙说:别啊。老二,快倒茶。

周三可饮毕茶,又捡桌上的中华抽,抽几口,小心掐灭,夹在耳朵上,然后像主人一样,把刑侦大队前后左右看了看,瞅了瞅,方才兴致很高地走了。

我看他颠儿颠儿的模样,就想他找到身份证时,一定对着江上飞起的鸟儿大喊:发达了,老子发达了。就想他回去后,一定把字据小心压在箱底下,然后和老婆做三次爱,向居委会表三次功,劝棋友喝三趟酒,不醉不归。半夜又爬起来,撬起木箱,看字据,数六万五千四百的位数,确信不是六千五百四十,才肯去睡了。

如此,便是洞房花烛夜、金榜题名时、他乡遇故知、久旱逢甘霖,也不如了。

1998 年 5 月 17 日

我们在本地查户口,查不出周力苟。通过省厅向下发协查通报,也没有回音。正要向公安部打报告全国协查时,江岸派出所的人打电话来,说在幸福旅社住宿登记簿上找到了这个名字。

我们风驰电掣赶往幸福旅社,吉普车忽然超了 9 路电车,我们想,是了。

在住宿登记簿上看到周力苟的住宿记录,竟是二月十三日登记入住的,又是了。我们对着名字念,苟,一丝不苟的苟,忽觉淤塞的血管被打通,整个人神清气爽起来,风趣多情起来,几乎想电话找到周三可,邀请他过来亲一口。

感谢这可爱的神仙,让我们直达谜底,我们只要按照住宿登记簿上写的,把车开到邻省文宁县吉祥乡周家铺村六组就可以了。享年二十八岁的周力苟,其生前将一览无余地展开在我们面前。

黄昏时,我们饮庆功酒,竟相谈起世间的神奇来。比如周三可如果不笃信沙滩上有遗物,不像疯子一样持之以恒地去找,我们便不知道周力苟这个名字;比如服务员要是非常敬业,每天将房间翻来覆去地打扫,我们便不会在三个月后还在床垫夹层找到一根四十二厘米长的导火索——这导火索干什么用?当然是引爆炸药啊;比如老板当时不多句嘴,周力苟便不会把同伙名字也登上去,你也知道,两人住宿旅社一般只登记一个人名字的。可是周力苟填好名字、身份证号码和家庭住址后,老板忽然说,你把同住的也登上去，周力苟便又在旁边一笔一画注了"汪庆红同住"五字。

更神奇的是，老板竟对二月十四日凌晨存有记忆。能有记忆，又是因为走肾。平日他走肾，来去孤独，那日却猛见一男子伏墙嗷嗷地哭，好似还不单是嘴巴在哭，胸腔、大腿也在哭，身躯抖得怕人。老板等他尽兴了，问怎么啦，那人便转过满是泪水的脸来，老板看清了，阔阔的，眉眼大，痘痕多，本是个彪悍的种。却又是周力苟了。周力苟看着老板时，好似没看，好似活在另外一个世界，鬼魅般飘回305房间。老板抖完尿回去，恰好路过那房间，又听到里头传出声音：别哭啦，哭什么哭。老板说，那声音又尖又高，令人印象深刻。

老板说完，便叹息这么大一电视，这么一笔悬赏金，天天播，怎么就视而不见呢。

我说：还好意思说，炸药都住进店了。

那夜，我假装自己是周力苟，住进幸福旅社305房间，试图感觉出疑犯的心理信息。我看到四壁是柔和的淡黄色，好似篝火的光映在美女皮肤上，温暖而愉悦。天花板中间则挂着一盏画中常见的古式吊灯，而墙壁上还真有幅硕大的画，是安格尔的《泉》，女人在山涧里全裸，坦然露着红色的乳头和有弧度的腰部，因为右臂弯过来扶水罐的缘故，腋窝对着观者，却没有一根扫兴的腋毛。双腿夹着的私处也如此，虽有阴毛少许，也是驯服地收拢于底线，仿佛书法里的一笔斜勾。

我想女人那里都是飞扬跋扈，险象环生，我想旅社都挂安格尔，粗鄙平庸，可这里怎么这么干净这么纯洁呢？我将耳朵贴在墙上，试图听隔壁职业的叫床声，始终没听到。拉开玻璃窗后，也没看见想象中的垃圾场，倒是徐徐扑来的江风让人感怀。如是伫立,我寂寞,竟是想死的心都有了,竟想给世间挂念的人打电话,如此想来想去,竟又只有媛媛一个答案。我想说你不用担心我骚扰了,我想你念你,也只是自己想自己念了,我会好好过的。总之像个总结陈词,像个遗书,可是又不记得媛媛的号码了,绞尽脑汁记了半晌,只记得几个数字,还不确定。

我重新往远处看,远处挂了硕大的月球,照耀着底下一间间淡黄色的度假旅社。这些旅社像昼行夜伏的甲壳虫,排着长长的队伍,排过青翠的龟寿山,一路排到桥边。桥上,元宝作顶的桥堡正对着墨黑色的水,一下下闪着归来的红色光芒。我静心听,又听到水流的慈声,和轮船牧牛般的叫唤,一时觉得身在天堂,心下无话可说。

我觉得周力苟、江庆红也是这样。

二月十三日下午四点,周力苟和汪庆红登记入住,关上门,忧伤了一会,痛哭了一会,推窗看到这世间的天堂,觉得被告慰了,便安静了。二月十四日上午九点,他们离开旅社,一头扎进最后的人间。我想他们一定好好吃了早饭,附近有几家不错的早餐店,卖热气腾腾的皮蛋瘦肉粥,那粥通过他们饥饿的喉管后,暖了他们的胃,让他们流下幸福的眼泪,他们觉得自己是个饱死鬼。吃完后,他们背着十公斤重的包,走到胜春北路公交站,或者胜春南路公交站,反正都不远,他们挤在一伙哈欠连连的人当中上了9路电车,走啊走,走到倒数第二排,看到一个位置,周力苟坐上去,汪庆红则拉着吊环。然后,他们看到电车路过一间间德国风格的房子、一棵棵制造氧气的树木和一阵阵清新的晨风,晃晃悠悠爬上了引桥。引桥长达三百米,电车使着劲,发出老将军式的剧烈呻吟,他们或许自小就崇拜这种大汽车的吼叫,心情豪迈起来,他们又看了眼蓝色的天穹,和折射到车窗的晨光,觉得够了,点点头,掩护着拉开拉链,一个抱着包,痛苦地闭上眼,一个反方向蹲下,镇静地点着导火索。在炸药接触火苗的十万分之一秒内,炸药体积变大几万倍,瞬间产生几十万个大气压,好似打翻人间和天堂的界限,穿透不幸与幸福的铁门,将他们炸离了这个世界。跟随他们一起到达天庭的是嫖娼的、扒窃的、上班的、回家的、想事的、做梦的,他们带着愤怒的灵魂,揪着二人的衣领,吵嚷着要回家,但是上帝说不用回去了,这里霞光万道,到处是棉花朵似的云彩,这里不用吃饭不用如厕,不用愤怒不用忧伤,不用担心工资、房子、老婆、孩子、疾病、火灾、欺压和下一顿饭,这里岁岁平安。

我找到张老的电话,拨了过去,张老同意了我这个判断。

张老说,他第一次上大桥,就被美抓住了。他想引桥让路面形成了好看的弧度,好似上行尽头是虚无,是天堂,是归宿。

张老又说,想不开的人都有一个归宿观。

张老还说,一九八〇年北京站那起爆炸案就是如此,八十九人死伤,不过是为了一个知青告别人间。这知青去山西万荣插队,想靠当兵回京,不料复员时组织把他分到运城拖拉机厂。从地图上看,万荣和运城距北京差不多远,努力来努力去,一公里便宜没占到,知青便埋下大委屈,等到未婚妻嫁人,他便出离愤怒了,终日是想,所谓北京,所谓天安门,所谓前门豆汁,此生便是他乡了。知青探亲离京时,看到北京站弥勒佛式的身躯,想到他大肚能容天下不能容之事,却容不下他,便觉得被嘲讽了。此时,广播里又冒出中年女子不容置疑的声音,那声音是在催促他抓紧上车。他便哗哗掉下泪来,像是被驱使着往检票口走去,走了十来步,又觉得这北京站正厅长得像个字,最后他说:不是个"门"字吗?前日此门出,昨日此门归,今日又逐出此门了。他便点了炸药。后来,人们看到遗书,说:地方虽不理想,但终究是个归宿。

张老说:其实在引爆时,他可能觉得没有比这更理想的。周力苟他们也一样,可能计划在桥中间炸,或者过了桥再炸,但他们在上坡时猛然看到天堂,便下手了。毛主席不是写过吗,一桥飞架南北,天堑变通途。

我说:也有人不择地方的,也有人随便找个楼就要跳的。

张老说:那当然,急火攻心,就管不了那么多。

我说:张老您还好吗?

张老说:我很好,酒肉穿肠过,佛祖心中留。哈哈。

1998 年 5 月 18 日—5 月 19 日

次日一早,我带好牙膏牙刷和换洗内裤,赶到刑侦大队,准备出发去文宁县。车出大门时,那心情好似禁区内出现空门,就等补射一脚了。可是接下来,我就心惊胆战地看到街对面走来一个女鬼,她穿着粗笨的红呢子裙,涂抹着鲜艳口红,打着浓重的白霜,试图掩盖住丑陋的伤痕,却是掩饰不了。

我好似看到两边的楼一幢幢倒下,灰尘漫天。

这时,同事说:那不是你家媛媛吗?

我说:瞎说,媛媛穿衣服这么难看吗?

车辆路过她时,我将身子侧了侧,遮住同事目光。我看到她头发凌乱,眼睛浮肿,鼻子和嘴巴苦皱着,正神情畏惧地望着车内,露出什么也望不到的遗憾来。我想这就是媛媛你么?我还好跟车出来了,你要是到大队找我,岂非丢死我的人了。我不解,自己怎会和这么丑、这么寒碜、这么没品的女人谈了三年恋爱,还要死要活的,中了邪么?你瞧你穿的什么啊,做迎宾小姐啊。

可是车一开远,我又伤感了,究竟是有个地方回不去了,是有个女人回不去了,我俩的关系毕竟摧毁了。

我又想她可能有事找我,便像老师备课一般备起台词来。如是等待,手机竟没有反应,而车已经跃上高速公路,将指示牌一块块弃下,将清澈的路面像履带一样拖起来,我便困了,止不住瞌睡起来。如是行一百里,司机忽拉警报,我睁开眼,看到前方一辆迎面驶来的卧铺车匆促打方向,停到路边了。我们的车嗖地飞过时,我好似感觉那扫视过来的乘客,个个是周力苟,个个是汪庆红,他们在艰难等待汽车修好,好去我们省,好去二月十四日,而我们这辆马力十足的三菱吉普,则朝着他们省,朝着二月十四日以前,一路狂奔。

我想到他们二人在卧铺车停下后,担心车顶放着的编织袋。

汪庆红说:路上颠簸,爆炸了怎么办呢?

周力苟说:炸药这东西文静得很,你用锤子锤它都没事,你点它才麻烦。

汪庆红说:要是别人扔的烟头吹到车顶呢?

周力苟说:风会把它吹走。即使吹不走,火也小了,想烧透编织袋,没那么容易。

汪庆红说:司机和售票员没发现吧?

周力苟说:发现了还不说?

汪庆红说:可现在停车了呀。

周力苟说:停车也没见他们跑啊,他们知道有炸药,还不跑?傻乎乎拿钳子干吗呢?

汪庆红说:万一发现了呢,要扭送到公安局啊。

周力苟说:送吧送吧,人总有一死,要死卵朝天。

汪庆红说:你这么说,我就好受了,我还以为是我逼你死呢。

我这样想,又觉不妥,因为旅社老板所说的周力苟,原是可怜软弱的。这样想还有个麻烦,就是周力苟有形象,而汪庆红没有。神笔马良根据旅社老板的讲述,补充补充,算是画出了周力苟,而汪庆红作为十三号尸体,始终没画出来。神笔马良说:他的头顶、鼻骨和面颊骨全破坏了,像被牛踩了几十脚。

后来天逐渐黑下来,路难走。也许我们还走错了,下高速,过省道,竟跑河里去了,跑不动,要我们推。车轮疯狂转圈,甩了我们一身泥浆。我们骂司机,司机说地图上就是这样的啊。爬过河,又是山,那山路似纠缠在山柱上的铁丝,窄而薄,车灯一会儿照向突兀的山壁,一会儿照向虚渺,好像要将我们甩到太空去。我们实在害怕,便让车停在阔地,搬大石头顶住后轮胎,睡车里了。清晨醒来,我发现文宁县城就在眼下,摆着公园、烈士陵园和大大小小的楼房,像个破盒子。

我兴奋不已,却不料又走了半个上午。

后来去吉祥乡则索性没有柏油的意思,有时小心开很久,还得倒车,因为对面装猪的车没有倒车功能。到了民居改建成的吉祥派出所,文宁县公安局副局长勒令吃土鸡,如是酒行三巡,我们着急,副局长说,人都死了,急什么?

我们复核派出所户口档案,发现周力苟确有此人,却无照片,内勤说补办身份证时缺相片,撕下了。我想,管他呢,找到周力苟家就可以了,就有数了。这样到了傍晚,我们坐摩托,屁股都抖散了,才走到周家铺村六组,却发现周力苟驼着背在屋内抽烟呢。他又干又瘦,脸上也没痘痘。

我说:你是周力苟?

周力苟说:我是周力苟。

129

我们跑了七百多里,跋山涉水,像哥伦布穿州过海,费尽千辛万苦,想看死人,结果死人健在。我不死心,问,你说身份证两年前掉了,知道掉给谁吗?

周力苟说:娘啊,我也想知道呢。

我真想抽他。

回来后,那副局长安抚说,还有汪庆红呢,汪庆红可以查嘛。

但是你怎么查?我们原盼以周力苟带出汪庆红,现在却只剩汪庆红这光溜溜的名字了。这名字,一无民族,二无生日,三无住址,往哪里查?而且全国叫汪庆红的多了,你知道是哪个?

此时,手机响了,来电是本省的。我心想是媛媛的,却不料里边喷出的是个急切的男音,我是周三可啊,我是周三可。

我没好气地回道:干吗?

周三可说:我问钱,钱是不是可以发了?

我说:别想了,你那身份证没用。

周三可说:哦。

1998年5月19日—5月27日

回文宁县城后,我们用一周时间,查到该县有十二个人叫汪庆红,全部健在。我一个个地召见,一个个地问:去过隔壁省吗?去过长江大桥吗?掉没掉身份证?他们晃着大小不一的头,回答没有。我继续说:这样吧,你发发声,发高点,发尖点。这些老头、小孩、年轻人,努力配合,学鸡叫,唱《青藏高原》,但我始终听不出有多么高或者多么尖。我糊涂了,糊涂得不行。人都死了,怎么会给你唱歌呢?但大家觉得是大事,唱唱无妨,唱唱就清白了。

更糊涂的是,周力苟的身份证掉在县城,可能是本县人捡了,可是查遍本县,也没听说一个五大三粗的活人失踪。如果是外地人捡到,就要全国协查,或许能查出三五十万的失踪人口。汪庆红更可怕,他要真的是汪庆红,文宁县查不出。以文宁县有十二个估算,全国恐怕得有三四万个吧。万一是假冒的汪庆红呢,怎么办?又得让这三万六千个汪庆红回忆身份证都借给谁了。万一是掉了,又怎知是掉给谁呢?又或者,那十三号尸体本来就做了个假身份证呢,怎么查?大海里的冰棍看来是要化完了。

我们鞠躬作揖,托付他们帮我们慢慢排查,灰溜溜地上车回家,上路前,问有没有别的路可走,他们说,没有,就只这条山道,保重。吉普车抬腿上山,蹬腿过河,在省道上撒开腿子跑,跑了半天,好不容易上了高速,我们便去加油站加油。这时,文宁县公安局副局长忽又来电,说又有一个汪庆红来自首了。

我说:你们问清楚了吗?

副局长说:没仔细问,你们快回吧。

我心想你们问完了再打电话也好,别让我们又来听大活人唱《青藏高原》了。但是既然有求于人,你能怎样?

我们的吉普疲惫地停进文宁县公安局后,一个穿污秽白工作服的男子跪爬过来。我一下车,他就说:我该死,我真该死。

我说:你是汪庆红吗?

那人说:是。我不是那个红字,我的虹是气贯长虹的虹。

我说:你不是嘛。

汪庆虹说:我从小到大都用这个虹桥的虹,户口本上也是这个,但是身份证上又是祖国河山一片红的红。

我心想,户口上叫虹,身份证又叫红,这事情多了,侯耀文侯跃文、闫肃阎肃我也分不清楚了。便又问:你的身份证是不是掉了?

汪庆虹说:没有,我的借给别人了。

我忽然一振,说:借给谁了?

汪庆虹说:吴军。

我说:吴军是谁?

汪庆虹说:以前我们食品厂的工人。

我说:吴军声音尖不尖?

汪庆虹说:尖。

我说:怎么个尖法?

汪庆虹说:像是鸟儿叫。

我急掏手机拨打幸福旅社,接通后说了些就把手机给汪庆虹,让他和老板单独沟通,两人嗯啊哦,一会儿学鸟叫,一会儿学"别哭啦,哭什么哭",说是"只可意会不可言传",竟是达成一致了。

我一旁听得几乎热泪盈眶,心想,果然是山穷水复疑无路,柳暗花明又一村,果然是踏破铁鞋无觅处,得来全不费工夫。

我问:吴军什么时候离开文宁的?

汪庆虹说:不知道,他后来去了东街友丰旅社做事。

我问:你什么时候借他身份证的?

汪庆虹说:去年八月借的,当时我们在食品厂共事,吴军说身份证在澡堂掉了,我便抽他一耳光,说你个婊子样,赔钱。吴军嘴恶,要咬我,可是我们本地人多,硬是要过来他二十元。吴军没过多久就被厂里开除了。

我问:怎么开除了?

汪庆虹说:原因可以问厂里的每一个人,就是他喜欢唱戏,入了迷,有天以为是自己一人揉面,偷偷在车间画鬓角,描口红,咿咿呀呀地唱起来,唱完又揉面,揉得汗如雨下。当时有工友回来,看一妖怪在揉面,吓坏了,恶心了,跑去报告厂长了。厂长心说这正在搞卫生防疫检查呢,拿出一百元甩他脸上了,滚,滚,滚。吴军便气鼓鼓滚了。

我说:他是个什么样的人?

汪庆虹说:脸瘦,眼窝深陷,目珠却吓人,牙齿稍稍突出。很多人认识他,却不知道他来自何方。人问,就说黄山卖过画,嵩山练过武,庐山写过诗,唐山学过戏,号四大山人。

后来,食品厂的厂长被叫过来,说的情况也差不多。

厂长说:吴军被开除时,抓住我衣袖,说父母早亡,命运多舛,吃饭不容易,你不爱才也要爱人啊。我觉得不是那回事,挥手捭他,他又暴怒地说,别以为你是厂长就了不起,我犯了什么错啊,你今天说清楚,不说清楚我告去。我说,告去,告去。他却仍然抓我衣服,不是抓了,是揪,我就叫人把他扔出去了。这人来路不对,进厂也没登记身份证,是我们不对,我检讨。

1998年5月27日晚

友丰旅社有四层,在文宁县城东街内,原是民房,进去后能见几张木桌子,堂前摆了观音像,掌上托红灯泡,闪一下灭一下。我们拍着巴掌喊人,心想出来的千万不要是吴军,我们就剩这条线了。

出来的却是个七十来岁的老人,胡子花白,道骨仙风。他一看到我们身上穿制服,便说:你们是找四大山人吧,走很久了。

我说:你怎么知道我们找他?

老人说:这等人物总会死的,死了就有人找了。

我心想是了,云开雾散了,可是又奇怪,便问:此话怎讲?

老人说:四大山人是去年十二月初七(一九九八年一月五日)来的,初九那天便和混混闹事情,当时四大山人把菜刀斫在桌上,你看这里有痕吧,结果混混把他扔街上了,四大山人瘦,一下扔到街心了,但他站起来和人打,打几回合,变挡,挡几回合,又变挨了。四大山人不求饶,嘴里只说打吧打吧,打死拉倒。混混们不打了,四大山人又找砖头拍自己了,眼见着拍出汪汪的血了,混混个个拦,却是拦不住,便溜了。后来还是何大智出来救命,何大智说,力气这么大,掰都掰不开。

我说:何大智是谁?

老人说:脸大如盆的东西。

我急忙拿出十二号尸体画像,老人说,正是,这师傅画得好,和四大山人画得一般好。

我欲要问何大智,老人又说吴军去了,便由着他了。

老人说:四大山人和我有同好,就是唱戏,我们这里唱黄梅戏,他唱京戏,说是会唱虞姬。我听他摆过一次,他原是带戏服的,也带化妆品的,唱起来还真是那么回事,声音又尖又美,但拖得太长,听不懂唱什么。我问哪里学的,他说是拜名师梅葆玖学的。他还会画画,他走后我收拾,就有一张他的画,画了个女人披头散发,眼神刚烈,很是个人物,旁边还配了诗呢。我问画画又找谁学的呢,他说是拜名师齐白石学的。我说你大小是人物,待在这里可惜了,他说才这东西就是用来可惜的。正月十四(一九九八年二月十日)那天,天没亮他就不打招呼走了,不但他走了,何大智也走了。

我问:两人关系好吗?

老人说:好,还当着观音菩萨结义呢,说是不求同生但求同死。那天还摆酒请我做中,说工资不用发了,充酒钱。我后来还是发了。

我问:何大智你知道是哪里人吗?

老人说:富强啊,富强是出人的地方,出了几个姓刘的大官,也出了何大智这个假把式。

我说:怎么个假把式法?

老人说:四大山人打架,他躲到厨房;混混们走了,他才提刀出来。你不知道他长多高,长多壮吧,就是这么一个壮汉,贪生怕死。我就不知道,四大山人这等人物怎么交上他。

我问:他们住哪里呢?

老人说:四大山人是外地人,没地方住,就在四楼杂物间和何大智搭铺。

我问:四大山人是哪里人?

老人说:他没说。他写了诗,就是画上配的,说来也无根,去不留痕。

我说:诗在吗?

老人起身从观音像下取出一张纸来。我一看,那诗写着:来也无根,去不留痕。就在美丽地结束不美丽的生命。我心下一闪,所谓美丽地,不就是那段上天的引桥吗?

我说:死意早定啊。

老人说:是啊,当时只作是文字游戏,现在看来是死了。

我说:是死了。

老人默然,也不问怎么死了。

我又问:他们还留下什么吗?

老人跺跺脚,说雨鞋是四大山人留下的,他穿着,做个纪念。老人又带我们上杂物间,我们翻了很久,在一张床铺下翻出一个香烟盒,在另一张床铺下翻出两张身份证,一个名叫艾保国,一个名叫涂重航。我问,这是四大山人的床铺吗?老人说是。

我心说,这人到底叫什么呢?

1998 年 5 月 28 日

在友丰旅社调查半夜后,没调查出更多信息。第二日我们在文宁县公安局查到何大智的家庭住址,便往富强乡高坑小组赶了。

过富强乡政府后,上山两小时,到了羊肠小径顶端,方看到高坑小组。那里原是山顶凹下的一块地,蒸汽从湿润的土地升起,聚在屋顶,一动不动。我们进村后,也只听到一两声鸡鸣,家家户户开门,露出阴暗的年画,午饭没人收拾,尿布是湿的,不见人影。

同行的富强乡政法干部摇醒小组长刘遵礼后,整个村落才跟着醒过来。刘遵礼晃了晃大而浑浊的眼球,看清我们的制服,惊慌不已,忙喊媳妇倒茶。那媳妇揭了开水瓶,发现没热气,噤若寒蝉地请示要不要烧点,我们说不麻烦了。

去何大智家时,一群小孩跟在后边,刘遵礼斥了一声,他们便像鸟儿飞没了,那些大人则推开窗,敬畏地窥探,我们回头,他们就拉上窗。到达何大智家后,我们发现堂内摆着两个遗像,一个是男老人,一个是女老人,刘遵礼说这是刘春枝的父母,两年前先后故了。刘遵礼喊春枝春枝,一个丹凤眼、柳梢眉、颇有些姿色的妇女便从内屋走出来。她也惊慌,不知道出了什么事。

我说:你是何大智妻子吧?何大智可能不在人世了。

刘春枝看了眼刘遵礼,又看了眼我们,瘫倒在地。一旁妇女去拉,却是拉不起来。众人意欲拖她上床,她的手指又抠在地上,抠出道道槽印。我们很尴尬,不好追问,便四散去找村里的人。

刘遵礼说:何大智是三年前倒插门的,是外姓,但我们不见外,水库分鱼不短他,祠堂也领他进。何大智人老实,能吃亏,刘春枝父母故了后,他们夫妻越发恩爱和睦,有句黄梅戏怎么唱的?你耕田来我织布,就是这样的。我想不出他有什么想不开的,他在县城打工,或许在那边有问题吧。

我走到谷场,发现有个妇女收衣,便上去问,她羞涩地笑笑,一连跟我说听不懂。我想也是,她说的我也听不大懂呢。我走了,她又喊:关系很好的,男耕田来女织布。喊完不好意思地笑了,我也笑了。后来我见一个老头坐在门前,欲要问,老头已转身进屋,只撂下一句:我不晓得,莫找我。

我们一行问出的东西差不多,要么是不晓得,要么是夫妻很好,树上的鸟儿成双对。我说这里人都爱听黄梅戏吗,政法干部说是呀,几十年只作兴严凤英。

刘春枝安顿后,抽抽搭搭地说了一些情况。何大智是去年底从县城回来的,过年(一九九八年一月二十七日)那日,他们中午在高坑吃饭,拜祠堂,晚上就去何山和父母、弟弟过年了,在那里住到正月初二(一月二十九日),刘春枝回高坑了,何大智去母舅表叔那里拜年,直到正月十一(二月七日)才回来,第二天就走了,说是和义兄打工去了。

刘春枝说:大智在家时挑粪砍树,打工时送钱回家。我总是说别打工了,在家种地也能活,他不听,说我没好吃的没好穿的。现在他死了,房梁倒了。

刘春枝擤了下鼻涕,又说:要说坏肯定是坏在他义兄手上了。我听说他义兄在县城打架,往死里打。肯定不是好人。

刘春枝给我看了结婚证,我一看那上头的何大智,像被电触了,因为他的眼闭着,只留条小缝,他死时竟也如此。张老当时说,他害怕。

我们离开高坑时,刘遵礼出来送,我记得他握手很用力,都能感受到手窝湿热的气息。走了十几步,我回头望,却发现他不见了,全村人也不见了,只有蒸汽悬浮在屋顶。

1998年5月29日上午

我们从富强乡政府出发,又走到了何山小组。我们看到何大智父母家原是个矮屋,土砖被雨水冲得没有边线,旁边有根黑木顶着,以防倒塌。小组长找了一会儿,便把何父、何母和何弟找回来了。何父皱纹密布,像是蜘蛛在脸上纵横拉网,何母嘴唇下扣,一看就知道嘴恶,何弟则痴呆,老大不小的,挂着口水,以为我们有糖。

我说了情况后,何母大号大叫,何父赶忙推开她。何父眼里既无悲伤,也无诧异,只有麻木,何父鞠躬说:给国家添麻烦了。

何父说没什么可说的,人都死了,何母则抢辩:怎么没说的,人不能这样死了。何父想拦,看她站在我们里边,便失望地拿着小锄头和小篮子出了门。何母说:死东西挖药去了。

没人阻拦了,何母就说得欢快起来,到最后手都说抖了。

何母说:我儿死,我早知道,刘家人也早知道了,他们装不知道吧?小学订了报纸呢,说长江大桥爆炸了,我儿出门前跟刘春枝说了,他过不下去了,要去炸长江大桥,炸得全国都知道。现在你们来了,谢天谢地,有公理了。

何母说:都是刘春枝这妖精害的,我儿那么爱她,照顾她,可是她把钱管了,不给他吃好的,好的都给老乌龟刘遵礼吃了。刘遵礼和她偷人呢,偷了好多年,全村都晓得。我们也是穷,穷才娶这样的浪荡货,还倒插门。我们原以为结婚了,大家就收敛了,谁晓得刘遵礼还去,被发现了还打我儿。我儿太老实了,后来刘遵礼竟然不顾廉耻,和刘春枝睡到一张床上,叫我儿去煮面。我心想,你煮就煮啊,放老鼠药毒死他们。我儿每次回来,我都让他翻衣服,我看到背上总是条条紫痕,都是打的,造孽啊。我儿后来被逼着去打工,说是碍着眼睛了。你说我儿有活路没有?没有。他受了委屈,他也有脾气啊。今年过年,刘春枝来了,我们做好肉好菜,她一脸不耐烦,不下筷子,磨到初二就回去了,来拜年的亲戚还说你们媳妇呢,我不好说,我能说她赶回去和刘遵礼那个老乌龟戳瘪么?我就不知道,人怎么有那么多瘪要戳?

何母说:初四(一月三十一日)那天,我儿拜年回来,喝得醉醺醺的,我恼了,揪他耳朵说,你一个七尺男儿,连老婆都管不住,顶卵用。我儿聱,说别说了,别说了,知道了。却是磨到正月十一才回到高坑,十二就打工去了。现在看来不是打工,是炸桥。你说他不炸桥炸什么,他戴那么大一顶绿帽子,就要炸桥。

我说:他怎么不炸高坑呢?

何母说:他敢?我们这里谁敢?刘家光一个老三,就能把人吃了。我们这里都怕刘家人,刘家人上头有大官,欺人太甚。你们公安来了,你们是公道,你们管管这些偷人的。你知道刘遵礼这个老乌龟偷出什么名声吗?他跑到人家窗下吹口哨,把人家男人吹出来了。人家男人生气了,趁刘遵礼到乡里开会,把老婆带到会场,说,你不是喜欢吗?给你。你知道刘遵礼说什么吗?刘遵礼大手一挥,说,我得了。你说这样的人该不该杀?你们拿枪打那个刘遵礼,打那个狐狸精,打死她,我看她求饶不求饶,后悔不后悔,几百年妇道全被她败了。你们要是不干,我去干,我一定拿针扎她,拿火烧她,拿锄头戳她,戳死她这烂癀。

1998年5月29日下午至夜

当日下午,我们重回高坑,没见着刘春枝,说去县城了,也没见着刘遵礼,说走亲戚去了,十天半月回不来。同行的政法干部恶了,问:去哪个亲戚家了,地址告诉我。刘遵礼老婆支支吾吾,政法干部便揪衣领喊:你倒是说呀。

刘遵礼老婆挣脱开后,跑到谷场大叫"公安打人了",然后翻倒在地,抽搐双腿,吐出许多唾沫来。我们跑出来时,人们已像洪水冲出来,他们男女老少,提棍的提棍,持锄的持锄,舞刀的舞刀,弄斧的弄斧,黑鸦鸦一片,围了过来。他们问怎样了,刘遵礼老婆便干呕,说不行了。他们大声鼓噪,几个不怕死的老头拿竹棍先来敲我们,未几,刘遵礼单独从一间屋内杀出,他老远就挺着鸡蛋大的眼球喊:谁打我老婆?然后接过菜刀,看了一眼,剁向政法干部,如是十几刀,政法干部捂着右臂,说痛也痛也,却不见有血冒出。

我脑袋一片空白,任人推来推去,胡乱地说几句"冷静点",但人们已没法冷静,因为政法干部把菜刀夺走了。政法干部一边跑一边挥舞菜刀,当地民警说快跑,也跑了。这阵势便只剩我了,我想跑,又想人们看着我背影,盯着我警服呢,他们一定说警察屁滚尿流,一定笑岔了气。我只能暗自加快脚步。

那边厢,政法干部跑到羊肠小径上,自觉安全了,便大喊:刘遵礼,别猖狂,你的罪证在这里。

他这么喊,后头村民便赶几步,将死要面子的我逮住了。

我被抬起后,像睡在摇篮,看到天穹,很蓝,很深邃,像枚瓷器,辉煌欲碎,接着,我又听到暴雨般的声音,那些声音说要处死我,我便滚下两行泪来。他们抬了几十步后,猛然将我放下,我站在地上,头晕眼花,然后又清晰地看到对面苍翠的山坡、湿黄的石头和清新的树,鸟儿正踩在晃悠悠的树枝上点头。

我不知道身在何方,自己要干什么,说什么。我僵直着身体,等待山脚一汉子取出柴枪,丈量好步子,疯狂地往这边跑来。我看到肌肉在他身上滚动,空气越来越密,越来越紧,像是有大事发生。枪尖在太阳底下闪出光芒,我又知道,那大事原来是刺穿一袋面粉,我的腹部将像面粉一样,发出噗的一声。我心里着急,狂念:妈妈,妈妈。

我想去摸枪,却发现双臂被架住,挣脱不开。更何况那支枪,在来文宁前我嫌麻烦托公家保管了。我像头即将挨宰的兽,全身抽搐,焦躁不安,忽又见亮光一闪,全身安静下来,粉黛不施的媛媛走到面前,拉住我的手,要我和她一起从隧道走过去。我看到那不远处的洞口闪耀着刺眼的强光,便抓紧了媛媛的手。

我看到她歪过头来,对着我心无芥蒂、灿烂地笑。

眼见宏大的光明将吞没我们,一声嘶喝又将我惊回到现实。我睁开眼,看见像列车一样奔行的壮汉正在恐怖地紧急刹车,我想他的脚趾搓在地上,全部扭伤了,脚掌也蹭出大片的皮肉。我看到他把柴枪插到土里,痛苦地说:哥,哥,你这是怎么啦?

刘遵礼瞪了一眼,说:老三,你是不是想我死啊?

我的血液好像一下流开了。我死不了了。一时竟觉世界如此可亲。我觉得我应该大小便失禁了,低头一看,却是没有。暗自缩了缩阳具,也没什么尿意。我其实早该想到,刘遵礼原也是怕事的,否则不会拿着刀背对着政法干部砍十几刀。我"咳"地叹息一声,甚至想去调解他们兄弟,叵耐刘遵礼又死死盯着我,好像要恢复一只老虎原有的尊严。

我躲闪开目光,不料他拉住我胳膊,让我看他。我看得心慌,那里只有两只浑浊的眼球。

刘遵礼说:铐上我吧。

我说:为什么?

刘遵礼说:我破坏人家夫妻感情,破坏我知道不犯法。但人家把毛主席的长江大桥炸了,我就肯定犯法了。

我说:你有没有打何大智?

刘遵礼说:没有,我只偷他老婆。

我说:没打就没事。

刘遵礼说:果真没事?

我说:没事。

刘遵礼说:不是因为你在我手里,才这样说吧?

我说:你放了我,我也会说没事。

我怕他不放心,又说:本来就没事。

刘遵礼大笑起来,笑完哭,哭完对众人说,以后有人来问,就别说你耕田来我织布了,就说我偷人,偷就偷了,没事。众人如遭大赦,跟着笑起来,刘遵礼的老婆也幸福地笑了。

那夜,我非得吃刘遵礼最好的腊肉,饮刘遵礼最后的谷酒,才得以离开高坑。刘遵礼打电筒把我送过羊肠小路后,说:你说话算数吗? 我说:算数。他才算是安心地回了。

一个人走到村部后,我才轻松了些。我解开裤扣拉尿,哗哗泡松好大一块地,我觉得快完了,那液体仍然往外狂奔,我便想以前追媛媛时从她家回来,都要紧张地在土墙边拉一泡尿。我想媛媛有一天要是问我有多爱她,我就带她到那里,将泡松的墙体推倒。

在村部小卖部,同伙拿菜刀磨柜台,气势汹汹,我忽而也气势汹汹,我想你刘遵礼至少是袭警啊。一个多小时后,十几个当地民警赶来,大家鼓噪着上路,要去重振公安的威风,却不料带头的接了一个电话,又丧气地命令我们不要去。

从山路往下走后,我朝上看了看月亮,月亮就挂在树枝上,硕大无朋,就像要掉下来一样,很恐怖。可是我总是止不住往上看,我怕,就是我还活着。上了车后,听到机器哼叫的声音,我便知路面被一丈丈抛下。

我是再也不来这地方了。

1998 年 6 月 2 日

在文宁县去了几趟矿山,往高坑刘遵礼那里又打了几个电话后,我们得到一点信息,但得不到更多,便收兵回本省了。六月二日,刑侦大队发出协查吴军的通告,我受命整理破案报告。

我能写出的纲要是:二月七日,原爆破手何大智声称帮高坑水库买炸鱼用品,从文宁县某铜矿保管员处私购硝铵炸药十公斤,当日回家,向妻子刘春枝说:我不和你过了,我要去炸人,春运火车挤,我就炸汽车,我要炸长江大桥的汽车。二月十日,何大智与吴军离开友丰旅社,乘卧铺车抵达本省。二月十四日,两人离开幸福旅社,搭乘9路电车,在长江大桥引爆炸药。

我能推测出的爆炸因由是"爱情恐怖主义"。写报告前,我打通了张老的电话,说了一些情况,张老听说我要请教,不痛不快地说:我是最后一次帮你了。

我说:一月三十一日,何母对儿子何大智说,你没个卵用。此时何大智的自尊心已被摧毁殆尽,一定想到自己的无能,想到小孩子都说他戴绿帽,阳痿,便受不了,要和心肠狠毒的妻子赌个博,赌注就是炸汽车。为了使一切看来像真的,为了彻底吓倒对方,他特意搞来十公斤炸药。二月七日他向刘春枝摊牌,说了要自杀的意思,不单是自己要死,很多人也要陪着死。这是场情感赌博,赌赢了,刘春枝会害怕,会恳求他不要这么做,老实巴交的他就会原谅她,好好待她,和她一起好好生活;赌输就没想到,赌徒好像从来不会想到输。结果刘春枝看恰恰表现得无动于衷,这样何大智就被逼上悬崖了。

张老说:面子这东西在乡村是这样,对一贯有的人来说,算不得什么,对没有的,却特别重要。

我说:嗯。刘春枝说,你快点去炸啊。何大智就束手无策了,就傻眼了,就只能昏昏沉沉提着炸药走了。他总不能四肢健全地跑回来,告诉众亲朋,我没炸。可惜刘春枝不懂这个处境,等她懂了,就晚了。二月十一日,刘春枝托人往县城带信,说,我对不起你,你不要做对不起党和社会主义的事情。这信晚来了一天,那边何大智等啊等,等了两三天,已经万念俱灰,已经离开文宁县城了。此时只有桥塌了,或者电车罢工了,才能给何大智台阶下。何大智估计也惶恐,当天凌晨,他伏在厕所墙上哭过。

张老说:是,两个引爆人中间,有一个是明显害怕的。

我说:何大智越靠近我们省,人生之路就越少,就越觉得自己是被冲动绑架了。可是他又想到,自己在薄情寡义的美人刘春枝那里什么也得不到,便不如死了,死了爽快。接着,他又会想到,恰恰没有比搞一场爆炸案更能报复刘春枝的了。他想全国潮水般的口水将涌向刘春枝,让她自责、惊慌、恐惧,夜夜做噩梦,终生背十字架。这时,他或许又是快意恩仇的上帝,在主持,在审判,这也许是软弱的他坚持到最后的原因。

张老说:等等,我觉得自杀也能达到同样效果,自杀照样能把指责引向刘春枝。

我说:他说出炸桥的话了,收不回了。

张老说:那他当初为什么不说"我要自杀"呢,我觉得蹊跷。

我说:您讲过,弱者迷恋爆炸效果。何大智一定权衡过炸十人和炸一人的效果,当然是前者更富于证明性。我想何大智一定渴望扬眉吐气,渴望自己最后一把不输给刘遵礼。事实也是,刘遵礼被他这一举动镇压了。

张老说:有漏洞。我再假设,为什么不炸他老婆的村子呢?

我说:何大智起先只想用威胁炸人来赌博。何大智说要炸老婆的本家,怎么挽回? 更何况高坑的人凶得不得了,大家听说何大智要炸他们,还不把他打死,何大智不会这么傻。

张老说:他要死,为何拖个人陪呢?

我说:您说的是吴军,吴军不知是哪里人,但极度厌世,也是个等死的人。我这里有他的遗书,上面画了女人,写了诗,说,来也无根,去不留痕。就在美丽地结束不美丽的生命。我判断他失恋了,渴望自我毁灭。

张老说:一首破诗。

我说:他叫四大山人,会画画、写诗、唱戏、武打。他老板说他艺术不错,我觉得至少是有文化的了。一个有文化的人在县城旅社擦桌子洗碗,说明自弃。很多人不就喜欢这样吗? 你说我一表人才,前途无量,好,我报废给你看。你不爱我,我就报废,我越报废越超然,越报废越清高。我觉得挑在情人节这天升天,是吴军的主意。何大智没文化,定然想不到。

张老说:对,有点文化的人就这样,特重视情人节啊圣诞节啊母亲节什么的。

我说:我老觉得这是一场由失恋导致的恐怖主义。何大智想对傲慢的刘春枝实施恐吓,吴军想为了心中的女神自毁,两个人凑一起,互相影响,就成行了。何大智可能有点不坚决,早有死意的吴军则裹挟着他前进。

张老说:直觉上我感觉不对,你就可能吧,假设吧,编吧,反正这类案件破不破都一样,破了也挽回不了什么。

我心想,你老怎么这么轻慢,我自己都差点成炮灰了,你还争辩什么,你失恋过么?

我说:谢谢张老。

张老却是说:别和老头见怪了,再见。

我说:再见。

张老说:再见。

1998年6月5日—6月10日

整理好材料后,我交给副大队长,副大队长签字"可",又交给大队长,大队长签字"可",大队长从局长那里回来后,叫我们去行管科领点钱,准备赴京汇报。在行管科那里办手续时,我顺便问了下周三可的悬赏金,人家却说他对着镜子把脖子割了,血溅三尺,死了。

我说:你确定是周三可吗?

那姑娘说:是啊,怎么不是?

我想这六万五千四百元,我们应该再给他添上四千六百元添到七万才是。可是添再多都没用了。

下午我拿着批示去行管科支另外一笔钱,会计姑娘又急忙说,没死呢,周三可中午猴急着赶来了,把悬赏金一文不少地取走了,还一张张地看,怕是有假钱。

我说:我说呢。

六月五日,我们坐飞机赴京汇报情况,公安部表达了疑虑,但还是承认了破案结论。我订票准备从北京站回,忽然想到北京站的门,便想到张老,便和副大队长说要不要去探望探望他。副大队长当然同意,我打张老电话,却发现始终只有一个女士在说,您所拨打的电话暂时无法接通。我又把电话拨到公安部刑侦局,负责接待我们的人说:张其翼同志死了。

怎么可能?

但人家就是这样说的。

我忽觉被一盆水兜头浇下,竟是跌坐在椅子上,半晌不能言语。那边好似知道什么,又说:实验炸药时不小心牺牲了。

我回头对副大队长说:张老弄炸药不小心把自己炸死了。

副大队长一惊,忽而说:怪人啊,会划水的被水呛死了。

次日,我们买好又大又阔的花圈,唏嘘着赶往八宝山,原以为那里哭声震天,可是一走进追悼会现场,却只发现松松散散摆了七八只花圈,稀稀落落站了十几个人。张老待在遗像里,嘴唇紧扣,眼神凌厉,将所有人拒之门外。旁边有惨白的对联一副,写:鞠躬尽瘁死而后已,功勋卓著思无可追。

横批是:烈士千古。

我们向着骨灰盒鞠躬,没有一个家属过来扶接、握手。我们便退到一旁,听一个戴眼镜的警监严肃地念悼词,他面无表情,念了诸如舍小家顾大家、莫大的损失等词,正要念"永垂不朽"时,话筒突然没声音了,他拨了拨,声音又刺响起来,他想也差不多说完了,便鞠上一躬,在别人的招呼下走了。然后大家忽喇喇走了,手机此起彼伏地响个不停。我回头看了眼,张老还是那样拒人千里之外地看着,甚是凄寒。

在外边,我们问了个相熟的部里人,他叹息道:张老是鳏夫,又没朋友,可怜得很。

147

那人又说：张老一直住在老宿舍，不开窗帘，深居简出，说是专门研制一种针对人体的炸弹，也研究出来了，很少分量，能在极短时间内，根据骨骼结构和肌肉分布情况，对人体实施摧毁力极强的定向爆破。张老在遗书里说，科学外表看像个美丽的女子，本质却又是邪恶的，你越知道这东西不能研制，可又越禁不住它的诱惑。东西没做出来时，张老还正常，还来上班，做出来了，就完了，就在家里走来走去，不知道怎么办，因为世上没有活人可以供他实验，拿到猪羊身上实验又没什么意义，拿死人试验又要申报，他不知道怎么想的，鬼迷心窍，把自己当实验品了。张老在遗书里公布了炸药配置方法，希望能给我们一点提前量，就是未来有人这样爆炸时，可以做到心里有数。我们看了几遍，代码太多，看不懂，又觉得邪恶，便烧了。

我问：张老是如何把自己炸掉的呢？

那人说：二号晚上，老宿舍发出嘭的一声后，邻居就报案了。出警的人赶到后，推开门，发现房间很干净，接着又推开卫生间，发现牙刷、毛巾和水管也完好无损，水龙头和莲蓬头还在哗哗地出水，只有天花板和角落还粘了一点肉末。按照遗书上的说法，张老应该是在天顶、脖颈、胸脯、后背、腹部、膝盖和脚面安装了七枚液弹，把自己炸粉碎了，可是又没有伤害到别的东西。你看追悼会上有骨灰盒，其实盒子是空的，他的尸骨都让水冲走，冲到下水道去了。

我忽然悲怆起来，忽然想到张老最后一句话是说给我的。他说：再见。我说：再见。他又说：再见。我想他是在特意向这愚蠢人世的代表挥手，他说，傻孩子，我要去天堂寻找聪明的伙伴了，不陪你们玩了。

我们回去时坐火车，走到北京站时，看到正厅还是个门字，门下穿赤橙黄绿青蓝紫各色衣服的人,提着大包小包,你推我撞,熙熙攘攘,各有方向,各有目的,各有事情,只是不见张老其人,我便知道张老万世孤独。

归来后,我越念及张老,越觉自己是偷走了奖赏,因为我并没找到让何大智、吴军达成死亡默契的切实证据。当日他们结拜有言"但求同死",但也只是宣誓而已,很难相信,刘春枝给何大智造成的痛苦,会感染到吴军;反过来亦是。我和朋友聊及此事,朋友却说,即使你的结论是错误的,那也是目前最靠近真相的结论了。

我心下不安,却也只好如此了,在我的智力范围内,这已是殚精竭虑了。

忙完一切,回到家,忽见着白发一路长进妈妈的头发,便说:妈,你老了。

妈妈说:哪里老了?我没有变化啊。倒是你瘦很多了。你看,你瘦得腮骨都出来了。

我说:没有吧。

妈妈说:我老是惦记你不结婚,新谈朋友了吗?

我说:没呢,不是忙案子吗?

妈妈说:媛媛就莫要了,以后就是找你也莫要了。

我说:她可能找我吗?

妈妈说:我就是提醒下你。

到巷口,拜见王姨,王姨露出欣喜的门牙,心疼地说:老二回来啦,瘦了不少。然后拉我进门,小声说:老二你出气了。媛媛的事不知怎么被发现了,科长老婆跑到单位,狂抓媛媛的脸,闹得很大。起初大家以为闹一下就算了,谁知那妇女足足去闹了大半个月,一直闹到媛媛不敢上班,科长在单位也作了检讨,可

149

是夫人还是不依不饶,竟然天天到纪委那里上班,把纪委上烦了,便把科长免了。科长回头就和夫人离婚了,一出民政局,他就找媛媛,说是总算可以结婚了,可媛媛不知道怎么回事,以前对他挺好,这下却不答应。这科长就拿刀出来唬人,媛媛还是不答应。至今还没解决呢。

张姨恰好进来,说:媛媛是势利小人,官免了,就不跟人家了。

我说:我妈怎么不跟我说?

王姨说:你妈嗤了三声,大概是要保持蔑视的姿态。

我想到我妈,心下忽然凄凉,我爸去后十几年,都是她做饭给我吃,我今日也要做顿饭她吃。这么想便起身去买菜了。路过菜市场,看到公共厕所,以前那里坐着眉毛文绿的阿姨,死气沉沉,群蝇毕至,现在却仙气袅袅,芬香扑鼻,门口也换成个低头看书的男子,穿西服,打领带,头上抹了油光光的摩丝。

我望了那厕所门楣一眼,有红福字倒挂着,旁边又有一张红纸,写着"开张大吉",我想这是个什么世界。

1998 年 6 月 14 日

"情人节爆炸案"过去整整四个月,我被副大队长、大队长、副局长先后找去谈话,被告知提了个中队教导员,享受副科待遇。我回来时,背着手在新办公室内走过来走过去,总觉得墙上少了幅画。挂《劝世歌》好似太俗,挂《泉》又太暴露,挂《清明上河图》或许贴题,想想,还是自己动手把《人民警察之歌》的宣传画挂了上去。如是,忽来了个实习警员,拿着材料要我签字,我看都没看就签了。那小孩要走,我又招手叫了回来,把签名看了一遍。

我心想,范教导啊范教导,你也该练练字了。

下班时,我小心锁好办公室,竟是有些不肯走,总算转身时,忽又见面前站了一个衣衫褴褛、浑身发臭、皱纹纵横驱驰的老头。老头看到我就松开板车,趴在地上磕头,我心想这是谁把他放进来了,转而又觉得自己站得太高了,便蹲下说:老伯请起。

老头抬起头,喷出一嘴口臭,说:我认得你,你是好干部。

我说:你说仔细点。

老头又说:我认得你,你去过我们文宁县。

我这才惊醒过来,来者却是文宁县富强乡何山小组的何文遥,死者何大智的父亲。当日我们去找他,他自顾采药去了,好似麻木,如今怎的又赶来了。

我说:你来干吗呢?

何文遥说:我来拖我儿尸体。

我骇然摊开双手,说:只有一把灰,怕是火葬场处理了。

何文遥的眼皮忽然上下榨起来,不久榨出几颗黄豆大的泪水,接着又痴了,好似脊椎被人打断了。我心下不忍,便进了办公室,找到火葬场电话拨过去,问了竟然有人值班,便按了下遥控器,那边吉普车怪叫了两声。

我出来后对何文遥说:老伯,我带你去火葬场。

何文遥就又复活了,站起来去拖板车。我说:不用拖,就放在这里。他好像没听懂,不舍得放下,我又大声说:放在这里,没人偷的。何文遥才小心把板车拖到一边。

我开着车载着何文遥往郊外疾驰时,用余光瞟了下他,却是发现他也不瞅矗立的高楼大厦,也不看飞转的灯红酒绿,就是缩着身子扑簌扑簌地掉眼泪,好似我以前送过的一个走失儿童。

到了火葬场后,值班员把何大智的骨灰盒搂了出来,何文遥

151

看了很久看不懂,我说:就是这个,你儿子就在这里。何文逼便去找机关,找了半天找不出来,我一拨,那盒子便开了,何文逼解开小袋一看,果然是些灰和骨头,双手便哆嗦起来,好似一时得了帕金森综合征。我正要扶,他又放声哭起来,那眼泪一颗颗地滚,像石头一颗颗滚。我知道他是真悲伤,便让值班的弄些饭食来,那人端来冷饭后,何文逼用手抓了几把,塞下去,把喉咙噎住了。咽了几口,咽不下去,便呕出来。有些米饭掉到地上,他便用手抓起来,抓好了又用袖子擦地,说:麻烦了。

转而他又说:是我害死了你啊。

我心想这是怎么了,见值班的好似也为难,便把何文逼扶回车上,把他拉走了。这一路,他就是把头一下下撞在骨灰盒上,说:我儿,是我害死了你啊。

我说:老伯别难过,不能怪你。

何文逼起初没在意,我劝了几番后,他忽然说:怎么不怪我?就是怪我啊。

到大队后,我把车停在板车旁边,进去打电话给门卫,要他准备点饮水食物,然后把何文逼请到沙发上,任他哭泣。这样哭完了,何文逼像洗了个脸一般,竟是往我办公室四处惶恐地望。我说,老伯别难过,你有什么可以跟我说。

何文逼看了眼我,我直视着他,点点头,他便放松下来。

何文逼说:我儿是被我逼死的。九五年热天,我儿在铜矿不做了,回家待着。我问怎么不做,他说开除了。后来我才知道不是被开除的,是自己溜回来的,溜回来是因小学有个秦老师,他就是想和秦老师鬼混。有一天,我赶牛从小学后边过,猛然看到我儿和秦老师光着身子躺在床上,互相亲嘴,摸下身,便受不了了,拿锄头冲进去,一锄头打中秦老师屁股,那里响了一下。我儿傻了,赤身跪在地上,说敲死我吧。我便找来教鞭,狠命抽我儿,抽得胸前背后条条紫痕。我说,不知羞的东西,没爹娘教的东西。

何文邋说:第二日秦老师一瘸一拐走了,再没回来,人们只当调走了。我儿神不守舍,我便绑住他,我们家的问,我就说他偷了东西。后来看来要饿死我儿了,我们家的就要自杀,我看看也不行,放了他。后来我听说高坑刘春枝要倒插门,就找了媒人。我记得我儿为这事哭了一日,不过最后还是同意了。我就是想让他正常点,但他矫正不过来,后来竟要炸大桥,这也是我害的,我做得太绝了。

何文邋的话很难听懂,可我却是越听越开朗,身上竟热血翻腾。至此,我才知道,何文邋正是那秘密的瓶盖。我想做个笔录,写好了时间地点,忽又觉得不必。我把笔抛下,说:老伯别伤心了,我给你安排个住的地方吧。

何文邋忙站起来说:不麻烦了,你是好干部,不麻烦了。

我问:那你住在哪里?

何文邋没听懂,只是鞠了一躬,捧着骨灰盒走出去。我跟着出来,已看到他把小盒子用粗绳绑在硕大的板车上。我说:你要走吗?

何文邋说:我从来没跟人说过,我有罪的。

我正想着要挽留一二,忽而又闻到那口腔里的臭味,便管住了自己。门卫送水和面包过来后,我把它们塞给何文邋,想想又加了两百元钱。我说:别难过了。

然后我看着何文邋拖着板车,念念有词地走了,他先念五个字,接着念四个字,接着又念五个字,接着又念四个字。我听不太懂这方言,便不费力猜了。我慢慢看着,看着他像团黑泥消失

153

了,感觉不可知的世界一块块清晰起来。

刘春枝为什么偷人?

因为何大智不过夫妻生活。

何大智为什么打工?

因为想逃避与刘春枝在一起。

何大智为什么绝望?

因为何文遏拆散了他和秦老师,虽然何文遏保守秘密,但来自父亲强有力的判决,令何大智自我感觉是被塞来塞去的物品。

何大智为什么告诉刘春枝要炸人?

他要找这个名义。

吴军声音为什么又高又尖又美?

这个自然是。

吴军为什么喜欢演旦角,为什么描口红,画鬓角?

他努力使自己本质如此。

吴军为什么愤恨厂长?

厂长刺伤了他对本质的自我认识,羞辱了他内心里神圣的东西。

吴军为什么和混混狂殴?

混混们调戏他,说他是龅牙妓女,定然是个同性恋,不小心揭露了他。

吴军为什么弄那么多身份证,并隐瞒出生地?

想避开人们对其准确的指认和指责。

吴军为什么写那样的诗?

他对环境绝望,对自己绝望。

吴军为什么要画一个披头散发的女子?

那女子去除长发后,不就是吴军自己吗?

他们为何结义?

实是拜堂。

他们的不自由各在何处?

何的不自由来自何文遐,何文遐发现吴军何大智的事后,将何大智赶回刘家,刘春枝构成新的不自由。吴的不自由来自混混和街道的敏感,以及自己的敏感。吴军觉得无处可逃。

他们何以选择死亡?

在自由不自由间,只有死亡过渡。当不自由难以忍受,而自由又遥不可及时,死亡取代自由,成为美好想象。

何以又选择自杀性爆炸?

是要用整个世界来偿还他们的委屈和愤怒。

接下来,我的思维飘荡至两间旅社,我想我像上帝一样,看到了他们最后的时光。

在友丰旅社杂物房,我先是看到一张孤零零的床,何大智坐那里看星星,他是掉落的一颗;后来又多了一张床,吴军坐那里看星星,也是掉落的一颗。两颗星对视一眼,好像你终归是这个世界的,是陌生的,无话可说。

几天后,一张床躺着血流不止的伤者吴军,另一张床空着。何大智敷药,包扎,喂汤,像女人照料男人一样照顾吴军。何大智眼泪哗哗地说别和混混较劲。你就当他们是猪,不要和猪较劲。吴军说没什么的。

又几天后,一张床躺着两人,或者另一张床躺着两人。吴军对何大智耳语,我每次听孟庭苇的歌都起鸡皮疙瘩。她唱,两个人的寒冷靠在一起,就是微温。是否每一位快乐过的红颜,最后都成为你,伤心的妹妹。

又一日,一张床只躺着吴军一人,吴军盖着戏服酣睡,地上是擦拭过精液的卫生纸,何文逼推门进来,见到这个,悲怆而恶心。何文逼在店前等到买菜回来的何大智后,什么也没说,拎起他就走,人们骚动起来,说这个父亲很愤怒。吴军也推开窗看,看得眼泪流出来,心想再没缘分了。而何大智像那个运城县的知青,在看到县城的琉璃瓦、水泥路越来越远,而中巴车的尾气和乡下油菜花又越来越大时,被溺死的情绪包围。他对何文逼说,信不信我杀了你?何文逼找到司机用的摇杆,递给他,说,你现在敲死我吧。

几天后,吴军在一张床上辗转反侧,何大智忽然归来,两人喜极而泣,又哀伤不已。沉默很久后,吴军说:我们去死吧。何大智说,好。吴军说,去长江大桥死吧,毛主席写了诗,风景美丽。何大智说,好。两人依依别过。

又一日,吴军在一张床上发呆,何大智疲惫地进来,将炸药塞入床下。

又一日,两张床都空了,只留下一个揉皱的香烟盒、一双雨鞋、一首诗和两张身份证。

吴军和何大智在凌晨五点漆黑的县城街道手拉手走,又冷又饿,后来,饿得没重量了,便飞。吴军说:用力点,上边就是光明了。何大智就用力扑打翅膀。吴军说:看到阳光了吗?何大智说:看到了,太刺眼了。

两人飞落到幸福旅社后,吃好的,住好的,像王子,像公主,像世界末日。只不过何大智终归要害怕一下,便跑到厕所哭,他哭世界无容人处,无立锥地。而吴军心意早决,他大声呵斥何大智:别哭啦,哭什么哭?何大智便像恐惧的孩子,停止抽泣。

吴军问:听说过有人走路被车轧死了吗?

何大智答:听说过。

吴军问:听说过有人得癌症死了吗?

何大智答:听说过。

吴军问:听说过有人打仗死了吗?

何大智答:听说过。

吴军问:听说过有人被杀死了吗?

何大智答:听说过。

吴军说:人皆有一死。不是这样死,就是那样死。总是个死。

吴军又问:死了能带走粮食和人民币吗?

何大智答:带不走。

吴军问:活三十岁是活吗?

何大智答:是活。

吴军问:活六十岁是活吗?

何大智答:是活。

吴军说:是造孽。

何大智说:嗯。

吴军问:你爹骂你你开心吗?

何大智说:不开心。

吴军问:你老婆管你你开心吗?

何大智说:不开心。

吴军问:流氓混混取笑你你开心吗?

何大智说:不开心。

吴军问:老板随便开除你,你开心吗?

何大智说:不开心。

吴军问:像老鼠一样躲躲藏藏开心吗?

何大智说:不开心。

吴军问:这些是什么呢?

何大智摇头。

吴军说:这些是活着。你还想活吗?

何大智说:不想活。

吴军说:你是爆破手,知道爆炸后的感受吗?

何大智说:不知道。

吴军说:像被打了一针,很快,快到感受不到任何痛苦。

何大智说:嗯。

吴军说:不要怕,我陪你死。

何大智说:嗯。

吴军说:别嗯了,看着我,孩子,就这样看着我。跟我说,我爱你。

何大智说:我爱你。

吴军说:大声点。

何大智大声地说:我爱你。

1998 年 6 月 14 日夜

我这样激烈地想了很久,竟是像一个写完小说、作完曲的人一样,以为自己创造了什么,要急于告诉一个妙人。可是又突然发觉,自己恰恰是这个秘密的信托人。

许久,远天隐隐传来打雷声,我才想到另外一件事。

我打电话给妈妈说不回家了。

我说:妈,你给我叫次魂吧。

妈妈说:你这孩子怎么了?

我说:你就叫吧,我想听。

妈妈好似有些害羞,说:老二回来啊。

妈妈又自答:回来了哎。

我数了下,第一句是五个字,第二句是四个字。心下忽然翻江倒海,挂了电话,关上办公室,就去开车了。

我把车往大桥开时,时速是八十码,跑了一刻钟。忽而想,这样跑上高速,跑上省道,跑到山路,跑到河里,竟是要一个日夜。如果是走路,七百里几可算是长征了。我跑得心急了,又想人家太老,走不了这么快,便打慢速度,一边走一边看。看了一会儿,就要用雨刮器了,却是像一头扎入雾海,什么也看不清楚了。

这样鬼迷心窍地走走停停,又兜转过来寻,却是寻不着了。我就想,何文邋一定拖着板车去哪个隐蔽地躲着了。心下便叹息起来。我想自己是送不成了。明天一早,太阳出来,何文邋就会抖擞精神,念念有词,拖着孤零零的骨灰盒往故乡走。

我让警灯无声地亮着,拉开车门,坐在那里慢慢抽烟,好似看到爸爸在离家一里外的雨天骑着自行车往家赶。雨淅淅沥沥地下了一阵后,便斜着浇灌起来,夜路上有了庞大的水花,起了浓厚的水雾,人的眼皮便挣不开。我看到爸爸肩膀左一晃,右一晃,勉强骑到了一个转弯处,他想雨太他妈大了,路太他妈遥远了,怎么骑也骑不动,然后又大概听到了一种好听的声音,便仔细听起来,等他听明白了时,那轮胎在水面上劈波斩浪的声音已经奔到眼前,他头也没抬,便被撞飞起来,好似地球是老天,老天是地球,这样转了许久,眩晕了许久,才像一袋面粉,无声地扑落于路旁的草丛,接着圆轱辘变成方轱辘的自行车又咔的一声撞到树上,把我爸爸吓坏了。我爸爸匆忙看看自己,整个人好好的,就是里边像拆散了一样。

那天我在家忍着瞌睡做作业,想不做又害怕,暗自偷了几个懒,将就做完了,便马上钻床上去睡了,而妈妈则把热好的菜愤怒地倒回锅里,嘴角狠毒地骂爸爸,说范老子你有种,半小时不回,一个小时也不回,一小时不回,两个小时也不回。后来又有些担心,可是拉开窗户,雨便飘洒进来,浇了一身。妈妈便宽慰自己,男人也要打打牌的,也要应酬的,家里没电话,带个信回来也好,不带是太看不起女人了。看不起就看不起。

妈妈便也把自己哄睡着了。

第二天一早,妈妈醒来,一直眼皮狂跳,看范老子还没回,很有些预感,便急急出门,刚一出去,便声嘶力竭地喊起来,那声音就好似要把天空生生撕裂。我还在床上就心脏狂跳,踉踉跄跄赶出来后,看到我爸爸身体蜡白,衣服滴水,像个皱巴巴的东西,趴在门口一动不动。我知道他辛辛苦苦爬回来,是要看我作业做好了没有,没有做好就揍我。

后来我就自由了。

1998年6月23日

我的教导员瘾还没过足,便接到通知,去鬼寿山一个会议中心参加警衔晋升培训班。起初几天,都是大老爷们儿在一起,没甚意思,我便独自散步,走上山顶,便看到江岸区的度假旅游区了。我想幸福旅社就在其中,何大智推开窗户,又回头叫吴军:你看,那里有个人。

吴军看了几次,看明白了,说:世界好小,那么远的人都能看到。

最后一天,中心忽然涌来一批要到银行上岗的女青年,个个脆嫩欲滴,看得我是眼花缭乱,禁不住就想在这里培训到老。是夜,我们办毕业舞会,这些妹妹果然温文尔雅地赶来,我从一旁走过去,禁不住就要开开屏。机会直到好晚才出现,主持人说年轻有为的范教导员可是再世陈百强,我便搓着皮鞋,扭捏着上台了,正低头吹麦克风,忽见对面的门开了,一个脸打白霜、身穿红呢裙的女鬼飘进来。我立刻僵住,想管住脸上的怒火,却是管不住。

我想这些人通通消失了就好,可是他们却齐齐整整地拍巴掌,用期待领袖的眼神焦渴地期待着我。我便不知道如何自处,后来有人走过来,拿走麦克风,又拍拍我的肩膀,结果把我喉咙里的一句话忽然拍出。我说:我从来没有像现在这样不幸过。

我闭上眼也能看见他们惊呆了,在我大踏步走向门口后,那背部也一定像磁铁,将那些惊呆的目光吸过来。然后,女鬼也跟着走出去了,大家都明白了。

出门后,我先是听到皮鞋声在楼梯间噔噔作响,接着便听到红色高跟鞋在后头紧紧跟着,心下竟是悚然。转到二楼,我抽钥匙打开门,想关上门,却见那张惨白的脸畏缩地卡在那里,我便弃门坐到床上。

她进来后,磨蹭很久,才鼓起勇气,授权自己坐在椅上。

我说:孟媛媛,有话请讲。

媛媛摇摇头。

我说:那好,我说。我告诉你,分手后我天天在等你打电话。

媛媛说:我打了,打不通。

我说:你不会打我家啊?

媛媛说:我怕。

我说:我左等右等等不来,就发恶誓,说再不理你了,你求我,我也不理了。

媛媛说:对不起。

我说:你回去吧。

媛媛坐着不肯动,好似那是最后的阵地。

我看了眼手表,说:你睡床吧,我找别人睡。

我都起身走到门口了,媛媛忽然走来,捉住我胳膊,说:是不是一点机会都没有了?

我没说话,媛媛的眼泪却流了我一手。

我说:你睡吧,我看着你睡。

媛媛说:我不睡。

我说:让你睡,你就睡。

媛媛说:你说句话吧,说了我睡。

我说:说什么?

媛媛说:孩子,我原谅你。

我说:孩子,我原谅你。

媛媛凄惶地笑了一下,说:你说了我就高兴些,就满足了。

我心间隐隐碎了,便避开她去洗澡了。总算洗完出来,忽见媛媛赤身躺在床上,嘴间又添了浓烈的口红,像个小丑,可眼泪还是晃荡在眼窝。

我说:你平日也不化妆,干吗现在化这么难看?

媛媛说:书上说,化妆是对人尊重。

我说:你尊重别人去吧。

媛媛说:我只想尊重你。

我好似要说点什么,却是压住不说,只是掀起被子盖她。媛媛眼泪忽又淌出来,竟是将刚化好的妆冲垮了。媛媛说:你是不是嫌弃我了?

我没说话。

媛媛便紧紧抓着被子,哆嗦起来,许久又说:我知道是要被你嫌弃死的,你让我在这里住一夜吧。

我说:你住吧。

媛媛却是又哭起来,好似眼睛是个水袋,一挤就挤出很大一摊来。我没话说了,一个人走到窗前,拉开窗户对着江景发呆。许久了,竟又觉得被抱住了,挣脱不开。媛媛说:对不起。我伤害你了。

我说:你没伤害我。

媛媛说:我伤害了。

媛媛又说:我妈妈嫁人了,搬人家去住了,这边的房子也要卖掉。

我说:爱卖卖去。

刚一说完,便酸楚起来,猛想到女人一生所需,就是一间房子,房子还在装修时,她就过来规划了,这里摆个书柜,那里摆个妆台,这里粉刷成黄色,那里配个孩子睡的摇椅,南柯一梦,如今是无家可归,各自孤零了。

此时媛媛松下手来,伤心地去穿衣服。

我滚下泪来,心里终于痛了,一时想自己也有太多不是,何德何能,竟至让人如此讨好一夜?

我便大声吼道:你干什么?

媛媛说:我走。

我说:天这么黑,你走哪里去?

后来的一天

光阴似箭,我却是不敢和妈妈提及复合之事。忽而一日,趁着高兴,便说了,妈妈筷子掉地上了,整个人傻坐着,许久才知道抹眼泪。妈妈说:你和范老子一样心软。

妈妈说:我日后命苦了。

我劝了好几番,竟是劝不返,便想着去给她做顿饭。去到菜场,阳光明媚,忽见那公厕周围多了很多小摊小贩,还有老头下棋,小学生做作业,竟是热闹非凡,细一看,瓷砖墙上又多了片红纸,上书"有史以来",心下便乐了,心想再不去,对不起这人的想象力。

我解决完出来,那正在捧书苦读的男子正好抬头,我大叫:周三可。

周三可起立,虔诚地递来中华,又递来一张名片,又掏出ZIPPO点火。

我说:不错啊,是经理了。你看什么书呢?

周三可说:《MBA工商管理教程》。

我心下奇了,说:传说你不是自杀了吗?

周三可说:哎呀,老弟,说起来都因为你。你看这里,疤子好长一条。送死那天,是一日四衰。我先给记者爆料,说淹了车,结果记者来了后反而骂我,你为什么不打110、120?你没见淹死人吗?我哪知人没救出来,通讯员的资格就这样生生被取消了。接着,我走路又看到好多人抽奖,说是奖票越来越少,轿车还没领走,便去银行取钱来买,买了两千多,歇手抽烟,结果别人交两块,把轿车摸走了。我这个叹,就去兑足彩,谁知卖彩的说,不用来了,不开了。我想也是,赌博这东西国家能让它久办吗?心便碎了,还说把五百万均分给老婆、父母、孩子,分个鬼。后来才知道,不是不开,是意大利一个修女还是教皇死了,意甲停赛,奖开不出来了,你说气人不?走投无路了,我就想还有六万五千四百块在你手,就打电话,谁知你劈头来句,没用,身份证没用。我就忽然被泼下一盆凉水,湿漉漉的,清醒得不得了,回去后就找刀割自己,还好我懒,平日不磨刀,刀钝了,割了几分钟,便把自己割活了。

我说:活下来就好。

周三可说:可不是,刚从医院回来,就听说你们班师,跑去问,竟问到奖金,我便喜煞。手里全部是现金,拿起来又和砖头没区别,我就叫自己冷静,冷静,再冷静,可是不能再吃不能再喝,可是要搞百年大计了,这样就投资厕所来了。

我说:生意好做吗?

周三可说:不好做,你想,来买菜的都是中年妇女,一分钱都要还价半小时,上厕所付费,超出她们理解范围了。她们都说,周疯子,你不给我钱就算好了。

我说:那你还承包?

周三可说:头几天,我也慌,装镜子,烧檀香,请保洁工三班打扫,搞得和宾馆一样,结果成本上去,客反而被这阵势吓住了。那时我见人就想拦下,爹爹啊,尿一泡吧,爹爹啊,很便宜的,可是人家怎么会理你?人家思维早就定性了,人家这是肥料。后来我算是开窍了,拉尿收费是抢劫,人们不干,但如果取之于民用之于民,就有人来了。我想我买了那么多彩票,我就不信别人不买,这样便也摆了个红纸箱,搞抽奖。

我一看,那纸箱上果然写了四个烫金大字:诚信抽奖。

周三可说:此后人们的膀胱果然憋不住了,就过来摸电饭煲、自行车,摸着摸着就以为是自己的了,就爽快地交一块钱,进去拉。拉完一摸,空白,也不恼火,不就一块钱吗?

周三可又说:你还没见过盛况呢,有天下午,奖票越摸越少,奖品还没出现,大家竟然排队过来拉,前边找钱慢了点,后边就吵,说是断子绝孙。拉完呢?就一边系裤带一边出来摸,有的摸过了,没摸到,想想又去拉一次。我说,不能拉就别拉了。你道人家说什么?人家说,你管得着吗?我当然管不着,可还是要本着对人民群众负责的态度,说说的。不过说也无用,有个人后来听说有个日本产的高压锅没摸走,竟然骑车骑八里,专门跑过来了。

我说:怎么摸奖还有诚信摸奖啊?

周三可小声说:你看看旁边的,卖十元三样的、卖外贸衣服的好几家呢。我这边生意好起来,客源多起来,他们就眼红着跟过来,我是开阔之人,我发财你也发财,我的客源带动你,你的客源也就会带动我,这叫共赢。可是他们坏,后来也搞摸奖了,这就不道德了,这就是明摆着进攻我,我就打电话给城管,城管的车还没到,他们就卷起铺盖灰溜溜跑了。我打诚信牌也就是想向顾客透露这个意思,我这里抽奖是正规的,你看,这么大一厕所,这么豪华一厕所,跑得了和尚跑不了庙,可是他们呢?四处打游击战,你能对他抱半点信心吗?结果后来,他们的奖便摸不出去,做生意便基本靠喊了。

我说:你岂不是发大财了?

周三可说:尚可尚可。以前一天接两百不到,往环卫所交份钱都不够,现在一天能接一千多。做人啊,关键是要活下来,活下来,财源滚滚来。

意外杀人事件

这个火车站是荒谬的所在。如果不是产权不明,地产商一定会拆了它,现在,野草从货场长到候车室,招惹来大量的老鼠和黄鼬,我们除非着急拉屎,否则不去那里。

1997年它建成时,烈日下悬浮着红氢气球,两侧电线杆拉满彩纸,我们红乌县有一万人穿戴整齐,一大早来等,等得衣衫湿透。"出口气了。"有人这么说,大家点头把这话传了下去。也有人跳下月台,将耳朵贴在光新的铁轨上听,说:"该不会不来吧?"

"除非是国家把这铁路拆了,火车都死光了。"一位老工人应道。大家被这掷地有声的声音稳住,讨论起武汉、广州等大城市来,好似红乌已和它们平起平坐,今晚爬上火车,明早也能看到天安门升旗了,不知道北京的早晨冷不冷。

下午5点,火车张灯结彩着驶来。也许是没见过这么多前呼后拥的人,它猛踩刹车,轮缘和铁轨摩擦过度,溅出火花。我们振臂欢呼,以为火车就要停下,不料它长啸一声,奋蹄跑了,车底扬起的大量烟尘,喷了我们一脸。

后来我们知道,几乎在红乌站建好的同时,铁道部下达了全国大提速的文件。所谓提速,其一要理解为火车本身提速,其二

要理解为有些小站必须牺牲。我们坐在人工湖畔,看着从不停靠此地的火车从对面铁路坝驰过,心酸地念顺口溜:

  红乌县啊红乌县,
  白天停水晚上停电;
  火车一夜过六趟,
  睡觉不方便。

  我们想这是动物园的观光车,那么多外地人坐在里边,一遍遍参观笼子里的我们,总会生出一点优越感。我们房子这么矮,路面这么破,什么像样的历史都没有①。

  我们想它出点事。1997年冬它果然在20里外的茶铺脱轨,不少红乌人去捡碎片,据说摔得稀巴烂。然后我们和它的关系麻木了,就像习惯一个亲人打呼噜,我们习惯它在深夜轰隆隆驶过。但就是这逐渐被遗忘的东西,三年后像故事里的伏笔猛然一抖,抖出一桩大事来。这件事割痛了所有红乌人。

  那天傍晚7点半,火车快要驶过红乌镇时,车窗里吐出一只妖怪来,随意得像吐一枚枣核。那里的铁路坝由山石和水泥加固,一般人摔出,以颅击石,当场即可报销,可妖怪着地时却伸出前爪疾走,像麻雀一样振翅飞起,又翩然飘落于远处的田埂。

  他悲哀地看着这陌生的地方,抽掉了一根烟,然后走进我们。

  此前一天,青龙巷的算命先生发癫,交代大家隔夜不要出门。人们见他的手拍紫了,对街上著名的善良姑娘金琴花说,

---

① 《红乌县志》载,东吴都督程普驻军时见红色乌鸦飞过,猜到赤壁大捷,因此命名此地为红乌。红乌史上最高级别官员为明正德年间一文姓布政司,赴任途中病故,现红乌八景之首是"文亭墨竹"。

"小金你劝劝吧。"金琴花走来心疼地说:"别拍了,好伯,拍坏了。"瞎子却是捉紧她的手臂说,"亲娘啊,明夜莫出去。"

"嗯,我不出去,我相信你。"金琴花说。人们爆出哄笑。

妖怪到来的这天是 2000 年 10 月 8 日,政府称之为"10·8 事件",我们红乌镇人活久了,不习惯记日子,因此称它为"那晚 10 点的事"。这诡异的事只发生了 12 分钟,10 点开始,10 点 12 分结束,10 点前,红乌镇狂风大作,落叶纷飞,天空裹着黑云,不时有闪电刺出;10 点 12 分后,天空大开,闻讯而出的人们捏着没用的伞,恍如堕身白昼。

在这 12 分钟内,只有六个本地人像是约好了,从六条巷子鱼贯入建设中路①,迎接上帝派来的妖怪。

■赵法才

有段时间了,超市老板赵法才每晚 7 点半提着酒瓶走到朱雀巷的石头边,坐到 10 点,去超市关门。偶尔有人问,还在想狐仙吗?他凄惶一笑。

他心里有个阴险的秘密,就是像搬运工将最后几件货物乱抛乱丢,小学生将最后几个生字乱写乱画,他要将剩下的生命在这里胡乱消耗掉。他拉开闸,让烈酒燃烧内脏,湿气像毒针一样钻进脊椎,他发明了这个笨拙的自杀办法,在 42 岁时驼背,咳喘,白发苍苍。

---

① 建设中路是红乌镇主街,长 1500 米,两边各有三条巷道,与主街构成一个"非"字:
　　求知巷　青龙巷　朱雀巷
　　(西)建设中路(东)
　　明理巷　白虎巷　玄武巷

这样的年纪也曾让他产生拥有一匹白马的想法,他想骑上白云般的白马,离开红乌镇,去做一个自由自在的鳏夫。但在一个头发挑染了一撮黄的小年轻骑着光洋摩托疾驰过后,这个想法就消散了。他叫住年轻人,遥遥地问:"这车是谁让你骑的?"年轻人亮出车钥匙上挂着的玉佛,赵法才便明白了。他看到对方盯过来的眼神就像一匹幼兽恶狠狠地盯着垂垂老矣的野牛,便知老人应该去敬老院生活的道理,他不能僭越。

　　赵法才的自弃开端于红乌镇一次闻名的捉奸事件。那件事发生后,赵法才的老婆在橘皮的脸上扑上颗粒状的粉底,照着嘴唇画了一个肥满、鲜红的 O,端来八样带肉的菜。

　　"喝一瓶吧,"她说,"喝一瓶吧,我去给你开。"她拿出啤酒,用起子开好,"要不找杯子给你倒上。"赵法才摇摇头,找到瓶盖将还在冒气的它细致地盖住,然后慢慢咀嚼每一片食物,他抬头时看见泪水已将她的粉底冲散,便说:"瓦妹,别多想了。"

　　"你也不想想,她像正经人吗?每个月只拿 500 块工资,哪里有钱买摩托车,买手机,哪里有钱交话费,她用的化妆品都是羽西的,有几个人用得起?"

　　"别说了。"

　　"你要是还惦记着,就去找她,把我们娘儿几个扔了吧。"

　　"别说了。"

　　他中止了晚餐,起身去超市,在路上他买了一瓶白酒,找到一块石头,坐下,开始了那个宏大而默然的自残计划。

　　在很远的时候,赵法才曾是名从容的砌匠,细致地调好一桶泥,用砌刀将泥均匀地抹到砖头的四个边沿,将另一块砖对准贴上去,这样一块块往上贴,贴到房主没钱了,就封顶。但在女人以每两年一个的速度生下两女一男后,诗意的生活结束了,他的房屋被工作队扒光了,裤腿像是有三只饿狗扯着,他再也不能骑在屋顶上吹口琴,欣赏自己漫山遍野的作品了。

他扔掉最后的烟头,做生意去了。

他曾买来半仓库的铁观音,以为能改变红乌人的饮茶习惯,但最终还是将它们一套套送给工商、税务以及每个为我所用的人,悲怆地送了三年;他也曾翻《辞海》来给店铺起名,但在最后盘下这间超市时,他想都没想就叫"好再来",既然长途公路边几十家店铺都叫"好再来",那就说明它经过了市场检验。

他学会对偷喝汽酒的儿子咆哮:"你喝一瓶,我们从老远运来的100瓶就瞎做了,白做了,什么利润也没有了,你知道吗?"那是因为有天他做了很多事,干渴得要死,喝了一瓶啤酒,女人歪斜的身影从黑暗中移过来,女人说:"喝吧,都喝光了。"

他像是刚杀了人,十分负罪。

女人瘸掉是因为从三轮车上掉下来。当时她喊停车,可正爬坡的三轮车发出更猛烈的卡奔声,眼见掉在柏油路上的一匹布就要不见了,她跳了下去。出院后她出了许多眼泪,但在手伸进铁盒时,悲伤止住了。钱盒里躺着很多钱,她像慈爱的祖母轻抚它们。她没有意识到这些粗暴的孩子这些年来弄坏了她的腿、手指、门牙以及乳房,她和赵法才变成了它谦卑的仆人,以至忘记自己曾是乡下最白的一对男女。有一晚行房,她在阴部抹点雪花膏,像死鱼一样摊开,重口味的嘴还在说着讨账的事,赵法才偏过头干完了,从此没再干。

很多红乌镇人都这样,不再行房,不再吹琴,有一天死了,留下房子和存折。但赵法才在中年的末梢却出了点变故,那天技监局办公室主任打电话介绍远房亲戚来做收银员,他出门接,望见一幅在挂历里才会有的风景:一个高挑、白皙的年轻女子斜坐在光洋摩托上,一手捏着钥匙环上的玉佛,一手拢着耳边的发丝,对着他若有若无地笑。他躲过这行云流水的目光,像是被猛砍一刀,逃回超市。

直到这时他才意识到世界上还有爱情这回事。

半个月后,他去打货,临行前见她跑来请假,便柔软地问:"什么事?"她脸红了,"那个事。"他理所当然地应允了。车辆开走时,他偷偷回头,发现她也回头撒下一瞥。那是属于你的眼神啊,赵法才,他酥酥地想。

在省城的旅社,他躺在床上无望地思念,BP机忽然响了,反拨过去,便听到那个魂牵梦绕的声音像当日技监局办公室主任一样在命令他,"向后转,向前走,走出门口。"他跌跌撞撞拉开门,看见她穿着第一天穿着的绛紫色T恤,捏着手机站在那里。"你怎么知道我在这里?"

她没有说话,抱紧了他,胸脯像幼兽一样起伏。他在这踏实的感触里暗自流泪,好似旱地飘起大雨,然后那东西被清晰地抓住了。此后她成为他永恒的思念。他在无数个夜晚思念这柔软修长的双腿、微微隆起的小腹、如新月般翘起的乳房以及叼住他耳垂的狂野舌头。他说:"渺儿啊,我的手就像船儿滑过你的腰肢,我一路滑下去,在这里停了。"

他表现得完全不像一个生意人,他像洪水一样演说了半个晚上,以至当他走进卫生间时,内心空荡得像一只筛子。卫生间里有油黑的盥洗池、漏水的便池、黑锈铁丝上别人留下的干硬毛巾以及他松弛的身躯。他摊开手站在镜子前,觉得极不真实。凭什么呢,你比人家大整整18岁。他感到脑后有刀锋掠过,有时深夜一人携款走过朱雀巷,他也会有这种感觉。

回来后,他轻按了下埋在床垫下的腰包,在熟睡的她旁边睡了。

后来她说,我也不知道为什么喜欢你,你不打我就可以,我怕男人打我。虽然当时她是真诚看着他的,但这个模糊的答案还是让他纠结。他需要在每件事情上画上等号,1.00元等于矿泉水,3.00元等于方便面,每件事必须清清楚楚。因此他替她想了一个结论,那就是她喜欢他的店铺和存折。我们红乌镇人就是这样,当一件事过于不可思议,人们就会套用《知音》上的故事来解释。

因为他无法撇开老婆,她表露出烦躁,这更坚定了他的看法。他像是碰见一个生意场上的对手,小心谨慎,量入为出,和她周旋着。他想色字头上一把刀,自己终归不是傻蛋,有时就是碰见她的手抚摸顾客的胳膊(就像看见她在人家身下呻吟),他也能稳住自己,那就让别人神魂颠倒,倾家荡产去吧。

这样的来往最终停息于夏末的一个夜晚。那夜他拉上卷帘门,到办公室行军床睡觉,却见她已卷着毛毯睡着了——她一定是躲在某个地方,偷偷留在这里的。因此他吸了一口口水,挤挨上去,扳过来时,却望见她泪流满面,像是泼了一盆水。

"我明天就不来上班了,以后也不来了。"她说。

"好好的怎么要走?"

"我决定了。"

也许是为了再度进入这美妙的肉身,他进行了大量劝说,她却总是摇头,他心里咯噔一下,算是明白了,她在下最后通牒。因此他松开手,觉得世界从来没有这样可恶过。然后她说:"我们不说这些了。"

他们像两块石头生硬地躺着,呆呆看天花板的黑,夜晚像河流,又深又远。忽而,窗玻璃哐当一声,掉下一块来,他惊坐起来,一道光芒射进他的眼洞,他慌忙扯毛毯盖她,那光芒却抢先一步照清那里。她像是夜晚稻田里被照得目瞪口呆的青蛙。

"谁?"他恶狠狠地问。

"你哥,赵法文。"

赵法才说"没事,我哥",踩着侥幸的步伐走出去,走到一半软了,直到卷帘门被擂得山响,才颤巍巍地过去开门。卷帘门哗啦啦拉开时,他讨好地说:"哥,这么晚你要拿什么货呀?"迎接他的是一记耳光。赵法文、赵法武、赵法全三个乡下男汉和一个瘸掉的妇女像工作队轰隆隆开进了办公室。

"说,怎么回事?"瓦妹大喊。

渺儿没有回答。

赵法才哀喊道:"没怎么回事。"

"没轮到你说。"

过了一会儿,渺儿说:"我和他好了。"渺儿说得庄重、威严,是当事实一样宣布的,因此赵法才能想象她当时眼睛是直视着瓦妹的。瓦妹扑在了地上,"出这样的丑事,我没法活了。"大哥赵法文打了渺儿一记耳光,赵法文说:"你不用看我,我不怕你。今天我们就赏你一个结论。赵法才你过来,你自己说,你是谁的男人?"

赵法才像罪人一样走进光亮的办公室,不置可否,赵法文说:"你要说错了,我现在就打死你。"赵法才便指了下地上的妻子,后者喊:"谁是你的女人,谁愿意做你的女人?"

"你是,"赵法才又指了下,"你是。"

"我是,那好,你现在过去打她一巴掌。"瓦妹站了起来。

赵法才把三个哥哥的脸色逐一看了,躲闪着渺儿的目光,走上前拍了下她的脸,瓦妹喊,"舍不得吧,舍不得吧。"他便重重抽了渺儿一巴掌,撤下手时,他看见她头颅高昂,嘴角流血,像烈士般不可凌辱,然后转身走掉了。走之前,她看了他一眼,那眼神冷漠而平静,仿佛早已相隔万里。他追出来,她已像鬼魂涉阶而没。

那天后,赵法才的精神状态出了问题,眼睛直勾勾,不要吃不要喝,抚摸钱就像抚摸枯叶,让人感觉一生为之奋斗的东西之虚无。人们说应该给他叫叫魂。

2000年10月8日这夜,是赵法才坐在朱雀巷这块湿石的第39天。天空像是一汪怒海,压制着底下的苍生万物,不一会儿闪电连轴刺下,甚至照清纷飞落叶的茎脉,他狞笑着站起身,展开双臂,像年少的失恋者那样准备接受一场死亡式的大雨,可它们持久不来。

10点了,他才怅憾地走掉。

他转出朱雀巷,来到建设中路,路东有一家超市,光芒照射在门前的台阶上,像映出了一个黄格子,在那光芒里闪出最后一个顾客,是个衣着肮脏,身躯紧缩的中年人,他正像一个可笑的侠客夺路疾行。这时,超市的收银员跑出来喊:"姐夫,他没付钱。"赵法才停下脚步,一把揪住对方的衣领,在意识到对方不是本地人后,他傲慢地说:"听见了没有,人家让你付钱。"

■金琴花

事后红乌镇很多人反应过来,他们并不认识金琴花,其意外就好似发现了一个潜藏多年的敌特。因此他们充分发挥想象力,设想她是上海籍劳改犯与本地妇女的私生女,是敬老院已故鳏夫的养女,或者是外迁者遗留的后裔,他们为此发生要命的争吵。

我们公安局曾张贴协查通报,但那个能带给她来历和归宿的亲戚最终没有出现。在巡警大队有份她的讯问笔录,发现她交代的住址是红乌镇青龙巷3号,但那只是租住地,房东和她连合同都没签。在她不再住在那里后,它悄悄倒塌了,人们撑着伞走在泥泞的街面,抬头看见院子里的枣子树淹没在一堆巨大的尘土中。

我们熟知这个院子,院子的铁门由一把永固锁锁着,墙上扎满碎瓷片,院内立着一棵不再结果的枣子树和一间红砖房,房门倒是常没关好,因此每天下午都会有一些没长毛的孩子挤到铁门前,看她穿着红纱内裤走进厅堂,对镜妆画。

太阳落山时,她打开院门,走上青龙巷。青龙巷与冷清的朱雀巷不同,此时总是挤满下班的、收摊的和要回乡下的人,因此大家都能看见她打着缀满桃花的白伞,挎着巴掌大的皮包,摇着巴黎交际花才摇的小巧扇子,在唇部保持一个微笑的姿势,像皇后那样目不斜视、步态优雅地走过去。也许这时漂浮在她脑海的是煤气灯、椰子树、可乐瓶子以及圣奥斯汀教堂那样遥远的东西,但我们红乌镇人留意到的却是她火鸡一般明目的丑陋。

她梳着庞大的发髻,使本已宽阔的脸看起来更大;苍白的脸扑满浓粉,也许是扑狠了,又补些青,这样青里有白,白中泛青,竟像死了些时日的尸身;她还在宽大的唇线中央细描了豌豆那么大一块红;她穿衣服,裙子虽然宽大,却暴露出麻酱色丝袜裹紧的两条巨腿,而上身则特别不合时宜地罩上浓绿的紧身衣,这东西将平淡无奇的胸脯勒没后,在肚脐上仓促一收,露出一层沃似一层一共是三层的肚子来。人们微醉的目光最后往往落在这里,就好像有一片热乎乎的海怎么沉也沉不下去。

她总是在乞丐面前驻足,取出两毛、五毛、一块,分发给他们。那些驻守在青龙巷的乞丐早已摸清她的这个脾气,一直等着,就是别的巷子的乞丐也嗅到风声,赶在这时杀奔过来,因此最后她总是捂住皮包,像忙碌的母亲那样嗔怪着,"没有了,没有了。"老婶子小声问:"你为什么给他们钱啊?"她说:"你们不懂的。"

关于她的善,还有一件事可佐证。1999年夏时青龙巷侧沟发现一具疯子的尸体,奇臭无比,街坊、法医、居委会连番视察过后,将负担留给民政所,但后者恰好集体出游,因此有干部出来主持,着邻里就近埋了,这件事没人掏钱就没人干,那挂职干部不知能否报销,犹疑不决,最后是金琴花义捐了200元[1]。

金琴花很少与人打招呼,巡警大队内勤罗丹[2]例外。每当后者骑着木兰经过时,她总是让到一边,嗲嗲地打招呼:"丹姐下班了啊?"罗丹是个皮肤、身材、长相处处合适的女子,却整日素面朝天,将自己裹紧在一身威严的制服里,有时候她不理,有时候则报以真诚至极的一笑,"是啊,下班了。"就好像金琴花是她的一个妯娌。

每当此时,金琴花的脸都像喝醉了,红一下。

然后金琴花走到巷口了,那里的馄饨摊有一个她惯坐的位置,吃完她就折返回去。她这一来一去是我们红乌镇人习知的节日,要是她没来,我们就知道她来例假了。她蠕动着回去,总会有些中老年男子心领神会地跟上,他们像躁动的精子,气急败坏地互相提防着,最终又像一脉相连的兄弟,妥善处理好彼此的

---

[1] 此事闻名是因为它是个笑话,挂职干部在金琴花掏钱后,命令埋尸的人打收条,后者是文盲,因此又是干部代为执笔,他写道:今收到金琴花买尸费贰佰元整。

[2] 传说罗丹从检察院调到公安局是因为她与检察长的奸情被告到了北京。

先后顺序。最先游进院的精子总能听到低呼,"快点啊。"他应一声"嗯",故意很慢地溜进那间房、那张雕花大床以及她故乡一般的身体。

金琴花所从事的就是这样一个对别人来说难以启齿的职业。

以前我们在理解这个曾做过售货员、洗头妹的小姐时,总觉得她体内有一种深刻的惰性,这种惰性带给她贫穷和肥胖,也带给她心安。我们总是想这个世界存在一种人,当有人将饼子挂在他脖子上,他也懒得伸头吃一口,他什么都不愿改变。但后来我们发现自己错了,我们在那张干了很多场交易的床垫下翻出大量的纸花和纸鸟,拆开那精心折好的东西,便能看见用各色彩笔写的名人名言,有纪伯伦、泰戈尔的,也有席慕蓉、林清玄的,他们总是把世界描绘得非常美好。

又或许连这些美好也没想,她就是像未开化的人那样觉得这事情好玩。当男人紧张地脱掉衣服,将身躯压上来时,她发出搔痒式的咯咯笑,男人嘘一声,她便更加控制不住地笑下去。她总是这样欢快地和大家度过夜晚。

那个将她带入此行的美发店姐妹曾教诲她,要摇,你是做生意不是做爱,因此要摇,男人一摇就出来了。她摇了一次,发现男人果然溃败在床,便嘻嘻笑起来。这时男人不知该自嘲还是该愤怒,总之心情不太好,她看状况不对,便去抱他,"叔,我以后再不摇了。"

"摇都摇出来了。"

"那我等下补你一次。"

"说什么都没用,摇都摇出来了。"

"那我不要你钱,我退给你。叔,你不要不高兴,你不高兴我也不高兴了。"

她的生意因此旺得像一株结满谷子不堪重负的稻子,就等我们公安局来收割了。那天来动手的是财源紧的巡警大队,他们意识到还有这样一只肥羊后,以闪电的速度扑了过来。

那天她没有上街。她遵从算命先生的教诲,给自己做了一碗鸡蛋面,接着又端来木盆,将衣服倒进去,鼓捣出一大堆白色泡沫来。她就是这样听话,瞎子说夜晚别出来,她却是连白天也不出来。待到天黑,她打开铁锁,将它挂在院门上,然后回屋收拾床铺。这是一个心照不宣的程序,进来的男人会锁好它。她就这样平安地躺在那张既是柜台又是港湾的床上,打起盹来,不久有个叫狗劲的男人进来抚摸她的肚腹,她疲沓地笑了下,用两只手的拇指、食指夹住内裤的边沿,将它往下扯。

她和狗劲并不知道,平素那些守在墙外的嫖客此时已像聚集在枝头的乌鸦扑喇喇地飞了,四名巡警和一名警校实习生马蹄包垫,悄然围住院落。那名实习生自告奋勇,率先攀爬上围墙,却是在就要摸到枣树枝条时脚底一滑,将锁骨摔断了。他一声不吭地躺在那里,直到四位巡警跟着翻进来,像旋风一样刮进没关的房门,才非常值得地哼哟起来。他们将这对正穿裤子的男女抓了个现行——抓嫖就是这样,得是个技术活儿,早一分钟、晚一分钟,人们的衣着就会整齐,就有理由说他们是谈心,因此为了保存这宝贵的现场证据,他们拿起照相机,啪啪啪,连闪光十几道,将他们的阴部以及如遭雷劈的表情拍了下来。

狗劲没经历过这场面,但他无师自通,出来时双手交叉,举过头顶,将眼睛、鼻子和嘴巴遮起来,但火眼金睛的人们还是轻易认出他。十几分钟后他老婆就气势汹汹去了公安局,后来当她交罚款领人时，嘴唇不停打哆嗦。她对着自己的男人低吼："家里又不是没有。"

而金琴花被押出来时，四处张望，认出一张脸就歉疚地笑一下，好像是要说你们回吧，没多大事的。进公安局大院后，她被领到灯火通明的指挥室，一个人站在墙边，此时她还在好奇地研究墙上挂着的规章制度，研究完了就低头剥指甲。忽而电话响了，值班民警气急败坏地走过去，对着里边喊："还笑，笑你妈×。"几分钟后，电话又响了，民警气得青筋暴突，"死孩子，报假警是要坐牢的你知道吗？你这个死全家的。"

金琴花说："哥，我什么时候回家啊？"

"处理好了就回家。"

他说得金琴花有些怕。可等到有人将她带到巡警大队办公室时，她就不怕了，因为罗丹坐在办公桌对面。她讨好地叫了一声"丹姐"，发现罗丹偏过头，便落寞了一下，可她是知道这些分寸的。接着主审的男民警吐了一口痰，嗯了一声，开始问话，他问得极为细致：谈好多少钱？什么时候开始的？谁先脱裤子？你穿什么颜色内裤？谁先动手的？戴没戴避孕套？是女在上还是男在上？一共做了多少分钟？你有没有叫？

她开始不知应该怎样答好，答一句就看一下对方，很快又通过对方鼓励的眼神知道路数了，便像是说着别人的事情一样说开了。有时说得自己不好意思了，就低头继续剥指甲。

民警说，"狗劲说可能有10分钟，也可能有20分钟，可你说他一进去就射了，你们到底谁说的准啊？"

"我说的准。"

民警因此大笑，金琴花便也含羞地笑起来。这时罗丹站起来舒展了下身体，两只脚先后蹬了蹬高跟鞋，像是要出门，金琴花讨好地看过去,却一下看见她倒竖柳眉。罗丹吼道:"谁让你坐着的?跪下!"

金琴花猝不及防,迷迷糊糊站起来,又听到断喝:"我让你跪下呢。"她便给吓破了胆,哭丧着脸,围着座椅转圈,可是那鞋钉已像伞尖四处扎下来,"我让你跑,我让你跑。"那鞋猛然踩在椅子上时,金琴花转不了圈了,一把跪下,仰头求饶:"丹姐,对不起,丹姐。"

"谁是你的丹姐!"

罗丹一脚踩向金琴花洞开的腰腹,那鞋钉像是踩进脂肪,踩进肠子,踩进盆骨,像是踩进了很深的泥潭,许久才弹回来。金琴花望了眼苍白肚脐上迅速扩大的一颗红点,扑倒于地,接着她意识到发髻被扯散了,个人扯着她的头发正左右摇着。她听到一个声音在说:"我们妇女的脸都被你丢尽了。"

就是从那刻起,有个支撑着金琴花的东西折断了。这种折断带来极度的恐惧,以至当她走出公安局所在的玄武巷时还在放声大哭。她应该穿过建设东路往西走,走向斜对面的青龙巷,走回自己的家,可她却浑然不知地朝东走。她就这样在闪电中披头散发,手足无措,走一步停一步,像一个走失了、找不到妈妈的孩子那样脸朝着天抽鼻子,完完全全地哭泣着。

我们从来没见过一个人有这么大的悲伤。

■狼狗

六年前,狼狗坚硬的内心出现了第一块霉斑。他像很多在黑社会混的人那样装作不在乎,但是这东西还是势如破竹地长大了。制造这个恐惧的,既不是警察、法官,也不是黑道同仁,只是一个小屁孩。

那是个极其光明的中午,狼狗在揍他时,一次次看见拳头的影子。"你不要打了,你快把人家打死了。"狼狗阴着眼瞅了下说话的人,站直身,对准小孩的肉躯狂踩,就好像要将他踩成一摊,踩成一张。小孩一动不动了,他停下来,转身将那辆闯祸的自行车高高举起来,扔向水泥墙,然后才对肘部被擦破的女人说:"没事吧?"

他拉着女人走掉时,身后传来山崩地裂的哭泣声,他想要哭一个小时吧,哭完就背着歪斜的自行车回家了。可是那小孩追上来了。他摊开手拦着,鼻孔冒着血泡,"你就把我打死吧。"

"滚。"

"你今天就把我打死吧。"

"看看,找死来了,"狼狗无限可怜地看着小孩,"你还能怎样啊?"

"你不把我打死,总有一天我会把你打死。"小孩偏过头去。狼狗像是脚板心被羊舌舔了,欢快地笑起来,然而他很快清楚地意识到,那目光并非投降,而是盯在了女人隆起的肚子上。"你也有孩子和老婆的。"小孩走掉了。

对方若是个成年人,狼狗就不计代价将他弄死,但对方只是小孩。我总不能把小孩也弄死吧,他宽慰着自己。然而在一次噩梦醒来后,他发现自己其实是害怕对方的,是的,害怕。这个孩子长着沉重的单眼皮,浮着巨大的眼白,眼睛抬起时射出一道凶残的光,这光芒不单针对别人,也针对他自己,显示出鱼死网破的决心。

他多么像十几岁时的自己啊。

那时狼狗书包里塞着一块涂满血迹的青砖,孤身闯进各种陷阱,从不退缩。他既像狗一样下作,又像狼一样报复心强,总是这样出示底牌:你要不弄死我,我就天天上你家寻仇,关门了就点火烧房子,打不过就找你女人父母下手。我保证报复永比你多一次。

红乌镇的人不但怕自己死,也怕别人死,有时怕别人死甚过怕自己死,因此亡命之徒狼狗从十几岁开始无往而不利,20岁没到就收走红乌镇隐秘世界所有的地盘、权柄。人们恨不能生啖其肉①。

可克星毕竟还是来了。

那个叫欧阳小风的小孩每天用语文课本夹着一把菜刀,仇深似海地走过街道,起初他犟着头避开狼狗,后来就直视着走过去。狼狗已经听说他在油泵厂闹出了点事,阴毛还没长全,就把厂里一个球踢得不错的汉子给打瞎了。狼狗想过找机会灭他,但这个时候去灭,就表明自己太孱弱了。

就这样,在狼狗眼皮底下,欧阳小风像雨后春笋,长成了一个人物。在自感羽翼丰满后,先下手为强,将狼狗掌管的文化馆舞厅砸了个稀巴烂。其实出事前,狼狗就已知端详,可他赖在家里细心做饭,还让菜刀划破了手指。那些被打得头破血流的手下气愤地赶来时,他稳重地说:"你们放心,这件事一定会得到妥善处理。"

手下鼓噪了,他吼道:"你们有完没完,你们打得过还用得着我出面吗?"然后他拨了关老爷的电话。关老爷是没有年龄的人,历朝历代都做师爷,剩了一把威望,他同意安排狼狗和欧

---

① 关于狼狗不按常理出牌,有两件事可资证明:一、在以前老大横死时,他敬了三根烟,然后像枯叶那样笑了,招呼每个人去喝酒;二、他曾只身收服一堆在菜市场盘踞的混子。那帮混子的头儿说:"我杀人也不是第一天。"狼狗拿来一把牛耳尖刀,递给对方,"接着杀。"

阳到他家吃饭。这是狼狗第一次和人讲理,以后就只能和人讲理了。

那夜狼狗早到了几分钟,谦恭地坐在沙发边沿上,看看这里看看那里,听到防盗门被敲响时,他点着了一根香烟,手指略有颤动。"狗哥来了。"欧阳小风接过关老爷的茶水,挤着笑招呼,一屁股坐在对面沙发上。他在接连完成这几个动作时,眼睛是盯着狼狗的,就像拿着一把乌黑的枪指着狼狗。

狼狗顶上去了。他不能低头,不能歪头,也不能光研究那身著名的金盾中山装,他只能像对方盯着他的瞳孔一样,盯着对方的瞳孔,就像用一把剑迎接一把剑,用一颗子弹迎接一颗子弹。他们就这样像是吹着小号,撑大眼睛。

没有比这更造孽的事了。狼狗的身体发出咔咔的响动,一个声音在循循善诱,去看看吊灯吧,去研究下茶杯吧,快垂下你的眼皮吧,就快支持不住了。可是一撤就是极大的耻辱。他知道这点,但那个叫生理的东西还是背叛他了,因为酸胀不堪,一颗硕大的泪水从眼窝里猝不及防地滚出来。

欧阳小风浮出一个巨大的笑,跷起二郎腿,将积满的烟灰轻弹于烟缸。而他狼狗只能倒在沙发上,看空白一团的天花板,闻着有拖把味道的空气,他想这就是失败的味道啊,平平静静。吃饭时,欧阳热忱通天,跟关老爷像父子一样寒暄,又对他不停说下不为例,但这样的语言有什么用,事情已经做了。狼狗装作宽宏大量地拍拍对方肩膀,教了几句做人道理,灰暗而去。

几天后,手下和兄弟跑光了。狼狗像是从火灾里捡回性命的人,用坦荡掩饰住酸楚,开始在街道做一个遗老。有一阵子他像死亡一样消失了,许久才冒回到夜宵摊,喝啤酒,抽三五,无耻地讲往昔江湖的笑话,不一会儿哈欠连连,流下可笑的鼻涕来,这时有个陌生女人将手伸入狼狗裤裆,将他的精液打在内裤里。故交们都知道这些天他迷醉到海洛因里去了。

对局外人来说这是不可思议的事,但是狼狗自己清楚。为什么那些过去的老大在他面前退却得那么快,为什么他们丢失了街道还对他呵呵笑,为什么?因为他们觉得他傻,就像他现在觉得欧阳傻。黑社会这饭不能吃一生的,任何一刀多砍下一厘米,他就狗屁不值地躺到太平间了。

在往后的岁月里,狼狗因为一次不幸的探病,彻底变成贪生怕死的人。历史上他曾多次跑到医院探人,所见不是头缠白纱,就是臂缝新针,自有一股韭菜割了再长的豪迈,可这回探的,无论头发、皮肤还是牙腔,都呈现出一种可怕的干净来,那是死神来过的痕迹。

病人抚摸着瘫痪的右手,说:"就是洗个澡的事情。你也要注意,医院里也有很多像你这种年纪得了的。"狼狗就是在这一刻看到生命悲哀结局的,一个斯文的、生活极有规律的小学老师都得了脑中风,那么他的弟弟,一个滥饮无度的混混,又有什么理由逃得过呢?

狼狗陷入疑神疑鬼的旋涡。他虔诚地去找医生,想这些白大褂多少得告诉他一点真相,可他们总是拿捏着"不排除""有可能"这样的话,近乎调戏他。狼狗拍桌子喊:"我他妈的不要什么中药,我要结论,我要拍片。"拍片后,医生说,"我说了没事吧。"狼狗一度像犯人遇赦,大喜,可是几天后他又跑来查心脏问题,他痛苦不堪地说:"那里头总好像有一根牙签,跳着跳着跳不下去了。"医生做了无效的检查后,烦不胜烦,找保安将这位昔日老大赶走了。

狼狗只能孤独地回家。

那是一间三层的商品房,每层都放着积满灰尘的家具,没有一丝人气。他温柔的女人按照黑帮片的套路,三年前带着孩子改嫁他乡了,那时他粗暴地说"你走吧走吧",现在却像老去的母牛那样思念着对方。他找到她的电话,准备号啕大哭,却听到她说:"有什么事?"因此他只能说:"没事。"

"到底有事吗?"

"没有。"

"没有,我挂了啊。"

"等等,等等,你能不能等我一下,别挂电话,让我去洗个澡。"

"为什么?"

"我怕洗澡时我死了。"

"为什么?"

"我哥洗澡时脑出血了,我怕我也会。我五分钟后回来和你说话,就说明我平安。"

"好。"

这个澡是狼狗一个月来洗得最宽心的,小腿虽然还在抽筋,但他已能勇敢地将水柱冲向头颅。他想自己要是倒下了,这个亲人就会焦灼地拨打120,将他拯救出来。

他惬意地擦拭着身体走进客厅,拿起电话,听到了嘟、嘟、嘟的声音。他在这永远的孤独中泪流满面。那么好,狼狗,你死前没有人抓住你的手,抚摸你的额头,你死后也没有人来敲门,打电话,破门而入。那么,也许只有等到几个月后,等你身上爬满蛆虫,脑袋只剩空荡荡的眼窝和紧密的牙齿了,才会有人想起来收费,你的臭味才会惊动红乌镇。可是,现在收电费的都是你不交他就给你停电,不会来催。操你妈啊,操你妈。狼狗号啕大哭,将话筒一下下砸向茶几。

狼狗成为了红乌黑社会史上第一个出来锻炼身体的人。在小城,当众锻炼身体是件十分羞耻的事情,但他并不在乎,他目视前方,挺胸抬腿,执着而用力地奔跑在夜晚的街道。没有任何事情能阻挡这样一个活着的奴隶了,即使 2000 年 10 月 8 日这夜狂风大作,落叶飘飞,一场大雨分明就要来了。

穿着短裤的狼狗稳定地吐纳,一路矫健地跑出青龙巷,跑进建设中路。在闪电刺下时,他听到一声呼唤,看清了前头骇人的一幕:一个醉汉正惊惧地跨过一个女子,那女子肥沃、巨大,像只河马趴在地上,双腿抽搐着。他因此退后了两步,可这时他再度听清了那凄厉的呼唤,"狼狗!狼狗快来!"

这是红乌人第一次这么需要地呼唤狼狗。这声呼唤让他意识到自己还是一位老大,而作为一位老大,他怎么能像老鼠一样跑掉呢?因此他几乎是难以逃脱地朝前走。

■艾国柱

开始有风了,白虎巷摊上的人都走了,艾国柱也想走,却还是缩着身子坐住了。对面的何水清在向公安局司机小刘隆重介绍手中的白烟,后者接过两根走掉后,何水清转过身来说:"我就是你的果啊。"

以前,何水清是眼睛长在颅顶的人,每周一戴着墨镜,开着吉普,尘烟滚滚地去乡下上班,在那里泡热水脚,一心等周末开车回红乌镇。如此几年,忽然在去年留下五四枪及存折,和当地一位女老师失踪了。人们以为世间最惨莫过于何妻,她在意识到这罕见的背叛后带领牌友杀到女老师家中,将后者父母双双骂哭,人们又说这造下了孽。

三个月后,蓬头垢面的何水清和女老师回到红乌镇,人们看见他们在汽车站外分手,何水清还擦拭了她的泪痕,却不知她去哪里了。数日后,钓鱼人在护城河绿堤发现一具女尸,气体将紫黑色的腹部撑得像只地球仪,上衣的几只扣子都撑飞了,苍蝇正嗡嗡地来回飞舞。

　　死者家属捡走农药瓶,抬尸到公检法三家示威,要求验尸为他杀,这件事到纪委那里被断为"民愤极大",何水清因此被罢免派出所所长、副科级。死者家属不服,扯横幅继续上访,终是将何水清的编制也拿下了。这样的罢免也许算不得什么,要命的是熟人们的眼神,明面看来是关切的,里头却深藏着耻笑,因此当李局长问他要不要到治安大队帮忙时,他拒绝了,改去门户紧闭的档案室。

　　何水清说:"我是带着奔赴圣地的热情上路的,一直坐到火车能开到的地方才下车。在那里,城楼像想象的那样,放射着金针,而车辆接连奔行,发出哗哗的声音,我拥抱着沫沫,庆幸我们渡尽劫难,苦尽甘来。可是接下来的每件事都在告诉我:红乌容不下我们,这座城市也不会。

　　"一般的电影到最后才会释放出光明,而电影也就此戛然而止。它不往下讲,是因为它觉得幸福是显而易见的,不用赘述,可是我现在却知道这其中的缘由,当我们翻过苦难的大山,看到的山的另一面其实还是苦难。我现在明白那么多出去的红乌人为什么都灰溜溜地回来了,因为上帝从未许诺,只要你离开了,就可以得到。相反,他一早就将我们圈限在红乌,让我们翻身不得。你看看守所的老犯人,放出去了还是想办法闹点事,好再抓回来,为的就是在臭烘烘的地方活下去。

"我回来了。火车开过红乌时①,我已经预知将要受到的嘲笑,就像振翅的鸡飞上天,落地后难免要为别的鸡啄伤,而且我也看到沫沫脸上的死气,就像我来这里前在求知巷看到的于老师,脸面煞白,眼神直勾,没有光,可这些都不能超越我在城市地下通道所感受的绝望。我跪伏在那里,看一双双鞋经过,它们无论怎么饿怎么冷,都会安然走回家,而我却连一床温暖的被褥都没有。因为饥饿,我和沫沫的关系变得异常冰冷。

"在没乞讨前,我曾经在马路边等一个下午,为的是把路人等光,好到垃圾桶取半块面包。终于吃到时,我热泪盈眶,有一片屑儿掉下去,我快捷地蹲下去拈起它,塞到嘴里,然后就在这一瞬间,我看见面前站着一个中年人,他给了我六块五毛钱。我干别的什么都赚不来六块五毛钱,但当我将手伸进垃圾桶时,它来了。因此我一下清楚了自己在城市里的命运。我在红乌时怀才不遇,总想出走,就像你这样,但我现在知道,只有这个地方适合我。"

何水清这个曾在《人民文学》发表过诗歌的城镇作家现身说法,让艾国柱颇难对付,而他绝不会是最后一个说客。自打几年前流露出走的意思来,艾国柱就意识到红乌镇布下了一张严密的网。姐姐总是像打货一样,打回来一批又一批姑娘,不是说长得好就是说工资高,为的是赶紧找一个温柔的笼子,将野兽困住。而那些熟人则毫不客气地说,你放着这么好的工作不要,不是轻视人吗?

外边的城市则像何水清说的那样,曾两次拒绝他。城市总

---

① 火车不在红乌停靠,因此何水清坐火车只能路过红乌,并在大站下来改乘中巴,才能回到红乌。

189

是一个样子,长着青硬的楼宇,行走着戴眼镜的知识分子,像一个傲慢的姑娘,将来者审判为一个明显的乡下佬。在第一个城市,他因不会使用电梯而羞惭,而第二个城市的面试间则端坐着十几个严肃的人,将他像一只小老鼠筛来筛去,以至让他的身体产生触电般的震颤。当他铩羽而归时,父亲控制不住笑起来,那既是耻笑,也是庆幸。这笑容很快传染给所有家人,他们将被窝披得深深的,厚厚的,像披一个深渊。

现在,他还是要出去。

他本来并不这样。在他还小时,父亲用起名的方式规划了他的一生①,他也一直努力走在这条从政的路上:师专毕业后考公务员,到司法局混迹,因为材料写得好被借调至县委办,并正式调入县委办。人们看着他时就像看着一个王储,眼神里带有亲密,他也习惯在这样的注视下春风得意地走。可是启示还是在一个夏夜出现了,那夜之后,所有粘着在他身上的荣耀都碎成粉末。

那夜,他走到人工湖边,准备收割一个叫王娟的姑娘,他喜欢她衣领下微露的乳房,以及从那白嫩处渗出的令人呼吸紧促的细密汗珠。可是等到这个只是在医药公司卖药的姑娘走来时,他却看见她脸上细微的倦怠。她像枚剪影坐于石凳,注视着空寞的对岸,随意说着什么,他一句也听不进,他全身的力量都用在右手指了,它像蚂蚁那样在一尺之间缓慢移动。终于趁着一个看似无意的机会,他将手指触碰上她的手指,然后像是没有呼吸了地等待,要是过了几秒钟她的手还在,那就将它捏住,可

---

① 1973年艾国柱出生时起名艾学军,三年后周恩来、朱德、毛泽东先后去世,艾父因此将之更名为艾国柱。

她恰在此时将手抽走,压到大腿下。

他说了些话来弥补尴尬,然后无话,两人沉默地看着泛着微光的人工湖,直至水波荡漾,地皮震动,对岸传来越来越强烈的轰隆声。

不一会儿,火车驶过湖对面的铁路坝。它照映在湖里,就像一只缓慢游弋的红鲤鱼,看起来要游很久,可当你再次看时,它已消失在巨大的暗青色里,就像从来没来过一样。她叹息一声"深圳啊",走了,泪水挂在娇小的面庞上。

他开始不顺心起来。他中了这个因母病从外地归来的女孩的蛊,变得像竹林七贤一样放荡,在一下不能出门时,接二连三地恋爱。起初他还相信这是一件极讲缘分的事,里边自有奇妙的哲理,比如世界有25亿男子,也有25亿女子,为何独是我们聚在一起;比如我考公务员少几分,就得去乡下教书了,就无法在红乌镇和你天天碰面了。如此种种,都是偶然,都是命运。可是在一次相亲途中,他突然醒悟过来,这不过是自欺欺人。当时他撞见政府办的小李,问:"你去干什么?"

"去实小看一个老师。"

"是吗?听说她皮肤很白。"

"鬼话,脸上长了痦子的。"

他什么好奇心都没有了。这所谓的主宰不过是小城里的几个媒婆,只要出现一个从乡下调上来的女子,她们就会组织所有合适的单身汉去参观。当你坐上一架飞越太平洋的飞机时,你的邻座可能来自澳洲,也可能来自南美,你可能知道偶遇的含义,但当你坐上的只是一辆红乌镇的人力三轮车,那你便只能看见熟人点头,他们"小艾""小艾"地叫唤着,像无耻的姨爹。

一次打牌的经历加速了艾国柱的出走日程。那天他、副主任、主任以及调研员按东南西北四向端坐,鏖战一夜后,副主任提出换位子,重掷骰子,四人恰好按照顺时针方向往下轮了一位,艾国柱就是在这时看见极度无聊的永生:二十岁的科员变成三十来岁的副主任,三十来岁的副主任变成四十来岁的主任,四十来岁的主任变成五十来岁的调研员,头发越来越稀,皱纹越来越多,人越来越猥琐,一根中华烟熄灭了,还会点起烟头来抽。

因为虚与委蛇太久,战罢,艾国柱在卫生间呕吐起来。

2000年10月8日这个夜晚,艾国柱本来想和何水清分享一个痛苦的梦,但当他看见后者张开鲜红的牙腔,极度贪婪地吃着卤制品时,他放弃了。在梦里,他扑腾着手脚,偶然脱离了地面,他为此兴奋,一上午都在玩这个游戏,可是等疲惫了时,却猛然看见地底下跟着一只眼露凶光的巨鼠。他为此逃远了,可等到他着落于一棵树时,又惊愕地看见它奋蹄追来,那竖起的皮毛正散发着激情的光芒。在到达树根后,它弓起身子,朝上一跃,竟差点将他捞下来。老鼠可是不会飞翔,但它明显已经统治大地和水域,让他永不能着陆。在梦的最后,四肢因为扑腾过度而僵硬,他绝望地看了眼空荡荡的天,垂直地掉下来。

他不能给这个梦以合理的解释,只是感觉到一阵恶心。而现在那个吃出巨大声响的何水清也让他感到恶心,他想说明四点:你失败不代表我失败;即使所有人失败,也不代表我失败;即使我已失败过两次,也不代表会失败第三次;即使第三次失败了,那也比现在强,我不能在临死前追悔莫及。

可他没说,他只是给何水清倒酒。明天一早他就坐中巴离开红乌了,这是最重要的,那时爷爷也许要背着被褥扯住他,威胁要带着年迈的他走,那才是最麻烦的事情。

何水清的白烟抽完了,艾国柱拿出芙蓉王,他摆了摆手,

"我只抽混合型的,"这是何水清从外地带回的唯一财产,"在那里男女老少都抽白烟,我开始抽不惯,后来抽了,就觉得痰少,不恶心。"

"何所长,我帮你去买吧。"

艾国柱知道对方是这个意思。这样也好,烟买回来了,自己也好开口说走了,何水清叮嘱了一句,"一般小卖部买不太到,你到超市看看。"

连包白烟都买不到,这鸟地方,他想。他走出白虎巷,穿过建设中路,朝东往超市走去了。风灌了几下他的眼睛,他加紧脚步,看见一团黑影像蚂蟥一样巴在垃圾桶上,大口喷着口臭。他想,就是变成这个样子,那个叫上海的地方他还是要去,去了就不回来了。

■于学毅

于学毅一直没有走出初恋。

在同学程艺鹤判定这是恶心的暗恋后,他疯掉了。这个疯是经过司法鉴定的,法庭因此没有判刑,他在精神病院待了一年,回到红乌镇,每夜去求知巷花坛边上坐着。因为这点,本来没装路灯的巷子显得异常恐怖。

程艺鹤事后一定很后悔,他如果老早将李梅在厦门结婚的消息和盘托出,也就不会遇刺,可他把它当成金贵的东西,坐而抬价。他先是让于学毅叫哥,接着又叫爹,人家都叫了,他却冷笑,"我就想不通,你有什么好想的?"

"我也不知道。"

"你蠢到极点了。"

"不要说了。"

于学毅愤然喊了一句。程艺鹤猝不及防,面色羞惭,过了会儿,为了扫除这让人恼火的尴尬,他踩着凳子,敲打桌子说:"你妈×的是你要我告诉你的。"

"那你告诉啊。"

"我告诉你于学毅,老子今天想告诉你就告诉你,不想告诉你就不告诉。"

"不告诉算了。"

程艺鹤愈发没面子。他吐了口痰,这痰的主要部分吐到地上,星星点点溅向于学毅的手臂,于学毅擦了擦。程艺鹤索性去拍他的脸,见没有反应,又加重拍了一下,于学毅像茫然的孩子,端坐在那里。侮辱一直持续到程艺鹤意兴阑珊才结束,程本来要走掉,却偏偏加上一句。就是这句让于学毅笔直地站起来,将空酒瓶敲碎于石桌,一瓶子扎向程艺鹤隆起的腹部。前后只用了不到两秒钟。程艺鹤眼球睁大,感觉有五只铁爪抓紧肠子,接着血从五个洞眼汩汩而出。这个侏儒因此痛苦地摇起头来。

其实在此前,于学毅就有点脑子不清醒。

有段时间红乌镇传出存在一只猿猴的消息,说是身长一米七,长着松针式的黑毛,两只眼睛在黑夜里有如手电炯炯有神,有板有眼。有人较真,一路问是谁散布的,问到源头,是二中生物老师于学毅。

于给出了一段谵妄的解释:

圣地。对犹太教徒来说是耶路撒冷,对伊斯兰教徒来说是麦加,对他来说则是求知巷 16 号的一栋绿色小楼。很多漆块晒得发裂,掉了下来,碎成粉末,水管一下雨就渗漏,就像有人从楼顶往下尿尿,穿着花短裤的老头捏着报纸下楼上厕所,和提着尿桶的穿着睡衣的肥肿妇女相逢,他们的身体中间钻过挂着翠鼻涕的脏孩子,到处是恶俗带来的喧闹和破败。但是在她走出来后,一切像洒上光芒,变得神圣。

她就是于学毅的神。

每回走在通往它的路上,他都自感罪孽深重。筛糠,战栗,寄希望于她抚摸他的头颅,又绝望地意识到那里只会有一场严厉的审判。他的躯体刻印着她目光的鞭痕,她披头散发,一言不发,无情地鞭打。

他在毕业分回红乌几个月后再度朝绿色小楼走了。这几个月总是有个声音催促他,因此他终于是喝了酒,带着要强奸人的热情大踏步前行,可胆量还是在走近时消耗殆尽了。他感觉所有的路人都知道他的目的,他是去泡妞啊,嘿嘿,他是去泡妞。他拖着双腿上了楼,在那里歪过头,听任右手食指和中指弓起来,笨拙地啄34房的门。他盼望里边无人,可还是听到了闷罐似的声音:"谁呀?"

"我。"

"你是谁啊?"

"我。"

于学毅的声音像是怪物发出的。他想从这刻起,他任人宰割的局面就决定了。门开后,他低头走进去,授权自己坐在沙发边沿,一心等待那令人胆寒的驱赶,可等来的却是一声叹息。这叹息味道极臭,因此他惊愕地抬起头来,一只鼻孔粗黑、嘴唇鼓如白桃的猿猴正坐在对面,轻抚松弛的乳房,用巨瞳死死盯着他。

因为这个动物的存在,他轻松了许多。可是很久了,梅梅也没走出来,倒是母猿将双手交叠于胸前,说:"不要抱什么希望了。"在于学毅退缩时,它拿起小镜子,像抿口红一样抿了几下嘴唇,说,"我不能爱你。"

于学毅讲得眼泪都笑出来了。几天后,他又冷静地造谣,说李梅在广东做了小姐,傍晚起床后穿着睡衣,叼着牙刷,端着尿盆,到街边厕所洗漱。她在睡衣上罩了件外衣,为的是得了脏病,背部和胳膊开满映山红一样的狼疮。有人看见了回来告诉他。

他说最后一次见到真人是在建设中路。当时阳光热烈,妖孽无处遁形,他看见那个化成灰也认得的人迎面走来,恐惧地跑掉了——这个被日夜修改润色的女神,却原来只是个髋部粗大、身躯干瘦、脸部水肿的妇女,却原来只是这样啊!他跑的时候,路两边的房屋接踵倒塌,及至停下,它们还在向前倒着,世界毁灭了。

他在讲这些时,神态就像老人回忆不复再来的青春,有一些耻笑,有一些酸楚,我们以为再没有什么能伤害他了,可是在程艺鹤多余了一句话后,他还是崩溃了。我们只能这样理解,同样的话,如果是由他于学毅自己说,可能会带来完全不同的结果,也许他会和大家一起笑话自己。这就是自嘲和嘲笑的区别。

程艺鹤嘲弄地说:"她烦你,一直烦,烦死了。"程艺鹤说的时候就像身后站着全世界的人,全世界的人一起说:"她烦你,一直烦,烦死了。"

于学毅站起身,敲碎啤酒瓶,一瓶扎向对方隆起的腹部。血光闪过后,他又从程艺鹤痛苦的表情里破译出一句真心话,这就是事实,这就是,你杀我也没用。因此他松开手,惶恐地哭起来。人们将他架起来抬到城关派出所,他还是躲避在哭泣当中,民警抽了他两个嘴巴,他才止住哭。他像人群里的鼠那样蹿起来。

他顺利地进入另一个世界。

精神病院放他出来,是因为他可怜的母亲交不起钱了,这个年纪很大的寡妇将他接回来,给他做饭,穿衣,掖被子,一有闲就去打听那个梅梅。她找啊寻啊寻到了求知巷,却只是看见一处废墟,野草还没长出来,蟾蜍们正在绿色漆块上一下一下地跳。她回来说:"儿啊,别念了,你的梅梅早就走了,走不见了,走到北极走到非洲了。"

　　他听说那里被拆了后,有了胆识,从此夜夜去坐。他拣了废墟边上一处花坛,右膝顶着右肘,右掌撑着下巴,像朱雀巷的赵法才那样坐着,一坐到深夜。来来往往的人有些害怕,但在派出所将他送回家后,他又跑了回来。

　　民警将他架起来时,他四肢腾跳,大吵大闹。

　　2000年10月8日是他难得清醒的一天。这天早上他将稀饭舔得干干净净,然后讲了一件事,母亲听完碗掉下来,人跌坐于地。他说,他从睡梦中浑然不知地醒来,透过开着的卧室的门,望见一件白色长袍的下摆在夜风里轻微摆动,是一个男人坐在那里,他双手抱膝,慈悲地注视着他,像是在等待什么。

　　"他是在等我死亡,"于学毅扶起母亲,"我以为我早上就死在床上了,可现在还活着。"

　　这天夜里,端坐在花坛的他看见天空不停铺盖黑云,预想到有一场大雨,站起身走了,走前还敬了个军礼。他原以为沿路一个人也碰不到,却在转到建设中路后看见意外的喧闹,一群人正在鼓噪着追一个人。

　　那个人跌跌撞撞跑到他面前时,恰好闪电刺下,因此两人都向后回避了一下。于学毅呼吸紧促,想到一个问题:这个人会不会杀了自己?这是不是最后的时光?有时当中巴车开过一侧悬崖,他也会这么想,他想死之前就是这样,树枝还在摇曳,说话声还在,一切看起来不真实。

他张望了一眼夜色中的街道,说:"你杀了我吧。"

于学毅原本的计划是走进墨黑一团的人工湖,六年来,它已吞没了30条人命。六年前,当他意气风发地走向文化馆舞厅时,人工湖还只是一片垃圾场,一辆黄色的挖土车高高举起手臂,开始了它的第一次挖掘。六年前,他走进了舞厅,正在举办的高中同学聚会接近尾声,他坐下来,矜持地嗑瓜子。

舞厅里只剩一道蓝光在旋转。它总会停在一张苍白的女性的脸上。这是一张三年没有说三句话的脸,正在复读,没什么。可就在灯光熄灭前,这张脸显现出了河流般的哀伤。

他奉上帝之召,穿过作鸟兽散的人群,对她说:"我送你回家吧。"

她轻轻摇头,和女友走了,他不知道这是一条拒绝之河的源头,他想时间开始了。

■ 小瞿

傻子小瞿的辉煌始于一年前的暑日。

那天马路上跑来一个悲伤的父亲,脖子上围着理发用的白袍,脸扭成一团,跑了十几步便被自己绊倒了,像麻袋那样重重扑到地面。所有的人站在那里,揪心地看着,只有小瞿选择纵身跳进泛着白光的湖面。

在那声音和光线都很含糊的世界,他像巨大的泥鳅摇头摆尾。搜寻良久,才将一名落水儿童拖出水面。准备上岸时,人们焦急地喊"还有一个,还有一个",因此他又游进去了。

他一共拖上来三个小孩。他躺在地上说"别挡着",人们便闪开了;他又说"烟",于是便有了烟,他抽上几口,咳起来,咳出眼泪了,电视台的话筒正好伸过来,女记者问:"你当时是怎么想的?"

"我就是想,我能救起好多人,好多好多。"他声音越来越小,昏迷过去。

这是红乌县电视台第一次拍到这么鲜活的镜头①,片子一路送到中央电视台,在黄金时间播放,这个食品公司员工的生活因此发生巨大的改变。他在家里挂上锦旗和镜框(镜框里嵌着感谢信、剪报、合影以及记者的名片),每天像领导那样端着茶杯,等桑塔纳来接,这样的报告会座谈会有时去一天,有时去几天,每次回来,他都打呼哨,让明理巷的孩子跑来瓜分两裤兜的西瓜子和蜜橘。

兰慧是这件事的最大后果,她和父母断绝关系,嫁了过来。人们看到这样的好女子配给这样的二百五,心想,她一定很穷,或者有隐疾。可是真要说她有什么缺陷,也就是头上有几根白发。人们撺掇小瞿,去呀,去问你老婆为什么喜欢你。小瞿特意跑到幼儿园问:"兰慧,说,你是不是贪图我什么?"

兰慧轻轻摇头。

"那你爱不爱我?"

"当然爱。"

"我怕你不爱我了。"

"不会的。"

兰慧拉着小瞿走回去,小瞿不时对路人说,嘿嘿,她是爱我的。人们难受死了。

过了些时日,小瞿烦躁起来。因为那些接送的小车再没驶

---

① 电视台隐瞒了一个事实:三个孩子全都死了。

来。他弄乱打好摩丝的发型,眼窝积满委屈的泪水,兰慧可怜不过,拉他的手,他像是找到出气的支点,粗暴地甩开它。他说:"你看,你来了,它们就不来了。"

他故意不吃兰慧做的饭,背上没有子弹的气枪走到街头,对着路灯念念有词地打。有时点射,有时扫射,有时卧射,有时偷射,有时装成自己被击中了哇呀呀叫着,就这样射了几天,被联防队找到了。联防队缴不下枪,就连枪带人一起拖到派出所了。

这件事的解决还是靠兰慧。她去超市买了有各种叫声的玩具枪,对着小瞿放,不能奏效,便抱着镜框去派出所,在那里死皮赖脸说了两小时,交了400元保证金,写了一份保证书,才算把枪领回来了。可小瞿说这不是那把枪,哭闹了一夜。

兰慧应该偷偷流泪,然后挑一天出走,永不归来。可是我们看到的却总是她带着小瞿去买菜,试衣服,温存得就像是小瞿的母亲。也许爱情这东西就是这样,它存在于爱的人那里,仅仅存在于爱的人那里,无法为外人道。

这样相对平安的生活终于有了遭遇危险的一天。那天,巷口走进一个吹着口琴、背着书包的身影,人们警觉地扔掉蒜,搬凳回屋了,交代孩子不要随便出门。若干年前,当这个叫雷孟德的人还是一个少年时,就像牧羊人一样将女孩引诱到罪恶的稻田,几乎将她撕裂了。愤怒的人们将他送到公安局,他晃着手铐,吊儿郎当地说:"你们等着啊。"

那天,小瞿坐在门口,苦等心硬如铁的小轿车。那个身影停在他面前时,他擦眼睛研究了半天,不明所以。直到对方摘下墨镜,露出狗一样水汪汪的眼睛,他才反应过来,冲上去搂住对方,发出幼兽的嚎叫声。

"走开,不要这么肉麻。"雷孟德说,可小瞿还是亲热地说:

"哥,你那一头长发呢?"

"坐牢坐没了。"

"你变化真大。"

"嗯,老子吃苦了。"

"你晚上就在这住吧。"

"当然,我这次就是准备来住几天的。"

这时,兰慧正好出来,她望见雷孟德脖子上的裸女文身,不安起来:"他是谁?"

"我倒想知道你是谁。"

"我老婆,兰慧,"小瞿说,"这是我哥,雷孟德,我们小时一起玩到大的。"

"弟妹好。"雷孟德吸了一口口水。兰慧没有答应。小瞿说:"兰慧,倒茶。"兰慧还是没有答应,她走掉时听到身后在说"你小子有福气啊",本能地知道那暧昧的眼光正在端详自己裤子下的双腿,寻思它们如何跨上自行车,她觉得再没有比这更羞耻的事。

傍晚下班时,她想他已经走了,却看到小瞿在给他铺被单。她拉起被单,说:"这个不能铺,这个是我们结婚用的。"小瞿跑到卧室掀来另一套被单,气恼地说,"这个总可以吧。"

"没事,我走。"雷孟德说。他的眼睛是死死盯住她的,就像有一只肉虫在拼命往她脸里钻。她恶心地跑进卧室里。小瞿极度下贱地恳求对方不要走,而雷孟德像是勉强同意了,她咕哝一句死男人,眼泪像连线珠儿抛下来。

小瞿对雷孟德的忠诚,根植于童年时长久的依附。在那遥远的岁月,当小瞿翻着白眼扎进人堆时,人们歧视性地跑开,只有雷孟德带他一起玩。也许雷孟德的本意是要他去做很多傻事,可他的感觉是光荣的。这个夜晚,小瞿和雷孟德挤在一张沙发上,问了不下一百个问题,而雷孟德只问了一个,"你为什么下水去救那些孩子?"

"我就是想,我能救起好多人,好多好多。"

"你真替我雷孟德逞能啊。"

小瞿嘿嘿笑起来,却不知道这个大哥脑子里飘的都是自己媳妇的身影。这前凸后翘又正气凛然的身影真是惹人啊。

过了几天,兰慧对小瞿说:"我不喜欢这个人,一点也不喜欢。"

"为什么?"

"他总是有意无意蹭我,蹭这里。"兰慧指着胸脯。

"有这回事?"

"你赶紧叫他走,他一天待在这里,我一天不安心。"

"我想想。"

"我求求你了。"兰慧啼哭起来。小瞿是怕哭的人,三两下便躁了,喊了一句"我去找他",拿着气枪走了。在巷口,他用枪指着雷孟德说:"站起来。"

雷孟德乖乖站起来。

"靠在树上。"

雷孟德乖乖靠在树上。

"你跟我说,有没有玷污我的女人?"

雷孟德强笑着说:"没有子弹吧。"接着便听到拉动枪栓的声音,小瞿将枪口对准了自己的瞳孔,"我在问你呢,你有没有玷污我的女人?"

"没有。"

"没有,我女人怎么说你侮辱了她?"

"你先放下枪,你放下我好给你解释。"

"我不放下,我放下就打不过你。"

"我不打你,我打你是你的儿子。"

雷孟德轻轻拨枪口,拨开后,汗如雨下。随后他拉小瞿蹲下,说:"《水浒传》看过吗?"

"看过。"

"看过你就知道杨雄和石秀的事了。你是杨雄,我是石秀,是好兄弟,我们是不是好兄弟?"

"是。"

"可是杨雄的老婆潘巧云跟杨雄告状,说石秀玷污她了。你说杨雄相信他老婆,还是相信兄弟?"

"相信兄弟。"

"你说要是刘备那二位夫人,一位姓糜,一位姓甘,都跑回去说关羽羞辱了她,你说刘备相信夫人,还是相信兄弟?"

"相信兄弟。"

"有你这句话就够了,我没白交你这个兄弟。"

"对不起。"

"我不怪你,你想就是杨雄一世英雄,也会误会石秀,何况是你。后来要不是潘巧云与那和尚的奸情败露了,怕是两个连兄弟也做不成了。我跟你讲这些就是为着告诉你两句话,一句是画虎画皮难画骨,知人知面难知心。一句是最毒莫过妇人心。"

"那你们之间到底是怎么回事?"

"怎么回事?你女人勾引我啊,我断然拒绝,她像潘金莲那样讨了个没趣,羞死个人,就恶人先告状,跑到你这武大面前告我这个武二。"

"那你怎么不跟我说?"

"我能说吗?我说了不是破坏你们家庭团结吗?你今天不用枪指着我,我还会不说。"

事情的结尾是雷孟德将手搭在小瞿肩膀上,小瞿哈哈大笑,说没有子弹的,被雷孟德刮了一嘴巴子。回到家后,小瞿按雷孟德所授,阴森森说了一句"娘们啊",没再理她,而她早知大势已去,关上卧室的门,将男人挡在外边。

她为什么不离开呢?须知女人要比男人多上一层使命,因为这个使命,她比男人更重视家园。她应是拿定了主意,要待来日以家长身份将这个客人轰走。可是雷孟德先下手为强,趁她出来小解,从黑暗中抱住她,捂紧嘴,一只手强行插进睡裤的松紧带。她气恼地背着他,将他背到厅堂。

小瞿晕晕乎乎拉亮灯,看见兰慧说:"让他自己跟你说,他做了什么?"

"做了什么?"

雷孟德盯着小瞿,缓缓说:"你的女人再一次地勾引我了。"小瞿去看女人,发现她正低头晃着脑袋,想必眼窝里有太多屈辱的泪水吧,因此他有些难以把握起来。雷孟德又说:"如果是我调戏你,那好,现在请你打电话报警。证据呢?我说证据呢。"

兰慧走过来,一膝盖顶在他下身。猝不及防的雷孟德弓下身子,痛苦地扶住沙发靠背,哎哟哎哟叫唤起来。兰慧走到卧室去了。两个男人以为游戏到此结束了,却又见她拎着大开水瓶走出来,砸在他的肩膀上。

这次雷孟德什么也没叫唤。他站直身体,睁着眼睛把滚烫的开水忍受完了,方扯住她的头发,往墙上撞。墙上出现血时,兰慧绝望地看了眼小瞿,就像落叶一样往深渊绝望地飘。而小瞿则还在用食指点脸颊,努力思考着那个问题。

雷孟德伸出的脚就要踩踏她的肚腹了!

这时还是她用双手抓紧它,迅捷咬下拖板吐到一边,吃起他的大脚趾来。胜负就要决定了,因为她都快把它啃下来了,他发出了杀猪似的尖叫。但是这时屋内传来一声含糊的声响,在他们弄明白这是怎么回事后,战争逆转了,她松开嘴,而他捂着脚趾跳上沙发。

是小瞿一脚踩在了兰慧的腰上。

小瞿说:"滚。"

女人好像没听明白,因此他加大音量又喊了一遍:"滚,淫妇。"她爬起来,走进卧室,在那里待了很久,才像正常人一样哭起来。小瞿凶狠地擂门,说:"别哭,哭你妈×。"里边便沉默了。

兰慧拉开门时,头发已梳理好,只是发丝还沾染着明显的尘灰。她既不悲伤,也不委屈,表现得像一个被皇帝放弃的忠臣,在快走掉时还给小瞿整了整衣领,说:"你自己照顾好自己吧。"然后推起自行车,永远地走了。

雷孟德啧啧地叹息起来,那张扭曲的脸上充满遗憾。

"好了,现在只剩我们两个了,我们打扑克吧。"小瞿说。雷孟德没有搭理,他找到白酒,将它对着伤口龇牙咧嘴地浇,尔后又撕来一道布条,将它包扎起来。小瞿一直饶有兴趣地看。雷孟德穿上了皮鞋,说:"我去买包烟。"

小瞿等了一个小时,没等到雷孟德,因此他走出明理巷,走上建设中路去找。风已经刮大了,雷电凶狠地刺下来,一场大雨就要来了,我的石秀兄弟啊迷路了,找不到回家的路了。

205

■李继锡

2000年10月7日,在千里外的鱼镇,玻璃厂劳资双方对峙了一下午。最终,孔武有力的安徽佬被邀入办公室谈判,谈判结束,他拨开众工友,扬长而去。老板取得胜利。40多位被领袖背叛了的工人,领走1000元,散了,只剩李继锡跪挡在门口。老板指挥会计、出纳、打手从他身上跨过去,见多识广地走了,他们边走边开心地聊,忽听身后一声巨响。

李继锡躺在地上一动不动,办公室的门已被撞开。

老板跑来探李继锡鼻息,脸色煞白。等到李继锡哼了一声,他忙说,"我给你2000元。"李继锡没动静,他接着说,"你要多少?"李继锡伸出三根手指。眼见着那手指像死鸟扑落于地,老板说:"你别死,我给我给,不就是3000元吗?"

李继锡被扶起时说"谢谢",又背过气去。不过他终于还是像睡醒了一般还过阳来,并在数钱时用指头矫健地点了点口水。老板说:"3000元在你们老家都能买一个媳妇了。"

2000年,3000元能买的东西琳琅满目,可以是一台29时超平彩电,一张驾照,也可以是一个商品粮指标,而李继锡要买的是一部历史。这部历史维系于神医何恢东的一针,六个月前,李继锡穿越袅袅生烟的香炉,走进神迹频现的何氏中医诊所,何医生叫他褪下裤子,弹了弹那弱小的玩意,报价3000元,因此才有穷汉李继锡万里打工这档子事。

这一针非打不可。

要不是集市上偶然死了一只猴子,李继锡可能要永远地糊涂下去。当时耍猴人假戏真做,一鞭子抽死了它,连襟对着李继锡说:"死的是什么?"

"一只猴子。"

"不,是历史。"

"连襟,你说玄乎了。"

"不玄乎,猴子活下来,生元谋人,元谋人生北京人,北京人生山顶洞人,于是就有了人。人最初是三皇五帝,颛顼帝高阳氏有后裔皋陶,皋陶有子伯益,伯益有后裔理徵,理徵得罪纣王被处死,子利贞仓皇逃难,为活命,改姓为李。这就是我们李家的来历。你说利贞没逃得及,被斩了,今天还有你我么?"

"没有。"

"这李利贞便是我们的始祖,传至我们不知经历了多少朝代。今天我们长成这样子,鼻子这样,嘴巴这样,眼睛这样,都是历代祖先艰难进化的结果。我开始以为我的出世是极为轻便的事情,后来却觉得不然,历史上天花、瘟疫、饥荒、战乱那么多,只要一个祖先扛不过,这条通往我的链条便断了,你想想,是不是这样?而他们活着一日,便会以子嗣为大任,断不会为了私羞避世,该烧香烧香,该进补进补,可谓是战战兢兢,如履薄冰。他们这样努力几千年使历史不断,怎么甘心在你这里断子绝孙呢?"

2000年10月8日,李继锡把工友不要的物什卖掉,凑上零钱,买到硬座票。他准备像护送国宝一样,将这3000元护送回老家的何氏诊所。为此,他将钱做了记号,塞进信封,又包到塑料袋里,卷三卷,缝死在腰包里。他勒住腰带,系了个死结,尽管这让呼吸不畅。

在寄放被褥时,老乡建议将钱汇回去,但这意味着要支出30元手续费,更重要的是,没人能保证钱在邮局流通时不出一点问题,要是家人不在,单子被邻居领走怎么办?

中午,他到达鱼镇火车站候车室,观望了一圈,选定空荡位置坐下,不久有尿意了。待从厕所回来,对面多了对男女,女的头发染黄,眉毛文绿,嘴唇涂红,五颜六色,男的头顶是肉,脸上是肉,脖子是肉,胳膊也是肉,胳膊肉上绣着一条青龙。天气还好,不会冷,因此男子不解地看了眼紧扣厚西服的李继锡。

李继锡想走,可是不能走。要是对方看出点什么,准会跟上。他坐下,故意跷起二郎腿,一闪一闪,那男女却是只顾像鸡啄米一样啄着彼此的嘴唇。李继锡想起带现金投宿旅社的旧事,在看见二人间里已住进一位生人后,他找老板退房,老板只说了一句,你担心人家,其实人家更担心你呢。清晨李继锡醒来,果然看见生人抱着巨大的行李箱在睡。

检票口拉开时,旅客像鱼儿忽喇喇涌去,包括那对男女。李继锡等什么人也没有了,才走过去。过道、台阶和月台空荡荡,以至能听到钟声尾音的消失,北京时间下午1点整,这意味着还有24小时就可以回到贵州了。

这时,在我们红乌镇——

超市老板赵法才在下棋,忽然一阵心痛,原来是巷道传来轰鸣声,他说有一道绛紫色的旋风,但棋友说分明什么都没有;金琴花在做白日梦,这个梦将在傍晚时说给狗劲听,她说她看见了自己潮湿的豁口,男人正欢喜地进犯这个豁口;狼狗在调配午餐,盐放多了,不利于心脑血管,因此掺了很多水,虽然掺水后没有香味了;艾国柱在红乌唯一的火车售票点文亭宾馆买票,忍不住将自己要去上海一家文案策划公司上班的消息告诉了售票姑娘,姑娘问多少工资,他说还不清楚;于学毅在择菜,择得很好,很小时他就知道怎样听大人的话,母亲说:"你可以看些书。"于学毅说:"嗯。"小瞿在擦拭气枪,他像小狗一样蹭着雷孟德,"哥,你说要是我们生活在梁山该有多好啊,大块吃肉,大碗喝酒,大秤分金。你说是不是,哥。"

李继锡走进车厢。

其实人家更担心你呢。他这样想,穿过打扑克、往座位底下塞行李以及端着滚烫方便面的人,找到座位,为它没有被占而欣喜。甚至这里还有点空。他脱下鞋,将双腿搁在对面,假寐起来。不久,有两人走来,他仓皇收起脚。竟然是那对男女。

那男的说,"你好。"

李继锡点头,全身力气用在克制脸红上了,可是越控制越有,因此他闭上眼,装作要延续被中断的睡梦。不久一声咔嚓惊醒了他,是男子开了罐饮料。男子说:"你喝吗?"男子的头是斜仰着的,眼睛只留一条缝,俯视着李继锡微隆的腹部。他们刚才一定是在猜我的钱藏到哪里,他们猜了西服口袋、衬衣口袋、皮鞋、内裤和腋下,将结论敲定在腹部,这罐饮料就是侦查结束后扔下的诱饵。

"不渴不渴。"李继锡说。对方咕噜咕噜自己喝了下去。他们已经知道用没毒的饮料来瓦解我的警惕了,防不胜防。李继锡将手叠于腹前,看着窗外,余光则监视着对面。

那男子揉搓了一些面包渣到上衣口袋,就好像里边藏着什么小动物,不一会儿那里果然伸出一条绿尾巴来,李继锡确信没见过这样的东西,说是小蛇、小鸟都不像。等到男子夹出来,他才明白是蜥蜴。翠绿色的它不停摆动,试图咬住男子的手,被男子粗暴地甩在茶几上。男子松手时,蜥蜴张望了一下,顶着残暴的眼球朝李继锡冲过来。

"干什么!干什么!你干什么!"

李继锡跳到座位上了,那对男女则愤怒地过来收拾。这是惯用的招法!他们会在找到机会接触对方身体时,神不知鬼不觉将财物抹走。李继锡搂住腰包,大汗淋漓地看着他们。

男子趴在地上捉到蜥蜴,将它丢进口袋。这时李继锡已湿

209

透了背,却是让自己吃惊地搭讪起来,他关心起那只蜥蜴,就像关心对方的孩子。男子只应了一句"哦"。

李继锡说:"我要回家做手术了,肚子长了一个瘤。"

他们没有接茬,这样倒也自在。

晚上7点,男子泡方便面,女子抛下游戏机,说:"怎么不给我泡?"

"你不是有盒饭吗?"

"盒饭冷了,我要吃热的。"

"你自己去泡。"男子取出方便面,女子推回来,"不行,你去给我泡。"

"你有完没完。"男子吼起来。由此两人互称贱货,扭来扭去,有时是女子半个身子靠到窗户,有时是男子腿骑于茶几,李继锡退无可退,想喊喉咙却像卡住了。

完了,完了,公然抢劫了。

乘务员走过来,将手搭在男子肩膀上,战争便停息了,乘务员走掉时,李继锡跌跌撞撞跟上去。在乘务室,李继锡解开衣服,露出汗湿的腰带,急速抓过桌上的剪刀。

"你干什么?"乘务员厉声问。

"我要把钱取出来,我的钱系死在这里了。"

"取钱干什么?"

"求你帮我保管,他们要谋我。"

"谁谋你?"

"就是刚才打架的那对狗男女。"

"你有证据吗?"

"他们总是故意过来挨我。"

"那你损失什么没有?"

"还没有。"

"没有就不能说明。你等发生了什么再来报告,或者直接找乘警。"

"大哥,他们真的是贼,我一百个看出他们是贼。"

"你想多了,像你这样的乘客我见得太多,你喝口水。"

"大哥,不是这回事,是真的。"

李继锡跪下,将剪脱的腰包呈上,那乘务员迟疑了下,说,"好吧,好吧,下车前找我,我还给你。"然后拉开抽屉,将它抛进去,又推上抽屉,锁好了。

这比银行还保险啊。李继锡走出时,全身散发出无所事事的轻松,开始张牙舞爪地挠背上的痒。如今你们怎么偷啊,呵呵,我没有了。可是一俟回到座位,他便醒悟到那贼原是和狼一样,在食物飞走后气急败坏,摆明了要报复。

你竟敢去报官!男子瞭着李继锡,抽出水果刀,恶狠狠地削起苹果来。等下,这刀就会在一个悄然的时刻抹上我的喉结,我就会死在这没有亲戚、兄弟、老乡的火车上。

火车过隧道时,男子起身,李继锡也条件反射地起身,欲朝乘务室逃,意识到去路被阻塞后,又反身朝厕所走。厕所门关着,因此李继锡猛摇。那里边人还没走出,他便已挤进去。他哆哆嗦嗦插上插销,插好,又用力拉拉,方松了一口气。不一会儿,窗外有了光明,他悲哀地意识到,这是逃成瓮中之鳖了。此时门外响起杂乱的叫骂声,那不单是文身男子一人要吃他,他所有的同伙,整整一列火车的人都过来了,要吃他,开门!开门!开门!开门!

这个旅途精神病患者推开车窗,钻出去,像麻袋一样掉下去。火车正开过红乌镇铁路坝,那里摆放着一床按摩城的席梦思(天知道它是被弃了,还是要放在这里晒细菌),李继锡扑到上边,跟随着它冲到被水浸得松软的田里,滚了几圈。

李继锡呕了一小口血,不知自己死活,只是有点遗憾。待摸到口袋的断烟,强大的痛苦才涌上来,他像被浇了无数桶水一般清醒:3000元丢了,白干了。

他下雨一样下着眼泪,走进我们红乌镇。

这时天空灰蒙蒙,时间是傍晚7点30分。朱雀巷小卖部的店主将账本递过来,说:"你一个大超市老板,还来照顾我的生意,呵呵。"赵法才签过字,接过56°封缸酒,饮了一口朝前走,前头有块檐雨蚀刻的巨石,既是他的龙椅,也是他的电椅;金琴花被推进玄武巷的公安局指挥室,身后有人说"站好",她说:"我犯法了吗?"没人搭理,她研究起墙上的规章制度来;家住青龙巷的狼狗从饭后的打盹中醒来,自感血液黏稠,连饮了两杯水,但血管还是像交响乐一样腾跳,他禁不住泪眼婆娑;艾国柱听到电话铃声,父亲说"你的",他走去接,对方自称姓何,也写点文学诗歌,不如到白虎巷夜宵摊切磋一二;于学毅在洗碗,放水时,他提起《物种起源》看,等水冲满盆子,他小心折叠好书页,他和母亲商量好了,每天看20页书,不去求知巷;小瞿在明理巷家中和自己打一种叫王三八二一的扑克,雷孟德说睡觉吧,无聊。雷孟德实在忍受不了下身的燥热。

我们红乌镇长宽各2.5公里,就像规整的小盒子。生活其中的人早就知道哪里的下水道没安井盖,哪里的羊肉串是死猫肉充的,哪里的库房能铲到做灶用的黄沙,哪里的阴道像公共汽车一样积满泥垢,我们闭眼就能走到任何地方,可是当它们出现在李继锡面前时,陌生得像一把把刀子。

我们爱恶作剧的天性也加重了这个外地人的屈辱。李继锡如果从农贸街往南一直走,穿过朱雀巷、建设中路,花 15 分钟就能走到公安局所在的玄武巷了,可是不时出现的我们像是早有预谋,共同给李继锡指了一条相互缠绕、错综复杂的路,李继锡在瓦砾堆、鸡棚、死胡同和工厂食堂折来折去,摸到一间漆黑的大房子。敲了很久,才知是下班的汽车站。

一个多小时后,李继锡找到寺院般阴森的公安局,铁门关着,留了一扇小门,指挥室的光芒照射在那里。金琴花曾经站在指挥室,但现在已被带到巡警大队办公室。我想说,我们的注意力都被这个有点傻的女的吸引走了。

指挥室里只留我值班,我的心思在十几里外的乡下。一群孩子通过电话和我玩了一个游戏,在有一天明白 110 可以免费拨打后,他们就迷恋上这场游戏。他们踮着脚尖,取下公用电话亭的话筒,拨 110,等我礼貌地说"这里是红乌县公安局"时,他们一哄而散。过了会儿,他们又拨过来。从前我们常开车去把他们逮回来,他们见到满屋子都是警察便哭了,不停喊妈妈,可这并不能让他们死心。

这天,这帮孩子来得比往常还要捣蛋,他们同时在几个不同的电话亭拨打,我刚一接,他们就扑哧着笑开,说:"接了呢,接了呢。"

"接你妈×。"我说。

我是在这时看见李继锡的。他像是魂魄从无尽的黑暗里浮出来,眼珠一动不动。我说:"你有什么事情?"他眼睛一闭,滚下一颗泪来,接着是一股积压良久的臭味从牙腔飘出,我偏过头看报纸,听到他说,"首长,我的钱不见了。"

"在哪里不见了?"

"火车上。"

"那你找铁路派出所。"

"铁路派出所在哪里？"

我没有接话。他等了一阵子，意识到是我不愿理他，窸窸窣窣走到门外。局里司机小刘恰好夹着两根烟走过来，问道："你有什么事情？"

"我的钱在火车上不见了。"

"那你去找铁路派出所啊。"

"我不知道怎么找。"

"你走到火车站就找到了。"

小刘对我使了个媚眼，说："晚上真要去啊？"我接过抛来的烟，没搭理。后来，按照李继锡的说法，他沿着记忆的路线摸回铁轨，果然看见火车站。他蹚过蒿草，摸到铁门的锁，又沿排水沟往四周摸，透过破碎的窗户摸到室内也长着蒿草。

红乌镇从来就没有铁路派出所。我们以为他会知难而退，他却折回来，跪下说："首长，求求你们了。"

"我说了，你去找铁路派出所啊。"

"没有铁路派出所。"

小刘接上话来，"这件事是有管辖权的你知道不知道？"

"不知道。"

"在火车上出了事就归铁路管，在陆地上出了事就归我们管，你懂吗？"

"不懂。"

"你知道租界吗？旧上海的法租界、英租界，那都是归法国英国自己管的，火车也是这样，火车也是租界，不是说火车路过了我们这地方，就归我们管，火车是归铁路管的。"

"不懂。"

"飞机你知道吗？中国的飞机开到美国上空,那么飞机里的空间还是中国领土,出了事情还是归中国管的。火车也是这样的,你现在懂了吗?"

"不懂。"

"别跟他瞎扯了,"我说,"老乡,你今晚先找地方睡吧,明天坐车去城市找铁路公安,向他们报案。"

"就不能向你们报警吗?"

"不能。我们接警是违反规定,我们按法律办事,法律规定怎么办我们就怎么办。"

李继锡像是霜打的茄子缓慢走了。我和小刘聊起天来,10点一到我就可以去十几里外的乡下了,在那里爱爱应该和校长睡到一张床了。我需要一个证实的结论。

小刘说:"等下要不要我送?"

我说:"我又不是不能开。"

窗外移过一个肥胖的身影,是金琴花。她哭得那么投入,以至几次都没找到小门,她用脚踢起铁门来,我走去说:"门在这里。"她才像盲人那样顶着满脸的雨幕移了出去。

10点很快到了,接班的没来,倒是电话响了,小刘要接,我说:"挂掉,又是那班小孩。"

小刘照办。

我又说:"把话筒取下来,让它晾着。"

小刘把它取下来,晾着。

风逐渐大起来,几次将门吹开,最后一次吹开时,我走过去重重一扣,却是又被人猛然推开了,我正欲说"你怎么才来接班啊",却发现那里站着的是个姑娘。她上气不接下气地说:"110,我姐夫被人杀了。"

"被谁杀了?"

"一个外地佬。"

小刘跑进大院,大喊大叫,那个超市收银员开始抱怨,"你们干什么,电话百打不通。"我把话筒挂好,果然听到急促的声音,接过一听,有人在说:"这里杀了一个人。"刚挂,电话又响了,"公安局吗?这里杀人了,杀人了。"我以为只杀了一个人,不过是多人重复报案,接着我突然意识到什么,疯掉一样跑出来,喊:"杀了好多!在连续杀!还在杀!"

李继锡一共杀了六个。

李继锡从公安局走出,走过玄武巷,走上建设中路时,陷入巨大痛苦中。这种痛苦和肉身的肿痛、骤冷的天气甚至精神上屡次遭受的羞辱无关,它只是诞生于无所事事。后来当我被贬为档案室何水清的手下,后者分析说,事物无时无刻不在运动,这是事物与自身及外界和谐的基础,那时李继锡应该运动,却不知应该怎么运动——他往东不是,往西也不是,站不是,走也不是,怎么运动都没有理由和终点,因此是被放逐在黑夜的荒镇。

最终他听命于饥肠辘辘,走进好再来超市。那里像乞丐的梦,摆放着琳琅满目的食物,它们被封在包装袋里。按照文明世界的法则,李继锡将永远得不到它们,只能是看看,然后带着更深刻的饥饿走掉。

水果堆上的一把刀提醒了他。

他捉着它看,恍然大悟,遂将它夹于腋下,来到蛋糕架,一顿吃。

"不能吃。"收银员喊道。李继锡却是抓紧吃了一块又一块,尔后急速走出超市,收银员伸手挡时,他晃了一下刀。"啊也!"她倒退一步,眼睁睁看他走了。不一会儿她跑到门口,恰好看见赵法才提着酒瓶走来,便喊:"姐夫,他没付钱。"

李继锡想跑过去,被揪住衣领。赵法才感觉像是捉住了兔子的脖子,几乎可以将他拎起来扔到街道。这是个懦弱的外地佬。正因为如此,赵法才傲慢地说:"你听见了没有,人家让你付钱呢。"

李继锡扭了几下,没有挣脱。

"你把钱付了再走。"

赵法才说话时感觉腰里滑入了一个冰凉的东西。这种感觉对遇刺者和行刺人来说都是奇异的,就好像不是刺,而是肉像泥潭一样将刀子吸进去,又慢慢吐出来。

李继锡又刺了一下,感觉还是这样。

温热的血溢到了虎口,李继锡才抽出刀。他看到血像墨汁大块从刀刃掉下,适才还凶神恶煞的人正龇牙咧嘴地往地上坐。李继锡为它有这么大能量而不可思议,因此像孩童一样沉浸在喜悦中,健步朝前走。金琴花挺着肚腹走来时,他几乎是不受控制地将刀刺进去。金琴花仍然沉浸在哭泣当中,就像不小心撞了树,试图绕过去,当她意识到纠缠她的是个男人时,气恼地说:"走开,走开。"

李继锡接连刺了五刀。金琴花没有痛感,只是觉得本来冰冷的身体忽然冒出臭烘烘的热气来,因此朝下看,便看见暗绿色的肠子像巨大的蛆虫往外涌。她着急地搂它们,跟随它们一起扑倒在地。

她似乎是死了,双腿却一直抽搐着。

这时后边响起喊叫声,"狼狗!狼狗快来!"李继锡吓醒过来,跟跟跄跄跨过金琴花,贴着门面走,试图避开走来的狼狗。这位红乌镇的前黑社会老大看见李继锡躲闪的样子,拿出了勇气。

"站住。"

李继锡愈发走得急了。

"我叫你站住呢。"狼狗踢起李继锡来,后者因为急于逃跑跌倒在地。这本是决定性的时刻,但是闪电过去的瞬间黑暗让狼狗一脚错蹬在台阶边沿,崴了。李继锡爬起,刺了狼狗肩膀一下,这也不是致命伤,狼狗甚至有机会用拳头将对方再度打倒在地,但他犯了一个错误,他像早年那样不懂得保护自己,将阴根暴露给了对方。

李继锡的膝盖顶到狼狗的睾丸,后者缩成一团,痛得大汗淋漓,便宜了李继锡像猴子跳来跳去,用刀尖不停刮削。

狼狗在人生最后的时光里是清醒的,他在被送到医院后说:"妈个×,我这里也痛,这里也痛,这里也痛。"他用手指各指了肩膀、胳膊和阴根一下,十几分钟后死了。他死的时候咬着牙,全身紧绷。

李继锡斩杀狼狗后,跑了一段路,跑急了,扶住垃圾桶呕吐起来。路边走来一个年轻人,捂着鼻子,李继锡愤恨地说:"你嫌弃谁呢!"

"你说什么?"

艾国柱没弄明白情况,刀子已捅进来,他像触电一样猛然抖直,整个人甚至像是被刀子举了起来。接着轰然倒地。那刀子一颤一颤,跟随心脏跳动了几秒。

李继锡拔刀时,后头冒出极大的鼓噪声,因此他夺路狂奔,在一道闪电打下时,他停住,向后跳了一下。对面有一道同样受到惊吓的目光。他捏紧了刀。但令他感到奇怪的是,那人安然张望了一眼四周,说:"你杀了我吧。"他迟迟下不去手,直到和这个叫于学毅的人要擦肩而过了,才随意地划上那么一刀。

血像一根线从颈脖溢出来,于学毅捂住伤口,哮喘一般嘶嘶有声,乱走到树下。李继锡匆匆回头看了一眼,干净得像电视剧里的侠客。他有些欣赏自己了,因此像戏台的武生,在街道斜插着碎步疾走,直到前边横刀立马,站了一员大将。

"呔。来将通名。"小瞿将气枪瞄准李继锡的眼窝。

李继锡要瘫软了,又被后头混杂的喊叫声刺激了,因此鱼死网破,困兽犹斗,挥刀去刺,那英雄却是急急用枪杆来挡。乒乒乓乓七八个回合,小瞿抵挡不住,被划伤了脸。就像有一道火沿着半边脸烧起来,小瞿吃惊地摸,摸到一手血,惊恐地跌坐于地。

在被扎成蜂窝煤前,小瞿喊了三个名字,依次是哥、妈妈、兰慧。

这时,兰慧正骑着自行车奔在回娘家的路上,心间充满了被击败的屈辱,她对自己说:"不要理瞿进军,不要理,以后就是他来求,也不要理了。"她将在第二天早晨搭乘最快的中巴车赶回来,乘客们看见了无穷无尽的哭泣,不一会儿,她伸出车窗呕吐起来。她确信这是身孕。

警笛在遥远的地方响起来。李继锡朝西狂奔,奔过新华书店、油泵厂、转盘,来到城郊公路,奔不动了。此时,狂风、闪电和积云像从未存在过一样散去,天下竟光明了,李继锡回头见什么人也没有,沿小路摸进无定村。那里黑灯瞎火,人们都睡着了,只有叶五奶奶坐在门前,将剥好的花生丢到碗里。

随着岁月的侵蚀,叶五奶奶脸上长满老年斑,眼睛变成三角形,只剩了一颗牙齿。几年前,她还是一个自怜的老女人,听到脚步声,便大声呻吟,懂事的人总是过来安慰,她便拉人家的手,细说身体的每一处变化,就像诉说一座废弃的工厂。然后有一天叶五奶奶便不记事了,她开始只是忘记家里的某个人,后来便只记得家里的某个人。有天人们为了检测她的记性,说小曾孙被人抱走了,她便站起,以头触墙。但在另一天人们以同样的套路测试她时,她却笑着说:"你什么时候来的,等会到我家吃饭吧。"那人本来就是她家的。

现在叶五奶奶胸前挂着纸牌,写着孙女的电话。叶五奶奶就是这样,失忆了还要出门,每天都要提着小提包,挂着拐杖,从后门悄悄出去,有时走一百米就返回了,说天真热,有时走几百米就返回了,说走到大城市了,不能再走了;偶尔,她获得了体力,要走上一两里,这时便需要好心人对照纸牌来打电话。

叶五奶奶最近不敢出门。孙女说你儿子都到城市住院去了,你还乱走,我们哪里有精力来照顾你。也许是这句话让她记住了,她天天坐到门口等,人们问等什么,她说等儿子回来。

"你儿子叫什么啊?"

"我不知道叫什么。我儿子住院了。"

她等到了凯里人李继锡。已是强弩之末的他手里还提着滴血的水果刀,因为杀戮过多,刀背弯曲,刃口卷如刨花。叶五奶奶说:"我要去看我儿子,他们不让。"

李继锡听不懂。

"你是谁啊?"叶五奶奶温柔地问,李继锡答了,"我杀了六个人。"

"等下就在我家歇吧,今天就别回去了。"

"他们在追我。"

"你饿吗?"

她把碗伸过来,他才弄清楚她的意思,因此丢掉水果刀,抱住她的腿哗哗地哭。我们是在这里抓住他的,叶五奶奶说:"你们抓他干吗?"

"老人家你差点被人家杀了,你还不知道?"

"我儿子在住院,身体比我都不好。"

叶五奶奶边说边进去,关了门。

李继锡被抓上车后,我们拳打脚踢,一通怒吼。但是一到局里,我们便审慎了,这可是一个重要性堪比希特勒、二王的人物。审讯室十分静默,每个人都压制着呼吸,以至讯问者在纸上写了什么字我们都能猜出来,分针经过10点30分时,像针一样弹了我们每人心脏一下,李继锡的头皮、脸、手脚和背部震颤起来,他抬起眼睛,楚楚可怜如一只即将被杀生的青蛙、一只即将被杀生的鱼、一只即将被杀生的水牪,并不像是手里攒着六条命的狂魔。

让人憋屈的是,这个人最终被司法鉴定为精神病,没有押上刑场枪决。

那夜,我一度忘记乡下中学还有一位叛变的未婚妻,但在我从中医院走出后,我还是第一个想起了她。在中医院大厅,日光灯照射着一张灰绿色的行动床,床上躺着一个身材匀称的青年,他抬着眼安静地看着天花板,一动不动。

我想你真是悲哀啊,偏偏在这个杀人之夜来就诊。但在我走过去时,又无比清晰地意识到他袒露的胸口有道狭窄而干净的创口。他是我的同年艾国柱。每年10月1日,我们都会喝到天明,商量着省会、沿海、上海、北京、纽约的事情,他很认真,我只是过过嘴瘾,我的婚礼定在春节。

我抚摸着他的眼皮,他仍然不肯合眼。因此我痛哭起来。

我拨打了爱爱的波导手机,怀着极强烈的倾诉欲说:"爱爱,无论怎样,这一辈子都要吃好喝好,生活好,无论怎样,我都会保护你。"

这只是当夜无数个许诺之一。当夜,红乌镇的人彻夜不眠,紧紧抱着孩子、女人,就像他们正发着可怕的高烧,随时要被死神带走。

小　人

　　假如我们是一只很大的鸟儿,当我们盘旋在 1998 年 4 月 20 日的雎鸠镇上空,就能看到这样一些事情:副县长李耀军意外擢升为县委常委、政法委书记;实验中学老师陈明羲跪在百货大楼门口磕头;良家妇女李喜兰的老公又去北京治疗不孕不育了;一支外县施工队在公园外的水泥路上挖出一个巨大的坑;而林业招待所的会计冯伯韬正追着信用联社经警何老二要去下棋。我们将这些信息分拣、归类,就会抹去最后也是最不重要的一件。

　　这几乎是一个永恒不变的场景:冯伯韬躬着身子扯住何老二的制服下摆,而何老二背着双手走在前头,遇见熟人了何老二就向后努努嘴,意思是"你看看,你看看"。雎鸠镇的人们早已熟知两人的这种关系,这种关系就像月亮必须围着地球转,地球必须围着太阳转,可是这天他们的眼睛睁大了,心脏狂跳起来。他们觉得冯伯韬是拿着一把刀子押何老二进地府,他们看到冯伯韬刀子一样的目光。他们不能拦下何老二说你要死呢(就像不能拦下公路上的卡车说你要发生车祸呢),这不可思议。

　　人们带着隐秘的骚动走开了,冯何二人走到湖边,一个将肥硕的身躯细致地安顿于一方石凳,一个将塑料袋里的棋子倒在石棋盘上，分红黑细细码好。何老二应该好好端详了冯伯韬一眼，可惜他看到的只是温顺。何老二说你先，冯伯韬便像得令的狗急急把炮敲到中路。历史上他曾无数次启用这个开局，也曾无数次否决这个开局，他总是信心百倍又惴惴不安，今天他的手缩回来时有些悲壮，他想这是最后一次了，轰你妈瘪。他看到何老二果然把"馬"轻轻抹上来。下了几步，他分了心，他想自己正不露声色地走过人群，人们问他赢了么，他什么也不说，他等着何老二自己去说。可是面前的何老二纹丝不动，只是诡笑着，这带着同情的诡笑让冯伯韬涨红了脸。

急不可耐地下了几十步后，冯伯韬将昨夜新记的秘招搬出来，他看到何老二的手顿住，面色凝重起来。他说：快点。何老二看了他一眼，忽而恐怖地笑起来，好像剪刀在轻薄的铁皮上一次次擦刮。冯伯韬这才猛醒，所谓秘招其实早在多年前的一个中秋节用过，那次双方棋子出动的次序、兑杀的位置，乃至死子摞起的顺序都与这次重合，他好像走进时间的迷宫。

永远的胜利者何老二行了一个看似无关紧要的子，冯伯韬的棋势便土崩瓦解了。何老二说：最后一盘了，以后不和你下了。往日冯伯韬又窘迫又讨好，今日却是漠然说好。何老二有些失落，顺手走了几步，眼瞅着冯伯韬只是勉勉强强地应，没将军就走了，而冯伯韬好像头颅被砍掉了，僵坐于原地。

何老二是个巨蛆式的身躯，慢慢蠕慢慢蠕，蠕过马路、小径，蠕到了家门口，正要掏钥匙，冯伯韬跟将上来。人们又一次留意到冯伯韬眼中可怕的刀光，不单人们看到了，转过身来的何老二也看到了，可是他不能问：你是不是要杀我呀？

不行，你得再陪我下一盘。冯伯韬将塑料袋里的棋子抖得瑟瑟作响。人们看到何老二有些为难，找了好多理由推阻，最后又只能充当大度的赢家,被冯伯韬推进屋。

有七个睢鸠镇的居民作证冯伯韬傍晚5点半进了鳏夫何老二的屋,但无人证实他什么时候离开。何老二的死是晚上9点被发现的,来找他顶班的同事发现路灯下排了一队长长的蚂蚁,接着闻到新鲜的腥气。何老二当时正一动不动地扑在餐桌上,脑后盖着一块白毛巾,毛巾中央被血浸透,像日本国旗。

晚11点,同样丧偶的冯伯韬轻轻打开自家的防盗门,看到黑暗中像有很多手指指着自己,便想退回去,但是那些冰冷的手指一起扑过来,顶住他的太阳穴、胸口以及额头。他手中的细软不禁掉落在地。

冯伯韬说自己是在傍晚6点离开何宅的,何老二把他送到门口,拍着肩膀交代"下不赢就不要下"。6点以后他照例要到公园散步——冯伯韬就是输在这个环节的。

刑警问:有没有人能证明你当时在散步?

冯伯韬说:我没注意到,我脑子里都是棋子。

刑警问:你就一直绕着公园散步?

冯伯韬说:是啊。

刑警问:绕了几圈?

冯伯韬说:有一两圈吧。

刑警说:好了,你不用撒谎了,那里的水泥路被挖断了。

冯伯韬说:对对,我看到水泥路被挖断了。

刑警说:那你说哪里被挖断了?

冯伯韬回答不出来。此后的四五天,他在讯问室不停练习蹲马步和金鸡独立,有时还不许睡觉。他总是听到一声声呼唤,"你就交代吧"——这催眠似的呼唤几乎要摧垮他孩童般执拗的内心,让他奔向开满金黄色鲜花的田野,可他还是挺住了,他知道一松口就是死。

　　审讯进行到第七天时,政法委书记李耀军走进来,理所当然地坐在主审位置,他说:抬起头来。冯伯韬缓慢地抬起头,看到一道寒光刺穿下午灰暗的光阴,直抵自己眉心。他重新低下头,又听到那不容置疑的声音(抬起头来)。他试图甩开这锐利的目光,却怎么也甩不开,他逐渐感觉自己像一个被注视、不能缩紧身子的光身女子。他的防线松动时发出可怕的声响,手铐、脚镣、关节和椅子一起舞蹈起来,他想你就给一声命令吧,爹。可是青铜色的李书记却只是继续看着,就像狮子将脚掌始终悬在猎物头上。

　　冯伯韬后来终于是不知羞耻地开了口。第一遍发出的声音囫囵不清,像羞赧的人被请到主席台;第二遍就清晰洪亮起来。他看到李书记眼里的剑光一寸寸往回撤,最后完全不见了,只剩一汪慈爱的湖,他备受鼓舞地说:我杀了何老二,还贪污了公家三千块钱,还偷了算命瞎子一百多块,还有。可这时李书记头也不回地走了。等到刑警大队长坐回主审位置,冯伯韬索然无味。

　　大队长说:你是怎么杀何老二的?

　　冯伯韬说:就是杀呗,拿菜刀杀。

　　大队长说:不对。

　　冯伯韬说:拿斧头剁的。

　　大队长说:不对。

　　冯伯韬说:那就是拿棍子敲的。

　　大队长说:嗯,有点接近了。

　　冯伯韬说:锤子,我拿的是锤子。

　　大队长说:你拿锤子怎么敲的?

　　冯伯韬说:我拿锤子敲了他脑门一下,他倒下了。

大队长说：不对，你再想想。

冯伯韬说：嗯，我趁他不注意，拿锤子敲了他后脑勺一下，他倒下了。

冯伯韬看到刑警大队长像个贪得无厌的孩子，便满足了他的一切要求，但是有些地方实在满足不了，比如交代金库钥匙和作案的锤子丢在哪里。他发动智慧想了很多可能掩藏的地方，然后带他们去找，却找不出来。

这件案子折腾半年（认罪、翻供、认罪），冯伯韬本来要死了，却先碰到良家妇女李喜兰的老公死了。这个男人第三次从北京归来后数度手淫，没有得到想要的结果，就让火车碾了下身。无牵无挂的李喜兰跪倒在地区检察院门口，证明4月20日傍晚6点到9点冯伯韬和她在一起。

地区检察院当时正准备提起公诉，越想越不对，索性把案卷和李喜兰的保证书一起退回县里，说了四点意见：一是杀人动机存疑；二是凶器去向不明；三是陈述内容反复；四是嫌疑人出现不在场证明，不能排除是他人作案。县政法委书记李耀军当晚带人找到李喜兰，把保证书拍出来，又把枪拍到保证书上。

李耀军说：4月20日傍晚6点到9点你和冯伯韬干什么了？

李喜兰说：那个。

李耀军说：那个是什么？

李喜兰说：戳瘪。

李耀军说：你怎么记得是4月20日？

李喜兰说：那天我例假刚走，我在日历上画了记号。

李耀军说：作伪证可是要坐牢的。

李喜兰说:我以我的清白担保。

李耀军说:你清白个屁。我跟你说,婊子,案件本来可以了结的,你现在阻碍了它你知道不知道?我们受到上级批评了你知道不知道?

李喜兰抵挡不住,小便失禁,李耀军说:带走带走。民警就将她像瘫痪病人一样夹走了。关了有一周,李喜兰大便失禁,方被保出来,她出来前民警跟她说:你就是作证也没用,没有人能证明你们当时在戳癔,你说戳癔就戳癔,说不戳癔就不戳癔,天下岂不大乱了?

李耀军是从乡政法干部做起的,一路做到副乡长、副书记、乡长、书记,又做到镇长、镇党委书记、司法局长、交通局长,平调很多年,四十五岁才混到副县长,本以为老此一牛,却逢上老政法委书记任上病死了,上边考量来考量去让他补了这个缺,使他生出第二春,说出"我任上命案必破"的话来。现在却是如此,放也放不得,关也关不起,他便使了通天的热忱,在电话里给地区政法委书记做孙子,让上司组织地县两级公检法开协调会。

地区检察院说:证据不够充分。

李耀军说:还要怎样充分啊?

地区中院说:怕是判不了死刑。

李耀军说:那就判死缓。

地区中院说:怕是也判不了死缓。

李耀军说:那就判个十几二十年,我今天把乌纱帽搁这作保,我就不信不是他杀的。

那个时候,关在死牢的冯伯韬还不知道自己正像一棵菜被不停议价。当他接到县法院 11 月 22 日开庭审理此案的通知时,还不知县法院不断死刑案的规矩,还以为自己终究难逃一死,便含着泪吃掉所有的饭菜,又抽出巨大的鸡巴手淫。浆浆快要射出时,他大喊:李喜兰你叫啊,大声叫啊,你痛得昏过去,你要昏过去啊。

可是还没熬到22日,通天的律师就把他保出来了。手铐解下时他觉得手好冷,脚镣拆下时他觉得脚好轻,整个身躯像要飞到天上去。飘到门口时他抬头望了眼苍天,苍天像块要碎掉的弧形蓝瓦,深不见底。他又回头看了眼看守所,看守所门口挂着白底黑字的招牌,铁门上建了琉璃瓦的假顶,四周是灰白色的砖墙,砖墙之内有无数棵白杨和一间岗哨伸出来,一个绿色的武警端着冲锋枪在岗哨上踱来踱去。冯伯韬想自己在射程之内,便忙走进路边的昌河面包,爬进李喜兰丰腴的怀抱哭泣。

一路上冯伯韬还正常,还有心评点新开业的家私城和摩托车行,到家一见灰尘笼罩下冷静、寂寞的家具,便像长途跋涉归来的游子,衰竭了。李喜兰找来医生吊盐水,吊了两日还是高烧不止,迷迷糊糊听说局长、院长和书记来了,又烧了一遍,差点烧焦了。待到烧退,他通体冰凉,饥渴难耐,先是要梨子,接着要包子,最后等李喜兰解开衣兜捞出尚鼓的乳房,他才安顿了。

冯伯韬再度睡醒时气力好了许多,这时房门像没锁一样,被县政法委书记、公安局长、检察院长一干人等突破进来。冯伯韬惊恐地后缩,被李耀军的手有力地捉住,冯伯韬惴惴地迎上目光,却见那里有朵浪花慢慢翻,慢慢滚,终于滚出眼眶。

李耀军像是大哥看着小弟遍体鳞伤归来,浓情地说:老冯啊,你受委屈了。接着他取出一个信封,说:这是210天来政府对你的赔偿,有四千来块。冯伯韬把手指触在上边,犹犹豫豫,李耀军便用力塞到他怀里。接着李耀军又取出一个信封,说:七个月来你的工资奖金照发,合计是七千块。冯伯韬想说什么没说出来,又见李耀军取出一个信封,说:这是我们办案民警凑的一点慰问金,一共是一万块。冯伯韬连忙起床,却被李耀军按住了。

冯伯韬说:你们太讲礼了,这个不能要,太多了。

几名干事这时一窝蜂地嗔怪道:我说老冯你客气个什么呢。冯伯韬眼见这最厚的信封被塞到枕头下,忙两手捉人家一手,说:李书记,你看要怎么感谢才好啊。

李耀军把另一只手搭上来,说:也没什么感谢的,你就踏踏实实休息,你休息好,养好身体,我们也就安心了。然后他们连泡好的茶都没喝就走了,快到门口时,李耀军像是记起什么,转身说:你也知道的,现在的记者听风便是雨,瞎鸡巴乱报。

冯伯韬高声应着:我知道,我知道。

此后真有几个记者趁黑来敲门,冯伯韬开始不理,后来觉得要理一下,便拉开门说:我不接受你的采访,没有人指使我不接受采访,我就是不接受采访,你要是乱写我就去你们报社跳楼。

记者说:我这不是为你好吗?

冯伯韬说:滚。

冯伯韬后来知道李耀军还是挨了处分,这让他很过意不去,路上碰见也不敢正视了。冯伯韬也知道自己被释放是因为实验中学老师陈明羲供出了杀何老二的事,他想他应该感激陈明羲呢,要不是陈明羲把积案一起交代了,他冯伯韬现在不是在黄泉了?这样一想,冯伯韬就去医院给陈明羲病重的老父预交了笔费用。

陈明羲是在 11 月中旬事发的,他一连四天去偷超市的茅台酒,前三天得手了,第四天被逮个正着。派出所联防队员一拍桌子,把这个手无缚鸡之力的历史老师震慑住了,他就交代他其实还有几起盗窃案,人移交到刑警大队后,刑警接着拍桌子,他就又交代他其实还有一起杀人案,杀的正是信用联社经警何老二。

根据案卷记载,陈明義的犯罪史正是从 4 月 20 日这天开始。这天下午,他拿着诊断书魂不守舍地走,走到百货大楼门口见到人多,就跪下磕头。人们问陈老师你怎么磕头啊,他就说我爹嘴里哈出尿味了;人们问尿味是什么啊,他就说要做透析;人们问透析是什么,他就说我要大量的现金啊;人们就啧啧着走光了。陈明義把百货大楼的生意磕没后,自己也有些醉了,然后他看到一辆藏青色的运钞车驶过马路,又看到冯伯韬扯着何老二的制服后摆往湖边走去。他听到何老二说:我都替你丢不起这个人。

陈明義像是被擦亮了,觉得非如此不可。于是回家洗脸,计划,再洗脸,然后拿锤子走向何老二家,在路上他看见丧魂失魄的冯伯韬,心想何老二是一个人等他了,便坐下来像海尔售后服务员一样用塑料袋把鞋扎住,像砖瓦厂工人一样戴上厚手套,他还摸了一把藏在宽大口袋的锤子——他是如此细致,又是如此被愚蠢的犯罪激情驱使。他走到何家,吸口气推开门,看到何老二扑在餐桌上打盹。

他说:二哥,借点钱吧。

何老二歪过头,从满脸横肉里屙出蒙眬的眼睛,又睡着了。

他说:二哥,借点钱吧。

何老二怒了:你没见我在睡吗?快走快走。然后就着还没消失的呼噜又睡去了。陈明義往门外退了几步,站立十几秒,猛然朝前疾走,一锤子敲到何老二肥厚的后脑勺上。何老二嗯了一声,全身抖索一下,又睡了。陈明義索性到厨房找来白毛巾盖

231

住它,连续敲十几下,直到血冒出来。

陈明羲没翻出多少钱,最后从尸体裤腰处找到金库钥匙,他想接着敲死值班人员去打劫信用联社金库——但是走了一阵后,他感觉裤腿有些重,他毛骨悚然地想这是何老二拖住脚了啊,往下看又没有,便用手摸,摸到一摊尿水。他就呜呀呀叫着跑回家了。

刑警问:为什么不用菜刀?

陈明羲说:菜刀不能一招致命,被害人容易叫。

刑警问:为什么不用斧头?

陈明羲说:斧头太笨,舞不开。锤子好,锤子小巧有力,不易见血。我去之前就想好了,对待何老二这样的大物件,刀不如斧,斧不如锤,出其不意,速战速决。

刑警看陈明羲说到兴起,好像是置身事外的演员,便打断道:你为什么第一步就杀人?

陈明羲说:给自己纳投名状。我想我至少缺二三十万,总归是要走这条路的,杀了人后就不能回头了,就不会犹豫了。

刑警说:那后来为什么又不杀呢?

陈明羲说:还是见不得世面,害怕。我夜夜睡不着,想着何老二。

刑警说:现在呢?

陈明羲说:现在好多了,现在说出来舒服了。

陈明羲带着刑警七拐八拐,多次迷路,终于在一处烂塘指出大概方向。刑警找来民工抽水,抽干了,果然看到烂泥里有一把锤子和一把钥匙。陈明羲被执行逮捕,随后事实清楚、证据充分、从重从快,被地区中院一审判处死刑。

陈明義进死牢后，东西走五六步到顶，南北走七八步到顶，便知道苦了，每日摇着栅栏哭。他一哭整个号子就跟着哭。老狱警听了几天听出名堂，别人哭是恐惧，陈明義不是，陈明義哭得清澈、纯粹、含情脉脉。

老狱警拣了个太阳天，把面黄肌瘦、腿脚晃当作响的陈明義引到亭下，请了一杯酒，说：你是为谁哭？

陈明義说：我父亲。

老狱警说：听说了，你是个孝子。我也叹，你是这里学历最高、教养最好的，走上这条路实在可惜。

陈明義说：我是不得不走上这条路。

老狱警说：没别的办法想吗？

陈明義说：有一时，没长久的。医生说，尿毒症是个妻离子散病、子女不孝病，再大的家业也能败空。你想尿排不出来，毒全部在体内，要做肾移植，做不起就只能透析，情况好一点一年十来万，严重点就得二三十万。后来学校借了不少，找亲戚拿了不少，连学生也捐款了，但这些钱像水滴到火炉，转眼就冒烟了。

老狱警说：所以你就抢钱偷东西？

陈明義说：所以我就抢钱偷东西杀人。

老狱警说：你不能放一放？人都会死，你父亲也是一样。

陈明義说：我不能杀我父亲。

老狱警说：不是说杀，是说放，人各有天数。

陈明義说：放了就是杀。我的命、我的大学、我的工作都是父亲拿命舍出来的，他卖自己的血。现在他有事情了，我放？他才四十九岁啊，比伯伯你还小啊。

老狱警捉过陈明義的手，扯起衣袖端详，说：你也卖了血。

陈明義说：我读书时觉得实在无以回报父亲，就天天读《孝经》，我顺读倒读，读得热血澎湃，就想我要是天子，就有天子的孝法；我要是诸侯，就有诸侯的孝法；即使是庶人，也有庶人的孝法。子曰：自天子至于庶人，孝无终始，而患不及者，未之有也。意思就是没有尽不了孝的道理。

老狱警说：嗯。

陈明羲说：可这只是孔子的想当然，孔子还说，谨身节用，以养父母。好像懂得节约就可以给父母养老送终了，但是现在就是讲孝道也要有经济基础，我每天只吃一个馒头，我父亲的病就好了？不可能。你知道孝感吗？就是行孝道以致天地感动，老天起反应了。汉代姜诗的母亲喜饮江水，姜诗每日走六七里挑水，老天就让他家涌出江水来；晋代王详的继母想吃鱼，王详脱衣卧冰到河上求鱼，老天就让冰块裂开，蹿出两条红鲤来。我也曾跟着老农去挖新鲜雷公藤，也曾去求万古偏方，可是我感动谁了？我父亲脸色浮肿，精神异常，一不当心就昏转过去。

老狱警说：你不要钻牛角尖，孔子也有讲顺应。我话说直接，人都是要死的，你还能拦住你父亲不死？你尽心尽力就可以了。

陈明羲说：我父亲得的要是必死的病，我也就死心了，可他不是。我不能把他丢在医院自己去吃饭去上班，我吃饭上班然后他死了，没这个道理。

老狱警说：唉。

老狱警接着说：我也读过一些书，说老吾老以及人之老，幼吾幼以及人之幼，孝则对人忠，悌则对人顺。你讲孝没有错，可也不能以一己之孝取他人性命啊。

陈明羲慢慢饮了那杯酒，说：他人性命，我父性命，我取他人。

秋后问斩时,天空晴朗,老狱警陪到刑场进酒。陈明義说:我想知道我父亲现在的情况。老狱警就去打电话,打了很久,那边医生才过来接电话。

医生说:死了。

老狱警走到枪口下,对垂下头颅的陈明義说:情况好了一点,在看报纸。陈明義的泪便像雨一样射在地上。

后来,老狱警坐车去那家医院,知道陈明義的父亲像娇贵的玫瑰一样死了。医生说,要每天浇水,一天不浇就枯萎了,两天不浇就凋谢了。开始时还有个干瘦的男人扯着一个丰腴女人的衣服后摆来支付费用,后来就不来了。老狱警想好人好事终归有限。

而我们还是那只很大的鸟儿。我们拍打着贪婪的翅膀,嗅着可能的死亡信息,每日百无聊赖地盘旋在睢鸠镇上空,终于又看到这样一些事情:县政法委书记李耀军顺利当选政协主席;超市员工嘘叹只有傻子才会一连四天在同一位置偷最贵的酒;而林业招待所的会计冯伯韬没日没夜、心安理得地操寡妇李喜兰。有一天操完了,李喜兰说:戒指呢?冯伯韬好像不记得这事情,李喜兰便哭,便喊便叫,你这个骗子,你骗了陈明義又来骗我,你这个骗子。

鸟看见我了

高 纪 元

有只圆壳的小虫,伸着六条钨丝一样的细腿,沿着桌面的沟壑爬行。我用粉笔小心翼翼在它周围画了一个圈,它便摇动着两根触须,绕着线圈走走停停。我以为它要憋死在此地时,它却振动翅膀,飞不见了。我在等一个人。

李老爹靠在床头,两腮鼓了下,一口血溢出来。我说:"他们下手也太狠了些。"

"这样也好,这样就踏实了。"李老爹说。

要是知道会等这么久,我就不来了。可是有些事情由不得我,春天的时候,勋德要我去他家帮忙插秧,我不过是动作慢了一点点,他就说:"你还想不想干了?"要是没有我,这么多东西谁收拾。对面墙上糊了很多报纸,又黑又黄,不是领导讲话就是先进报告。早知道应该带一本书来,我找元凤借元凤不肯。元凤说,你理个发,我就给你看。元凤店里有好几本《知音》,封面都是穿裙子的妇女。

李老爹掏出钱跟勋德买了一瓶白酒,勋德说:"莫喝多了。"

"人啊,一生有几个六十岁?"李老爹说,"不喝一盅?"

"不喝了,喝了要倒找你钱。"勋德说。李老爹就留我喝,李老爹闭上眼睛抿了一口,嗨出一声,说:"快活快活,就差戳个瘪了。"

白雪冰柜在墙角嗡嗡叫着,我走过去,拉开盖子一看,剩的猪肉、羊肉、兔肉、野猪肉、鸟肉还都有。今天是乡政府请县里人,怪不得吃不完。我找出大碗,一样拨一点,拼了一碗。我点着煤气灶,烧热锅,把菜倒进去,锅里冒出吱的一大声。我手抖了抖,放下碗,去查看门闩,闩上了,透过玻璃看,外边黑麻麻一团,什么人也没有。

热菜端上桌后,空荡荡的房子好像有了生气,我把李老爹留的白酒拿出来了,倒好,十分幸福。要是天天有酒喝,有肉吃,有女的戳,就好了,可是勋德说:"你应该知足了。你十三岁就上清盆街了。"

封缸酒有炒麦子的味道。我闻了闻,眼睛也闭上了。然后就在我也要嗨一声时,门笃笃笃地响起来。我傻坐着,也不知道拿东西盖着。接着窗玻璃又当当当响了三声,望过去,一个男子站在那里,直愣愣地看着我。

我拉开门闩,光一下扑在他身上,照出苍白的脸来。他的头发夹杂一些白发,眉毛吊得高高的,下唇扣得死死的,胡子拉碴,一眼看出就不爱说话。我望了他一眼,他的眼睛就躲开了,好像犯了错。

"鸟儿呢?"我说。他把一个散发着腥气的尼龙袋丢在地上,我数了二十块钱给他,然后等着他转身走掉。可是他偏着头咕哝着,我听不清,问:"你说什么?"

"盐。"他说。

我才想起李老爹交代过,除开要给他二十块钱,还要给他一点盐,便去找了个小塑料袋,去橱柜里挖盐。挖了一小袋,就看到他直愣愣盯着桌上,喉咙吸了一下,吸口水呢。

我说:"吃点吧。"他摇摇头,取过盐要走。我又说:"吃点吧。"他拿一只手蹭了蹭中山装,放慢了脚步,我知道他动心了,便大声说:"都是自己人,一起吃点吧。"他却是快步走出门了,我赶上去扯住,说:"吃吃又不死人。"他这才像个乖乖,跟着我走到桌边。这就好了,吃人的嘴软,他不说,李老爹不知道,李老爹不知道,勋德也就不知道。

他站在那里,不敢坐,我说:"坐,不要钱的。"他就坐下了,规规矩矩地拿筷子,规规矩矩地夹菜,起初想夹肉,想想造次,就夹了蒜。我给他夹了块大的,他才正面看了我一眼,好像是在谢我。我说:"吃粗点,吃粗点。"他便像领了圣旨,放心大胆地吃起来,吃得满嘴油水。我说:"莫急莫急。"他又规规矩矩地吃起来。

吃了半晌,他歇筷子,忧虑地看了眼窗外。我说:"有人等你吗?"他摇了摇头。我找来杯子给他斟上一杯,他的眼睛便像是有火柴刮着了,整个人扭捏起来,嚅动着嘴。我知道他想说话了,便带头干了,他干了却还是不说。没几下,他的眼角红了,鼻子红了,脖子也红了,双手也不再放在膝盖上,自然起来。

我觉得他是个小孩子。

喝到后来,他像鹅一样惴惴不安地打嗝,打完了,又喝了一杯,醉了。我问:"你怎么那么能捉鸟啊?"

"你跟我一样,你也能捉。"他说。

"跟你怎样啊?"我问。

"有仇,仇,跟鸟儿有仇。"他说。

"人怎么跟鸟儿有仇啊?"我很诧异。可是他眼睛想睁睁不开,头眼见着垂下去了。我摇着他,问:"人怎么会跟鸟儿有仇啊?"可他就是不醒,我还是摇,摇得他不得安生,终于把眼睛一下下睁开了,好像母鸡好不容易屙出了蛋。他问:"你说什么?"

我说:"人怎么跟鸟儿有仇啊?"

"因为,因为鸟儿看到我了,看到我了。"他又开手指答道,然后胳膊一松,头又扑臂窝里了。

"看到你什么了?"我问。他却是又睡着了,我觉得他在这里睡不是什么好事,就又摇他,"醒醒,醒醒。"他终于醒过来,我又问:"鸟儿看到你什么了?"

他脑袋一激灵,眼巴巴地看着我,然后起身跌跌撞撞地跑了。"什么也没看到。"他拉开门,溜出去,连盐也不要了。

我追过去,看到门外漆黑一团,蒿草和树像袍子一般舞动。

我左手拿摩丝,右手拿滚筒梳,对着大镜子想梳个郭富城的头。摩托车的声响从土街尽头传过来时,梳子刚好缠住头发,扯也扯不下来。摩托车嘀嘀两下,我跳出理发店,摩托车轮正好卡在我两腿之间。

"是你能梳的吗?"公安小张翻动着厚唇说,"元凤呢?"

"元凤洗衣服去了。"我的脸红了。

"继续看店,回来收拾你。"小张说。摩托车退了退,转个方向向河边开去了,留下一股蓝烟。很好闻。

小张洗澡时,并不急着下水,而是从瓶里挤出一巴掌洗发水,揉到头发上,干搓着,搓充分了,才下河捧起一些水,浇在头发上,继续揉,揉得像一团棉花。小张说:"高纪元,你懂什么,这叫干洗。"小张还会说:"这是海飞丝,我只要这个,知道吗?"

我其实早就知道了,元凤在河边洗衣服时,捡到的空瓶子就是海飞丝,元凤说,一定是小张洗完丢下来的。乐滋滋地带回去了。

门前来了个骑钱江摩托的,电子打火,是下村的,问我:"元凤呢?"

"小张来了。"我说。钱江摩托轰响着跑了。

小张说:"你妈瘪的顽抗。"抬脚就踢勋火,勋火仗着年纪大,袒开胸脯让他踢。小张的眼睛本来就大,这下睁得铜环那么大,真用劲踢上去了。喀嚓一声,骨头响了,勋火喷出一口鲜血,歪倒在地。"你跟老子装死。"小张说。

小张夏天的时候也把手插在裤兜里,走路急匆匆的。我们小时候也把手插在裤兜里,因为手里捏着玻璃珠子,小张大概捏着手铐吧。曾经有几个人商量要趁夜把小张吊在茅房打,我告诉小张了,小张说不怕,放马过来。这么久也没见有什么动静。

卖菜的纪旺小碎步赶过来,对我说:"等下看到小张,跟他说赵城派出所抓到的一桌打牌,是我舅家亲戚,扣押钱扣多了,把木菩萨下的小孩上学钱也扣去了,问他能不能退出来。"

"你自己跟他说。"我说。

"你也不用明说,就暗示暗示。"纪旺堆着笑。

"我怎么暗示?"我说,"你看小张来了。"

"你这孩子,你也是高家人,也是纪字辈的啊。"纪旺说完,小碎步跑回去了。

小张的身影慢慢走大时,嗯了一声,是嗯痰。我老早让开座椅,让他坐上去了,他跷着二郎腿,拿起一把细木梳,轻轻划着头发。我站在椅子后边,低下头,喉咙里总是有东西要说。想挡也挡不住。

"元凤很喜欢你呢,每天都坐在门口等你。"我说。

"小孩子懂什么。"小张的牙齿是龅的。我觉得自己应该走了,可是又说了:"李老爹被打伤了你知道吗?"

"哦?为什么?"

"过六十岁生日,喝了点酒,又要去戳瘪,就去戳十几年前断了的老相好。被抓奸在床,打得呕血了。正在住院呢。听说还赔钱了,家里借了几百块,说是损失费。"

"损失费?李老爹同意了吗?"

"同意了。"

"那就好了,人民内部矛盾,自己调解了。"小张把梳子扔在镜台上,拿起摩丝喷。我越发觉得自己无用,勉勉强强接着说:"害得我这几天替他住店呢。"小张没有理我。

我说:"害得我这几天替他住店呢。"

小张翻开公文包,找出一沓纸,像科学家一样研究起来。我说:"骑钱江摩托的木生打工回来了呢。"

"嗯。"

"他没挂牌照。"

"嗯。"

我真是没话说了,也许木生交了保证金吧。

"来,抽支烟。"小张说。"我不会。"我说。"不会也抽,快抽一根,你立功了。"小张硬是帮我点上火。小张眉头张开,眼睛亲热地看着我时,就是我全身舒坦的时候。他掐我胳膊一下,掐得那么有力,我全身缩起来,哎呀哎呀地叫,可是心里美得要死。

勋德也怕小张,勋德知道我和小张关系好,不会赶我走的。

我转了个身,就要这样走出理发店了。没话说了,他也不问我,就要走出去了。然后我像挤牙膏样挤出一句话:"我碰到了一个捉鸟的。"小张连嗯也不嗯,我尴尬死了,就这样走出店外。

走了几步,刚好元凤提着桶子过来,要我帮她晾衣服,我便从桶里取出衣服来抖。这时小张走出来说:"太阳真好啊。"

"我碰到了一个捉鸟的。"我说。

"捉鸟的有什么稀奇?"元凤说。

"怎么不稀奇?他说他捉鸟儿是因为和鸟儿有仇。"

"怎么有仇?"元凤说。

"说是鸟儿看到他了。"

"看见他什么了?"小张走过来说。

"不知道啊,鬼知道看到他什么了。"

"哪来的捉鸟人?"小张问。

"青山上的吧。给我们店送鸟儿送了几年呢。李老爹知道,我不是很清楚。"

"哦。"小张冷漠地说了声。

然后他又对元凤说有点事,走着往医院去了。我就知道李老爹的事情他不可能不管,打人犯法,还敲诈勒索。

"我要告诉你啊,纪元,爬灰不犯法,男女自愿,是通奸,不是强奸。"李老爹喝到兴头时说,"一生不戳三个瘪,对不起老祖宗。"

张　　峰

露珠打湿了裤子,我坐在河岸上。元凤站起身,甩甩手,擦着额头细密的汗珠,朝我走过来,旁边的洗衣妇们看着她,嬉笑起来。又甜蜜又心酸地嬉笑起来。"你看,派出所的小张在等着你呢。"

元凤涨红了脸,畏畏惧惧地看着这边,说:"钥匙给你。"然后把钥匙抛了上来,我没有去捡,元凤摆动着牛仔裤下两条长腿又走了回去,在她蹲下去时,周围爆发出一阵哄笑。她埋下头,发狠捶打石上的衣服,以抵挡幸福的眩晕。

春天的时候,我把手缓缓插进那条牛仔裤里,触到温热的地方。我听到元凤的脖颈、耳根传出浅浅的呻吟,听到呼吸急促起来,可是她按住我的手,说:"还没准备好呢。"我把手缓缓抽出来,凄惶地笑了下,冷漠地走了。

女人那里就像木板上的蛋糕,如果我不能克服饥饿,跑去吃了,老鼠夹子就把我夹住,我就要在这鸟不拉屎的地方待上一生。

"我跟你说过多少次,"所长说,"你就是不长记性。吴县长说了,你们公安毕竟还是归党委政府领导,毕竟还是。"

我没有说话。所长从抽屉拿出章子,对着工作分配意见盖了一下,说:"好了,从今你就到清盆做片警,整个清盆乡归你了。"我呼吸时出了点声响,所长又细声细语起来,"小张啊,下去冷静冷静,不是坏事。"

我第一次要来清盆乡时,内勤小许像老嫂子一般堆着笑,说:"要不你骑嘉陵吧,踏板车乡下路硌得慌。"我要是不把踏板车钥匙丢过去,他准得黑下脸来,说:"我又不是为了别的,不是工作吗?"

阳光洒在河面上,闪眼,我的后颈有些刺痒。我捞起钥匙,下了河岸,骑摩托车去了土管所,在那栋阴凉房子的尽头,是我的警务室。没什么人等我。我打开门,门把底下的报纸推了几步,我拾起来,掸掸灰,扔到桌上。桌子几天前想必擦过,光闪闪的红漆上蒙着一层浅灰。墨水瓶、笔筒和印泥孤零零地摆着,材料纸一片空白。这个地方荒芜得连件案子也没有。

"你们公安毕竟还是归党委政府领导。"吴县长说。

在这句话说出来的前几天,勋火双手护着胸,说:"真的没有,真的没有啊。"我说:"你妈瘪的顽抗。"然后伸脚拨那双手,一般人继续护着就是了,可是勋火突然抬头,指着袒开的胸口说:"你踹吧,这个身子是和吴县长共一个婆的。"我踹上去,勋火猝然倒地,喷出一口血来。

"你跟老子装死。"我说,然后晕晕乎乎地走出去。看到小许时我说,勋火牙龈出血了。

勋德在门口探了下头,走进来,笑嘻嘻地说:"晚上喝一盅吧,弄了一批新鸟来。"

我摆摆手。

"兄弟,你这不是看不起我吗?"勋德笑得更热烈了。我没说什么,他接着说:"那就这么定了。"然后从口袋里捞出一把棋子,分红黑颗颗摆好。"你先走。"勋德说。

我把车和对方兑了,把炮支到对方相口,后防空虚。勋德替我把一脚棋悔了,以免我被将死。勋德说:"兄弟,你还是这么急。"我把棋子一抹,说不玩了。勋德便捞起棋子走了,房间空空荡荡,像是什么人也没来过。可是用不了多久,信用社的、中学的、计生办的、村委会的就都要来了,他们多是清盆本地人。

在我发配来这里之前,他们的生活好像缺少点什么,我来了后,他们感觉一项空白被填上,这里总算有个警察了。他们敬重与畏惧的感情被激发出来,像块糖迫不及待地粘上我。倘若我的摩托车没油了,他们就用嘴吮吸胶管,从他们的油箱里接一点过来。倘若我不愿意去吃食堂,他们就三番五次地来请酒,然后又把我抬回床上,给我掖上被子。

他们像照料一个皇室的孩子一样照料着我。他们温柔地看着我,隐晦地鼓励我走进元凤的房间,捞起元凤的双腿,将鸡巴戳进去,戳得整个清盆乡嗷嗷大叫。他们是温柔的看护人,是不要脸的狱卒。而我总是想在合适的时间找到一两个该死的年轻人,踢踢打打,我想告诉他们,我和你们的区别在此。

我不可能在这里长生不老下去。

走出门后,五十米长的土街一览无余。肉铺里飞舞着寂寞的苍蝇,一张台球桌漏了块布,像得了癫疮。我没地方可去,只是左脚走了,右脚必须跟上来。走着走着,头有些晕,又走到元凤的理发店歇息。勋德餐馆脑子不好的伙计高纪元看到我,立刻让出位子,我坐上去,对着镜子慢慢梳头发。

高纪元的身体犹犹豫豫地动着,想在理发店找到一个合适的位置,好像找到了才有资格跟我说话。可是我实在烦透了这聒噪,他几乎还没说完,我就"嗯"一声过去。

"Welcome to New York."

在一部录像片的开头,穿三点式的金发女郎这么说。纽约往下,是北京,北京往下是南昌,南昌往下是九江,九江往下是瑞昌,瑞昌往下是赵城,赵城往下是清盆。联合国—首都—省会—市—县—镇—乡,世界的尽头。

苍蝇嗡嗡地围着将要腐烂的肉飞舞,一个年轻人后手高抬,一个人练习着台球。

高纪元总算不说了,走出去了,元凤提衣服回来了,叫他帮忙,他又跟她说上了。我拉好公文包,往外走,说:"太阳真好啊。"

元凤蹲下身取衣服时,乳房清晰地露出来,细密的汗珠正从微小的毛孔溢出来,静脉像叶茎埋藏在白嫩的皮肤下。我的下身膨胀。元凤抬起头笑了,汗湿的头发贴在额头,我的心绵软软的,没有归属。我默念着,操一次,负担一生,操一次,负担一生。

"捉鸟的有什么稀奇?"元凤这时说。

"怎么不稀奇?他说他捉鸟儿是因为和鸟儿有仇。"高纪元说。

"怎么有仇?"元凤说。

"说是鸟儿看到他了。"高纪元说。

"看见他什么了?"我急急走过去问。

"不知道啊,鬼知道看到他什么了。"高纪元说。

"哪来的捉鸟人?"我问。

"青山上的吧。给我们店送鸟儿送了几年呢。李老爹知道,我不是很清楚。"高纪元兴奋起来。

"哦。"我说,然后对元凤说我有点事,往医院去了。

午休的时候,我怎么睡也睡不着。倒不是因为钢丝床硬,而是因为睡觉成为了一项任务。我想晚上要行动现在就应该休息好,可是按捺不住自己。

李老爹见到我时,身子在病床上往后缩。我从那瑟缩的眼神先后看到两个恳求:一是我已经赔钱了已经挨打了,不要再惩罚我了;二是不要去找他们麻烦,赔钱乃至挨打都是我自愿的。我拍住他肩膀,说:"我只想了解捉鸟人的情况。"

李老爹说不出多少情况,但是他有一句话就够了。就像高纪元有一句话就够了。

高纪元说:"他说是鸟儿看到他了。"

李老爹说:"他从来都是晚上送鸟。"

我好像看到冰山一角,海底的风景却揣摩不出来。地皮还发烫时,我走出门,走到勋德餐馆,钟上的时间是四点。勋德和高纪元正在门口剥鸟,一个红色的大塑料盆里盛满污水,漂满羽毛。我说:"勋德,有点事,跟我来。"

到了二楼,我坐在床上,掏出一百元,硬塞给勋德。勋德说:"兄弟你这是怎么了?"我说:"没什么,让妇女六点准备好一桌菜,我请客。"勋德和我推来推去,我把钱拍在桌子上,说:"给你就是给你,还造反了不成?"勋德尴尬地接了,然后问:"请谁?"

我招招手,他把耳朵贴过来。我说:"计生办的小柯,信用社的小吴,木生,还有纪旺。前两个我来请,你电话借我用下。木生和纪旺我请不来,你请。你相信我,我绝不坑他们。"

勋德走到楼梯口,我又说:"你自己去请。"

五分钟后,楼下听到吉普车响,不一会儿,小柯噔噔噔上得楼来,见到我就眼放磷光。我说:"油够么?"小柯点点头,问什么事情。我在他耳朵边上说了句"捉人",他整个身子就耸动起来,那是兴奋了。未几,小吴也上得楼来,我问:"带了么?"小吴从书包里捞出一根狼牙棒来,问:"要不要试试?"我还没接话,他就偷偷把棒子敲在床头,让钉子卡进木头里了。

纪旺进来后,一直挤着笑,听说是去捉人,惴惴不安地问:"赵城派出所不能来人吗?"小吴接口道:"没胆的人叫来做什么?"纪旺又笑了,我也笑了。木生进来时立刻就要退下去,我低喊道:"不是找你挂牌照,你戴罪立功的时候到了。还有你,纪旺,你母舅不是想要退钱吗?"这么一说,纪旺和木生也摩拳擦掌起来,合力把桌子抬到我面前。

我压低声音说:"去捉一个外地佬。"

大家说走走走,我说:"走什么走?你知道去哪里捉吗?纪旺你是青山人,你知道高家峜的,你说说捉鸟的外地佬住哪儿?"

纪旺想想,用手指蘸水,画了画,便画出捉鸟人的住地了,却原来是在村落之外,单门独户,屋前是土坡,屋后是竹林。我说:"白天去容易惊动附近村民,结赖,晚上我们开车去,速战速决。"我蘸了蘸水,在桌子上布置阵形,屋后木生、小柯,持木棍,屋前我、小吴、纪旺,持狼牙棒,"露头就打。"

好像没什么可交代了,我寂寞很久,忽而又振奋地说:"皮鞋,不能穿皮鞋,走在沙子路上响声大。"大家却是谁也没穿皮鞋。我又问:"油够吗?"

"够了,足够了。"小柯说。

"那好,打几把扑克吧。"我说。

发牌时,勋德探头探脑走上来,我说:"下去下去。"勋德说:"菜弄好了,吃吧。"

"菜弄好了,吃吧。"所长搂着我的肩膀往食堂走去。远处是小许的喊声,"来来来,大家一起来欢送下小张。"

那天我喝醉了,我看着所长,所长却偏头对小许说:"去清盆也不是坏事,政法委书记不就是从清盆一步步做起来的吗?"

我自己喝了一杯。

在我蹿勋火之前,所长重重地摔了下办公室的门,走出来,对我眨了下眼,又点了下头。我立刻闯进去,对着勋火大喊:"要想人不知,除非己莫为。"

小柯问:"小张,到底为什么捉他啊?"

我说:"总之有问题。"

路太陡了,吉普车往青山上爬时,好像是往漆黑的天空爬。有时候,车灯猛然照出一片蒿草,蒿草在风中舞动。小吴捏着狼牙棒,大概想自己是金兀术了,我说:"吓吓就可以了,莫真动手。"

"他要狗急跳墙,拿出铳来,我收不住。"小吴说。

"他没伤你,你就别伤他。"我说。

"赵城派出所不能来人吗?"纪旺说。

他们一来,再大的功也被分光了。我现在还不知道要捉的是多大的猪,这种偏僻地方,跑来个把部级的通缉犯不是没可能。现在,我独自抓捕,独自审问,独自消化,消化清楚了,我就和秦副局长直接打电话,然后才把捉鸟的带到派出所。

秦副局长是局里唯一一个本科生,是市局派下来的。我在局里参加学习教育时,他正好看到,说:"小张,你读过警校,应该知道,公安公安,条块结合,以块为主。虽说是以当地党委政府的领导为主,但并不排除条管。"

秦副局长又说:"年轻人别搞歪门邪道,多破点案子吧。"

吉普车爬了一阵,吭哧抖起来,像要熄火,我问:"油够吗?"

"够,够,婆婆妈妈的。"小柯说。

"够就好,够就好。"我说。

眼见要爬上最后一个坡,我又说:"熄灯熄灯。"

"那你也要等开上去啊,摔下山,都死了。"小柯说。我嘿嘿笑了几下,竟是控制不住心跳。一到坡上,我就叫停。拉开车门,一阵凉风袭来,我将手插在兜里,急匆匆走到前头,几个人提着家伙小碎步跟上来。小柯将车门轻轻关上。

走到高家岙村小组时,一把手电晃来晃去。我低声喊:"蹲下。"大家便蹲到蒿草里了。然后时间凝滞起来,四周只听到虫子的叫。手电像萤火虫,慢慢晃,晃回家了,灯火明了,大约冲了个凉的工夫,又熄了,世界漆黑一团,分不清楚低山和村庄。

我手一挥,众人鱼贯而出,跟着从大路往东边碎步走,路面沙沙作响,呼吸声如幼狗。眼见着到了捉鸟人的单门独户,我手一垂,众人又埋伏在土坡下边。我静心听了听,屋内传出小孩唔唉唔唉的声音,又传出妇女呃呃呃的声音。汗从我额头冒出来,我嘘了一声。

屋内的声音越来越小,最后没有了,我还以为它们存在。

等到我相信时间过去很久,他们重又睡熟了时,我摆摆手,木生和小柯抄步上坡,绕到屋后去了。我摸着纪旺的肩膀小声说:"你去轻轻敲窗户,你懂这里的话,就说借点东西。尽量把他骗出来。"

纪旺的肩膀抖抖索索,说:"借什么?"

我说:"借扑克牌。"

纪旺说:"他要是问我是谁怎么办?"

我说:"你认识高家岙的人吗?"

纪旺说:"认识。"

我说:"你冒充高家岙的谁谁吧。"

纪旺爬过土坡,往黑夜深处走,摸到门下,又悄悄跑回来,说是听到了声响。我说:"那就等等吧。就怕妇女结赖。"我话还没说完,一阵风从身边蹿过,小吴拎着狼牙棒冲了过去,一脚把门踹倒了。

我只得赶紧跟上。待赶到门前,小吴的手电筒已经照出一个男汉,这男汉衣着整齐,脸色苍白,眼睛瞪圆,神情慌张,像束手待毙的青蛙。他小心摸到脖子上架着的狼牙棒,问:"干什么啊?"

我指着自己的衣服说:"我是警察。"

这人连看也没看,就瘫软在地。这时屋内响起妇女惯有的号哭声,我们赶紧提起捉鸟的往外跑。起先他的腿还在地面弹跳几下,接着就被拖起来了。我们像拖着一袋什么东西。木生和小柯赶过来后,我们抓住他的四肢抬着跑。很轻。

待我们赶到吉普车边时,回头望了望,底下的高家岙才刚刚有了些响动,才刚刚有了些灯火。我把捉鸟的丢在后座,然后拿手电照着他,他的脸上冒出大颗大颗汗珠,嘴角鼓出些许白沫。

我说:"知道为什么抓你吗?"

捉鸟的说:"知道,我杀了人。"

我胜利了。狗日的清盆。

单 德 兴

山坡上有条湿黄的路,地里庄稼蔫蔫苶苶,高家岙露出一排黑沉沉的屋顶,门前则摆着光光的晒衣架。什么人也没有。我回转身,继续敲窗子,叫唤道:"冬霞,冬霞。"

里边的窸窣声和咕哝声越来越大,门开了。

"死哪里去了?"冬霞迷迷糊糊地问。

"守鸟儿。"我说,鼻子忽而酸起来。拴上锁挂,又找锄头把门顶好后,我脱掉衣服,小心地睡在床角。冬霞摸了下腋下的孩儿,扯过被子来盖住我,说:"别冷着了。"我便无声地哭。

我在高粱地里蜷缩了一夜。

我刮火柴,老是刮不着,刮到最后一根,亮了,便用左手小心挡着,把火柴头倒过来,让火苗大起来,点着香烟。我是在学习《乌龙山剿匪记》的那个土匪,他想睡又怕睡过头,就点着香烟夹在手指里睡了。可是烟头还没烫到指尖,我便醒了。我好像听到狼狗的声音了。

狼狗总是弓着黄一簇黑一簇的背,拿鼻子在地上咻咻地嗅,在确信寻到我的味道后,高昂起头,拖着皮带后边的公安朝我追来。我不知道要跑多少路这个味道才会淡下去,我跑了六百公里,跑到这鸟地方,天天等它,等到我相信它再也不会来了,它却又探出脑袋来。

身体暖和后,我坐起来,靠在床头发呆。我想坐坐就好了,就起床,可是屁股下好像有块巨大的吸铁石吸住我,我便继续坐着。

酒端到我鼻前时,散发出炒麦子的香味,我那时候就醉了。我已经四年没喝酒了,我一直跟人说我不会喝酒,可是那个小二的眼神闪着光,分明就看穿了我的内心。我丢盔弃甲,像条跟着骨头走的狗,骨头往上,我的头便往上,骨头往下,我的头便往下。可是他并不这样虐我,我喝完了他就给倒上,我不太敢喝下去,他又拿手撑着下巴,亲密地看着我。我的喉间便有东西要呼啦啦说出来,好似涨起来的潮水。我压制它们就像压制掉到岸边的鱼,它们在上下弹跳着。

我想对着这个孩子说:我杀了人,我杀了人。

我用酒把它们浇下去了。

"你怎么那么能捉鸟啊?"他终于发问了。

我觉得这样好,他来问,我来说。"你跟我一样,你也能捉。"我咧嘴笑了一下。

"跟你怎样啊?"他继续问。

"有仇,跟鸟儿有仇。"我努力想让他开心点,可是酒劲冲涌上来,眼皮蹦跳,人扑在桌上便睡。还没睡安稳,又被摇醒了。他问:"人怎么跟鸟儿有仇啊?"

"因为鸟儿看到我了。"我叉开手指说,埋头再睡。也不知道睡了多久,仓促醒来时,看到昏暗的灯光,陌生的桌子,一下竟不知自己在哪里。这时小二探过脑袋来问:"鸟儿看到你什么了?"

我不知道他问的是那茬,想起来时脑后忽然一顿冰浇。我恐惧地看着这个人,他还是好奇地看着我,我不认识他。

我把自己卖了。

我晃着脑袋,猛吸一口气,吸得整个上身鼓起来,才好像清醒了一点。想想又吸了一口,清醒多了。我摸索下床,轻声走到窗口,往外望了一眼。只有高家岙的纪茂老汉挑着一担粪,摇摇晃晃地走。

衣柜里的衣服整整齐齐叠着,像一块块打好补丁的豆腐皮。我抽出两件,捏在手里,却是不知道往哪里放。一旦放在尼龙袋里,好像生活就从此诀别了,眼泪扑簌扑簌掉下来。

那小二不过是个小孩,他有多大判别能力? 他怎么就知道这话后边藏着秘密? 我只说鸟儿看到了,又没说看到我做什么了。他碰到别的事情,就把这个忘记了。即使他往外讲,人们也不会觉得有什么,有什么? 退一万步讲,这个小孩认识公安,可就是公安听到了,也不会相信他,小孩子谁信? 人家什么都没动静,我就跑掉,岂不是很可笑?

孩儿猛下里哭将起来,我把衣服丢进柜内,冲过去抱起他摇,饿了。冬霞每当此时总是醒得很快,总是把背心扯起来,露出青筋暴突的奶子,把粗黑的乳头塞向孩儿的嘴唇。孩儿像猪崽,闭着眼睛,整个嘴巴吸动起来。这次吸不了多少又睡着了,冬霞那里便像有檐雨,滴淌不止。

我把孩儿抱到摇窠,爬上床,冬霞却是接了一手奶,下床,自己走到灶间舀水洗了。去的时候,红花内裤下鼓胀摇晃,回的时候,白色背心鼓胀摇晃。我看得直了,冬霞便捉住那里,踩下裤

253

来,我爬在她身上,摇晃起来,摇了几下,抖索掉了。

"怎么了?"冬霞说。

"没睡好。"我凄惶地回答。冬霞便翻身半搭着我睡了。

我把火香按倒在地上,蹲在她两腿间扯裤子,她死死拉着。边上的裤扣子扯崩掉后,她恼恨地坐起来,指着肚内有些时日的孩子,说:"你也不害臊。"

我嬉笑着把嘴凑过去,她抽了那里一下,说:"喝多么酒。"

我反抽了过去,一边抽一边说:"你再多嘴,老子杀了你。"火香的眼泪被抽出来了,一颗一颗往草丛滚。我抽得乏了,下来扯裤子,扯到一半,什么都看到了,火香猛然把它拉住,切齿地说:"单德兴,你记得。"

我往下一用力,那双手便松了。我挺着东西进了一个含糊的地方,火香好像突然记起什么,拼命扭动起来,那东西便被扭出来了。它在外边想也没想就射了。

我懊恼地站起身来。

火香切齿地说:"单德兴,你记得。"

"记得什么?"我走过去坐在她身上,掐她的脖子。

一觉醒来,光线已彻底黑掉,屋内的每件东西好像死掉一般,散发着丧气的味道。我哈着气拉开挂锁,往外看,远远的山坡、村庄已分辨不出来,路上也没有车灯。冬霞正在煤油灯下尝试喂孩儿粥水,见到我也没说话。

我盛了大半碗粥,一口喝完了。又盛了一碗,又一口喝完了。冬霞抱着孩子走到橱柜,端着一碗肉过来。我说:"哪来的肉?"

"岙上今天杀了猪,赊了一斤。"冬霞说。

我颤颤抖抖地拨弄着菜里的肉,一斤大概剩了八两。吃了两块后,忽然想到什么,去橱柜深处捞出过年存下的酒。冬霞说:"你不是不能喝么?"

"要死卵朝天,不死万万年。"我把酒瓶开了,对着瓶口喝起来。

"你这是怎么了?"冬霞说。

"喝,喝。"我说。

"喝,喝。"我也不知道喝了多少,想吐吐不出来,像发酵一般走出酒席。"德兴,骑得么?"后边有人问我,我摆摆手,找到那辆载重自行车,摇摇晃晃骑起来。骑了一公里,蹦跶着到了山谷。太阳很烈,油菜花满世界,我就像要爆炸。

然后,火香穿着布鞋袅袅走过来。我路过她时,说:"让我弄弄吧。"火香没有接口,加快脚步往前走。我看到前边什么人没有,便掉转车,赶上火香,把车卡在她前边,她前边也是一个人也没有。

"弄下子嘛。"我说。

"弄你妈个×。"火香绕过自行车说。

这个时候,天上只有蓝天白云,地上只有油菜花松树。

我把自己灌醉了,跟跟跄跄走向床铺。好似这样眼一闭,事情就会过去,过几天一切都正常,我还是这个地方叫刘世龙的人,有户口,有结婚证,有准生证。可是他们总归是要怀疑的,为什么捉鸟?因为和鸟儿有仇。为什么有仇?因为鸟儿看到了。鸟儿看到什么了?他们就要牵着狼狗,带着棍棒手枪,找上门来问,"刘世龙,鸟儿看到你什么了?"

我又跟跟跄跄走向大门,拉开门坐在门槛上往外看,外边是一团漆黑,我努力看,看得黑色世界里冒出团团彩圈来,就知道什么也没有,等也等不来。我锁好门,拿锄头要顶住它,冬霞说:"顶什么顶?谁来找你?"

我说:"你再说一遍。"

"谁来找你?你有什么可找的?"冬霞恼恨地说。

我嘿嘿笑着爬上床,古里古怪地打起呼噜来。

这件事别想了,就这么过去了。

可我终于还是被一阵窸窣声惊醒过来。我总觉得屋后站着一个人,汗毛倒竖走到窗边瞅,却是什么也瞅不出来。又走到屋前窗户瞅,也瞅不出什么。可是我巴不得站着个什么人呢。回到床边后,我坐下,没有任何睡意。

孩儿醒了,冬霞呃呃呃地哄起来,小声说:"你今天是犯了病。"

我说:"喝多了,头疼着。"

冬霞慢慢睡去,我把衣柜里两件衣服塞进尼龙袋,掏出床边中山装的二十块钱,又去橱柜挖了半个饭团。冬霞迷迷糊糊说:"干什么去?"

"下饵子去。"

我坐了一会儿,看了一眼黑漆漆的屋,听了一遍娘儿俩的呼吸声,站起身往外走。这时啪的一声,门直通通倒在面前。我瑟缩起来,尼龙袋掉在地上,看着一束手电光像照青蛙一般照着我。大脑一片空白。

在感觉肩膀被什么刺中了时,我去摸了摸,我说:"干什么啊?"

那人旁边走出一人,朗声说:"我是警察。"

"鸟儿看到你什么了?"警察坐在我面前,身后站着四个虎视眈眈的男汉。

"我快要把火香掐死时,她手乱指,我就松下手,让她咳嗽,让她说。她说,你看,鸟儿在看着你呢,鸟儿会说出去的。我就接着把她掐死了。"

我踢了踢火香,像踢一袋猪肉。火香一动不动。这时我抬头看,果然看到一只眼白很大的巨鸟,斜着眼看着地间的一切。我找了块石头扔上去,它并不理会,我又去摇树,它还是不走。我骑上自行车落荒而逃,它呀呀地狂叫几声,盘旋着从我头顶飞过,飞到前方去了。

虫蛀的外乡人

在这个以两姓命名的村庄里,出了一件大家试图掩盖然而注定无法掩盖的事。就像以前大队的干部在五更的河水倒下消灭钉螺的药,大鱼小鱼纷纷躺尸水面,他们以为只要自己不出声,这一河的水产就归了他们。然而纸里包不住火。有人出来解溲看见异常,小声叫了自家几个兄弟,兄弟的媳妇又叫来娘家的人,于是不足半小时,沿水六村都听到消息。河里挤满拎水桶与端着籤箕的人(有的扛着虾捞子),连水草都捞干净了。虾米,以及石缝间不足 10 厘米长的塘鳢鱼也被捡光了。自此三年无鱼。

此番,半痴呆人四占踌躇满志,去红梅家借鱼头剪时,望见家住 18 公里外洪家铺的姑爹穿着雨靴,从马路尽头忧心忡忡地走来。大概是走良田村下了中巴车,活活走来的。一路上应该没少向拦停他问候的人喟叹。本村像姑爹这一辈的人,姑爹妻子(也就是姑婆)的兄弟,分几十年死完了。因此姑爹有时被当成他们这一代老人最后的代表,还是有一定的说话权。姑爹来到本村,说明这件相互叮嘱不要说出去的事已经传到 18 公里外。

我就不信他不想活下去,四占想,我就不信,还有人不想活下去。

四占常被红梅使唤做事,然而她应允的好处从不兑现。"这点忙也不帮?找你借把剪头也不愿意?"一推开门四占就说。当时红梅正撇开孩子,举着装饰了涡卷的有把手的镜子,反复端详自己。"你说什么我没听明白。"她说。接着她又说:"看起来我们都不用死了,是吧?"

"那还用说。"

"不死真好,要是我能再年轻点就好了。"

不过,她没什么不满意的。所有人都没什么不满意的,虽然有人从这件事上获利要多一点,有的人则要少一点,但从根本上看,大家都得到了不是吗。得到再也无法结束的日子。这是一次惠及每个人的分成。"要得啊,有这样就可以了。"四占说。他推开门,然而人始终站在外边。他接着喟叹:"我没想到你连把剪头都不愿意借。"

"谁说不愿借,你有说嗽,借我把剪刀吧,你说都没说。"

"我现在说。"

"晚了,我家的剪头有些不经事了。"

"就知道你这样说,我就知道你准是不乐意的,人们说得对,你借人家东西易,人家借你东西难。"

"你去找德喜家借吧,他家的剪头锋利。"

"怎么个锋利法?"

"德喜的嬷嬷用剪头挑粽子绳,一用力,剪头戳瞎了右边的眼睛。"

"这个我知道,你没嫁过来我就知道了,德喜不好说话。"

"我就好说话啊。对了,你一个大男人要剪头干吗?你要借剪刀干吗去?"

"不借就拉倒,不要啰唆,我发誓。"

"你发誓什么,四占。"

"我发誓这是我最后一次求你。"

四占的哥哥,双占,屋建在通往祖堂屋的途中。四占路过时取了他搁在门前的磨刀石,就在路边水沟处磨起剪刀来,直磨得刃口雪白。拿指头一擦,便出现一道火辣辣的血口。在祖堂屋内,老贼被反绑着,脑袋沉重地垂下,还不知道自己将要遭受什么样的惩罚呢。

此时,四占眼中的姑爹已走到河边。姑爹在此处停下,努力分辨着村后背绵延起伏呈锯齿状的山峰以及缓慢飘移的青霭。飞泉像一匹白练挂在碧绿的山峰前。姑爹顿了顿竹棍,晃晃双膝,支棱起耳朵,静听河水上游的方向。四眺之内,有股灾难将至的寂静。有一年,时光也是如此寂静,山峰的倒影随着河水荡漾,他捻着狗尾草,看着归来省亲的妻子替她卧床的二嫂洗被褥。洗衣石上传来枯燥的揉搓的声响。忽然他滚下去将她扯上岸来。"硬只有几秒钟,你说吓人不吓人,就像楼倒了,轰隆一声,洪水从上面冲过来,将被单什么的都席卷走了。"后来他总是这样说。

"一张桌子底朝着天在里边打转。"姑婆补充道。

这一回,姑爹等候很久,并没等到预料中的场面,不过后来他还是将强烈的不安告诉奄奄待毙的老贼。他感觉空气显得极为鼓胀,像是有很多远方的空气被挤压到这里。兴许有越来越多、像蛆虫一样互相挤着的人类,那赤条条、饥饿、有如蝗虫疯狂而无情的人类,就要从河水隐没的上游,从道路的转折处,冲撞过来,塞满整个乡间。"他们长着獠牙。"他说。

"你说的都是对的。"老贼说。

"不要拿剪刀去干坏事。"路过不幸的建君一家时,四占想起红梅交代的话。怎么可能是做坏事呢,我这是去为民除害,四占想。建君家外墙上还贴着幼儿看图识字挂图,窗户新近拿砖头堵严实了,已听不见夫妻二人相对抽泣的声响。在最初,老贼在相隔不到24小时的时间内先后夺走他们两个孩子——希瑞和希曼——的生命,在不得不面对这样一种被剥夺得一无所有的现实时,他们疯了,像唱戏一样挺身大哭。他们一人拖着一具尸体,沿着村庄,去每家每户门前示威。"这是生命啊,这就像你们家的孩子一样,也是生命啊。"他说。

"他不是一条狗。"他的妻子补充道。

他们有时在哭泣途中,猛然停下,像梦醒过来不知身在何处一样,惊慌地望向两边。接着他们打了一个寒噤,绝望地看着怀中只剩下一堆毫无意义的重量的孩子。他们的哭泣让一部分血气方刚的青年无法安然待在家里。如果是一个也就罢了,一弄弄两个。弄死两个也就罢了,这家弄死一个那家弄死一个,偏偏走一家弄死两个,你让人家怎么活。他们焦躁地走来走去,最终在怒火的驱使下,互相招呼,提着钉耙、锄头、猎枪、朴刀、棕绳、铁链、网兜,盲目地走向山林,去干一件可能是前无古人或者说是在古人那里也可能只是存在于臆想中的事。出于恐惧(整个县内都出现了"收小不收老"的谣言),村庄剩下的男人也带足干粮,加入到这一荒谬的行动中。让人意外的是,是啊,在欢快的小狗们的努力下,他们一个上午就发现了老贼的行踪,并将之逮住。当他从洞穴里爬出来时,一只乌鸦长啸一声飞走,像是报信而去。奔跑时老东西慌不择路,几次都是压着弯下去的幼树跨过去的,锋利的荆棘划破他的脸及裸露的双腿。他跑得如此狼狈,然而人们却记得,在踮足准备逃亡前,他停在那里扣紧最后一枚纽扣。他穿的是一件在过去只有陆军军官学校教官才穿的深蓝色制式呢料礼服,很厚,跑起来有如负重。下身则只着一件发皱的紫色内裤。人们大呼小叫,分几路包抄过去。很快,老人家就为自己疏忽大意没预见到或者说已预见到而轻信能够避免这场灾祸而付出代价,在他跑进一处转角时,四占突然闪出,双手一推,将他推进原本留给野兽的陷阱。四占跟着跳下去,骑乘着,捺住他,不停捶打,直到打出屎来。后来很多人回想起来时,都被那堆粪便所拥有的凄凉气味弄得难受。他们还算公平地感慨,他虽说拥有对人们生杀予夺的权力,过的却是餐风宿露、两袖清风的生活。这样的生活或者说工作,对事主而言,不如说是一种繁重的折磨。

"我骑着他,把两边大胯都骑热了。"占据四占记忆的则是老东西背上的一把瘦骨。这么老的人朝着骑着他的后生拱来拱去,几次差点将对方拱翻。后来四占抠着他的下颌骨,将他拖出陷阱。人们将他的四肢系在一起,从中穿过去一根长棍,像扛着一头不住呻吟的野猪那样将他扛回村。村里人倾巢而出。面对这些朝前拥来对他进行恫吓并真的拧他掐他的人,老贼惊惶不已,自从被解下来后,他就开始发抖。有时他会偷眼看一下人们,然而又很快低下头去。人们从他愕然的脸色里看出,这兴许是他第一次经历此事。他显得是那么可怜那么衰老那么孤立,让人无法想象他手里攒着上亿的人命。他裤裆内满是臊气,那是一种卧床多年的男老人才有的淋漓不止的臊气。在他的内裤前方,不时有一两滴新鲜的尿液渗出来,又自行干掉。早在山上,四占就敲落了老贼那根弯曲、尖锐、坚硬似鹰喙的长指甲。

四占将这枚指甲拿回去后放在盒子里,和豪猪刺、远方的鹦鹉螺等稀物放在一起收藏。

如今,希瑞和希曼躺在一对石槽中,那原本是他们做石匠的父亲打给县博物馆的。他们薄而透明的眼皮紧紧包裹着玻璃球一样凸出的眼球,颈部有一道极长的隆起的伤口,涂抹着茄紫色的碘酒。那正是由老贼的长指甲划出来的。死者全身发白,那是一种像是被燂毛并被滚水浇过一遍的死狗的苍白,尸身尚未发硬,遑论腐败发臭。

老贼被吊在十字架上。姿势仿照耶稣受难的姿势,双手打横张开,双腿叠在一起,只不过古时是用铁钉将四肢钉在原木上的,如今只是用尼龙索捆紧。老贼的脑袋栽着,发红的头皮上飘拂着最后几缕银发。蠛蠓就聚集在他头顶上方。来自上游村落的女疯子文金荣正用抽纸小心擦拭着他遍体的伤痕。像是剪刀剪开或者铁铧犁开的一样,那些创口翻绽得厉害。金荣每一用力,老货的身体便痉挛一下。起码有一个团的苍蝇,不倦地飞来飞去,一千次地被赶走,一千次返回。地上有一团浸泡着白发、牙齿以及用坏的火机的血污。根据这些凄惨的现状,以及来之前同龄人不无炫耀的讲述,四占大概清楚了老贼都受到什么样的惩罚。花样可谓千奇百怪,手段可谓推陈出新。四占掐着指头计算:

起先他应该是被悬空吊着,有人助跑十几米,去飞踹他;

应该有人反复推起他的身体,使他荡来荡去如空中飞人;

应该有人剥下柳枝的皮,不停抽打他;

应该有人反复掴他耳光;

应该有人对着他练习拳击;

应该有人蘸湿毛巾,又将它拧干,反复抽打他;

应该有人用筷子猛戳他的腹部;

应该有人用石块磕落他幸存的牙齿;

应该有人烧光他的腿毛、腋毛以及长在乳头上的长毛;

应该有人以烟头烫他的乳头;

应该有人照着他的脚板心涂抹蜂蜜,引来小狗吮舔;

应该有人往他身上涂抹糖汁,招惹爬行的蚂蚁;

应该有人用牙签插他的指甲缝,多余的则撑着他的眼皮,不让他睡觉;

应该有人尝试将木桩的尖部打进他的肛门,因为屎太多而作罢;

应该有人牵来接线板,对他施以电击。

在祖堂屋西侧的墙根,支着一口大黑铁锅,下边燃烧着柴火,烧着水。老贼那打过补丁的制服被剥下,挂在墙上,肩章上缀着黄色的流苏。四占想起行前那些人讲述怎样审问老贼:

"什么感受?"拿裸线触他的人问。

"像是被人在后脑勺重重打了一棒,还有耳鼓像是听到打雷,猛然一下。"老贼说。

"你们那里有没有电?"

"没有。"

"你姓什么?"

"我姓秦。"

"我这样打你,戳你,还要插你的屁眼,你能拿我怎样?"

"我不能拿你怎样。"

"你一定要拿我怎样。"

"我不敢。"

"不敢也要敢。"

"那我就把你罚在阴山,永为饿鬼。"

"过开,过开。"四占对矮小的文金荣说。文金荣是老上访户,她正叫唤着"亲爷、亲爷"(有时她也叫对方为"好伯"),痛惜地擦拭老贼的伤口。在她身边放着一竹篮的祭品,有焯熟的肘子、闭合着眼的剥过毛的死鸡、腌鱼、米饭以及碰伤了的皱皮苹果。她曾搬来石头,踩在上边,摇摇晃晃地,尝试用匙子挖米饭给他吃,只见他反复吞吸着双唇(就像在收缩屁眼),最后张嘴吐出一口掺着自己的血以及他人精液的口水,摇摇头。"吃烟呗?"她取出一支烟,叼在自己嘴里,点燃,吸着了,然后塞进老贼嘴里。他试图用已经没有一颗牙齿的牙床夹住它,以酬报她的好意,然而又因为想到什么,猛然将它吐到地上。他很委屈,也很生气,根本没办法安抚,她反身看着越走越近的四占,对他示意。她在全县都是出了名的,几乎将全部积蓄花在出门旅行上,为的只是替门前三棵结果甚多的枣子树讨个说法。她疑心是村干部趁她外出时砍倒它们,因此去报案,派出所以没有证据为由不予处理。她为此上访近20年,去了能去的各级部门。有一年秋,县火车站及长途汽车站贴上大标语,广播车在本乡及县城也连轴转悠,宣传的都是同样的内容:坚决不允许缠访闹访分子文金荣越级上访。现在,文金荣在老贼面前点着一对大烛、九炷香,开始下跪作揖。"本县贪官是畜生哪,我跟他们说理,他们却将我送进精神病院哪。"她一边倾诉,一边擤那已阻遏不止的鼻水。而老贼则全然沉浸在自己不可破解的痛苦里。有时他会让上肢用力,以使下肢得到片刻休息,不久便因为上肢过于酸胀,而不得不让下肢重新着力。他无法将背部靠在长满毛刺的原木上,而且即使能靠住,也不利于肺部呼吸。

"我叫你死开呢。"四占抓起文氏的提篮,一把扔向门外,又踢起她来。

"你知道吗,我们屋下的勋恭米饭不进,已经准备死了,家里孝布也扯了,可是这两日又活过来,一个人放牛去了。"文金荣说。

"滚,叫你滚呢。"

眼瞅着她走远,四占闩上门,感受到一种即将一个人秘密去干一件事的兴奋与踏实。两扇门各由六块油松木料拼接而成,几乎没有缝隙能透光,而且材质很厚。两边侧门也闩好了。堂上有着祖先的灵牌,一侧摆着请来的太岁,是个似笑非笑、结满网丝的木偶,眼睛画得很大,四占扯过红布盖住这偶像的头。如此这般,四占才走到老贼那儿,踩着石头,端起后者栽垂的下巴,使他面对自己。老者的这张脸像是被白蚁蛀过,坑坑洼洼、残缺不全,鼻子是狮子鼻,寄生着许多螨虫,牙床仍然在流血,喉结则大得出奇。他努力睁开眼,茫然地看了一眼四占。四占从裤兜抽出剪头,就在他耳旁凭空剪起来。那是一对招风耳,很快就灵敏地分辨出在耳边嚓嚓作响的东西是什么。他几乎在一瞬间苏醒过来,汗水像汤汁自发丝源源不断地分泌出来,坠向地面。

四占跳下石头,用剪刀尖在老贼的上身划出一道弯弯曲曲的白线,然而又不出血。老东西低瞅着,眼球几乎鼓出眼眶。尔后四占一把扯下他的短裤,让它挂在脚踝上。一股类似化肥的臊气,像拳头,一拳打在四占的鼻尖上。"戳你姨的瘪,这么臊。"四占说,用剪刀打了一下对方那起码有 18 厘米长、龟头已然灰白的阳物。老者试图用双腿夹住它,然而还是被四占揪了出来。四占左手扯着它,右手握剪,张开刀口。老头呜咽起来,含糊地说着什么,眼泪不时像婴儿那样涌出眼眶。

"你说什么?"四占问。

"我说我求求你。"老贼说。

"说大点声音,我听不见。"

"我说求求你,"老贼喊起来,"求求你求求你,我求求你啊。"

"你也知道求人啊,我们当时求你你怎么不理呢。"

"我求求你啊。"

"叫爸爸。"

"爸爸。"

"叫爸爸也没用。"

言罢,四占低头,清楚地一剪。那东西猛然掉在地上,像泥鳅极为有力地翻跳了一下,沾了一身灰。老贼身体猛然打直,嘶嘶嘶地连吸十几口气,又嗤嗤嗤地朝外排气,像是被滚水烫着了。接着他整个身体不受控制前后左右晃动起来,他晃动得是如此激烈,以至身后的十字架也跟着摇摆起来。不一会儿,他的一双脚便完全从绳索的束缚中摆脱出来。四占扶住十字架。大概痉挛了四五分钟,老汉才消停下来。他尽最大可能地凑下身来,看向地面,确信看见的就是自己身体不可分割的一部分后,禁不住老泪纵横,拿后脑勺去撞木架。

"别撞。"四占举着血淋淋的鱼头剪,在他眼前晃来晃去。老汉沉默下来,悄悄将一双脚塞回那绳套中。乖,就该这样听话,四占去太岁身前的香炉内取来一抔灰,抹在老者那像没关紧的水龙头一样不停冒血的残根上。给他止了血。

"你预测的都是对的,那时候人豕不分,蜂拥而至。"后来,老贼对姑爹说。姑爹是沿着流淌清水的小港走向祖堂屋的。他

267

拄着竹棍，每走一步，膝盖打软一次。他总感觉自己随时要瘫痪下去。"我还好，我看你姑婆今年是要走人啊。"他总是这样对人说。他的两个儿子一个72岁，一个69岁，像虚度年华的太子，带着不能即位的怨恨，沉默寡言地活着。傍晚的气息分外潮湿、浑浊，姑爹快要走到小港尽头时，被水流中拥挤的鱼群惊呆了。全部是尺把长的鱼类那漆黑的脊背。因为一只凶残的有猫那么大的老鼠跳进来，它们尝试在彼此的身体间挤出一条路来，有的试图飞起来。姑爹看着它们拼命朝河道游去，却在直径0.7米的水泥涵管那里挤得严严实实，再也无法动弹。

村里人拎着渔具，呼喊着冲向河里，据说发现了扁担长的鲤仙。它跳到两边倾斜的岸上，在水泥道上蹦跳七八次，才重新蹦回河里，溅起极大的水花。到处是繁衍过剩的气息。原先自有节奏、唱唱停停的虫鸣声，如今密集得针插不进水泼不进。到处是它们不歇气儿的聒噪，人们的耳朵与心灵无法从中觅到一处躲避的场所。这种吱吱吱有如直线一直进行下去的噪音，就像原本立在桌面的麦克风倒了，从此发出刺耳的使人发疯的声响。还有稻谷，在夜色中密密匝匝，几乎可以托住一个小女孩，估计亩产十数万斤。"上一次出现这种情况，还要说到五几年的大跃进。"姑爹说。

祖堂屋的门太厚，姑爹双手推不动，后来是侧着肩顶开的。他拍打着双手，用昏花的两眼巡视良久，才在一处墙角找到被囚禁于此的老贼。这是他生平第一次看见神仙。后者正痛苦地扭动身体以摆脱黏附其上的群蝇。姑爹仓促用右手拍打左袖，用左手拍打右袖，先撤右脚，再撤左脚，跪下，头贴于地面，屁股撅得老高，说："微臣救驾来迟，罪该万死。"那老货望见，一时涕泗交颐，泣不成声。姑爹见此，膝行过去，抱住对方两腿也号啕起来。君臣相对哭了一刻钟,才停息下来。姑爹看见老贼那被剪断的生殖器(此时就像被剪断的猪尾,只剩一点尾椎骨直挺挺地留在外边)以及这具肉身所遍布的人类所留下的兽行的痕迹,禁不住怒气填胸。他操着竹棍,走到堂前,将其妻这一门姓氏所供奉的祖先灵牌全部打倒。见到大铁锅下的火还在烧,便端起大锅两边的把儿,将一锅滚水倾在地上。"你们实在是太过分了,过分得出奇,你们还要把他煮熟分着吃了么,我亏你们想得出来。"姑爹朝着门外大骂。

随后姑爹从老皮革兜子里翻出一条干燥的长裤来。他就要将短裤从老贼的脚踝拉上去时,后者说,你稍稍等下,还得让一下。姑爹让开。于是老贼解了小手。那有一下没一下("还有一下。"老贼说)的尿液从残留的尿道喷出来,就像水从旋转浇水器里飞出来,一飞就是一大片。这样淋了一腿,都是姑爹替他抹干。"你预测的都是对的,说的都是对的。"在两人谈话时,老贼说。根据他的说法,那时候人已不成其为人,而只是一群还没长上毛(但必然会长上,而且会越长越茂密,越长越硬)的野豕,整天唯一能做的事便是找吃的。也好像不是他们要去找吃的,而只是因为肠胃饥馑,而不得不去找。一旦吃饱了,他们便躺在原地休息。

"这就是永生的代价。"老贼说。

"诚然。"姑爹回应道。

"以先人类有过一次永生的经历。上帝正是被他们渴望永生的愿望感召,取消了死刑。然而不久(我说的这个不久也就是三四百年),他们就觉得没办法胜任长寿。最典型也是最极端的一个例子是:有一个在腐坏过程中获得永生的人,不得不忍受蛆蝇一代代地在自己身体内孵化,蛆壳每隔半年便在他身边堆得有坟丘那么高。因为羞惭,这些无法忍受长寿的人类,又向上帝提出了一个古怪的要求。"

"什么要求?"姑爹问。

"变为石头。"老贼说。他指示姑爹看天井下的石槽、鹅卵石以及塞在墙罅的石块,声称它们曾经是一个个疲倦不堪的灵魂。"他们要求变为石头的决心,和他们当初要求长生不死的决心一样巨大。他们集体来到山顶,爬在地上,用手足刨出一堆堆土,哭着要上帝将他们变成石头。上帝同意了。"

三天之后,姑爹将在人们此起彼伏的声讨声中完成老贼曾对他实施如今他要对人们实施的宣教。即使你们没有经历过,但只要用脑子想想,也可以推断得出来,长生不死不是什么好事,姑爹说,不死的人到最后连火都不生,就是用手抓一些老鼠蚁子吃,饮水就像牛羊一样趴在水沟旁,身上长满霉苔你们知道吗就跟铁铧生满锈。整日地就是睡觉。三天之后,根据自然规律,姑爹死亡了。

在诱骗(也许不能这样说)姑爹释放自己之前,狡猾的老贼说:"说起来,我也不过是一个执行者,我并不愿意干这个营生,可总得有人来干是不。这一回,我本想勾走两个小孩里大一点的那个,勾完才知道勾错了,所以我重新将那个大的也勾走了。我知道我犯了错,但我希望人类能和我捐弃这点小嫌弃。"姑爹给他穿上一双洗过几十年以至颜色发白的解放鞋,给他拔上鞋跟,交代他不要跑得太急。姑爹平素只穿草鞋。老贼是走侧门遁入山林的。

那种引而不发的天气持续很久后,终于在傍晚以暴雨的形式表现出来。就只是一两下掣霍,雨便像蛮族马队驰来,地面出现一盏盏水泡。人们沉浸在那相互感染的由占了极大便宜所带来的兴奋情绪中,扶住头上顶着或一边肩部扛着的盛满水产的提篮、簸箕或蛇皮袋,尖叫着朝家中跑去。在那里,内眷已打着手电,好让他们将鱼虾倒进圆肚大缸内。

"够吃好几年了。"在分别时他们对还在小跑的同伴说。

"可不是吗。"

而那些行动不便,正坐在檐下抽烟的老人问:"河里还有没?"

"有,怎么没有,有的是。"

此时,姑爹坐在祖堂屋高大的门槛上,抱着一边膝盖骨。一旁,烛泪弯弯曲曲层层叠叠结成一团。在他眼前是一团水雾,那些水分时常飘刮到他脸上,有时也会浇熄烛火。他总是用快没用的火机,费力地重新点燃它。烛火根本照明不了什么。兴许姑爹是想通过反复点燃它(反复做这件事)来躲避心中的害怕,毕竟他刚刚干了一件吃里扒外的事:将死神放跑了。他拢起嘴唇,长长地嘘气。他感到后悔的是,在放跑死神之前,他没有问对方,自己还能活多久。死神跑得是那么快,几乎是鱼跃着扎进密集的野竹林,竹叶晃动几下,便恢复平静。

一直等到雨停,姑爹才等到这个村庄的主人们。他们早已洗好澡,还喝了点小酒。他们穿着干燥的衣裤,走向在他们心目中还关押着老贼的祖堂屋。每逢有人加入他们的队伍,他们便伸出手掌,和对方击打。他们中的小林老师往后将久久回味这个傍晚的一个细节:在他出发去祖堂屋前,妻子忧伤地对他说:"瞧您,又长了几根白头发。"他察觉到一种变化重新返回到人的身上。姑爹看到他们三三两两走来时,扶着门槛站起来,随后两只手又摸向身后的大门。"我说话还有用没,你们还把我这个老人当数呗?"他说。他们没理他,两手一推大门,后者吱吱作响,自己就开了。"你是谁呀,是广稀屋里的和平呗,我眼睛看不清楚啊。"姑爹继续说,并去抓和平的胳膊,被后者粗鲁地推开。

后来,体重不到40公斤的姑爹被四五个愤怒的青年抓起四肢,嘿喳喃喳,给扔到四五米外的泥水田里了。"你怎么不去死啊,你这样一把年纪怎么不早点去死啊,你吃我们喝我们的,到最后还要害我们,你怎么不去死啊姑爹。"正是那些跟他最亲的人,追过来,一边抠起田里的泥块掷向他,一边咬牙切齿地骂。姑爹呢,好像从这种惩罚里感受到对方的宽宏大量,禁不住伸出双手,接住泥团,将它们涂抹在脸上。

"我真想一锄。"这个村的主事者,也可以说是这次抓捕行动的领导者,长在,在祖堂屋内走来走去,不时以拳头捶击墙壁。好些个人不敢相信这样的事实,非要亲手去抓那空空如也的绳套。而有几人又对迫不及待要上阵的狗们吹起了口哨,可是雨水早已浇灭死神逃遁的气息,小狗根本跑不起来。"我真想一锄头打死你,真想。"四占走出来,以他惯有的结巴子声调将长在的意思传达给姑爹听。

过了一会儿,长在想起什么,又怒火冲天地喊:

"你妈瘪的是谁值班的,是谁他妈瘪的脱了岗的?"

他这样喊的时候,听说消息的建国(他可是本村有史以来最为公认的好人)恰已跑过来。他跪在全村人面前,像经文里说的,疯子一样,一会儿拔胡子,一会儿用力打脸,还把衣服扯破。"我该死,我对不住你们,我原以为他已经被铐牢了的,你们现在就处死我吧。"众人反而沉默下来。怎么说呢,建国是这样的人,他并不是要来表演什么,等下不去劝止,他就一定会将自己弄死。

　　因为结果无法挽回,愤怒最后演变为一股病菌般易感的悲伤。大家红着眼,相对号啕。就像都喝醉了,烂醉如泥。长在是这样说的:"狗再也追不到他,我们再也追不到了,现在不是我们追他了,而是他一个个地来追我们了。"至于向来有乐观主义精神的几位小学老师,则凑在一起,用草根画来画去,评定这件事的历史意义。"几伟大哦,堪称丰功伟业,怕是岳飞杨六郎呼延庆也不可能办成这样的事,却被我们办成了,然而办成又叫我们自己毁掉了。"友伦老师是这样说的。

　　"痛心疾首啊。"英淼老师说。

忘　川

在这过于光明的日子，春卿牵着爱驹来到此地。后者一身枣红（独膝骨处墨黑），肌肉紧绷，微微颤动，皮肤滑溜、娇嫩、敏感，像是连最轻微的风也难以抵御。高贵的它不停打着响鼻。春卿的娇态有过之而无不及。他友好地看着那些看着他的人。来自他们的牛虻般的关注带来的纵然不是不安，至少也是惶惑。春卿从他们的目光中分辨出，自己并非什么偶经此地的陌生人，他们对他的认识根深蒂固，他们现在关注他，完全是因为他有什么事而他自己还不知情。他们望着他，犹如明眼人望着那歪歪斜斜走向深渊的瞽者。因为由来已久的衰竭，春卿找到一处石梁坐下，轻挽放长的缰绳。马蹄慵懒地踩向细密松软的黄沙，树荫漆黑如幽潭。他感觉自己只是刚被许可来到室外，然而一走就走了这么远。

起初，他还以为是自身的善感召了他们呢。

他是握手、吻脸、拥抱这些放下兵戈的礼仪的发明人，是主动示好于人的象征。那些人踩着无声的脚步，从各个方向凑近他，开始他们惨痛而寓意深重的舞蹈（一开始当他抵达此地，他就觉得自己走入的是一种舞蹈：在他——剧中的英雄——降临后，他们，所有的行人与驻足者，开始像蝴蝶绕着他起舞。他感觉自己是一把钥匙,开启了他们)。他们的手像是比往常伸长两倍,有时能听见统一甩下衣袖的声响。广至一尺有余的白袖抖上去时,像是有一千面镜子反射阳光。他(像在火光中我们看见了火星,像在合奏中我们辨别出声音,假使一个定着不动,而其他来来往往。——《神曲·天堂》第八)悄然转动着脑袋,看着这分明是针对他、向他告白的舞剧。他们因为陷入深刻的喑哑而变得焦躁,这种焦躁灌注到他们的每一个动作中。春卿从这集体的舞蹈中看出有些人只是滥竽充数,他们就像是被某种道德义务绑架而来,然而这样的人不多。人们想向他说出点什么,那一定只需要一两句话就可以说清楚啊,然而纪律让他们变成一组哑巴。世界就像是无声的,直到天空传来乌鸦突兀的惨叫。他们不时望向身后,就像有手持刀锯的监管者正走来。有时他们仓皇散开,然后又在明白这有充分根据的危险看来还不会马上成为事实后,重新聚集于春卿身边。即将发生在我身上的,到底是一场怎样的灾难呢,春卿微笑着看过去,想,他们到底要告诉我什么呢。有时他们频繁指点他人的动作,仿佛在说就是那样就是那样,有时他们自己抢过来反复地演示它。要不是他们的表情过于凝重,春卿一定会为这些滑稽的动作发出笑声。春卿感觉他们已经提醒到极致了,然而以自己接近白痴的脑袋,还是猜不出端倪来。一部分人期待他站起来,朝前走,另一部分人则惊慌地摇头,仿佛这样做了只会加速悲剧的降临。他们手脚的繁忙与紧闭的嘴唇形成鲜明对比。

春卿重新坐下,被迫去思考(他总是不愿意去思考自己的事情,除非他感觉这样的思考有助于他人)。首先,他感觉他们认错了人。他基本可以确定自己是头一次来到这里,只是借道去洗马,然而从他们的神情判断,他至少已来过这里一次,甚至,他就是这里的人哩,从出生起就没有离开过呢。他们,包括觅食到足前的小狗、蜷缩着身体伪装成缺肢人的乞丐、容易被外乡人传染的低抵抗力病人,对他是如此熟悉啊。这种熟悉是如此自然得体,根本不是伪装就能伪装出来的。接着,他怀疑起自己所处的实际环境来。他想去拥抱他们中的某个人以确定这里不是鬼魂的世界。据说当你去拥抱鬼魂时,会扑个空。他扳着自己的指关节以确定自己还没有死。又或许,这里只是被他遗弃的一处梦的遗址。这种来自主体的遗忘,以及被遗忘的客体对它自己的封存完好,有如遭遇火山灰淹没的庞贝城,18世纪中期,当它重见天日时,人们看见公元79年8月24日中午的竞技场、剧院、步行街、面包甜品店、酒吧仍然在等待他们。遗忘总是无情而坚决。庞大的没有上与下、左与右、宽与高的漆黑的宇宙,为我们每人预留了梦的垃圾场,我们很少去(或者说很少有能力去)造访那里,翻阅我们曾经拥有的这笔财产。每一个在昨夜造下的轰轰烈烈的梦,都像被吞没进沼泽的巨兽,在今晨消失得无影无踪。沼泽上空飘浮着一层因为饱食留下的餍足的气体。也许,这一次,我又回到了曾经做过的梦中,春卿想。春卿据此以为自己找到了他们兴奋与躁动的原因,兴奋是他终于回来了,躁动是他们又分明看见他回来的危险。他为他们常年守候于此而悲伤。他想到上一次的归来,想到自己在四根柱石支撑的日常世界,平安地活着,却忽然为一件不可捉摸的事痛苦,像是丢失了什么,又或者是有什么任务没有完成,它是如此重要以至让他心急如焚,然而它是什么他又不知道,直到有一天当他抬头,看见启示像幽灵一样从树林上空遁走。他忽而想到:有一个人时至今日还在梦中等他,作为一言九鼎的人,春卿曾经承诺,一旦找到对方需要的东西就会马上返回。在经过多次极为痛苦地尝试后,他春卿侥幸回到那曾经鸟语花香的梦境。在奔向那仍旧伫立的等待者后,他发现对方死了,苍白干燥的皮肤已然坼裂,眼中曾经充满的血如今萎缩成眼窝内的粒粒红土。

我做了无数个梦,留下无数个这样白白等待的孤儿,他们在等待中和城楼、旌旗、丢在瓦砾间的钢盔一起风化,直到几万年后才彻底解体。春卿想。他就像那些长时间盯着压在水晶中的草脉的术士一样,苦苦思索着自己曾经在这块热带土地上的经历,以判断出他们的吁求(就像要将封锁在他们嘴中的困兽释放出来)。对他这好心人来说,重要的是缓解他们的这种痛苦,而不是挽救自己可能遭遇的漆黑的命运。思索啊,它让人是如此焦虑、无助、疯狂,让人如此不愿经历,然而一旦缠上又像是中了祟,甘受它的摆布,它艰苦如在宽广的沙漠寻找一枚可能已经错过的金色兽毛,绝望如在大海探找原本就不存在的银针。对记忆频繁的搜刮,使思考者伤痕累累。有时,来自思考的荒谬性体现在,事主就待在沉重大门的这边,而几尺之外,千军万马正一次性、永远、像漏斗中的沙子那样坚决地消失掉。蹄声是那么响,思索的人伸长脖子谛听,然而他所沉浸其中的世界过于寂静,终于还是使他决定再等下去。有时则体现在:冥想,终于结出了点果子,就像击打石块,终于在湿漉漉的草上弄出一点火星,事主为此变得疯狂,然而来自记忆世界的这一丁点信号很快又变为无用的灰烬。其熄灭的速度甚至超越它闪耀的速度。这种快捷与不可捕捉,就像一只飞鸟从窗前猝然飞走,或者小鱼甩尾,游向水底。这种快,像箭一般快,在弓弦的颤动尚未停止以前,已经击中了靶子(《神曲·天堂》第五);或者,简直和你们抬头见天一般快(《神曲·天堂》第二),带给人的与其说是希望,还不如说是强大的一无所有的凄苦,使人忍不住想号啕。不少人守在启示消失的地方,对着眼前一成不变的事物发呆,寄望启示的再度出现。他们愚蠢地以为眼前这些事物就是它们出现的条件。有时,人和他们试图要记起的事物,相隔是那么近(啊,马上就要记起来了,一定会记起来的,他们是如此坚信),就像分割开赛斯多(Sesto)与亚皮笃(Abido)的爱来斯浜(Hellespont),最窄处只有1.2公里,对岸的事物翘首可见,然而就是无法抵达。统领百万之师的波斯王薛西斯曾下令鞭笞此海峡三百次,而为着去会见亲人爱罗(Ero),一个叫刘昂独(Leandro)的青年在爱来斯浜的风涛中溺死(但丁云游到地上乐园时,他和他追羡的仙女马德达之间不过隔了一条小溪,距离三步光景,然而,"至今仍为人类骄傲的约束的爱来斯浜之见恨于刘昂独,因为赛斯多和亚皮笃之间的波涛汹涌,也并不超于此小溪的见恨于我,因为那时尚未可以交通"。——《神曲·净界》第二十八)。

春卿什么也没能记起来,无论是过往可能在这里的经历,还是同他们的关系。他叹息近一段时间以来的睡眠太好,有时醒来都不记得是否做过梦。他对他们耸耸肩。适才,他们中为首的那几位,向后伸出手臂,示意围观者尽量不要弄出动静,以防干扰到正在苦思的春卿。有几次春卿看起来若有所得,他们便快速地互相看去,将这喜悦传递向外边,但是春卿随即又否决了。春卿特别感到抱歉的是那穿着盛大华服的垂老的小丑(也许维持住身上的这一套衣装是他终生活着的目的),后者总是像少年那样不知疲倦地绕着他飞舞。飞舞,飞舞啊,就像那讨好的飞舞中藏着什么明显的答案。也许这是春卿家世代以来的玩伴,是最忠诚的仆人及最后的宠臣。小丑的脸上有着公事公办的笑又有着作为私臣那愈发浓重的悲伤,汗水犁开他一脸的粉末。春卿感到疲累,后来他满心想的是洗马。洗好马,骑着它在日光中奔驰。他听见海浪的声响,一次一次着陆在沙滩上,这是陆地与人类的尽头,一个王国最后能到达或者说最后能退缩到的地方。他甚至听出海在今日的颜色。他将和这匹叫庚子的高大、天真又血淋淋的宝马,精神饱满地穿过花果包围的小道,将足迹留在一处晒满盐的沙滩,抵达撒满金币的海水。在他起身后,围观者像树枝被狂风吹动,或者水草被仓促而至的溪流冲击,朝他倒伏过来,然而又在他走过去后,给他让开道。从这以后,他们的步伐变得尤为沉重,像是套了脚镣。他们拖动自个儿,痛苦地追随他,直到来到那犹如是一道军事防线的矮树丛旁。在那里他们停下脚步,一个个将双手捉在胸前,半是祈祷半是惊惧地看着他走向一道长长的缓坡。他们的眼神是那么透彻、明亮,又是那么无助。对春卿来说,这是再平常不过的一段路程。通过路边停用的水磨应该清楚这里曾经有一段引渠,白色的大轮子晒得发裂,但在观看者那里仍保持着转动的错觉,仿佛还能听见水响的轰鸣。一块锈迹斑斑的铁牌钉在巨石旁(在春卿脑子里匆匆闪过一个人物,后者狼狈地藏到石头后边。哈哈,人人都想到这藏一会儿,春卿想),上边的字已褪隐,只留下一点松石绿的漆痕。在石缝间插着一根折断的灰白箭杆,折断处仍旧连接着,颜色发黑。

他们眼巴巴看着他匀速走下去。几步过后,他跨上马,和它一起摇摇晃晃地朝着被光线吞没的大海走去。叹息从他们的肢体上散落下来。他刚刚经过一片被血浸满的土地,却毫不知情,他们想。苍老的小丑无声地扑在地上,不停地,孤独地,发疯地翻滚,直到到达力气的顶峰,气绝而亡。在即将走过那块重要的石头时,春卿还故意转过身来,朝他们望来。是吗,是这玩意儿吗,他仿佛这样说,你们瞅啊,这东西很简单啊,没什么。他这样望着他们时,他的爱驹正缓慢而坚决地朝前走,拖动着他也朝前走。

他没有通过测试。

王草笠布屦,衣衫朴素,仰面望着太子策马而去。光在海面投下一层金黄,像有数位隐身的巨神驻足于此,有时他们会在闲议途中对岸上的人世斜睨一二。海水中,栈桥尽头,矗立着一处楼阁,是王年幼之时,父亲猿田为他建造的,多年过去,仍然鲜红一如伤口。"这些劳民伤财、中看不中用的东西,只会断送王朝未来,逼着一国之君和他的臣民去做阶下囚。"每隔一段时日,王都要来到建于盐地高处的草庐,对着海水中升起的堪为建筑史上最大奇迹之一的楼阁痛悔。之所以迄未拆毁,是王想让它成为流着王室血液的人(他们最易堕入享乐的旋涡)心中惶惕的标记。猿田为它起了和王一样的名字,王后来将之更名为亡国楼。

"每次见它,心中倍感触目惊心。"

在他这样说时,起居郎匆忙将之记录在案。王继续匕斜着眼,看着自己的骨血迎着万道光芒走去。人和马像是在一张画的平面里上下蠕动,直到过了一会儿,二者猝然变小一截。臣民们跟着王看过去。对他们来说,最恐惧的时刻已过去(他们眼瞅着春卿从国耻之地神情冷漠地经过),令人悲伤的结论已产生,目前剩下的就是接受事实了。他们已竭尽心力。刚刚他们一窝蜂围着半死之人飞舞之时,王是知道的,王知道而不加以制止,恐怕还是期待他们这热闹而又沉默的暗示能起点作用。然而春卿证明了他就是一名完完全全的白痴。现在,尽管王允许

他们说话了,他们还是缄口不言。王端详着他们,发现:

春卿的继母面色平静,斜视他方;

春卿的表姐,那头缠白纱的两个孩子的母亲,右手无力地搭在故意磨坏的雕栏上,忧心忡忡,几乎是哭丧着脸;

断了鼻梁的阉者戴着红色绒帽,站得笔直,努力不去想这件事;

来自友邦的使节鼓起嘴唇,真诚地表示遗憾,他抬起眼神表明他在思索,他也是名王子;

披发的司铎双手合十,念念有词,身前摆着翻开的经文;

大理院正卿褪下官袍,赤足站立,神情悲哀,双手合十;

敲钟人老态龙钟,他费劲地想说话,其实是牵动没有牙齿的嘴唇;

侍郎抓紧手中的公文,眼睛追随着海边的活死人移动;

豁齿的女巫指着自己的心窝,表示不能忍受那即将到来的痛苦的注视;

烧坏了的上将,脸正在蜕皮,这粗鲁的武夫一边痒得不行一边辛苦地暗示自己并非如此;

寺庙的来者因为天意在身,有恃无恐,严厉地望着王;

当车夫的缺乏血色的两兄弟,脸色愈加苍白;

年少而个高的士兵挎着长枪,肤色黝黑,正一只手叉腰,克制住自己的颤栗;

镇国公眼神低垂,偶尔咳嗽,双手落在膝前摆放的布面封皮书籍上;

起居郎蘸好墨的笔尖落在刚刚记录的最后一笔上;

相国呢,是个乐观主义者,因为王允许太子走的时间过长,微露喜色,以为那残忍的命令终于还是从一位父亲心中撤除了。

他一定在努力准备说辞,以缓解王在反悔后所注定要面临的尴尬。

我要此人死他就死啊,要他活他就活,要他活多久就活多久,要他什么时候死就什么时候死,王举起单筒望远镜,看着儿子对着刺眼的光张开双手,缰绳在其手里高高举起,这样想,这并不是什么疯子的消遣,人必有一死,我只不过是秉承上帝与父亲的旨意,来处死一个无药可医的人罢了。春卿偶尔回头,朝这边的人示意,像是说:这儿有一片大海呢。春卿长得那么好。长得好在过去是令人艳羡的事,如今却成为致死的因由。他的鼻子意外地长,鼻尖似巉岩,伸到上唇前,这是他相对自己的兄弟,材质异禀之处。然而其他的,像修长的眉毛,剪得过于精致的八字胡(它们像两道被挽在帘钩上的青帐),细密的络腮胡,以及俏丽和充满热情的眼神,甚至羞赧的性情,都显示出他早已背离家族的军人背景,只想着在文墨的路线上偷安下去。他生就宽阔的肩背,搭在上边的衣服及饰物却像女人那样繁琐而讲究。他戴着艺人歪斜的帽子。有时,角斗士受命来到宫殿,与春卿比谁的脖子粗,春卿的脖子比脑袋还要粗,然而它却过于粉嫩、白皙。这显得很滑稽不是吗,白白的像瓷器一样的大脖子。

"你们过来,说说看,他该不该杀,值不值得杀。"

这时与其说是王在征求意见,还不如说是他在传递一种意志。十几名穿着驼色短衣的使役高举起小弯刀冲向海滩,一名拖着长柄斧头的刽子手不紧不慢地跟过去,他每走一步,都要留下一处半尺深的脚印。臣民们低头,有的面前清晰地掉下泪水。"他死之后,抬到殿前,让我用手指碰碰。"王一边咳嗽一边说。尔后他让"苍白二兄弟"中的一个推起独腿木轮车。他就坐在这光溜溜的总是让乘坐者颠簸得难受的车子内。全凭了轮值推车的兄弟俩技艺高超,王一次也没从简陋狭窄的木轮车上摔下来。"这样记录:太子应当死,因为他有罪;他之所以有罪,是因为他当了享乐的臣民。"王对起居郎说,并看着后者一字一字记录下来,不曾错漏。

在这悲怆而执拗的时刻,王想到自己为奴的十几年。大汗的手掌要么总是握着他的头,要么就是对着他的后颈反复擦拭,死亡的威胁常使他冷汗迭出。他拖着残腿,在汗周围滑稽而勤奋地奔忙,直到汗相信他像狗那样彻底驯化了(后来,像他所应允的那样,在返回故国之后,每年汗国有节庆,他都派遣庞大队伍,入汗国都城称臣,朝贡,奏奉圣乐)。是汗押送着他回国的。汗在王的国境内举行了一场毫无节制的欢宴,王手持蛮族的皮鞭,向自己的人民搜刮最后的粮食,给汗烧酒。而汗,每日为着打发过于慵懒闲散的生活,着令王捕来自己的子民,倒吊在海边竖起的礁柱,随意刺扎,最后任受难者在潮水涨来时溺毙。

"我的心肝,"有一天,汗说,"你叫什么。"

"我叫田春。"王说。

"你是谁的儿子。"

"我是汗您的儿子。"

"再说一遍。"

"我是立万世基业的大汗您的儿子。"

汗因此释放了王。

这是王第一次从惊惧中缓解过来,赢得喘息的时机。

这场持久的惊惧诞生于一个像今日这样的风平浪静、国泰民安的日子。蛮族人的马队像浓云下的阴影,笼罩向王的国土(后来据马匹上的人自己说,他们也不知道是怎么闯入这桃源的,好像只是路过)。第一箭,他们射中巨石(箭镞没入石中),

第二箭,贯穿试图躲避到巨石身后的猿田。王在他们身上闻到太重的牲畜味道,王的心跳比他们骑下反复奔跑的马蹄还急。

王在回忆时,泪花滚滚。太医认为他活不长久。死亡是如此迫近,然而复仇看起来仍遥遥无期,王就这样走回宫殿。在穿越广福门时,他下车,前脚蹬一步,后脚跟着晃那么一大圈儿,这样极为艰难地移过去(当初,逃亡时,他从高崖跳下去,听见一种重物落地的声响似乎发生在远处,心里却又对未来有了一个清晰的掌握:从这刻起,他永远、不可逆地残废了)。那些脸上涂满炭黑、森绿、藏蓝、赤铜诸色油彩的活体罗汉,站在铺设于门洞两侧的香案上,猖狂地对着他叫骂:龟孙,龟孙,你忘记了你爹跟你说的么。

没有。王咬牙切齿地回答。

你爹是怎么跟你说的?

我爹临死时说,田春,你忘记了是查干(汗)杀害你父亲的么?

你是怎么回答的?

我回答:不敢。

趁着王惶悚之时,他们齐齐向王射来恶臭黏稠的唾液。王躲避之时,他们喊:抬起头来,王因此抬起头来,用脸面将这些污秽的东西一一承接住。等他们吐完了,他才继续倾斜着身体,在他们的连声叫骂中走过去。只有等他走过去,他们才开工吃饭。他们穿着沉重的盔甲,常年在此轮值,有人送膳食过来。有时王因为羞愧难当,而逃避从此经过。有时王会枯坐于某处暗室,自暮达旦,思考王国及自身所经受的劫难。他在孤悬的山峰后秘造一处水池,为着有一天能灌满蛮族人的血,将汗的头颅浸在他们自己那一族的血浆中,只要思想一触到这复仇的场景,他便通体战栗(玛撒该塔伊人的王后、寡妇托米丽司在找到有灭子之仇的波斯王居鲁士的首级后,对它说:"你是渴于血,所以我浸你在血里!"——《神曲·净界》第十二;安息王奥罗德二世将冒犯其疆土的贪财好利的罗马驻叙利亚总督克拉苏的头颅浸在熔金之中,说:"君渴于金,请饮金!"——《神曲·净界》第二十)。

此时,海边传来马那让人撕心裂肺的叫声。它就像陷入噩梦,弓起前腿,直立起来,数名操刀的使役黏在它身上,有人向后紧紧拉扯住缰绳,有一人双腿夹住马的腹部,不停刺杀它。到处是血洞。他们大张开嘴,并在饱饮之后用长舌舔拭双唇。太子春卿是在逃亡时被自己绊倒的。刽子手扯开他的领口,使他露出洁白的肩膀和脖子。刽子手一斧头剁下去时,斧刃闪耀着日光,很多人觉得自己瞎了。春卿蜷缩的双腿猛然伸直,死去的身体向前扑了一下。因为脖子太大,是啊,太大,这一斧头并没有完全剁开,反而是将斧刃吃了进去,因此刽子手用脚踩住春卿汗湿的头颅,使劲摇动着斧头,将它拔出来。第二斧见证了他的功力。白痴的脑袋滚向一边,海滩上的血,像敏捷的虫子钻向土地之下。

"我给过他机会了。"王说。

阍者推开正殿那两扇箍了铁皮的高大的门,枢轴转动,整个大殿传出嗡嗡的巨响。殿内四面墙上,写满文臣武将誓师的诗文以及各种"仇"字。丹红的楹柱只贴了上联:父仇未敢片时忘。王走进去时,听见整个王国传来巨大的喟叹声。太子的乳母匆促从暗黑中闪出来,王叫住她,问,你为何叹息。她说,我叹息,是因为太子自从坠马以后,就变得什么也不记得了。

作家的敌人

靠已经获得的荣誉安度晚年。

——爱伦·坡:《辛格姆·鲍勃先生的文学生涯》

年轻人就坐在那儿。那是由当代艺术家狗崽设计的公园椅,隐喻着徐萍家的沙龙性质。平时,他们将它拖到牌桌旁,当茶船用。今日,年轻人就坐在上边,一只手搭在象牙色的扶手上。从手臂上可怕的瘢痕可以推算出,或许有一天他真的将什么心血投诸火,然后急着去捞取。这只手捉着一只用红色绸带系着的只值几十元的烟斗(烟熄了很久)。左手的两根指头按压住腹部,暗示那里藏有宿疾。一双腿穿着滴过不少油水的牛仔裤,显得过于寒瘦,上身则穿枣色的保暖内衣,外面罩一件不知是谁馈赠的雪氅。

每个人进来时,都瞟了眼这怪物。简直是从菜市场拎回来的火鸡,他们将外衣放进衣帽间,用眼神交流着对此人的看法。而那看起来有四五十岁的年轻人,想必已度过初期的尴尬,正一劳永逸地摆着不卑不亢的姿势,坐在那里。只有手在微微颤抖,也许这是由严重的营养不良带来的。在一次接受采访时,一名类似的文学献身者透露了自己的食谱:

早餐:法式软面包 4 枚合计 80g、即冲咖啡 1 杯合计 150ml

午餐:法式软面包 2 枚合计 40g

晚餐:法式软面包 3 枚合计 60g、纯牛奶 1 盒合计 250ml

  面包是成袋采购回的,纯牛奶则请小超市的人整箱送上来(需要热食的话就再添一箱方便面)。受访者说频繁吃面包是因为这样耗费的时间成本最低。从浪费时间方面说,做饭>出门吃饭>订餐>吃储备的干粮。"写作最忌讳被打断,有如做梦。"受访者说。在另外的报道中,我们可以了解到,南方一位获得曼亚洲文学奖的作家拒绝使用手机,而在清华任教的格非教授则取消了午餐。眼下的这名年轻人似乎也是吃多了干粮,你看他嘴角的胡髭还沾着面包屑。兴许就是因为吃太多这些东西,兼之精神焦虑,他的免疫系统才坏得不成样子(看起来是这样的,他是如此苍白啊)。间或,他会捂住嘴咳嗽数声,然后去观看一下纸巾中的血丝。

  现在,他就处在这种大作已成的虚弱状态中,自从坐下去,就再也站不起来。然而衰竭中又满是踏实。他将打印稿交给徐萍大姐,瞧着她将它一一发给那些登门来混吃的文坛中人。他等待他们坐好,一只手端起茶杯,送到唇边,吹几口放下去,然后展开那文稿。那是过去一段时间以来他焚膏继晷、废寝忘食写出的作品。就像诉讼当事人等待陪审团给出意见。

  窗户朝里凸起,木质窗框用砂纸磨过数次,但未上漆。徐萍认为这种未完成的感觉更好。用的是没上色的老式平板玻璃,又薄又脆,一共两组,共分八格,供上下推拉,它们时常蒙灰,这种稍稍蒙尘的感觉也是老徐萍所要的。如今,光线自玻璃窗射入,照在明显感到有点冷的年轻人身上。

在接到打印稿的同时,绑架就开始了。发到陈白驹(1961—)面前时,徐萍发现少了一份,这使陈白驹心里添了些被忽视的愤恨。也好,他摊开双手故作释然。当徐萍从别人手中取回一份并交给他时,他又做出一种最终没能逃脱奴役的沮丧表情。倒了血霉啊,他握着被卷成筒的文稿,掂量出应该有20万字。20万字,每晚夹着一泡尿水,慢慢写,慢慢改,一晚700字,得弄多少个夜晚啊。也因此,别说是批评了,就是对它表现出一丁点冷漠,事主可能都会记恨。虽说,每一份打印稿的封面上写着的都是:敬请斧正,可真要是细看,就会发现这四个字的背后藏着作者明白的态度:

奴才,来赞美吧。

对这些脆弱的写作者来说,他们写作的历程就是这样:

——自以为是地弄出一堆文字;

——搜刮各界人士特别是业界人士对它的赞美(最好是仰视或跪拜式的,灵魂上来点颤栗之类的)。

总而言之,你表扬也得表扬,不表扬也得表扬。也因此,经常接到这类稿子的人都对废话进行了战略储备,以应付这些难缠的、歇斯底里的、疯狂的、容易记仇同时对荣耀又极为饥渴的文学界的恐怖分子或者说上访者。现在坐在大厅一角的这位,难说不是这样。陈白驹最怕别人这样半死不活地瞧着自己。

陈白驹总是劝徐萍少招惹这些水平可疑的外省文学青年。有次一位叫蔷薇虎的即兴诗人还盗走她的铜雕花圆盘,这是大家都瞧见了的,那么大的东西,她却让大家闭嘴,任高度近视的他将它搬出门。

这些货自命为天潢贵胄却管教不好他们的自卑,显得特别敏感和神经质,一批批的,遮蔽得天昏地暗,日色无光,堪比蝗害。陈白驹这样说。

你当初难道不是这样的么。徐萍说。

陈白驹能说什么呢。徐萍还保留着她的母性。我到这儿是来喝汤的,可不是要读什么主张道德重返的现实主义巨著,他真想这么对她说。

徐萍从故乡,南方的莲塘镇,运来一尊一米高的圆肚瓦罐,将帝京的文人培养得喜欢喝起汤来。说起来也没什么诀窍,就是井水(一定要是井水,他们开车去密云农村运)配上莲藕、党参、雪梨、猪肚、排骨这些食材,慢慢地炖。越是朴实无华,越是饶有韵致,相比之下,粉蒸肠、啤酒鸭、狮子头都显得粗鄙不堪。早上,陈白驹(1961—)有条不紊地给自己打领带时,就在惦记这个。他想到,在办公室随便坐一个上午,就去徐萍家,在她家享用午餐与晚餐。徐萍的先生是醉心于山水的画家,前年经不住劝,拿出一幅画进拍卖行,事后得到的收益管够徐萍买400年的菜。

徐萍,作为两家文学杂志的前副主编,目前醉心的事情只有三样,一是给在爱尔兰留学的儿子打电话,一是发掘可能还有的文学新手(就像周雁如发现余华),还有就是做菜。说起做菜,她常自比为暗娼。来自暗娼的勾引总是深入骨髓。在她的厨房里放着天平(她是这样的,对佐料的配放一定会精确到克)。她还用笔记本记录那些常客的古怪嗜好,比如对花椒的接受是四颗半,有的不吃蒜,有的爱吃猪油。她细心耕耘着他们的味蕾,使他们魂不守舍,一日不见如隔三秋,像驱赶不走的老狗那样三两天就跑回这里来。早上,陈白驹像往常一样离开自己鳏居多年的二居室时,想到的就是这一天的美好。卡佛的诗《一天中最好的辰光》浮现在他眼前。那时他并不能预见自己当日会像落水狗一样归来。夜晚凄惶地归来时,他记不起挽在右臂的银灰色西装丢在哪里,应该不是在徐萍那里(价值两万多呢,当初阿姨一股脑将它和别的衣服一起洗了,他怒问:你洗前不看标的是吗。结果阿姨翻出标来,显示是能洗的。他气得差点哭了)。大半个晚上,他都捏着自己的名片(上边写着他是中国小说学会理事,市作协、书协副主席、归有光文学院荣誉院长,师大文学院院长、博士生导师,《文库》杂志联合主编,袁枚奖、归有光奖、AND诗歌奖终身评委),沉浸在一种想要去投缳自尽的沮丧情绪中。当他去卫生间尿尿时,发现小便淋漓不止,颇像狂风飘刮中的细雨。而镜中的自己,发根那里已白白一片。早上看还是黑的。

早上他意气风发。出门前鼓动两腮与唇部,用国外牌子的漱口水漱口,然后又在好一阵犹豫中拉开冰箱的门,伸出右手中指好好蘸了一块黄油。之所以用中指而非食指,是揩油的面积会大一些。"好吃极了。"每回陈白驹都这样,一边舔一边对着它忘情地赞叹。

两年前,或者三年前,如果没记错,陈白驹是见过这年轻人的。当时是在方庄的一家餐馆。说来奇怪,陈白驹能记得那一天的细枝末节,还是因为脏兮兮的包厢里有一个凶残的挂钟。它就像是在永恒地铡草,一边铡一边将碎掉的让人心慌的时间拨落一地。闷坏了。什么样的出价什么样的就餐环境。捐客春卅像领着待售的奴隶那样将年轻人领过来。"这是两届鲁奖得主。"春卅介绍陈白驹,然后捉起那拘谨的年轻人。他姓甚名谁,陈白驹已忘了,只记得春卅说:"他也是位写小说的。"此语一出,一团火便在年轻人的脸上腾腾地燃烧起来。不是不是,年轻人嗫嚅着,痛苦地摇晃脑袋。也因此,陈白驹当场就判断他一篇小说也没发表出来。

人都是这样走过来的,没有人一生下来就会走路。陈白驹斜睨着对方,想起最初的自己。

虽如此,可有些人到死还是不会走路呐。他接着想。

在春卅的张罗下,年轻人从帆布包内取出一沓打印稿。齐齐整整,边沿新得可以划破手。这些未能在期刊寻找到发表机会的文学青年,往往苦心经营打印稿。他们反复校对、排版,为标题是居上还是居中,字体用仿宋还是黑体而纠结(有的人不知怎么想的,会用哥特字体做标题,用的还是拼音而不是英文)。他们选择最雪亮的纸。瞧瞧,瞧瞧,捐客是这么说的,那些接过稿子的文坛前辈也是这么说的(嗯,瞧瞧,瞧瞧)。

因为过于局促,年轻人一直笔挺地坐着,手指搭在筷子上,自始至终没吃什么。有些人在席间就翻起来,每当此时,年轻人就紧张地望过去,有时眼皮是抬起的,有时则低垂着,人陷入失落的情绪中。而嘴角呢,始终保持着羞惭的笑。陈白驹觉得不自在。当然对这一伙长袖善舞的人来说,也没什么自在不自在的,有些人越是这样被看着,越是来劲(你看那唤作蒋併乡者,某刊副主编,这会儿掸烟也掸出一种姿态来,就像是医生在用手指稳重地敲打体温计)。

"哎呀,这是好稿子啊。"有人故意这么说。

好什么呢,只是随手那么一翻(就如为了达到动画效果而快速翻动书页一样),陈白驹便感知出对方的水准。比文盲好一点,准确地说,作者为了证明自己比文盲稍好一点,对每句话、每个词汇都实施了装裱。看起来像是还乡的打工妹,臃肿,妖冶。就有那么夺目、刺眼。虽说很久都没有实战操练几篇文字,但陈白驹对自己的评断能力或者说鉴赏力还是深信不疑。知道何为好何为坏,并轻易走出坏的榜样所布下的迷魂阵(那些坏的东西就像是盛夏飞舞在农家厕所的长着金色翅膀的肥蝇),然后选择最适合自己的路子去写,是当年陈白驹能火上一阵子的资本。

这个年轻人是词汇的穷人。没什么幼功。他能认识到自己这一点,然而摆脱不了来自虚荣的诱惑。他开始往死里打扮自己。他所表现出的执拗与固执,一看还是说服不了的。他用词,不用走,用行,不用没有,用无有,不用也能,用亦能,不用都有,用皆有,不用为什么,用为甚,总之,是怎么别扭怎么来。有时他还会得意扬扬地用上一些"呵烘""安惬融洽""蹚裂""憨莽""叶的臂展饶沃""袭照"之类大家将将明白又在过去的文献中查无出处的词儿。怎么说呢,他写作的第一要务就是摆弄这些奇形怪状长着彩色瘤子的词汇,像是穷人晾晒腊肉。他自以为展现的是富贵,却不承想人们看见的都是荒凉与贫瘠。什么"擦过皮层的空气抚扫出无可名状的实在感,似被丰润的流质包裹、充满""是将生活泥泽中咕哝发酵的菌种酝酿成一坛黯然神伤酒""清明与深远就在这沸腾中""造物主遣罪于殁亡之际又给我们淫欲的恩赐""他(也许是她,他中有她,或者'是她还是他')耳窝里早已植下这名字""风吹起如幻梦般破碎的流水之年,而你的笑魇闪晃,成为我命途中奔跑犀牛一般的点缀""尼采在哀绝呼喊上帝已死后隆誉的酒神精神与超人意志的美学琼浆,重新在 21 世纪的金钱崩毁游戏中灌入上帝遣来的救世主唇纹里"。

这种令人恶心的节奏或者说腔调,

这种过于庸俗过于空洞就像是毛毯盖住一粪缸蛆虫的字句,

这种穷酸,

让陈白驹无名火起。他将稿子扔在旁边空着的椅子上。这种作者连起码的羞耻心都没有。散席时,他拉开名牌的包,将桌上的名牌手机、名牌眼镜、名牌名片夹还有名牌牙线盒逐一收进去,西服挽在臂间,一切都收拾好。他反复看了几眼,甚至掸掸座椅,确定不曾遗留什么,才走掉。那份就像阳光照在冰面上一样、闪闪发光的文稿,就留在原地。小伙子看着它,想提醒他,然而又没有。最后小伙子悄声嘟囔:省得再花钱打印了。(他得胜了,瞧,他都知道自己找台阶下去了)。陈白驹半举着一盒由其他客人捎来的茶叶,用脚推开那门。

士别三日,即更刮目相待。

——《三国志·吴志·吕蒙传》

这一次呈现在小伙子稿子里的,却无一处不合适。那些花里胡哨、可笑、像骨刺撑起皮囊、舍本逐末因而不值一提、当时想让陈白驹拎着对方的衣领叫对方滚的词汇或修辞,全部消失了,或者说,它们不是消失了,而是在一种新的、宽大的、又很严苛的秩序的安排下,奇迹般地生还。你甚至能看见这些语词在获得新生后泪流满面的样子,它们对圣父般的创造者感恩怀德。陈白驹(1961—)打开文稿,一看开头,就被一种准错不了的感觉抓住。虽说这么多年来,他对年轻人的东西早已形成刻板成见,有时还没看稿就认定对方有很大的问题,不是结构、情节出了问题,就是语言和思想显得过于不成熟,而年轻人也差不多以自己的表现100%地证验了这一论断。今天,他和这些来到徐萍家的同行,心态都是一样的,就是准备无关痛痒地说上几句。他们懒洋洋地拆开系在卷筒稿纸上的红丝带,慢慢转动脑袋以缓解颈椎的压力,然后才拉开那总是止不住要蜷缩回去的全木浆 A4 稿纸。过去他们总是貌似认真地看上好大一会儿,场面异常安静,静得能听见人的吞痰声,就好像他们真的在潜心阅读,而其实他们的脑袋什么也不接受。他们命令自己记住文中几个词(能记住完整的一句话最好),好稍后根据它们讲出作者目前所展现出的实力、风格、令人鼓舞的东西以及未来所据有的空间等。他们腹中藏着十万套废话。

今天,情况有变,至少是陈白驹,像中弹一样,死在了对方的第一句话上。整个中国很少有人能写出这样的第一句话了。这句话让陈白驹想起加缪《局外人》(在郭宏安、徐和瑾、柳鸣九、郑克鲁、袁筱一等人的译本里还数柳鸣九的流传最广)的开头:今天,妈妈死了。也许是在昨天,我搞不清。或者像奥地利作家奥斯卡·叶林内克小说《演员》(瞧瞧他们连标题都起得如此精到和节制)的开头:青年演员恩斯特·路德维希在得到一个角色的同时得到了他母亲病重的消息。这些开头使用的都是最平凡的字眼,然而却像 1 一样制定了万物的规则。像是神的预言。像是海面上显现出的尖顶,你能据此揣测出一座冰山所应该拥有的轮廓。你对将要发生的事、事件中人物的脾性以及他们注定得到的结局了然于心,然而这种了然丝毫不会减损你往下探索的欲望。相反欲望还会变得更加强烈。你会觉得作者的感觉真他妈对极了。你为自己能和这样一名富于极高理性、极强概括力同时又在细部拥有超凡敏感力的作家同行感到兴奋。你恨不能叩击他的墓碑,进入坟茔和他卧谈。

陈白驹将脑袋凑向压在镇纸下的文稿,以不可遏止的速度朝后阅读。此后所有的检阅毋宁说都是为了论证这一起初的评断：

准错不了。

与此同时，一股难以名状的痛苦从他的内心生发出来。不是作者出了什么差错，相反，是作者——那稳坐在一旁，几乎是揶揄地看着他们（是的，揶揄！）的人——奇迹般地，什么错也没犯。没有一个字不妥，没有一个标点不妥，没有一句话不妥，没有一个段落不妥，陈白驹发现自己根本往里插不进任何一个字，也无法从中摘落任何东西来。不可以再多，也不可以再少，即使是偶尔出现的错别字，阅读者也害怕去修改，因为正等你提笔要斧正时，分明又看见作者那猎人般的耻笑。他耻笑你自作聪明，上了他的当。在紧张的阅读间隙，陈白驹偷觑旁人，发现他们个个也似冰冻，正陷入巨大的惊愕中。啊，就像狂信者见到圣子的裹尸布或者佛的舍利子，就像山区的人望见大飞机，就像在王府井大街看见史前灭绝的有两层楼那么高的动物。了不得啊，他们感觉自己的双手都快承托不住这稿纸了。有一两个原本不打算看的，这会儿也奋起直追，不停地移动眼睛，一行行地看下去。女主人徐萍兴奋得不得了，忍不住尖叫尖叫。我说吧，我说吧。她走来走去，不停地走来走去。

出于一种恐惧，就像行夜路的孩子情不自禁地闭上双眼，陈白驹合上文稿，以为凭此就可以躲开那种优秀对自己的折磨。然而徒劳。在合起来的纸张内，那些不同脾气的人物及他们之间注定会发生的事情还在有条不紊地朝前运转着，就像装了什么神奇的小齿轮或有魔力的大转盘，就像是上帝已然撒手不管的漆黑宇宙，自有其永动的秩序与规律。这实在是太瑰丽太可怕太恐怖了，简直是超越于自然的巫术。这种人物与事件在读者离开后仍然自我循环、自我运转的奇迹,以前陈白驹在格非教授的短篇《迷舟》以及列夫·托尔斯泰的长篇《安娜·卡列尼娜》里领略过,如今他又在不知来历的青年作者这里再次看见。他们是在虚构,然而虚构出的东西却比真实世界还要坚实、伟大,还要不可磨灭。

如果我只是一名读者就好了,去年刚斩获黑斯廷斯奖的陈白驹想,我就可以单一地、纯粹地来享受这伟大的作品了。这种阅读的快感如何形容呢:就像赤身站在刑房,栗栗危惧于狱卒甩下浸水的鞭子,又对此极为渴望。啊,年轻人,只用了三年,或者说是两年,就达到他陈白驹几十年梦寐以求想达到却怎么也达不到的境界。就完成了他的梦想。那所有的文字都是陈白驹想要,想据为己有,想捂在胸口反复抚摸的。在过往的某一天,在大病一场之后,陈白驹理智、清醒或说是无奈地中止了这一对理想文字的求索,他判定以自己的资质不可能完成这样的作品,放眼望去,整个文坛谁也不能,而且以白话文目前发展的态势看,怕是五十年内也不会有人完成。然而今天他却实打实地瞧见了。如果我只是普通读者,我就可以无所顾忌地投入这干净、透彻、带有一丝甜味、像一堆堆银鱼飞来、似乎是由南方作家福克纳亲授的长句子中,一边读一边放肆地哭泣,然而我不是。我是一名和他一样的写作者。陈白驹痛苦地闭上眼。

那些打定主意来徐萍家混吃混喝的,此刻和陈白驹一样痛苦。今天来的恰恰都是些诗人或小说家。所幸没来什么以领养和占有新人为己任、就像是生意人的职业批评家,要不然他还不得大喊大叫,将这一可怕的消息满大街地宣布:天才!我们这个时代最伟大最为欠缺的天才诞生了!毋庸置疑!他们面面相觑,就像一伙贼,心怀鬼胎地围在一起。他们关心的不是对方的前途,而是自己因此要被大幅削减的影响力。他们感觉自己一下子被置身于无足轻重的位置。太屌了,屌爆了,简直是屌炸天,他们仿佛听见别人一边这样称赞年轻人一边疯狂地朝其拥去,而他们只是被当做一名被问路的圈内人(就像在传言中,文学青年纷纷拥入陕西省作协,向尚不知名的陈忠实打听路遥在哪间屋子)。用不了多久,普天下流传的都将是年轻人的名字,传唱的也是他的文字,他将盖过余华、莫言、高行健、哈金、阿城、耶利内克、凯尔泰斯·伊姆雷、布勒东、科塔萨尔、凯鲁亚克、巴尔加斯·略萨、雷蒙德·卡佛、耶茨、麦克尤恩、波拉尼奥、乔治·奥威尔这些文学史上尚不牢靠的名字,混进奈保尔、吉卜林、马尔克斯、胡安·鲁尔福、弗兰纳里·奥康纳、巴别尔、霍桑、坡、菲茨杰拉德、梅里美及卡夫卡的序列,不,这还满足不了他的野心,也满足不了那些批评家的胃口,说真的,就是将他保送进雨果、福楼拜、塞万提斯、托尔斯泰、陀思妥耶夫斯基、歌德、斯丹达尔、莎士比亚、但丁这样的巨匠体系也不为过,他们拥有共同的特点,就是在高度上极度接近上帝,又在广度上覆盖整个人类。这并非没有可能,毕竟你还没找到它有哪一点不像名著的地方,你还没找到它有哪一块显得不结实(关于它是不是一部只是带来短暂阅读快感的伪经典,他们已做过多次检测。对他们这些有皮有脸的人来说,最怕的就是在冲动之下将赞语送出去,然后眼瞧着它每日减色几分,最终露出贫瘠的本来面目来。往昔,他们总是在受邀看过电影的首映式后,未加反刍便妄加赞唱,反而让那些后知后觉的观众笑掉大牙。有一次他们在醉酒后盛赞一篇据说是由一匹文坛黑马写出的代表作,酒醒后便后悔无及,后得知那果然是好事之徒在测试一种叫"小学生作文速成"的写作软件。其实检测一部作品是不是尖货很简单,就是闭上眼睛想几天后或者几个月后自己还会不会这样激动。只要这样冷漠地等待一会儿,那原本可疑的作品就会把持不住,露出自己的平庸来。现在他们反复计算,确信自己的判断并没有受到冲动或狂躁的影响,它就是比《白鹿原》《废都》要好上几倍)。这会儿,从孤独的公园椅那边传来试图起身的响动,想起身然而未遂,又坐回去了。年轻人诡异地笑了一下,抬起眼茫然地望望天花板,然后继续一动不动,悲伤地坐在那儿。陈白驹为此打了一个寒噤。他想到自己迟早是要与对方再次打照面的,这次去面对时,他已不再是什么文学圈的看守了,而仅仅是一名给大师提鞋都不配的羞惭的门外汉。他口干喉燥,没办法掩饰那现在就已经到来的两腮通红,并且一次也不敢去瞧那坐在角落的对方。他心态复杂地感受着这贫寒又伟大的人,感受着那由很差的身体传导出的囫囵的呼吸声,不敢相信自己与对方竟然同处一室,紧张得就像一名歌星的粉丝。而对方呢,像是泥壳包裹的皮蛋或者薄膜覆盖的树木,还不知道自己的本来面目,还不知道自己是这世上最为罕见的人物之一,是神呢。他(那年轻人)正半是羞惭半是赌气(赌气是为着提前迎接他们的奚落)地坐在那儿,并不清楚,作为阅读者之一的陈白驹,心里此时正大片大片地淌血呢,而自己作为翱翔于天空的巨翅鸟,早已用阴影遮蔽了他们原本安然享受的暖暖阳光。他还在紧张、忐忑、惴惴不安、然而又控制得很好地等待来自他们可能是差评的评价。

该怎样去评价这位已走到房间来的神灵?在阅读过全文的1/4时,他们都忍着不说话(往昔看完电影或话剧,他们总是彼此相问:怎么样?),都不甘于将自己此时的真实心态交出去。此时无论是吹捧还是攻击,都无法掩盖住他们内心强烈的酸楚。唯愿他早点死!陈白驹从他们沉默的脸上(痛苦像闪电一般从上面擦过)读出这样切齿的话,不不,最好不要马上死,因为早逝恰恰会放大一个人的声名。最好让他活下去,用酒精泡着他,泡软,泡松他,将他泡成一个比庸人还平庸的人,泡成一个连文盲都敢哂笑的反面例子。有的是比自己还按捺不住的人,陈白驹想自己永远也不要第一个出手,就让他们先嫉妒起来吧,目下要做的就是借用别人的嫉妒来掩盖自己的嫉妒,就让那些迫不及待的人去咬死他吧,咬死他咬死他,咬死。陈白驹这样想时,用余光偷看年轻人,后者就像死了一样,脸上呈现着那原本只应雪莱、济慈、切·格瓦拉才有的衰竭样子。按压腹部的手指已然乏力。唉,吃多了成都小吃、桂林米粉、沙县小吃、驴肉火烧,经历太多地沟油的洗礼,只是为了恢复战斗力才去睡眠,屋内贴满备忘的纸条(到处加满粗暴的感叹号),身体不差才怪呢。陈白驹想起自己当年最疯狂时,曾经在长考写作中的一处梗阻时,陡然吐出一口鲜血,他对着它发怔良久,竟然忘记它从何而来,拿起笔潜心描摹,将之当成是剧中人怨愤的表现。而现在呢,现在这个陈白驹,已经用健康交换走伟大,用的是红木书桌,整整一上午待在那儿,却只是对着那光滑的桌面梳头。除开将几位女性抱着肏出胎儿来,他在这儿什么也没播出来。他回想自己一生只写出一部反响不错的长篇,接下来的两部等而下之,没有获得评论家的持续关注。当时情况如此:只要是推动一下(比如召开研讨会,发车马费),关注就来一下,否则就死如灰烬。陈白驹将三者勉强凑成三部曲,找出版社出了所谓的集子。当然他也写出不少连自己都瞧不上的短篇。因为名气,是的,不知怎么就积累起来的名气,而不是作品,他一步步混迹到现在,当上文学院院长,并在多个协会任职,每次印刷名片时都要挑落不少不那么紧要的头衔。他现在的生活逐渐被

观看画展、舞剧、话剧、电影首映式

参加文联、作协、出版社、政府甚至新浪这样的网络公司组织的会议

参与各类文学奖、一些学科项目及一些杂志重点稿件的评审与终审

等等事务,给塞满了。

他用最新款式的手机,用里头的记事本管理着这些事务,那些识相的年轻男女总是凑过来,装着好奇地看着他拨拉屏幕,啧啧称赞,说驹叔您可真时髦。他喜欢这些孩子,他对此感觉良好。到哪里都有吃的,自助餐、西餐、中餐、中西餐结合。他的肚腹因此愈来愈大,再也望不见交合时彼此迎送的性器。他对性欲的追求也不再是射精,而只是满足于将阳具停留在对方年轻的阴道内。这就够了。早上,他就是带着这样一种满足感出门的,他感觉一切好极了,然而,在这享受的终点,在这飘荡着美食鲜味的厅堂,他看见那原本只应该在噩梦中出现的敌人,或者说:给他敲响丧钟的人。年轻人十分凄惨地坐在那儿,就像陀思妥耶夫斯基一样令人作呕,又令人害怕。陈白驹看着他,就像看着一面镜子,他无法不审视自己,他意识到这些年来,自己的创作能力其实已永不可逆地衰竭了。就像绝经的女人。他开始埋怨自己有一张比床还大的书桌,埋怨这温水煮青蛙般的富足生活,开始憎恶自己在签字时使用的是一枝 7000 元港币的钢笔——这些有什么用呢——你还写不出这孩子的 1/10。其实他早已意识到这种灵感与技能的消失,他曾找马原打听,马原告诉他人工光比自然光要好,后来马原还实践用口述的方式来写,即作者说弟子打在电脑上,然后投影到墙上。陈白驹照这种方式实验,却发现他和马原一样,都未能召唤回当初的自己。现

在,他感到老本吃完了,好日子过完了。他甚至在幻觉中看见年轻人走过来,交给他一份皇帝的任命书,然后耐心地退到一旁,等他交出意味着权势的钥匙与公章,并离开过去很长一段时间属于他因而使他误会自己对此拥有所有权的红木桌椅、办公室以及服服帖帖的仆人。在比自己小几十岁的年轻人面前,陈白驹窘迫如热锅上的蚁子。如果是年轻人有意来赶自己走就好了,那他就可以指斥这是一场针对自己的不公的阴谋,是一场蓄意的夺取,然而不是,年轻人表示来这儿并不符合自己的意愿,是上意要他如此。

27岁,让人艳羡的黄金年龄啊,一个爆发的年龄啊:

欧内斯特·海明威写出《太阳照常升起》;

阿尔贝·加缪写出《局外人》;

约翰·斯坦贝克写出《黄金杯》;

川端康成写出《伊豆的舞女》;

奥森·威尔斯已经在反复享受自导自演的作品:《公民凯恩》。

"我想,我们还是应该一起过去,无论从哪个角度说……"最终,陈白驹意识到众人沉默,还有一个原因,就是要数他最为年长,理应由他先发声。就在此时,角落传来一声闷响,是年轻人扑倒在地,公园椅跟着倒了。众人愣怔着,看见这陌生人有如中毒,脸色铅青,上颈部连续鼓涌着,呕出漆黑的血来。他就这样死狗一般扑在地上,凄惨又充满敌意地看了一眼他们,用雪氅上的毛领擦了一下嘴角,昏死过去。大家慌乱地冲过去,又颇富自知之明地止步于外围。徐萍抓着急救包,心急如焚地跑来(这是所有人第一次见老妪她如此奔跑),她将年轻人抱入怀中,探察鼻息,掐人中,尔后让保姆解开年轻人裤带,自己用剪刀剪开他那闷坏人的内衣圆领。她心疼地叫唤:崽嚯,崽嚯,我崽嚯。她就这样大颗大颗地出眼泪,悲惨地呼唤,试图唤回飞逝而去的伟大流星,让开始凋零的昙花复还。

陈白驹(1961—)趁众人惊魂不定,悄然离开徐萍家。他对抢救毫无经验,也不愿掺和此事。也许只是饥饿和营养不良引发晕厥,不过从吐血看,也可能是由重疾带来的休克。他就这样搭乘出租车,和奔驰而来的急救车相向而行,回到家中。一路上他都无法原谅自己:在这仓皇的逃亡途中,他还不忘扯走女主人留在门前烘烤着的半张煎饼果子,另半张尚粘在煎饼炉上。他把它吃了。吃完还吮舔指尖。就像小偷忍不住还是去偷,赌徒忍不住还是去赌。这种难以遏制的食欲再度无情地发作,进一步论证了他是这场文学较量中平庸的那一方。

他仓促埋怨着徐萍家的多金有钱。要多有钱,才能在寸土寸金的大都市拥有一间像农家院子那样的大宅子啊。院内还移植了一棵不知年齿的老树。然后在将钥匙插进自家居室的锁孔时,他想起那件在途中就隐隐不安的事:他还不知道年轻人的名字。他不记得对方的名字,只是记住那文字所带来的刻骨铭心的感受,比如只要闭上眼,就意识到有一滴闪光的水珠正从发黄的岩壁滑落,或者看见青苔掩盖下的蚁路有一谨言慎行的蚁子正在耐心等待猎物,或者在某个女人的魂灵起身离去时,整个大厅黑了一半,她留下鸟粪一样经久不散的腥味。伟大、令人发狂并且是终生不可磨灭的感受啊。然后他记不起来那件 Brunello Cucinelli 西服遗失在哪里,原本挽着它的右小臂空空如也。他匆匆推开自家的门,大步走到书架前,翻开自己的作品就朗读起来:

如果上天有帝,他擦拭慈悲的双眼往下看……,

只读了不到十句他就为其中的笨拙哭出声来。他将自己的作品一本本地扯拉下来,坐在地上,悲伤地发呆。他这样发呆时,荷马、维吉尔、薄伽丘、普希金、巴尔扎克、大仲马、狄更斯正驾驶着金色马车轮番从墙壁上跑过去,后边跟着新晋的年轻人。此时,这病人脸色正红光着。一切得其所哉。

春　天

1

"看清楚了。"年轻人长时间盯着,忽然捂住鼓起的嘴躬身跑开。我甚至看见泪水倾斜着滴向地面。看守高耸眉毛,睁大眼看我,早说了不要看,有什么好看的。他拉上裹尸布,这样她便只剩一个轮廓了。

我一直走到殡仪馆外。年轻人蹲在路边,已呕吐干净,不过指头仍按在地上,手臂不停抖。我拍拍他,他转过头来,眼泪像伤口的血不停涌出。我完全理解这种痛苦。"不要难过,你毕竟来看过她。"我说。

他动动嘴角。

我扶起他缓慢地走。他回头望着殡仪馆。"我带你去漱口,"我说,"只是去漱漱口。"我们来到小卖部,我让他扑在柜台边,买了一瓶矿泉水。我说:"走,我们出去漱漱口。"但他好像睡着了。我用力拉,他反应过来,跟着走出来。他漱口的动作十分机械,好像老人在咀嚼什么食物。一辆挂满尘土的桑塔纳驰来,路过我们时猛然转弯,差点剐蹭到我们。

它停在殡仪馆门口。

一个四十来岁的男人从驾驶室钻出来,匆匆走进馆内。他穿着黄色夹克以及肥胖人才穿的松松垮垮的牛仔裤,屁股后挂着一串钥匙。不久,从后座钻出一位矮个妇女。她穿黑色礼服、黑色裤子、黑色平底皮鞋,右臂用别针别着一块黑纱,手里还捏着一块黑纱。她挎着黑色的包,像鸭子追赶着前边的男人。

"我们进去。"到暮色将至,年轻人才说。我感觉有很长一段时间,他并不知道世界发生了什么,不知道一个女孩死掉了,也不知道自己为什么来。但他终于醒悟过来,又哭上了。我扶着他走进馆内。现在温度是这么低,大厅阴凉,看守拖着水泥地面。他对我们说:"我真搞不懂。"

"您辛苦了。"我说。

看守在一块已很干净的地方来回拖了一阵子,示意我们坐到东边那排椅子。这样我便能看见坐在西边的那对男女。不像我们这边——年轻人正靠着我说着呓语——他们分开坐着,隔两个座位,不停争吵。他们吵得越来越凶,声音嗡嗡地漂浮,弄得大家头昏脑涨。

"吵什么?"看守将拖把重重蹾在地上。男子抬起头,而女人掏出手帕抽泣。有时哭得欢快了,她便停住,用食指和拇指冷静地擤出鼻涕。看守躬下身继续拖地。我觉得是过度的无聊摧垮了他,使他将地板当成反复擦拭的艺术品。

我看见男子里头穿着暗红色 T 恤,手戴金戒指。他一会儿揉搓头发,一会儿抓痒。他将放在空椅上的黑纱别到胳膊上,转过头对女人说:"我戴着了,我知道这不光是你的女儿,也是我的女儿。"然后他看表,问,"还要多久?"看守继续拖地。"你就这么急?"女人说。男人盯着她,眼露凶光,要不是在这里,我早揍死你了。不过在一阵沉默过去后,男人眼眶却红了,鼻下也挂出鼻涕。

"我只有你这一个女儿啊。"他抽抽搭搭地哭起来,从口袋摸出烟盒,将烟抖出来叼到嘴上。他又摸出火机点燃它。他一边咳一边抽烟。眼泪都滴在烟卷上了。

"请熄掉你的烟。"看守说。

"熄在哪里?"男人望望地面、座椅以及摆放着各式骨灰瓮的橱柜。看守继续拖地,看起来要收尾了。男人歪斜着脑袋,阴沉沉地看他,非常用力地吸了一口。"我跟你说了,公共场所不许抽烟。"就是我怀里的年轻人也被这声咆哮吓坏了。看守气势汹汹地走过去。

"不许就不许,你说话就不能客气点?"

"你不懂公共场所不许抽烟的吗?"

"你客气点说不行吗?我得罪你了吗?"

"你没得罪。"

看守走到他面前,继续说:"你没得罪,要抽的话,请出去抽行吗?"男人揉搓着眼窝,另一只手仍然夹着烟卷,烟灰积得老长,不久掉落在地。看守的眼光跟着落向地面。"我就是抽了,你怎么样?"男人说。

"怎么样?"

就是看守自己大概也没想到,他抽了男人一耳光。这下子热闹了,男人挺身而起,将骨瘦如柴的看守拎起来,"你知不知道,这里烧的是我唯一的女儿,我只有这么一个女儿,她被烧了,你知不知道?"他猛击着看守脸部,"你知不知道?"

看守大喊大叫。男人望了一圈四周,将他丢下来,踢了一脚,"去你妈的。"然后男人取下钥匙串,大步走向门外。我先是听见桑塔纳啾啾地叫起来,接着听见车门被嘭地关上、发动机启动,后来车辆转弯时轮胎与地面发出急剧摩擦的声音。他逃了。

女人坐着发抖。看守爬起来时,她说:"我跟他没关系,他早就不是我的丈夫了。"看守盯着她,她便朝后退缩。随后,一个穿白色阻燃工服的工人提着铲子赶来。她再次重复了那句话。那铲子冒着烟,可以想象,它刚取出时一定被烧得通红,现在灰扑扑的。我记得铲子上曾滴下一滴黏稠物,就像塑料被燃烧时会滴下的那样。接着女人又说了一句话,就是这句话惊醒年轻人。他笔直站起来,反复捏紧拳头,朝大厅后头的火化间走去。在我赶到前,他直通通跪在地上,双手展开,胡言乱语起来。我想他是在哀求,不要将一个已经死去的女孩再弄得尸骨无存,尽管这无法避免,我还是盼望着不要就这样一下子将她烧个干净。

他脸上像是有人在一盆盆地泼水。我他妈的也要哭了。那个女人——也就是死者的妈妈说:"春天,是你爹让你这样的啊。"

她一直在咕哝:"每一次都是我来揩屁股。没有一次不是。你为这个女儿负过什么责?你负责都负到哪里去了?你算准了我,你知道我心软,知道把春天丢在马路边一个人走掉,我就一定会去把她抱回来。你真狠心啊。但是春天又不是我一个人生的。你做爹的难道半点责任也不该负?为什么每次都是我来给你揩屁股?我难道天生是你的用人?"

在看守和工人跑向领导办公室后,这个穿着黑色礼服黑色裤子黑色皮鞋别着黑纱像一只黑鸭子的妈妈,步履蹒跚但内心坚定地走出去。追随她前夫的脚步。她边走边说:"说什么我也不回来。我受够了,早就受够了。我决定了,你不回来我也不

307

回来,你以为我回来,我就不回来,我看是谁回来,看是谁更狠心。你随她怎么样,我也随她怎么样,我看是谁回来。"

2

他掏出一张不足三十字的介绍信。看格式原是开给看守所的,改写成殡仪馆了。在填写探视理由处,警官画了个斜杠。这里最好能写上具体内容,比如"协助调查采访",他面露难色。"这就够了,"警官说,"我们这里还没开过这样的介绍信。"

他用了两天来解决此事。打电话给自己报社的记者,让他们帮忙联系这座城市的政法口记者,再由后者联系这边公安局熟人。一环比一环疏远。他得到这边记者的承诺,说马上,却是从上午等到下午。最终他闯进报社,喊叫着记者的名字。

"没看到我正在忙吗?"对方说。

"我只是着急去看下,兄弟,"他越说越缓和,"她是我女朋友,是我女人。"

"你看分局那边也快下班了。"

在等待时,他想:实在不行,就将汽油倒在停车场角落的废弃灵车上,反正仅有的一只轮胎也瘪了。车内锈迹斑斑,塞满湿润的木条。将这些木条点燃,让它们冒出浓烟,然后在他们赶出来时,潜入殡仪馆。这办法并不明智。还不如手持木棍,将他们逐一打翻。

当他第一次走进殡仪馆时,看守拦住他,"你怎么搞的?"他看见自己的鞋在刚拖过的地面留下印迹。"你要干吗?"看守说。

"我来看我的女人,她死了。"

"运来多少天了?"

"应该有七八天。"

"带户口本了吗?"

"没。"

"结婚证呢?"

"我们没结婚。"

"那你有什么证据证明你是她男人?"

"我就是她男人。"

"那我也是。"

看守接着说:"你总得有个证明。"

"我骗你干吗?到现在我还没看她一眼呢。"

"每个人都这么说,都说自己是死者的亲朋好友。但你不觉得殡仪馆也是个单位吗?你们想来就来,就走就走,难道就不应该对它讲点规矩吗?"

"你看这里一个人也没有。"

"这是规矩。"

"您行行好。"

"我为什么要行好?我在这里上班,干的就是这事。我得保证死人不受打扰。"

"她真的是我女人。"

"没有人不是这样说的。"

你知不知道,我在这世上爱着的只有她,我见不到她,就活不下去。我活不下去,你也别想。他从钱包先后掏出两张钱,哀望着看守,可看守将手插进裤兜头也不回地走掉了。后来看守又提着拖把回来,在年轻人脚下拖来拖去。

"我没工夫和你玩什么柔情。"看守说。

"我是记者,"他想了很久,说:"我有权对她的死因进行调查。"

"刚才你不是说你是她男人吗?"

"我是记者,同时是她男人。"

"那你的记者证呢?"

"没带。"

"走开。"

他掏出这张不足三十字的介绍信,递给我看,"我也不知道这个行不行。我是顺道来向您告别的,您是好人。"

"你要先休息下,你可以到我家休息。"

"来不及了。"

"那我陪你去,我反正也没什么事儿。"

我得感谢您,但这事最好还是我一人去干。我应该怎样向您表达我的拒绝呢?我得感谢您,您是好人。他显得为难。"我终归也是要去送她一程的。"我说,然后搂住他肩膀,走向车库。我载着他朝西郊行驶。下午的阳光射向车窗,他迷糊起来。他睡得很少,即使有时间睡,脑子里也应该交织着种种噩梦。不久他果然醒来,问:"到哪儿了?"

"还早。"

"我一定睡了很久。"

然后他眼神空洞地望着前方。最终,一根冒着烟的大烟囱进入视野。"就是那儿。"他说。我们便开到烟囱下的殡仪馆。它的门前有着龟裂的水泥停车场以及一座狭小的花坛,摆着两排塑料花盆,里头都是塑料菊花。

看守穿着仪仗队式样的制服,一身洁白,包括皮鞋和手套,只有肩章和袖口的缀条是红的。他弹着裤缝,看着我们走来。

年轻人拿出中华烟,很久才知道怎么拆开封条。他将过滤嘴都捏皱了,说:"师傅抽根烟。"看守将手抬到唇前,摆了一下,"不抽。"他确实很该死。

"您看看。"

看守接过介绍信,背过身,就着阳光研究。这时,年轻人攥紧右拳,将它提到胸前,准备给看守的后脑勺一击。我扯他的衣角,却是让他更加愤怒。他等待着,直到看守招招手,说:"你们也知道,我也是按规章办事,规章规定我怎么办,我就怎么办。"

我说是啊是啊。

我们跟着往里走。进门前,看守说:"擦干净。"我们便在一块红色门垫上来回擦鞋底。年轻人一直沉浸在自我赋予的勇气中,可一进到这巨大而安静的大厅,人便发软,苍白的脸上渗出许多汗珠来。

看守领着我们穿过大厅来到领导办公室。一位戴眼镜的男子正在看报,介绍信递过去后,他看也没看便签了字。然后我们回到大厅,从西北侧小门走出去。路的尽头是火化间,据说那里的化尸炉泛着银光,像面包烤箱排列整齐。停尸房在通往火化间的路途中间,左边连着冷库。"制冷坏了,修了几次没修好。因此无论如何,今天也要把她化掉。唉,到时候可能还要切开尸体,否则会爆掉。"看守说。

年轻人停在那儿走不动了。

"你非得要看。"看守说。

年轻人喘着气,深呼吸好几次,才继续走动。看守推开装着毛玻璃的门,一股浓烈的福尔马林气味冲过来。房内摆着十来个铁床,有几个盖着裹尸布,显现出尸身的轮廓。墙角则起了一圈半尺高的青苔。有尸体的地方,植被茂盛,我想到这个。看守径直走向其中一具,像魔术师一样拎起白布一角,说:"你们真的要看吗?"

年轻人极为认真地点头。

看守缓缓揭开裹尸布。哦,现在想起来还是恶心坏了。春天躺着,肿胀了一倍,肚皮却瘪了,从上衣缝隙露出解剖后粗枝大叶的缝针痕迹;那皮肤一部分呈褐色,一部分发黑,像是豆腐起了霉斑;只有脸部还稍微保留住一些往昔的影子,但是大耳扩腮,眼球暴突,嘴唇肿胀外翻,露出岩尖般的牙齿。我的脸皱成一团,眼睛痛苦闭上,我已经为这具尸身严重吐过一次。年轻人一直硬站着。看守问他:

"看见了吗?"

"看见了。"

"看清楚了?"

"看清楚了。"

3

我走进小区里我的家。电梯在四层开启,一个年轻人蹲在对面墙角。他迎着我的眼光,想说话,却自我劝止了。我走过去,打开自家房门,听到细微响动,是他站直了。我转过头来看。他的嘴唇再度开启,再度抿了下去,像好不容易支起的帐篷一下扑倒在地。

"有什么事?"我说。

"请问是陈先生吗?"

"我身体不舒服,不接受你们谁的采访。"我关上门。一会儿,门上响起敲门声,我拉开门吼道:"够了,朋友,我说够了。"

"我是春天以前的男朋友。"他说。

"什么?"

"我是春天以前的男人。"

"你有什么事?"

"我想看她有什么遗物留在这里没有?"

他不争气地出了很多眼泪。我则在等待一种叫恍然大悟的东西,就是这个人就是他啊。他说:"说起来都因为我。"可我觉得不是这回事,他应该具有让女人崇拜的危险面容以及冷漠残忍的脾性,可他无论是面相还是举止都显得过于老实。只有额头一块不大的疤痕似乎证明他还有过暴力经验,而我宁愿相信他是挨揍的。

"进来吧。"我说。

他匆促致谢,躬下身去解鞋带,被我制止。我去那间小卧室取了遗物,发现他还留在门口。"我是在报上看到消息赶来的,没想到她死了。"他说。

"炒作一阵子了,本来是自杀,非说他杀。"

"我知道。"

"春天也不是什么小姐。"

"嗯,说起来是我害了她。"

"别这样。"

我想我终归还是与人为善的,便缓和口气,"我一直没给外人看过,你坐。"他躬着腰接过去。在那本《茶花女》的扉页上,有一行字:

玛格丽特对春天惭愧

他一见到此,便像罪犯在铁证面前表现的那样,猛然栽下头。这是当日他的笔迹,稚嫩、自信而草率,在爱情的冲动里迷信对方是唯一。现在他穿过时间之河,有大量的后果可以用来校验当初的赞唱与誓言。而他即将打开的日记本,每一页都被圆珠笔画了大叉,有的已划破,我们仿佛还能看见春天当初歇斯底里的举动。我走到厨房倒水,年轻人则在不停翻日记本,最终他抱紧自己的头,抽泣起来。我看见他的背部微微颤抖,接着肩膀、胳膊和衣服也明显耸动起来,仿佛整个身躯都参与了这场哭泣。

春天这样写:

我找不到谁说话。我想了所有人,没一个合适。也许不是合适,而是没人愿意来听。我快要死了。我都要死了,他们还在问:"你怎样了?要不要喝点热水?"你也不在。即使你在你也会狠心走开。我不可能再相信你。我病得快死了。我会死在没人要的野外,总是下雨,下了很多天,我的尸体都湿透了,你们也不会来。我不在你们的名单里。我活该这样。你们没一个会同情我。没有没有没有没有,你们没有一个人在乎我。我算什么东西。

除开这些,整本日记留下的便全是一个被迫害妄想症患者的胡言乱语了。我早撕掉那页说我的,她写我如何处心积虑地勾引她——路过时蹭她,用手指钩她下巴,将手掌捞向她阴部,等等。他构陷了所有人。

"没这回事。"我说。

我知道,小莉皱紧眉头,不停晃荡着脑袋,你最好把它们全撕了。

我端着水走回客厅。年轻人抬起头,睫毛湿答答的,"我得走了,实在打扰您很久了。"

"没事。"

"我能带走么?"

我点点头,将为他准备的茶水放在茶几上,由着他走出去。"你有什么事需要帮忙,可以来找我。"我说。

"嗯。"他匆匆回答道。

我关上门,走到窗边,一直等到他在地面出现。他走错了方向,很久才知道回来。他仰面朝天,吊垂双手,放肆地哭泣着。有几个路人停下来看,他差点撞上一个。我想这时就是有人对他脸上吐痰,他也不会管;就是照着他胸口插一刀,他也会朝前走。他要哭很久很久,为着罪孽。

此后又只剩我一人。在长长时光里,我将酒放在腿间,坐在沙发上发呆。上午走了,下午来了,灰暗的东西从天空压下来,天黑了。然后,从那狭小卧室传出若有若无的呻吟。也许只是感冒,但春天像经验丰富的老太婆,在四周沉默时她沉默,一听到脚步声,便赶紧呻吟起来。我们走到门口时,那呻吟便极为大声。

"你怎么了?"我们走进去问。

"我快要死了,你看,都没什么血色。"她悲啼着,眼泪朝外滚。奸诈,小莉看着我。我点点头,说:"喝点热水吧,我这就去倒。"后来我们路过时不再停留,她的哼叫便徒劳。现在她都死了,我还听到她在房间像织布一样织着自己的呻吟。

"够了。"我醉醺醺,踹开房门。那里只有一张暗红色的小席梦思。我找到扫帚,在每个角落扫荡,我吼道:"够了够了,别他妈再哼叫了。"她便停止哼叫,却又在我低头时,悬浮于某个角落。我仓促望去,她便像一口气吹飞的碎片,无声地散了。

我打电话给小莉,说:"我从没像现在这样想你。"可她仍沉浸于自己的悲哀,"将房子卖了吧,我实在是住不下去了。"

"卖,过完元旦就卖。"

"能早点就早点。我实在没这么倒霉过。"

"那你还回来么?"

"不回了。"

我整夜开着灯和电视,比任何时候都盼望早晨到来。在白天,我穿过一条条街,嘴里模拟着,嗯唵,嗯唵,嗯唵。可总有一股万有引力,将我扯回来,即使背对着家门,我也会倒退着回来。嗯唵,嗯唵,嗯唵,我模拟着,像头驴被迫回来。

"这不就来了吗?"

保安将手越过年轻人的肩膀,指着我说。年轻人转过身,眼睛像棍子打在我身上。几天工夫,他头发凌乱,脸色灰白,嘴唇也不见半点血色,连着眉毛也灰了。他就像常年吸毒,或者连续熬夜打牌,在生理上极为疲倦,却在精神上极为亢奋。

"我是特为来向您告别的。"他向我鞠躬。

"事情处理好了?"

"还没,我这就是要去看春天。"

"你还没看到?"

他捏紧拳头,骂起殡仪馆看守来。说起这老实人的愤怒,嗯唵,因为并不践行,便在嘴皮上极尽凶狠。他一边在包里翻介绍信,一边破口大骂。

4

警察没有回答,将我召入会议室。有人拉上窗帘,摄像师扛着机器,摄像机尾端插着一根线,连着话筒。电视台记者举着话筒,背诵开场白。是自杀还是他杀。殒命。这究竟是。欢迎收看。迷局。

"我可以走了么?"我再次问。

"你等等,他们也许会问你一些问题。"警察的眼睛盯着摄像机。

船夫双手扶膝,目不斜视,坐在角落。我听到"先录先录"的声音,灯光师举起白炽灯对准船夫,后者的脸瞬间僵硬。电视台记者走来抓起船夫的手,有力地摇着。"别紧张。"他说,然后抽出那只手。船夫不知是要将手指合拢,还是继续分开着,便让它悬在半空。直到采访结束,船夫才收回手,去抓了抓衣服。

然后电视台记者开始抖电线。就要到我了,我喘着气,没有比这种等待更熬人的了,我还没经历过这种事儿呢。当电视台记者提着已经顺溜的线,在跟随的白炽灯照耀下走来时,我站起来,他就像将军一样散发着威严,盔甲哐当作响。

"不用站着。"他笑着说。我因此坐下来,我的脸得有多红啊。

"准备好了么?"

"好了。"

"我们都知道死者生前曾在你家住过一段时间。"

"是。"

"她是你什么人?"

"我妻子过去的同学。"

"她为什么住在你家里?"

"她是我妻子的同学。感情好。她穷。住不起房子。也许。"

"你觉得她是个什么样的人?"

"待人和气,挺懂礼貌的。"

"具体说是?"

"就是特老实。"

"比如?"

"她对每个人都和和气气。"

他对我轻眨眼皮。我说:"唉,没想到她这么快走了。"他便对着镜头发表议论,然后转过来说,"谢谢。"他握住我的手冰凉,而我的汗倾巢而出。

"我可以走了么?"我走过去问那位警察。

"等等吧,谁知道还有什么事。"

不一会儿,法医推开门。他将蓝色文件夹抛到桌面,然后戴上白色手套。后边闹哄哄跟着一伙报社记者,为首的是那个穿着红色鸡心领毛线的矮子,他皮笑肉不笑地和熟人点头,然后带着一股畜生般近乎蛮横的自负,坐到法医对面。

"现在要拍吗?"法医对着摄像师喊。

"可以吗?"

"可以,有什么不可以的?"

法医振振衣,坐好,从文件夹抽出一张照片,说:"你们看,鼻子下有白色蕈状泡沫,说明是溺死的。这是冷水进入呼吸道,刺激气管黏膜形成的结果。"接着他又抽出一张,显示春天手里抓着泥草,"这也是溺死的重要特征。我们至少可以排除她是被杀死后再抛入水中的。她是直接溺死的。"

矮胖的记者举起手来。

"什么事?"电视台记者问他。

"我可以问问题么? 我怕耽误你们拍摄。"

"没事,人家会剪辑。"法医说。

"那我说了。这两张照片并不能排除是他杀。溺死不一定代表自杀,别人也可以将她推下水,置她于死地。"

"这种情况很少见。"

"我在电影里看过,金三角的毒枭经常将人推到河塘里淹死。"

"那是电影。"

"电影来源于生活。"

"我问你,假如你是凶手,你会将一个成年人推到河里么?"

"有什么不可以,什么痕迹都不会留下。"

"你考虑过他的游泳水平么,考虑过他的求生本能么,考虑过水深水浅以及水的流向么?这些都考虑过么?他要是没死,你怎么办?"

"我会事先采取措施。"

"什么措施?"

"捆好他的四肢,或者绑缚重物。"

"那在这起案件里你看见过绳索或者重物么?"

"当然,"记者解下相机,调出照片,"你看,她的双手被绑住了。"法医摆摆手。记者接着说:"很简单,要是我自杀,怎么能将自己双手绑起来呢?"

"这在自杀中并不罕见,你没见过而已,"法医做起手势,"你既可以通过别人帮忙,也可以自己先做好绳套,用牙齿拉紧系带。"说完他慈悲地看着记者,就好像不是他在疲于招架,而是对方就要踏出最后一步,掉进自己安排好的陷阱里。记者果然说:"你也不能排除有人将她双手绑住然后将她推到河里的可能性。"法医鼓起掌来,警察将船夫带过来。

"你问他吧。"法医说。

"是哩,是我捆住她两只手。"船夫说。

"什么?"

"是我去捆住她的。"

"你为什么要捆她?"

"我们都这么干。"

"你们将尸体的手绑住?"

"是哩,这样我们就能把尸体拖到岸上来。"

"你不可以将尸体弄到船上吗?"

"不吉利。"

船夫又补充道,"我捆的时候她已经死了,鼻子下冒着泡泡哩。"记者吸了一大口气,胸口跟着鼓起来,我真想踹死你这老东西。法医微笑着走过来,摸出烟,不停在烟盒上敲打这根烟,说:"写新闻不是写小说,你说是吧,小何?"记者面红耳赤地收起采访本,说:"我也不是为了工作吗?"

摄像师重新打起手势。法医抓紧吸两口,摁灭香烟,重新坐回去。"我不知道你们知不知道河流的宽度?"他比画着,"只有这么宽,四到五米。你游几下,这么说吧,挣扎几下,就到对岸了。"

"嗯。"电视台记者说。

"想弄死一个人还是很难的。"

"那这同时是不是也意味着自杀的难度增大?会让既遂率不高?"

"不,对自杀心切的人来说并不如此。给他一口水,他就能将自己溺毙。对人生感觉太累的人,可以将脸伸进马桶淹死自己。还有的人,仅利用山间一场大雨,醉卧于小道,也能让肺部进水。所有证据都在表明这起案件的当事人在想办法寻死。她先喝了农药。"

法医抽出尸检报告:

"我们从她体内提取到有机磷制剂。农药是她自主喝下去的。这是她原本想采用的自杀方式。如果是别人将她弄死后再灌入,那么因为代谢停止,我们便不可能在肝脏等处提取到农药。"琥珀色的酒瓶没有瓶盖,放在椅上,酒里掺了敌敌畏,散发出臭味。河水隐藏着布片、剩饭剩菜、用过的卫生巾、黑色的泥浆以及正在自溶的死猫死狗,也非常臭。河水裹挟着它们极为缓慢地流淌,也将它们沉淀。春天已喝了四瓶,第五瓶里掺了农药。她坐在路边椅子上,仰望着沉闷的夜空,程序性地抓起第五瓶。她只喝了一小口便弯下身子呕吐。但她还是再喝了两大口,确定喝进去一些。

"她喝得不多,不足以致死,但身体反应强烈。"她抱着头,踉踉跄跄地走。右腿朝右边晃,在右腿成为支撑腿后,左腿朝左边晃。她往前晃了几步,便连续后退。她半转过身子,继续晃荡着。头是晃动的根源,让她的身体转着圈儿。她恶心呕吐,汗如雨注,同时还在来回转着圈儿。不一会儿,她感觉进入一个雾的世界。路灯、座椅和树枝变成大大小小稍浓的轮廓。她紧抓着头,大口喘气。

"她的身体已被损害一部分,但尚未损害彻底。求生不能,求死不得,比死还难受。"她来到生与死的中途,人间就在井口,闪现着讽刺的弱光。她没有力气再爬升一步。而井底那永远黑暗的处所,像母亲一样挥舞着煽动性的手帕。跳吧,跳下来。她反复权衡着:就一下子,什么都结束了,不会再有肉身的疼痛和精神的磨难了。还有,再不决定就来不及了,就会像重伤的野猪在泥浆里永恒地、可怖地抽搐。

"因此,她跳入几步之遥的河里。她不再顾及河水臭气熏天。这在自杀案例中很常见,很多事主最终都背离了最初的自杀方式。"春天开始走。她走了很久很久,像身处于噩梦,怎么也走不动。她焦躁,恐惧,愤怒。最终她辨清河流的细响。她走上防洪墙,哀鸣着,猝然栽向河里。她飞落时,所有世事像高速奔跑的数字在她眼前清晰闪现。被遮蔽的事都有了眉目,哦,就要恍然大悟大彻大悟了。然后她被河水及时吞吸。河水像无处不在的冰刀,刺进她身体,在她的思维里划来划去。

"还有这里,"法医展示出又一张照片,显示春天的手掌充满淤痕,皮都破了,右手食指和中指甚至露出骨头,"她在尝试往岸上爬,在抓,不过最终能抓牢的只有水中的水草了。"春天够到防洪墙的护沿,双手不停颤抖。她再也使不出力了,就是支撑着不让身体掉下去也办不到。身体正像一头野牛,将她朝反方向无情拉拽。她终于像一枚孤独的炮弹,再度掉进河里。有段时间,她从水里伸出一只手或半个脑袋,但后来我们能看见的便只是微微隆起的水面。她的面孔开始在广袤而沉闷的夜空浮现,这张灵魂的脸独自待在虚空,看着自己越沉越深,一直像秤砣那样依附于水底,被水底吸住。后来,它也消失了。

"是不是可以说,她还是有着强烈的求生欲望?"电视台记者说。

"你可以理解这个想死的人已经死了,而她的躯体还在做本能反应。"

法医点上烟。摄像师扛着机器走了。屏声静气的众人开始说话。矮胖记者走过来,说:"你没办法证明农药不是别人骗她喝的。她喝醉了。"

"你有证据么?"

"没有。"

"没有证据你说什么?"

"反正我没办法完全排除他杀的可能性。"

记者走回去时,拉拉船夫腰间的尼龙绳。"不关我事。"船夫晃荡着脑袋。

"你不错嘛。"

"不关我事。"

"你为什么不绑她一只手,绑一只手不是也能拖上岸吗?"

"这个要看情况哩。"

"绑一只手不是更省事吗?"

"我不知道,我要回去哩。"

记者嫌恶地丢掉绳子。这时,警察说:"你们不是要问吗?这里有个死者以前的房东。"那伙记者便转过来,齐刷刷地看我,就像我身上别着什么明显的凶器。

"我还有事。"我说。

"就一会儿工夫。"他们中的一个说。倒是那矮子说:"有什么好问的?"他一个人先走了。

"我们就耽误你一会儿,"剩下的一直跟在我后边,"她是你什么人?"

"我妻子过去的同学。"

"她为什么住在你家里?"

"她是我妻子的同学,和我妻子感情很好。当时她租不起房子。"

"你知道她做鸡吗?"

"不知道。"

"真不知道假不知道?"

"真不知道。"

"当时有没有男人上门来找过?"

"没有。"

"那有没有人打电话给她?"

"不清楚。"

"她在你那里住了多久?"

"三个月。"

"三个月,你怎么可能不知道?"

"真不知道。"

"你连她是做鸡的都不知道?"

"当时她可能没做。"

"那你知不知道她偷东西?"

"不知道。我得走了。"

"就这个问题,她有没有偷过你的东西,或者别人的东西?"

"不知道。"

"那你有没有收她房租?"

"没有。"

我继续走,他们像飞机抛出的降落伞,离我越来越远。他们说,"不收房租,可能是用睡觉抵了。"我立刻停住,指着他们,"说什么呢?"

他们摊开双手,阴阳怪气地看着我。

"我告诉你们,你们左一口鸡右一口鸡,你们呢?你们不是吗?"有时发怒会让人说话流畅很多,"你们有没有想过她也是一个人,也有属于人的尊严?她都死了,你们还纠缠那些事干吗?"

"她做鸡是不可争辩的事实,我们用事实说话。"

"去你妈的用事实说话,你们只是挑有利于你们的事实而已。你们的报道有一句同情她关心她的话么?你们关心的只是读者的肮脏心理。你们为着讨好读者,不惜出卖一个可怜的女人。这就是你们自诩的新闻正义?你们跟那些恐怖分子有什么区别,你们不就是报纸的败类新闻的亡命之徒吗?你们从前到后,有从人的角度去理解一个当事人么?"

"你理解过。你说。"

"滚。"

我走向车辆。可仍旧气不能平,我转身继续咆哮:"什么事到你们这儿,都被刻画成色情。色情、色情、色情,你们脑子除开这个就没别的了。一旦不是色情,你们就疯狂做伪证。你们有笔能写,信口雌黄没人管。你们不怕报应。"

他们一起笑起来,你看他,说得头头是道的。我钻进车,感觉爽多了,觉得只要一提方向盘,车子便能跑向天空。可不一会儿,脑袋便呜响起来。我去了电玩城,到处是嗒嗒的枪击声,我玩不好,便去洗浴中心。水柱砸向地面,也是嗒嗒的声响。我还得去迪厅,迪厅真好啊,就像有什么东西主导着我们,嘭呗,嘭呗,嘭呗嘭,让我的一只手不由自主弯出来,在脑袋和肩膀跟着弯过去后,它又主导你朝另一个方向弯去。没人告诉你这样,是你自己知道就要这样。这样我就无暇顾及那让人发疯的嗯唵声了。

后来我将脑袋塞到小姐的胸里,说:"就这样捂我一夜吧。"

"不。"小姐来回碾压着我的阳具。

"就这样捂着我的脑袋,求你了。"

我捉住她的腰,继续说:"我给你两千。"

我直到次日才回到小区。阳光明媚,而我因为疲惫而恶心。

我将车停到门口,摔上车门,看见那伙记者守在一辆车内。来了,来了,他们怂恿着穿鸡心领毛线衣的矮胖记者。后者摇开车窗,说:"不要以为我们的办事能力差。"

"操你妈。"

我走向小超市。我听到车门被关上,感觉他像豺狗一样盯着我的背部。他一定一只手插在裤兜,另一只手晃荡着,他用眼神跟同伙说,看我的,然后继续吊儿郎当地走过来。最终他拍住我肩膀,说:"听说你和她关系不明不白。"

"谁?"

"死者。"

"我说你是听谁说的?"

"你别管,你就说有没有这回事。"

"谁这么诬陷我?"

"这个人,你认识他,他也认识你,"他的手划向空中所有住户,"当然我也认识他,虽然刚认识不久。不过,从我的角度来说,我还是愿意相信当事人一点。"

"没这回事。"

"我也是为你好。"他看着我,你最好考虑清楚,写什么,怎么写,都在我。

"滚蛋。"

我继续走向小超市。他走过去拍打我的汽车,说:"你不知道马路边不能随便停车的吗?"接下去又对那一伙记者说,"一个普通居民而已,把自己当新闻发言人了。"直到我从超市结账出来,他还在说,"你不觉得你现在的表现很可疑吗?"

我想抽他一顿,但我想他没什么招了。

5

列车最终悄无声息地驶出去,就像上帝轻轻移走一块积木。一共十五节,一会儿就溜完了,我看见对面的月台空荡荡。它好像只装载小莉一人,它的任务就是负责将小莉从我身边装走。我感到一种散架的孤独。我们家就像散伙了。

我随便吃了点,买到刚上市的早报晨报都市报,坐在车站逐字逐句读。它们以较大篇幅报道春天事件的新进展,可用其中一个标题概述:

护城河悬案添新疑点

死者生前被搜身侮辱

它们以一名 KTV 小姐的讲述为底,外加许多评论性语言组成。她化名芊芊,就是穿旗袍、涂口红、在河边喋喋不休的那位。她敢作敢当,拨开身边掐她的伙伴,提着裙裾走到刚被她们拒绝的记者面前,说:"她就是被他们害死的。"

"别说。"

"什么别说?要是没做亏心事,他们为什么跑掉?"

"事情都过去一个月了。"

"就是因为这个,就是,"她觉得旗袍很闷,叉开两腿,像只圆规那样站着,"来,有多少料我给你们爆多少料。别拦我。"

一枚从周生生买的铂金戒指,价值约一千五百元。毛毛戴不进,问:"你这是给谁买的?"

"给你买的。"马勇讪笑道。

"你怎么不带我去试?你知道我指围吗?"

"我身上有钱,一时高兴,临时买的。"

"谁信?"

"不信拉倒,拿来。"

"不,你说清楚。"

"拿来。"

"给我试试。"这时春天走过来。毛毛愤怒地递过戒指,说:"你试你试。"

"走开。"马勇说。

"给我试试。"

"你试,你试啊。"

"你别哭,男人是你从我手里抢走的,我都不哭,你哭什么?"

春天对着光线举起它,在男人就要抄走时,一转身,戴到右手无名指。严丝合缝。不大不小。她还甩了甩手,它就像生在上面。"摘下来。"马勇吼道。春天转过身,看见他作势要扇下来的巴掌,说:"打啊,打啊。"毛毛气得不成样子,不停跺着她高跟鞋。

"打啊,你倒是打啊,这个戒指你说要买给我,转手送了别人。"那巴掌便打下来,并不重。"你以为你是什么东西。"马勇说。

"我不是什么东西,我只是好怀念生病时,有人跑来,又是炖汤又是按摩的,"春天摘下戒指,瞟了眼毛毛,还给她,"我只是戴戴好玩,他哪里会给我买什么戒指,他也从没带我去金店试过指围,我只是逗你玩儿。"

至少在这个环节,姐妹们认为春天是打了漂亮仗的。那戒指从此像脏东西,毛毛指头没法戴,心里也戴不上,可为着刺激春天,总是拿出来玩。"你玩着玩丢了怎么办?"有人说。

"丢就丢了,好大一场事?"

可真丢了时,毛毛大汗淋漓,在衣柜、收银台和包厢不停翻找。包厢灯暗,她便取了应急灯,后来还拿扫帚柄去沙发底下扫荡。"他要是知道了,还不打死我?"她看着姐妹们,"也不知道是谁人品这么烂,手这么贱?"

"你好好想想,最后一次见到它是什么时候?"

她骂骂咧咧地想。马勇走来时,她还是没想到。"什么事?"他说。她低头咕哝着。卫生间,肯定是,上个卫生间,不见了。

"到底怎么了?"马勇烦躁地问。

"春天偷了我的戒指。"

"你确信?"

"我记得上卫生间回来时,看见她的身影。"

"你确信看到?"

"百分之八十是她,百分之百。"

"春天。"马勇喊叫道。

"什么事?"春天走过来。

"你拿了毛毛的戒指?"

"没有。"

"我再问你一次,拿没拿?"

"没有。"

"我给你机会,你自己拿出来。"

"我没拿,怎么拿出来?"

"我最后一次警告你。"

"我没拿。"

"好吧,所有人都给我滚到更衣室,滚进去。"

马勇像赶鸭子一样将大家赶进去,命令每个人打开衣柜,由毛毛挨个检查。现在想起来,并不是毛毛有什么证据,她只是出于害怕,要将丢失戒指的责任推给别人。她选择了自己最恨的人。可是春天瑟瑟发抖起来。在所有衣柜都没找到这银白色的玩意儿后,毛毛喊起来:"扒开春天的衣服,搜身。"

春天缩着身躯退到墙边。毛毛走过去,抽了她一耳光。"没有。"春天说。可还不如不说呢。毛毛蹲下去,掀开春天上衣,将手探进胸罩里摸索。"没有。"春天痴愣地看着上方,气若游丝。

"什么没有?"毛毛从她胸罩里取出戒指,"你看看这是什么?"

"这是我的。"

毛毛戴它,果然戴不上,"你看清楚,这是谁的?"

"我的。"

毛毛一个巴掌打下去,将要再打,被马勇拎走。春天眼里闪出一些欣喜来。可是马勇挽起衣袖,躬下身子便揪住她的头发。春天开始弹跳。马勇没有抓好,重抓了一次。他拎起她,用手肘压住她脑袋,掂了掂,说一声"起",三两步便跑向另一头。春天的身子跟着自己的头发,头发跟着那只文着暗蓝色大龙的粗手,朝另一头奔跑,猛然撞到墙上。还好墙上包着厚呢,墙体也是木板,否则准得撞死。

"是不是你偷的?"

"不是。"

马勇换了另一只手,重新抓牢,不停拎着她往墙上撞。"你这个疯子。"马勇咆哮着。而春天还在说:"你说过永远不打我的,你说过。"

"你他妈就是一个疯子,我认识你的时候你就是个疯子。"

马勇是个偏执狂。我们以为撞三五下就够了,可他撞个没完没了。我们一起去拉他胳膊,他还是用尽最后的气力,将她撞了一次。墙都凹下去一些,脖子撞歪了。

因为这事,很多人觉得过去一些莫名其妙的事都得到解释,比如一只耳坠不见了,或者本来是五百元的转过背回来就只剩三百。她们恍然大悟。可我觉得春天不是这样的人。春天是偷走了戒指,可这和偷走一个男人相比算得了什么?你偷走我的男人,我偷走你一枚戒指,不算合理吗?何况这戒指本来就是买给我的。谁比谁不要脸?春天当天就走了。

我坐到九点,买了啤酒,一手抓着方向盘,一手握酒瓶,开车回家。我看见路人指着我,无声地惊呼,交警也露出疑惑的眼神。我若被逮起来就好,我实在没办法安排自己的生活了。

我在家里沉沉睡去,直到房门被敲响。是物业的人。"公安分局打电话来,要你下午两点前去一趟。"他说。

"什么事?"

"没说。"

"你确定是找我?"

"是。"

"那你知道是询问还是讯问?"

"我不懂,你最好赶紧去一下。"

"一定是找我去问春天家人的联系方式,"我说,"一定是这个。"

凭什么?我坐在沙发上,不停地换电视频道。凭什么?可最终我还是驱车出了门。在岔路口,我看见阳光暖融融的,像在人行道上铺了一层明晃晃的水,树枝和树叶全镀了金,灿烂地摇曳。这是自由时刻的景象,你可以就此开溜,远走高飞。可我还是驶往分局。我反复跟自己强调:询问针对的是证人、受害人以及知情的人,讯问针对犯罪嫌疑人,如果是犯罪嫌疑人,不会打电话来,直接上门扑倒就是。

  驶入分局大院后,我没有急着打开车门。我还在想,这一生我到底做错了什么事而自己还不知道?或者,我曾经得罪过什么人?等到我确信嘴里没一点酒味后,才走下来。我想我害怕的是公安局本身,就像头一次住院的人,满脑子都是开膛破肚的传说。

  "没事的。"我在走廊听到一个来回兜圈儿的人这样呢喃。他穿着松软的白衬衣白背心黑裤子,脚上还蹬着凉鞋,趾间粘着发裂的泥块。他是船夫,自言自语道,"我不就是听你们指挥打捞一下吗,打捞有什么错?"我斜盯着他,他便低头避开我的眼神。我按纸条上写的,敲开某间办公室的门。一位戴着眼镜的白胖警察坐在里边。"坐,坐。"他站起来,带着本性里的善意。还给我倒了杯水。这使我大为宽慰。

  "请问找我有什么事?"

  "没事,就是想了解一些春天的事。"

  "她是我妻子过去的同学。"

  "她为什么住你家里?"

  "她是我妻子的同学,和我妻子感情非常好,她又穷,租不起房子,就住到我家里。住了三个月。"

  "你觉得她是个什么样的人?"

  "是不是好人不好说,但至少不是坏人。她讲礼貌,很少给别人添麻烦。"

  "你知道她在 KTV 干过么?"

"我也是最近看报纸才知道的。"

"她有没有向你或者你夫人说过什么?"

"说什么?"

"谁谁对她不好之类的。"

"从没说过。"

"你回忆一下。"

"没说过。"

"她住在你家时也没说过?"

"没说过。"

他做完笔录,走过来给我看,我伸出右手食指,轻点印泥,在签名上摁了黄豆那么一块。"你们每个人摁指纹怎么都这么小气?公安局就有那么可怕?"他说,但没让我再摁。

"我可以走了么?"我擦着印泥,说。

"听说你是画家?"

"只是业余爱好,算不得什么。"

"那你怎么看这事?你坐。"

"现在的死亡都他妈是受辱,"我在报复自己刚才的谨小慎微,"在之前任何一个世纪,死亡都是私事,都是一个人庄重地谢幕。而现在,你看看现在,它变成人咬狗的新闻素材。你不知道每天有多少读者对着春天这个名字手淫。"

"你这么说很新奇。"

"还有更新奇的。就是以前我从不信一句话,现在信了。"

"什么话?"

"'人一进公安局,没罪也会觉得自己有罪'。"

他看起来乐翻了。我说:"现在我可以走了么?"

"你等等。"

他背着双手,游荡到走廊,将脑袋探进会议室。通过虚掩的门,我看见会议室地上团着一捆沾满灰尘的电线。"我可以走了么?"我说。

6

这是个念头。就像我听见的嗯唵,只是个念头。它扎根于脑海,小莉却试图通过肉身的位移来躲开它。"我们快点走,我一刻也待不下去。"她说。她弄不开车门,嘭嘭地拍打它。我一转,它便开了。她刚发动好汽车,熄火了。她当然又不停地拍打方向盘。

"手刹没松。"我说。

她嘶嘶地发着气,吼道:"还愣着干吗呢,还不过来开。"我便下车。在擦肩而过时,她既不看我,也不说话。她脸上扑满白粉,神情僵硬冷漠,身上散发着我没闻过的味道。这是憔悴的征象。她半躺着坐好,眯着眼说:"看见什么了?"我知道她不需要答案。河边,记者和围观的人都走了,穿旗袍的小姐该说的都慷慨激昂地说了,如今在孤独地烧纸。她一边用小枝拨弄不大的火焰,一边哭。她既为春天哭,也为自己哭,归根结底,还是为自己哭得多一些。我没有告诉小莉这些,我什么也不说。

直到到达农庄,她还在睡。而一醒来,便说:"这是什么地方啊?"她看见的想必也是我看见的,挂着暮色的屋角,阴凉的地面,一伙从不认识的人。他们带着动物那样的眼神,平静地看着我们。这不是你指名要来的地方吗,我想。

"我们先去吃饭。"我说。而小莉跟着店员走向房间。是大炕铺。

"不是说有单间吗?"我问。

"不好意思,你看也不影响什么。"店员说。

"那还有单间么?"

"没有。"

"这到底是什么地方啊?"小莉吼道。

"男女会分开两个大铺,都这么睡七八年了。"店员鞠着躬,退了出去。

"我怎么睡啊?"她继续吼道。

"我也不知道会这样。"

其实地方是她订的。她发泄完,就会从后面抱住我,撒撒娇。可现在看起来不会了。"我们去吃饭吧。"我说。

"不想吃。"

我们去了大食堂,她果然只吃了几片葱花。我发现这里有股蠢蠢欲动的气息。当店员将几张桌子拼到一盏亮灯下时,男人们抛下筷子围过去。他们要进行简单而快捷的赌博。店老板洗牌,游客抽取一张,如果抽到九,而上家抽到七,则可以赢上家两百。如果下家是六,还可以赢下家三百。每个人都觉得自己会赢。我抽了一张,赢了一千。

"别玩了。"小莉说。

"您别不好意思。"店主讪笑着。这时我的血液正汹涌地流开阔地流,全身正在发痒。"再玩几把。"我说。

"我说别玩了。"

"最后五把,就五把。"

小莉靠在我肩上睡了。要不是我突然抖动胳膊,将一张大牌甩到桌面,她估计永远都不会醒来。她说:"怎么还没完啊?"

"就快了,就三把。"

"怎么还有三把?"

"最后三把。"

我说的是真心话,但是三把复三把。一直到我望了几圈没望到小莉时,才收手。我想我真该死。我走到大炕铺,掀开门帘,就着昏暗的灯光找,没找到。其中一个有点像,我轻拨她肩膀,她便翻转过身,继续打鼾,鼻孔下还挂了一颗泡泡。她去哪儿了。我焦灼地走向农庄的每个角落。不会被强奸被谋杀被丢进井里了吧,天黑透了。我打电话没人接,又不敢太过失态地呼唤,我去问路人,他们努力回想,若有所思,最后摇头。我走向门外,汽车还停在那儿。我拍打车门,又用手机的弱光照,没人。

这真跟噩梦一样。

我终于丧心病狂地喊起来。店员仓促跑来,将我带向厨房。一位厨娘正在刷锅,她努努嘴,你看她睡得多香。我看到我亲爱的孩子正扑在木桩上,就着旺盛的火盆睡呢。我在厨娘的嘻嘻笑中将她抱出来。

"去打啊,再去打。"她扑打着,我嘿嘿笑着。然后她真的、粗暴地、怀着恶意地推开我,走下地面。

"我要回去,我们什么时候回去?"她说。

"我们才刚来。"

"我要回去。"

我看着她恶狠狠的嘴脸。"好,你不走,我走,"她转身就走,"你就死在这里玩吧。"我心里被割伤了。不过我还是跟着她去锁柜取了行李,又跟着走向汽车。我说:"还没退钱呢。"

"有多少钱,要退你去退吧。"她夺过我手中的钥匙,推开我,打开车门。我拉她,她便弹跳起来,"干什么?"

"我来,天太黑,我来。"

直到回到家,我们还是没说一句话。她在副驾驶位置低头睡着,我开着车,眼睛紧盯车灯照耀的路面。就好像不是车辆在奔驰,而是柏油路将自己送到轮胎下。柏油路将我想说的话一遍遍滚送出来:

跟女人你没办法讲道理
跟女人你没办法讲道理
没办法没办法,没办法
跟女人你没办法讲道理

我将她抱到床上,盖好被子,然后拉着她的手,坐着睡了。我像睡了几个世纪,直到被窸窸窣窣的声音弄醒。小莉在往大旅行包塞东西,因为愤恨,动静很大。

"几点了?"我问。她没回答。我看墙钟,凌晨两点。

"你要干吗去?"我问。

"回家。"

"这么晚回什么家?"

"我要回家,我一刻也待不下去了。"

我起来坐到沙发上,这样离她就近一点,我看着她每个动作以及它们投射到墙壁上的巨大阴影,说:"开车回去?"

"坐火车。"

"票订好了?"

"当然。"

"什么时候的车票?"

"五点。"

"怎么这么早?"

"我跟你说过,我一刻也不想在这里待下去了。"

337

她不停在茶几上蹾那只包。我喏嚅着。我已提前预知到那巨大的孤独,我将一人在此度日,我们就是一起去住段宾馆也好啊。"这都是什么事儿啊,"她因为找不到什么,而将衣服从衣柜全部扯出来,抖落一地,"这他妈都是什么事儿啊。"

"别这样,慢慢找。"

"我知道。"说着,她仰头哭起来。我心里硬掉的东西又软下来。我听到她说:"你说,都死这么多天了,还嗯唵个嘛?"

"你听见了?"

"是,嗯唵个没完。"

"是隔壁老人在嗯,嗯一两年了。"

"但愿是吧。"

接着她对着空气质问,"我今生没作践你,前世也没祸害你,你怎么就独独不放过我?叫你来家里住,难道也是我的错么?我得罪你什么了?"

"别这样。"我说。我想抱住她,在她耳边说——我爱你,比以前任何时候都爱,特别爱,就这会儿,我以前觉得你只是亲人,但现在我特别爱你,我从没像现在这样爱你——可我的双腿像处于滚滚激流,无法挪移。她沉浸在自己的情绪当中,并不看我。就是我紧紧捉住她的手,她还是沉浸于这悲哀。她抽走自己的手,将自己从这个房间、这个家、这个城市里无情拔走。她哪怕说句"你记得照顾自己"也好。

我驾车穿透黑雾,送她至火车站,陪她取票、过安检、上月台。我捏着站台票,像战败的将军,表面矜持,内心灰凉,看着对手席卷走一切。从今往后好长一段时间,都是我一人过,月光穿漏,被褥冰寒,地起西风,纸屑飞舞,家将不家,人将不人,自由被手淫填满。

小莉走进车厢。

她一直没转身,没招手,也没投身于什么紧要的事。她视我为无物。她麻木地坐下去,将包放于膝盖,闭上眼,长舒一口气。她迫不及待找她老妈去了。我用手捂着嘴巴,感受着鼻孔酸楚的味道。我就像吃了芥末。列车一共十五节。

7

我走下斜坡,穿过水泥道。每隔一定距离便有一棵柳树,两棵树间又有一张长排座椅。在道路和防洪墙之间是绿化地。河水的臭味飘来。人们看着那个小姐从塑料袋里取出纸钱。绿化地像是被一头牛来回踩踏过,泥土边缘像尖刀伸出来。

"你就是爱看。"

在来前,小莉说。可她怎么不问问自己为什么那么磨叽。女人就这样,无论什么性质的出行,都会弄成极大的外交事件,要做充分细致的准备,特别是在脸上。我说:"我就在那儿等着。"我在阳台上看见河边新聚了十来人。

小姐捏着火机,抖落纸钱。她穿着旗袍,没法蹲下去,因此躬着身体。一滴极大的泪珠无声地滴向地面。她眼前那块小地倒是平整光滑,枯草微微起舞。我好像看见肉身躺过留下的凹形。那颗小石子还待在那儿。

最初尸体被扔来时,由一张腐烂发黑的草席盖住,露出湿漉漉的头发和一条腿。船夫蹲着,不时咳嗽、抽烟、擤鼻涕,眼睛始终痴愣地看着尸体,就像不相信这东西是自己辛苦一早晨打捞出来的成果。人们骑着车,直视前方,驰过水泥道。他们骑过去一拨又一拨,直到一个人捏了捏闸,从车上跳下,跟着车跑了几步。她一只脚踩向脚踏,想再次骑上去,但猛然惊停,果然啊,她一直看着。那些后来者将脚踮在地上,扭过车把,跟着她惊异地看。

"不关我事。"船夫盯着地面说。

草席下露出腿,脚踝森白,脚底起了皱缩。裤子水淋淋的,滴着水。丢在一边的一只松糕鞋因为浸满水异常鼓胀。人们被同类死亡的景象击中,看见自己的未来,嗫嚅着,脸上闪现出纯净的哲学色彩。可用不了多久,随着太阳带来热气,他们便躁动起来。后边的挤前边的,前边的尽量不让挤过来,又见人丛中伸出一只手,不停召唤,那些还滞留在水泥道的新来者便毅然跑过来。在大道远处,还有许多人快速骑来。其中一位骑着没电的电瓶车,蹬两圈儿,车轮才转动一圈,车身歪歪扭扭,人心急如焚。他们团聚时黑色脑袋组成可怖的景象,就像一群秃鹫被饥饿折磨,不停地挤来挤去。

"怎么回事?"其中一位说。

"是他们叫我打捞的,不关我事。"船夫走掉了。他缩着肩臂,压制着自己不要走太快。那说话的人看了一会儿船夫,转过身来,举起一根手指,哦,他翻出名片,"这事爆料的话,至少值五十元。"

随后,三个女人搭乘三轮车赶来。她们穿着轻佻的衣服,浓妆艳抹。人们都知道这是什么人物,也通过她们焦灼的脸色知道死者是什么人物。她们走进人们自动让开的小道。

"不太像。"一位说。

"怎么不像?你看那里。"另一位说。

她们便看那松糕鞋。"鞋带上还有她系的小东西呢。"第二个说话的人补充道。这时,一直没说话的那个穿旗袍的小姐咧开嘴,皱着脸,夸张地笑起来。直到哽咽的声音传出来,我才知道她是在哭。她的手腕上文着义字。人们就像城里人看乡下人、人类看动物那样,嫌弃地看着。就是在她哭起来后,这嫌恶也没减轻,顶多只是多了一点新奇的看法,原来就是做鸡的也有感情呀。他们用眼神互相肯定彼此的看法。他们的眼神还像一双手,拉扯着新来者的胳膊,让他们着重注意这几个浓妆艳抹的女人。等她们眼眶湿润地走掉而记者们又赶来时,他们嘈杂地汇报:是附近 KTV 的。小姐。卖屄的。

　　记者们跳过来。摄像的,笔直站着,眯住一边眼,将摄像机摇来摇去;拍照的,时而单膝跪地,时而踮着脚尖,时而跑到更高一点的地方,咔嚓咔嚓,没完没了;写字的,不停在笔记本上写着,写完一页,便粗暴地翻过去。人们围到后边,轻踮脚尖,伸长脖子。"走开。"那些记者朝后头掸手。

　　只有一位穿鸡心领毛线衣的矮胖记者一言不发,蹲在尸体前沉思。当有人招呼他时,他猛然伸出手制止。他就像我们天才的孩子,皱着眉头,歪着脑袋,一动不动,像要从尸体上谛听出什么。他找到一根小枝条,挑起草席一角,人们跟着侧下脑袋,想看见什么。只有阴影。他一直盯着那里,忽而又扔掉枝条,揭起草席。他一边站起身,一边揭,将草席掀到一边。然后他取出相机不停拍摄。拍完了,他将双手插进裤兜,转过身仰起头,继续沉思。

　　春天躺在那儿,衣服粘在身上,显现出鼓胀的胸部,有的地方没粘紧,储积着水。她裸露出的皮肤极其苍白,像猪被放过血刮过毛,而在枕部、项部、腰部等处,则出现淡红色的斑块。这斑块不是隆起于皮肤,而是隐藏于皮下。据说只要按压,就会消失,而一撒开手,它又重新出现。在她的腰下有一个边缘整齐的三角形小洞,是尸体扔过来时压到了一颗小石子。她正像打鼾的人那样永睡,翘着嘴,鼻下鼓着一颗气泡。她眼球斜挺,睑球结合膜处挤压着血块。她手握泥草,右手的食指和中指露出指骨。就是被绳索捆住,她那死去的手仍然紧握着泥草。

我感到难以忍受。尽管我早知道结局会是这样,知道它是这个神经错乱的姑娘的必然归宿,尽管如此,我还是难以忍受,猝然呕吐。这难以遏制的呕吐就像一个人被划开肚皮,怎么兜也兜不住往外滚的肠子。我双手撑住地面,蹲着,像加大了马力的抽水机那样吐着。人们仓促避开。一位白发苍苍的老头儿挂着拐杖,跟着也呕了。秽物涌出来,一部分沾到他胸前的衣服上。"你非得看,"他的老伴恼怒不堪,拿手帕不停擦拭,"你就是有瘾。"

"我不看呢。"老头儿的眼泪滚出来。

我不能再呕吐时,走上水泥道,走向斜坡,在那里坐着。一直坐到路上开来一辆破旧运输车。警察从车上走下来,大喊退避,对着尸体不停拍照。船夫不知从哪里溜出来,说:"你们总算来了。"

"没有哪辆车愿意来拖。"

警察将头歪向运输车,接着又转头回来继续拍,"你的钱别着急,我会帮你落实。"船夫点点头,不知该不该走掉,蠢蠢欲动,很久才说:"早上不是拍过吗?"

"早上光线不好。"

"是他们自己围过来的,我拦不住。"

"没事,你回吧。"

船夫便走掉了。警察拍完,招来搬运工。他们戴着污黑的手套,仰着头,将那硬得像家具的尸身抬到担架上。在要抬上车前,他们将担架半倚在车斗,死去的春天便一动不动地靠在那儿,裤脚滴着水。司机跑来帮忙,将她弄上车。然后车辆一溜烟跑了。人们顿时感到萧条,不久都散了。

穿旗袍的小姐不停打着火机——她今天带来了纸钱——那玩意儿嗒嗒地发出声音,蹿出微弱的火星。直到穿鸡心领毛线衣的记者来了,她还没点着。"他们说你来这里了。"他说。那小姐看了看他。

"我想采访下你。"他说。

"采访什么?"她说。

"听说你和死者关系很好。"

"是很好。"她停止打打火机,抬头望着天空。

"那你能讲一讲吗?"

"没什么好讲的。"她的两个同伙拉着她。

"我要讲。"她平静地说。

"没什么好讲的。"

"不,她就是被他们害死的。"她拨开身边掐她的伙伴,提着裙衩走到记者面前。

"别说。"她们说。

"什么别说?要是没做亏心事,他们为什么跑掉?"

"事情都过去一个月了。"

"就是因为这个,就是。"

她觉得旗袍很闷,叉开两腿,像只圆规那样站着。她的同伙退到一边。她在讲述时不时回过头来强调:"我要讲。"人们围拢过来,那记者推阻着,就像这事只有他才有资格听。可其实谁都听得见。小姐越说越激动。

最终,人群散去,我听到焦躁的喇叭声。那是属于我的暗号,有人在命令我。我家的老爷车正停在斜坡上那条通往城外的道路上,小莉从车上走下来,走来走去,好不耐烦。我们要去一个农庄。我知道等下她会说:"我一刻也待不下去啦。"

8

一则消息:

本报讯(记者 何放)昨晨6时许,护城河东段赵家闸处打捞出一具女尸。据在附近晨练的李老先生称,尸体是天亮前被一起晨练的伙伴发现后报警的。赵家口公安分局民警赶到现场安排打捞,并在上午将尸体运走。据记者在事发现场目测,女子20岁出头,身高约1.62米,穿着白色上衣、黑色九分裤以及白色松糕鞋,皮肤苍白,部分起鸡皮疙瘩,双手被绳子捆住,已经死亡。记者从警方了解到,该女子身份不明,是否他杀正在确认中。

9

我没见过小莉发这么大的火。她双手打颤,无休止的咆哮滚滚滚滚滚滚像连珠炮发向紧闭的电梯门。滚哪。她在补偿,刚刚春天在时她一直噎着。我夹紧她胳膊,搂着她回家。她不停挣脱。"你说是不是这样,是不是?"她说。

从此她不再原谅春天。这是女人关系的本质,一旦撕裂,永远撕裂。我们呆坐于沙发,房间就像被龙卷风刮过的废墟。早上,我们仨还一起吃饭,但在上午,有一个离开了。在早上我们不能预测到这个结果。我们以为还要一阵子。我走向春天卧室。枕头被丢在台灯下,床单和毯子胡乱堆着,露出暗红色的席梦思。剩下就不剩什么了。墙壁上挂着几幅画,空调插头悬吊着,窄小的衣柜敞开,只有一只袜子。我不奇怪春天能这么快收拾走所有的东西。我们借给她的地方不大,无法让她繁殖出自己的物品和世界。

我在小莉提着拖把出来时,溜进卫生间。我憋了很久,现在却一点也拉不出来。我越想拉,越拉不出来。写这些你不会舒服,但没有比这更能说明我遭孽的事情了。我觉得是在占用别人的卫生间。小莉和她男人拖着拖鞋在外边走来走去,你搞不清他们是在提醒我还是本来就要走来走去。他们让我全身发紧。他们透过这扇薄门监视我。我在这里占用他们的马桶呢。我真丢人。我想只有住在旅馆才能好好地痛快地上一次厕所了。

我坐在席梦思一角。起身时,感觉很多零碎跟着弹了一下。这感觉不真实,但我还是去揭开席梦思。天哪,在席梦思下竟然藏着鞋带、扣子、别针、牙签、起子、筷子、剪刀、镜子、手机、电池、电线、铁盒、名片、颜料、打火机、烟灰缸、罐头盖、口香糖、避孕套、打折卡、购物袋、不干胶贴纸、木雕观音像、一本叫《茶花女》的书以及一本写着密密麻麻心事的日记。我们用过而熟视无睹的东西和她自己不知从什么时候起积攒的小宝贝,在这里组建成一个王国。

我用食指轻推门,使它虚掩着。我快速翻动着日记本。有时她一笔一画写,可是平静里埋藏着极大的恐怖,她在给世上的每人定罪;有时则行笔快捷,由楷而行,由行而草,终于让一枚枚感叹号充斥整页,就像她在反复戳杀。最后,每一页日记都被画了凶狠的大叉。我听到脚步声。她一定也说了我坏话。我身上

345

没法藏,只有裤兜,而这会使裤兜分外鼓囊。小莉走进来。"你看,她都搞了什么?"我揭开席梦思。小莉眼睛睁大,我说呢。她将席梦思扶住,我说呢,啧啧。

"这里还有她写的日记。"

我还没搞清楚自己说了些什么,日记本就递到小莉手上了。也许仓促间我想到这样会坦荡一些。我埋头看《茶花女》。小开本。白色封面。女子的剪影。睫毛上翘。法国小仲马著。王振孙译。我反反复复看着这些。一个逃跑的人跑,天经地义,可追赶的人也会因此越来越有信心。如果他转身走向后者,情况会不会改观?"哦。"等下我要这样说。

小莉逐行逐行、逐页逐页地看,眉毛拧作一团,鼻翼张大,脸颊跟着抽搐。我等着她扔掉它,站起来责问我。她却轻描淡写地说:"这傻×。"接着她说,"你过来看。"我便乖乖坐过去,侧过脑袋看。

用不着这样,小气鬼,用不着。我只不过用了你家的热水器一会儿,就用一会儿。费不了多少钱。小莉你不用在我洗澡时关掉热水。用不着这样。我会在桌上留五元钱,作为我对你们的补偿。我以后每用一次就付一次钱。以前用的也会慢慢补给你们。你用不着在我面前装什么大方。用不着,小气鬼。

"这他妈是我关的吗?热水器不是自己常坏吗?"小莉说。我点头。"我得罪你什么了?你能识点好歹吗?给脸不要脸。"她接着说。

"算了。"

我接过日记本,重新翻。我看到招聘经理淫邪的目光、路人跟随她一整天试图抢夺她的包、每辆汽车都要撞死她——我感觉自己站在拥挤的被告席,充满凑热闹的安全感——我当然也看到我如何处心积虑地勾引她,路过时蹭她,用手指钩她下巴,将手掌捞向她阴部,等等。

"没这回事。"我说。

我知道,小莉皱紧眉头,不停晃荡着脑袋。我本想说,我没什么机会和她长时间独处。但我觉得不需要了。我撕掉构陷我的这一页,也撕掉构陷小莉的那几页。你最好把它们全撕了,小莉看着我,但我还是当着她的面,将日记本和《茶花女》放进敞开的衣柜。她没亲口说出来,我便不能扔掉它。我让它从此一直待在那儿。这没什么不妥。如果有天小莉找起来而它不在,我还要解释很久。我就让它一直坦荡地待在那儿。

这傻×。每隔一段时间,小莉便会斥责那离去的人。然后她连傻×是谁也忘了。正是这遗忘导致她在听闻春天死讯时猝不及防。而我早看到这个结局。这种预见就像隐秘的癌细胞,愈长愈大,愈长愈多,折磨着我的心魂。

我曾以为这是对狗也会有的人道。当我们在一起生活时,彼此不快,恨不能直接叫她离开,可一旦这间卧室空出来,我便心酸起来。我毕竟不是铁石心肠。我们毕竟生活过一段时间。我被妈妈养的狗咬过,妈妈抱紧它退向墙角。我说:"你是要狗还是要我?"

"都要。"

我抢夺过来,将它从窗户扔下去。"你疯了。"妈妈哭着说。"我没有,"我拉起裤脚让她看,"我要去打针,不打针我就死了。"我在楼上听见小狗痛苦的呜咽声。它拖着摔折的后腿,爬到门口,最终让屠夫捡走了。它的脑袋从口袋伸出来,前腿巴住袋沿,看着我们楼上。我突然感到愧疚。不是因为妈妈,而是我想到屠夫掂量它的动作。我觉得是我处决了它。

我一直在想——春天走到这一步说到底也有我的责任——不过我又想,是,这样很好,但这样的好心也导致你成为毫无防守能力的木偶,任人绑架和利用。虽然春天只对我说过一次,你可以理解这样的话她对很多人说过,可能跟谁说过都记不清楚,但它却成为抓紧我心脏的利爪。她只说了这么一句,我便从此受它奴役。即使她离开我们放走我们,我还是被这样的威胁牢牢控制。即使她说得明显不讲理。

"我死给你看!"

因为这句话,她走向窗户时,我会想到她跳楼;她拿起刀,我会以为她要抹脖子;她剪指甲,我又以为她会刺瞎眼睛。她什么干不出来?她走时我松下一口气,以为从此眼不见为净,可终究还是抵不住对死这种可能的害怕。我想到她死了,别人在她尸身上觅到遗书,指称这一切都因为我,我是道德上的凶手,是人渣和败类。她说这句话时毅然决然。她恶狠狠地盯着我,像用刀将这五个字一刀一刀刻在我心上。她离开也许正是为了让这恐怖的誓言实施得容易些。我想我是不是应该去找她,二十四小时跟着她,以防她想不开。你跑不了,我会死给你看,一定会,你就是一株随时等我收割的稻子,你等着,她长时间看着我。

我去找做心理医生的同学。过去我们亲如兄弟,现在他仍如此,而我却将穿着白袍的他视为心灵之父。我期待他抚摸我的头,将我纳入怀抱。我说:"我总是担心。"

"担心什么?"

"别人死了。"

"为什么?"

"我心软,总担心别人死了,我善。"

"不,"他宽和地嘲笑道,"你这不是善。你其实并不关心对方。你担心的不是别人死了,而是别人的死带给你的结果,你害怕承担责任。"

我觉得他说得对极了。他接着说:"你这是强迫症。人或多或少都有这点虚伪。我也一样。你应该跟自己说,死就死吧,去死吧,我巴不得你死。"

后来,我打电话给春天。无数次我都快要拨通,瞬间又放弃。这次我咬着牙,拨完号码。嘟嘟的声音漫长而稳重,像路灯一盏盏亮一盏盏熄,最终全部寂灭。我一共拨了四次。她终于接了,看得出来,她正在忙别的事儿。

"干什么?"她说。

"最近还好吗?"

"还不是那样。"

"那就好。"

"就这事?"

"对,就这事,专门问问。"

这时我听到电话那头有个男人的声音,"跟谁打电话呢?"

"一个朋友。"春天说。

"男的女的?"

"你管得着吗?"

"一定是个男的。"

"闭嘴,"春天又转到话筒里来说,"挂了啊。"

我听到她一边嬉闹,一边挂断电话,一时大为宽心。我不知道为什么就这么宽心。她终于被别人接收了,这定时炸弹终于被别人抱走了。我解放了。我开始怀着真正的柔情和小莉生活,我从来没这么喜欢过小莉的身体。我们的生活就像才刚刚开始。

10

　　第五次。最后一次。在处死犯人前,会让他得到一顿像样的伙食。我们预留了春天的筷子、小勺与碗,等候她。我们做的是她喜欢吃的皮蛋瘦肉粥和煎鸡蛋。但这只是试图缓和彼此还要相处的痛苦。我们不知道她当天会离开。我们仅仅只是希望她信守承诺,十几天后离开。

　　"不吃。"

　　小莉走出来。乳黄色的光从春天房里照出来。"她坐在那儿发呆,说她不吃。"小莉说。然后她坐下端起碗,夹萝卜丝。我也这样做。我们像处在劳作间隙的民工沉默地吃着。我从没听过我们嘴里会发出如此奇怪的声响,我们吸溜吸溜地吃。其间我走向春天卧室。我倚在门边。灯光打在春天身上,在地上留下阴影。她蹲着,皮箱敞开,整齐摆着化妆盒、镊子、卫生巾等零碎,床边小桌上也摆着一些。她将皮箱里的放到小桌上,将小桌上的放进皮箱。如此反复。她声音平静而认真,判别哪件物品属于小莉哪件又属于自己。"先吃吧。"我说。

　　"不吃。"

　　"粥快冷了,听话。"

　　"说了不吃,你聋了吗?"

　　她一直摆弄着那堆玩意儿。我转过身来摇摇头,小莉以痛苦的神情回应我。我们沉默地收拾碗筷。我们将春天的那份还留在那儿。我冲洗碗筷,小莉拿干布抹,然后将它们放进碗柜。我们做完这些回到卧室,躺在床上。我听到我的肠子发出鸣响,客厅传来春天恶狠狠的声音,"不吃你们的饭,说不吃就不吃。"

小莉轻踢我,我坐起来。我看到她也在看我。她一手端粥,一手端小菜,表情惊愕,但很快便仰起头,阔步走向她的卧室。

"她还是吃了。"我说。

"别惹她。"

"她好像在收拾东西。"

"是啊,用不了多久,再忍忍。"

后来我听到春天洗碗的声音。我一直没睡着,我以为小莉睡着了,侧过头看,她也睁着眼,一动不动地看着天花板。我起来上卫生间。春天坐在沙发上,捂着坤包,朝烟灰缸轻弹烟灰。她并不看我。

"要出门啊?"

"不出门就不能带包啊?"

她搂紧坤包,吐了一口烟雾。抽烟的女人真美啊冷漠而茫然。她将身体转向另一边,继续仰着头抽烟。我走进卫生间坐到马桶上。我喜欢将报纸翻来覆去地看,直到待得实在没意思了。我听见小莉趿着拖鞋懒洋洋地走出房间,与此同时,春天蹬着高跟鞋走回自己的房间。就像有项规则:一个空间只允许有一个女人。小莉走进厨房,扭开水龙头,用牙刷搅和水杯,此后挤牙膏,朝右边牙腔捣鼓,又朝左边牙腔捣鼓,一嘴的泡沫。她愿意这样刷一天,一切都会过去,现在难挨,但总有一天会过去,你可以想象现在是未来,未来这里就没有春天了。她不停漱口。

她将走回房间。我也将回到那里。我们会继续躺着。在这过程中,她拉开刀具柜。她发现又有东西失踪了。"我说春天,你是不是将菜刀藏起来了?"她吼道。

"没有。"春天以更大的声音回应。

刀具柜被轰然推上。小莉疾步走向客厅,走进春天的房间。

我拉开卫生间的门，跟过去。小莉打开衣柜，在叠好的衣服间来回翻找，春天面对她，向床头退去。她总是试图掩盖什么而将人引向掩盖的地方。她坐在枕头上。"让开。"小莉扯她。她扭动着身体。

"我说让开。"

小莉用力推她。她悲哀地滑下去，须臾站起。枕头下藏着水果刀、切肉刀、菜刀、锅铲还有擀面杖。"这是什么？"小莉抓起锅铲——我得感谢她仓促拿起的是这个——她们一个握木柄，一个抓铁铲，争执起来。"别动，这是我的，你别动。"春天说。也许等下她们还会抢刀，小莉朝前捅，而春天紧握刃口，血从指间淌下来。这真让人恐怖。在她们同时弃掉锅铲时，我抄起枕头，将刀具压住。

"够啦。"我吼道。她们扭成一团。我捞起三把刀跑掉。回来时，我看见小莉用擀面杖点着春天的肩窝，说："看清楚，这是我家。"

"不是。"

"那难道还是你家？"

"是。收拾好你的东西，快滚。"

"我要怎么跟你说，神经病。"

小莉用擀面杖敲打着她的锁骨，"我要怎么跟你说，你不记得，是我接你来我家住的吗？"

"这是我家。"

"你看着，这是谁的皮箱？"

"我的。"

"是你的，我们有房子的人不需要皮箱。"

是。我有房子不需要皮箱。我没房子所以需要皮箱。我拉着皮箱到处走走到你家。春天理清楚了,啼哭起来。她要抱小莉,被推开。

"现在请你离开我家。"小莉说。

"求你了,小莉。"

"请你离开。"

小莉指着门外,然后抄起春天的衣服,随便扔向皮箱。春天跪在地上,一件件地捡,当松糕鞋扔过来时,她拖着膝盖快速移动,捡起它,抱在怀里。她可怜兮兮地看着我们,我们仰起头。"请。"在长时间的沉默后,小莉说。春天站起来,说:"谁稀罕,走就走。"

事情至此解决了。

春天将东西塞进皮箱,一会儿塞完了。她扣上皮箱,拉着它走出去。一切都按照她的意思也按照我们的意思快速进展。她拉着皮箱走到门外,电梯从一层往上走,走向顶层,返程时会捎走春天。

我站在小莉后边。

低着头。

春天看着变动的数字。她扶着脑门,晃荡着它,在想反扑的办法,就快想出来了。你们家男人射得很快。我希望在她想起来前,电梯已带着她走了。电梯将至时,她转过身来,我迎着她的目光,呼吸急促。她却将目光转向小莉,说:"你瞧你,黑成那样。"这真让我诧异。她像侠客那样爽朗大笑,走进电梯。里边没有别人。银色的门关上。她无疑在关门的同时看见小莉全身战栗。她赢了。

"别生气。"我搂着小莉。

这会儿,电梯门又猛然弹开,春天一边摁关门键,一边补充:

"怪不得当年都叫你野猪林,你这样的人也只配嫁给……"电梯门再度关上。要不是我箍住小莉,她准得飞蹿过去。我倒有些爽快,就像惴惴不安的罪犯终于等到一顿惩罚。春天没来得及说完的应该是:"……像陈庆这样的老东西。"

春天今天没和我算账。今天她脑子有点乱。"你不是说你爱我吗?"也许她应该这样说。我会解释不清楚,因为她当初反复问:"你是真的爱我吗?你说真话。"

我说:"是。"

11

第四次。最近她拒绝和我们用餐。我走出来时,看见她往碗里夹菜。我掸掸手。她眼睛瞬间绷直,随即端着碗朝房里跑去,一些咸菜掉在地上。她摔上门。那声响夹了我心脏一下。

小莉走出来,脸色愧疚。她在为春天的不懂事道歉。那脸色里同时有凄苦的东西。说明她也站在我这边,是我妻子,跟我一起懊恼于这客人带来的不快。我本想骂娘,但还是摸着她的手拍她肩膀,使她感受到宽宏大量。

那门忽而开了一小半,春天的脑袋伸出来。她看见我们在,又仓皇关上。我很吃惊她怎么没将脑袋夹烂。大概是怕没关好,春天重关了一次,随之转上内锁,用钥匙反锁两圈。"他妈的。"我恶狠狠地说。小莉捉住我胳膊。"他妈的。"我重复道。

"你别生气。"

"我没。"

"她会走的。"

"我知道,我没生气。"

也只有小莉在时,我才敢发泄。小莉放下捉住我胳膊的手。"我不会再生气了。"我说。她走向春天房门,头还在看着我,快走到时,才面向那扇门。她敲了几下,叫唤着,又敲几下。没有回应。也许睡了,就让她安静一会儿,小莉看着我。

"我只是要缓下,缓过来就好了。"

"我知道。"

小莉看着我,继续说:"我开不了口。"

我们走向沙发。我的手摊着,小莉捡起来握住。我们打开电视看却什么也没看。直到狭小的卧室里传出声响。内锁转开时弹动,接着是钥匙插向锁芯转动。春天拉门把手。腾腾腾,好像要将它扯下来。"是旋转,不是拉。"我吼道。她照此处理,却没转开,因此不停踹门。这该死的娘们儿还骂,"放我出去,我要出去。"

"没人关你。"

我走过去,将钥匙插向锁芯,插不进去。"抽走你的钥匙,让我来开。"我吼叫道。那边什么声响也没有。"抽走钥匙。"我继续喊。

"是你们将我锁住的。"她悲啼道。

"我们锁你干吗?"

"你们就是,你们故意这样,你们凭什么锁我?"

她一边哭一边拍打着门,不一会儿用脑袋撞起来。我被她的绝望弄焦躁了,也不停地拉起门来。"我来。"小莉推开我。她试图插进钥匙,接着拉动门把手。没用。她想了一会儿,说:"春天,你在里边将钥匙再转一圈。"

"转过了。"

"你只转了一圈,再转一圈,朝左转,听话。"

355

里边哆哆嗦嗦转了好大一会儿,锁芯才弹响。门被拉开,一股风蹿过来。房内的窗户开着。她大概还想从那里跳下去,这该死的东西。小莉骂骂咧咧,而她一把抱住小莉。她额头青肿,像是刚从厉狗的追击下逃生,她抱着小莉不停地哭。

"没事了。"小莉说。她哭得更凶了。小莉推开她,说:"看清楚,是我们害你吗?我们害你了吗?"

"我们真应该将她的东西扔出去,让她走。"小莉说。
"嗯。"
"我这两天试着问她,看她什么时候走。"
"我不是那个意思。"
"总是要问的,我烦得不行,烦死了。"

次日我们起床,发现春天房门紧锁。我记得她是开着睡的,门边挡着椅子,以防门自己关上。可这会儿又关上了。我们敲门,听到平静的回应,"进来。"我们推开门,看见她坐在床沿。晨光从窗户涌入,在她脸上打下神秘的阴影。她这会儿就像我们的妹妹我们的小朋友,侧过脸讨巧地看着我们。她眼里荡漾着光明而温暖的湖水。她仰着头,露出微微外翻的白齿,心无芥蒂地笑着。

这笑如此美好如此天真,就像暴风雨后寂静而充足的阳光,晒照于我们内心。

我们吃了一个快活的早餐,然后打牌。她是照牌理出的。小莉问她店铺的事,她说老板娘回老家一趟,可能要先歇业一阵。小莉看了眼我,见我没怎么催促,便也不问春天什么时候走了。倒是春天说:"我可能月底走。"

"干吗要走?"小莉说。

"我那边找了间房子,一直挺麻烦陈老师和你的。"

她这么说时,脚在桌底朝我移动,触碰到后轻轻摩擦我的一只鞋。我缩回双足,专心看牌。她仰起头,肆无忌惮地看我。嘴角嘲弄。她在嘲笑你的牌技呢,瞧你打的,小莉这大气的女人推着我手中的牌。

我窘迫不堪,越想掩饰住脸红,脸红得越快。"打得真臭。"我说。而春天此时已前倾起身体,上身都快贴到桌面了。她直勾勾地看着我,就像要将什么东西从我脸上钩挖出来。这时她还伸出腿,用足尖不停点我的膝盖。她得有多放浪啊。

小莉跟着她好奇地看我。

我从牌里随便抽出一张。那足尖从我膝盖上忽然抽回去。几乎不到一秒,她已笔直站起来,将大王甩出来。"管上。"她哈哈大笑。她的乳房还在因身躯的猛然站起而晃荡。

12

第三次。她压抑着愤怒出了门。她被感情上的事打击坏了。下午,她失魂落魄地回来。她在卫生间待了将近一小时。出来后,捉住小莉的手啼哭。

"别难过,男人都那样。"小莉说。

"不是。"她抽抽搭搭地哭起来。

我在卧室坐立不安,也许应该找到一根绳子,从窗户溜出去。我快要呼吸不过来。最终我还是拉开房门。春天抬起头,像被赶出家园的狗那样楚楚可怜地看着我。我被她如今的景象吓得哆嗦:头发剪得凌乱蓬松。眉毛像八字低垂着。眼影已被泪水冲垮，在脸上留下炭色的污痕，就像有人拿着蘸水的抹布在这张脸上来回涂抹墨汁。她噘起的嘴唇画得极为鲜红，完全游离出面孔。她就像站在舞台上束手无策的悲伤小丑。

她看着我。小莉看着她。而我看向地面。

"我好看吗？"她说。

"好看，要多好看有多好看。"小莉抚摸着她的肩膀。我快步走向卫生间。这个美人儿找到原因了：不是别人不爱她，而是她自己不好看。我实在受不了这摇尾乞怜的目光。

13

第二次。据说在触礁前，船员有先见之明，但船还是会撞上去；地震前，鸡和狗也会逃窜，但人们继续生活。还有，事情的可怕并非等量相同，它分为轻微可怕、比较可怕和很可怕。每一次的可怕都会带去一定的适应性，使人麻痹。

我们开始感觉房里的东西在减少。

我问小莉，小莉也问我，不是我们干的。就像有股风趁我们睡觉卷走了它们。我实在想不出有小偷屡次三番翻墙入室的可能性。一天早起，我看见是春天将一只旧手机扔进垃圾袋。我伸出手，但什么话也没说。这东西是属于我，但它对我来说还有用处吗？她低头继续收拾，等下将把塞满的垃圾袋扔进楼下垃圾桶。她有点自作主张，但我为什么要打击她的积极性？她又不是将正在用的电话拆掉，或者将正在走的墙钟摘下来，她只是像园丁，替这个家庭修剪掉一些不必要的枝蔓。

其实我觉得她有病，但不能这样说。

14

  第一次。晚餐。她过来坐下,拿了筷子便放下。"吃呀。"小莉说。她斜过头去,鼻孔出着气。"吃呀。"小莉说。她便蹾起筷子,可还是不吃。她盯着我。这时我才知吃饭也是一件私密的事,不应被人长时间看着。她今天状态不对。
  "春天你怎么了?"小莉说。
  "他用了我的筷子。"她说。
  我僵住,看看小莉,小莉也不懂。我继续夹菜。"我说你呢,你用了我的筷子。"她吼道。我和小莉目瞪口呆。我想这是在报复我吗,如果是,那就来得更猛烈些吧。
  "对不起,我还给你。"我说。
  "算了。"她厌恶地摆摆手。
  "你怎么知道这是你的筷子?"小莉说。
  "我在上边用刀割了一下,做了记号的。"
  "哪里?"
  "这里。"
  让我奇怪的是,小莉认真看了那割痕,说,"没事,我们以后记着。"
  "算了,一双筷子。"
  春天没有吃,像鬼魂游弋回房间。我和小莉面面相觑,好像不确定她刚刚吼过。我们沉默对坐,只余墙钟喊喊嚓嚓地走,它稳步向前,弄得我们心里懊丧而单调。
  "到底怎么了?"我说。
  小莉指指她的房间,又指指自己的太阳穴,这里有问题。我摇摇头,站起来,走向卧室。我被这事情给吓坏了,我需要一个人待一会儿。小莉跟着进来。她将我的手拉到她胸脯上,她的心在怦怦狂跳。

"对不起。"她说。

"怎么了?"

"我也不知道会这样。"

"怎么样?"

"我求你一件事。"

"什么事?"

"不要现在赶她走。"

"为什么?"

"你先答应我。"

"我没说要赶她走。"

"我有个妹妹,我自小就和她争,总是争。后来她十三岁死了。"

"这跟这有什么关系?"

"我后来争也没用,我妹妹死了。"

"这跟这没有关系。"

"我知道,但是这事惩罚我了,"她哭起来,"这事惩罚我了,你知道吗,陈庆?"

"我知道。"

我抚摸着她的肩膀。不久站起来,走过来走过去。我心里总是在说,我知道,我知道,我他妈的知道。"你别这样,陈庆。"小莉说。

15

  这并没意思。我放下报纸,发现她在看我。她已看了好一阵子,像平稳行驶的船只猛然触到礁角,抖了一下。我没办法再读下去。当我起身时,她的眼神跟着上扬。

  "看什么?"我说。她慈爱地笑着。"有什么看的?"我说。直到我从阳台折返回来,她才说:"我就是喜欢看你。"接着又说,"你是不是不喜欢这样?"

  "没什么。"

  "那你抱我。"她张开双手。我没有理睬,走过她。"抱抱我。"她的声音绵软无力起来。我找到鞋刷,敲打着鞋架,就像要选择一双穿出门。"抱我。"她说。

  "我们不能这样了。"我说。

  她的双手这时与其说是张着,不如说着勉力举着。这很尴尬。但我就应该将自己送过去给她抱吗?我并不爱她。"对不起。"我尽量显得真诚。

  "你是爱我的。"她说。

  "我不能了。"

  "我知道,我只要你抱抱我。"

  "不能再这样了。"

  她放下手,出了点眼泪。我进卧室躺着,我想我应该说,我们还可以保持亲人般的关系,你是小莉的义妹,也是我的。后来当我拉开房门,发现她站在门口。

  "可是我爱你,你知道吗?"她说。

  我想退回去将门关上。她继续说:"我不破坏你和小莉的关系,我什么都不要,不要名分你知道吗,我只要你让我爱你就可以了。"

"不是那回事。"我推开她的肩膀,走出来。她一直跟在后头。"你是不是讨厌我了?"她说。

"不是那回事。"

"那是怎么回事?我不要你什么,我只要你让我爱你就可以了。"

"不是这回事。"我声音大起来。

"那是怎么回事?"

我推开她,又走回去,将卧室的门关上。我想这样够明白了。可是接下去的时光,只要小莉不在,她便过来纠缠。"你不爱我吗?"她总这样问,"一点都不爱?"

不是。可是。要怎么说呢。我支支吾吾。说话是困难的事。每一句都要做到不能让她心死,也不能让她看到希望。我真想说:别做梦了。是,我操了你,操了又怎样,操你不代表爱你。何况还没操。我没有插进你的阴道。我插不进就不能算是占有你。我既然没占有你,你凭什么认为我应该对你负责?你去找那些插过你的。你们女人就是这样,将那东西当成了不得的财产,谁插了谁负全责,可我并没有插进去你知道吗?我鸡鸡没有深入到你里头。

有时她几天不归。她会从电话亭打电话过来。我当着小莉的面气急败坏地问:"谁?"

"是我呀。"她总是这样悲哀地回答。

"有什么事?"

那边便陷入令人烦躁的沉默。"谁呀?"小莉问。"没什么。"我跟小莉说,挂掉电话。不一会儿,手机又响了。"你要干吗你到底要干吗?"我吼叫道。那边总是沉默。有时小莉不在,我便能完整听见她的哭泣。她边哭边说,"陈庆我跟你说。"接着又哭去了。我不敢轻易挂掉。也许这是她赴死的前奏。我哄着她,有时则大喊大叫,"够了够了够了,我真不明白你为什么会喜欢我这样的老男人,我既没几个钱,性能力也不行。"或者,"我这会儿就要死了,我感觉呼吸不过来,啊,我求求你了,我求你别折磨我了。"

我一旦关机,她便跑回来。

"你怎么了?"小莉抚摸着她干枯的头发说。她既不洗脸也不吃饭,眼窝深陷,将自己糟蹋得不成样子。我想小莉就要明白了。可当我抬眼偷看时,发现春天并没有盯向我,而是对着地面不停吼气。她委屈得不行,眼泪扑簌扑簌地往下掉。"你怎么了?"小莉说。

"没什么。"

"谁欺负你了?"

"没什么。"

她要是借这个机会指桑骂槐骂几句该有多好啊。可她只是不停吼气,说没什么。"真造孽。"小莉安顿好她,走向我。我点点头。我觉得这一切不真实。真实是什么呢?小莉看着我,瞳仁逐渐扩大。愤怒和恐惧像两支军马从身体各处汇聚而来同时冲到脸上。她看着我,又看看春天——你干出这种事情?这种事你也干得出?你们是不是还要密谋杀了我——她连续后退。直到确信我们已被羞愧笼罩已被羞愧完全统治,她才啼哭出来。她摔门而去,将我们留在这里,然后带着越来越多的人来参观我们。越来越多的警察越来越多的居委会的人越来越多的邻居。或者,她只是踢开我们,将所有没有上锁没有钉住没有粘牢的东

363

西扯下来,在我们眼前逐一摔碎,然后坐在那儿没完没了地哭,然后抽搐发羊痫疯,然后又躺在地上没完没了地哭,然后站起来一头撞向墙壁,然后又拿刀割颈。两根胸锁乳突肌就像两根弦,一割就断了。然后脑袋栽下来。

春天的嘴唇几度开启。从唇形上我甚至能猜出她将要说的字。她毕竟偷了朋友的男人,羞于启齿。我倒是盼望她快点说出来,我实在受不了啦。我要杀人啦。可小莉一走来,她的嘴唇便匆忙闭上。等小莉去了卫生间,她才开始重新咕哝。小莉不像我,她能忍受排气扇的嗡嗡作响,她开着它。春天忽然低声说:

"我还是放不下。"

她他妈的原来是要跟我说话。我怒视着她。坐着的她不停战栗。我还以为自己是待宰羔羊,原来她才是。我有了主宰的感觉。她这会儿想必下定了决心,要忍受一顿责骂,然后等我骂完后再收留她。我沉默不语。卫生间的排气扇在嗡嗡响地工作。她哭起来,说:"一点点都不爱?"她集中了全身最后一点力量,才在眼里燃起这么一点火光。

"是。"我说。

她昏昏沉沉地走向阳台。我瞟着她。她拉开窗户。我跟过去。她双手扒着窗沿。我拉住她的手肘,被她推开。

"不要干傻事。"我说。

她看看我,又看看窗下的地面。她呼吸好几口空气,取下晾衣架上的衣服,走回自己房间,不一会儿背着包走出来,拉开门走了。

几天后,她将我召到护城河边,每隔几分钟便大哭一次。我像石头一样坐在她身边。她不停讲述,最后讲的是什么我也听不清了。她像收拾起东西一样收拾起眼泪,说:"我最后一次问你,你爱不爱我?"

我摇摇头。你等着,她恶狠狠地看着我,毅然决然地说:"我死给你看。"

16

我不喜欢她,但还是敲她的门。我按照一二三的节奏敲,一下,间隔;两下,间隔;三下。没有回应。我有点懊丧,走回自己卧室。我并不喜欢她,但是底下在小莉一离家时便膨胀起来。我抚摸它就像抚摸一只趴在地上怄气的小兽。它势必要完成它想完成的事。

她后悔了,或者羞愧得不能自拔。

我听见她走出卧室,趿着拖鞋走向我这里,不禁咽下口水。但她拐向卫生间。她漱口、刷牙、漱口、用水浇脸,还上了一会儿厕所,然后走回自己卧室去了。我的门虚掩着。我不能跳过去推倒她。她将换下睡袍,穿上出行的衣服,出门去。事情就这样完了。我很丧气。不过这样也好。

她折腾了很久。女人总是这样,在出行前拿着两件衣服比来比去。要走快走。我滚到床的另一边,脸朝窗户,窗帘虽然拉严,光明却无限透进来。说起来,人就像毫无主见的动物,被性欲牵着走来走去,一边走一边低头嗅哪里有女人的气息。你倒是快走。当我转回来时,看见她站在床前,双手插在兜内。她赤着脚。我坐起来,拉开她睡袍,傲挺的肚腹和浅弧形的腹股沟白光一闪,被她双手一夹,盖住了。

我们什么话也没说。到处是我的呼吸声。她推开我,先躺下去。她左右扭动着,像是躺好了,起身解掉睡袍,又躺下。我扯掉裤头。可她还是左右扭动着,就像要找到一个合适的躺法。我弓着身躯,盯着我的下面和她的下面。不,不要这样,她用手捧住我腮部,将我的脑袋捉下去。她用舌头顶开我的唇齿,在我口腔里搅和着。她虽然刷过牙,嘴里还是飘着营养不良者才有的酸臭味道。我几度要中止,被她搂紧。我睁开眼。哼。她的脸鼓了起来,起起伏伏,紧闭的眼皮也微微发颤,她正像头蠢猪那样忘我而陶醉地吃着我的唾液。

"我们聊会儿天吧。"她说。

"事后聊。"

"我们先聊一会儿嘛。"

她让我躺在旁边,拉着我的手。她身上冒着干燥的热气。我让她的手搭在我下身。我们貌似两小无猜,躺了一会儿。她转过脸来说:"你真的爱我吗?"我还没说话,她又说,"你说真话。"

"是。"我说。

我的手在她身上游走。她出了眼泪。她一出眼泪我就知道坏事了。天下没有免费的午餐和女人。"好。"她噙着眼泪,咬紧牙齿,极大地摊开身躯,像超然于世的受刑者任人收割。她就这样干燥地躺着,我怎么也弄不进去。"对不起。"她说,眼睛一闭,又溢出一团泪水来。那玩意儿顶了几次开始痛。那一堆因为干燥而根根分明的干草,盖着一道拒人千里的石缝儿。我想就是有人刺进去过,也会硌出血来。我扑在她身上,就像扑在硌人的柴禾上。

"世上根本没有强奸这回事。"我说。

"对不起。"

"只要女人不配合,男人不可能插进去。"

"对不起,我也不想这样,"她哭起来,"我以为这次行的。"

"你行过吗?"

我爬下床,穿起裤衩。她过来抓我的手,被我甩开。我穿好睡衣睡裤。不论这是客观原因还是主观原因,我都得惩罚她。她悲哀地躺着。她没有水。她无能为力。这个男人毫不掩饰他的懊恼、愤怒与嫌弃。她瑟瑟发抖,身上每处都保持着要抱住我的姿态,可是我要毫不留情地走掉。我最后盯了她一次。她低下头,躲藏在愧疚的海洋里。可当我转身时,她跌跌撞撞冲下来,心急火燎地扒下我的裤子和裤衩,含住那玩意儿。

这样就爽很多。我闭上眼。很快轮到我没用了——大概十下,或者十几下。我本想抓紧她的头让她停止吞吸,但有一半已冲出来,我只能摇着她的头让她吞吸得更快些。"开始纠缠得太久了。"我说。她抬头看我,将嘴角的那一点也舔进去。"开始勃起得太久了,现在一击即溃。"我说。她找到纸帮我细心擦了。我站着,被铺天盖地的空虚感笼罩。什么都没意思,让人厌烦。我看着她捏着沾着精液的纸团帮我拉上裤头和裤子,看着她收拾床铺,将它叠得和原来一样。我由着她干这些。直到房门传来插钥匙的声音。我从这莫名其妙而又根深蒂固的空虚中醒来,双腿发抖。钥匙一共要转两圈。我们家两间卧室间隔有四五米,春天像一只光溜溜的兔子,提着睡衣蹦回自己卧室,手里捏着那沾着精液的纸团。小莉打开门习惯性地对着墙镜看自己,左侧一下,右侧一下,仰起头,拨下鼻尖的灰尘。她踩下鞋子,跋上拖鞋。春天将门虚掩好。

我站着。小莉走过来后,我才坐下来。如果小莉聪明点,就可以将一些反常的响动、举动与偷情联系起来,这是女人天生的

367

本领。

"我有点发热。"我面红耳赤、有气无力地说。小莉摸我的额头,又摸摸自己的。一样的温度,她摸出不同来。她说:"是啊,你瞧你,连这点都照顾不好自己。"她皱着眉去倒热水。水哗哗地落向杯底,她仰起头,脑子有空来想一想有什么不对劲的地方。但什么也没想到。她看着杯子接满了,端着走过来。春天的房门悄然关上。实际上直到小莉再度出门时,她连春天是不是在家都不知道。我看着小莉找到那张单子匆匆出门,想到春天恬不知耻的声音。春天一边舔着我射过精的玩意儿,一边说:"可是我觉得,我怎么就这么喜欢你呢。"

这真没意思。

17

"好吧。"她关上门,对不起。我还没弄懂这是怎么回事,就让事情结束了。我的灵魂空荡荡,像被狂风刮得干净,连赖以站立的地皮都开始瓦解。我随着失重的土层掉向无底深渊。我的阳具插进她的身体,一想到此,我便空虚起来。所有的事都没这一件来得急切和必要,为了它我什么都可以舍弃。我很久没和小莉行房,硬不起来,我们差不多忘了这事。可现在就是想一想,全身便虚脱了。我就要撩开美人儿的短裙,插进她的身体。她的双膝挺起、颤栗,腿部泛着乳白的光,腹部与胸部微微起伏。她会顿时蜷缩,像被虫子蜇了一下那样哼叫出声。

但我推开了她。

我陷进永别的遗憾。我看到垂死的我在看现在的我,他耿耿于怀这个夜晚。这个机会难得又被没必要的礼节和道德弄得一事无成的夜晚,像钢钎,洞穿我们一生的心脏。垂死的我有着孩童的倔强,泪花翻滚,不停呻吟。而我在床前向他解释,这是不能碰的毒汁,这一晌之欢揭开的是背叛、分裂、杀戮还有万劫不复。可这样的振振有词,只是为着掩盖我现在的胆怯。我现在想的他妈的只是如何插进她身体而不是其他。

我阔步走向她的房间。手指触到门时,又谨慎起来。这倒不是因为要打退堂鼓。门比平时响得厉害,吱吱呀呀的。她面朝着窗侧躺,向烟灰缸弹着烟灰。她没有转过身来。

"你饿吗?"我说。她摆摆手。"我有点饿。"我接着说。

这和我想象的不太一样。她继续弹着烟灰。我以为我们能很快抱在一起互相撕扯对方的衣服呢。"是不是身体不舒服?"我说。我快站不住了。我授权自己坐在席梦思一角。我感觉把它坐塌了。"别喝那么多。"我说。

"没事。"她的话都是醉的。

"没事就好。"

她没说话,也许正犯着困。

"以后少喝点。"我继续说。我想我的意思很明显了。而她让我难堪。我站起来。"给我倒点开水好吗?"这时她说。虽然最后两个字让人听得不舒服,但我还是将这件事当成是最愉快的任务。

我倒了一半热水一半凉水。水哗哗地往下流,那玩意儿硬到极点。我等它软下来一点,才走回去。我的心脏从没像现在这样跳得猛烈。

"谢谢。"她说。她将毯子扯起来,盖住光溜溜的大腿。

"最近生意还好吗?"我说,又坐在席梦思角上。

"就是那样。"

"我看你也不怎么上班。"

我上班不上班关你什么事,她没说话。我接着说:"别太累。"她坐起来端水喝,喝了一半,又躺下去。"谢谢你。"她说。

"别客气。"

"你知道吗? 有句话是这么说的,在错误的时间遇见对的人,或者,在对的时间遇见错误的人。"她说。

"我知道。"

"也许可以这样说,错的人遇见错的人,或者,对的人遇见对的人。但是,对的人遇见对的人时,时机又过去了。"

"我知道。"

"你知道什么?"她坐起来。她的脸色你判断不出来是对你有兴趣还是没兴趣。"我知道。"我说,隔着毯子捉住她的腿。它试图抽回去。我捉紧了。它不怎么挣扎。

"别这样。"她说。

我朝她爬过去。她俯视着我,我想我是条狗。"不要这样。"她继续说。我摸到她的胸脯,我的手本来就大,却盖不住她的胸。它真是个好东西——弹力十足的气球。"不好,"她拨开我的手,"不要这样。"

"我偏要。"

"我现在兴致不高了。"

"很快会高的。"

我扒她的 T 恤。她可以扯住它,但头部却扭动着配合我将它扒下来。"对不起,我兴致不高。"她说得很诚恳。我扑在她身上,吮吸着她。我快控制不住了。差不多时,我扒下她的裙子和内裤。那里和别的女人没什么不同,但当时我眼直了。我直勾勾看着,直到她的膝盖弓起来大腿也并拢起来。它冒着干净的热气。就像酒醉带来的燥热从这里蒸发出来。我分开她的双腿。"对不起。"后来她只会说这个了。我知道她为什么说这个。她下边干得发烫,即使所有的水都泼上去即使每隔一秒钟泼一次,它也会迅速干掉。这里就是他妈的拒人千里的火炉,就是万无一失的贞操锁。

"对不起。"她说。

"你确实对我没兴趣。"我说。

"不是这样。"

"那是怎样?"

"是我很少会有这种好事。"

"为什么?"

"我不知道,只是害怕。"

"别怕。"

"我不怕,是它自己怕。我恨死它了。"

"别怕,会好的,你要放开。"

"我知道,对不起。"

我的兴致差起来。我算是偷了情,却什么也没偷到。我试图让她叼着它。她痛苦地来回摇头,我便放弃了。我要走时,她又说:"也许我们可以去浴缸里。"

"家里哪里有浴缸?"

我们还是去了卫生间。我打开莲蓬头,冲洗她,给她胡乱涂抹一些沐浴液,给自己也涂了一些。她借着酒醉哭了。我说别哭了,将她推到墙上。我高出不少,不知道该怎么进入。我不能将她推倒在地。我努力了十几次也没找到窍门,我害怕我们两个摔死了。

"别哭了。"

我吼起来。她果然不哭,捉住我的东西往里塞。她捉了几次,眼看大事将成,我像重病一般叹息一声。那玩意儿跳了几下,涌出稠液来。它就像脓水沿着马口溢出来。我低下头。我们活像两个挫败而又可以互相指责的人。我充满恼恨。"我跟别人可以一个小时的。"我说。

"对不起。"

她抱住我。我们像两条鱼滑来滑去,但她还是努力抱紧我。"对不起。"她说。我不知道为什么同样是羞耻,她的来得还要更强烈些。她可以说,"真没用啊。"或者就只是叹息一下,我便会溃败。但她只是责怪自己。嗯。我开始表现得不耐烦,我试图挣开她的双臂。在没射精之前,全世界都是你诱人的胴体以及由这胴体散发出的光圈,但刚一射掉,你便是个惹人烦的女人。什么都没意思,没意思到顶,你让我扫兴死了。

后来在沙发上,她拉我的手,我的手却总是抽出来。她捉回去几次,不再捉了,叹息起来。她老了。虽然她只有二十岁。虽然有的女人要到二十三四岁才像花儿一样绽放,她却已经凋零枯萎了。在不久前她还是新鲜水嫩的豆腐,现在却像搁了多天,又干又硬。她的毛孔干涩,脑后白发丛生。当水柱冲向她时,我俯视她脚趾过长、大腿粗短、腹部已然隆起,像是悬挂的沙袋,不久将因重力而使底部肥厚。她的乳晕发黑。她的肉身自有一种欲望。这并非是性欲,而是那些器官、肌体试图挣脱心灵的约束,恣意地松弛起来。它们之间过于紧张的关系使她又干又硬。

她的臀部肥大松软。这就是被我无限想象的女神啊。她离开我,去房间里接听手机,她对里边说:"我没回来住,我在看店。"她出来时,衣服已穿好。

"你要吃点东西吗?"她说。

"嗯。"

"那我们出去吃?"

"嗯。"

"我帮你买回来?"

"嗯。"

"家里还有水饺吧?我做水饺给你吃吧。"

"嗯。"

"你说话啊。"

"嗯,"我说,"我不怎么饿。"

18

直到吃晚饭,她才被小莉拉出来,我宁愿饿着,我住了你们的,还要吃你们的。她坐下,拿起筷子,筷尖朝向自己。我说吃菜,她才去夹盘边的菜叶。"来,吃肉,多吃点。"小莉大声招呼,她却是连菜叶也不敢夹了。最终我们帮她夹了一大堆。

她精神紧张,生怕漏掉任何的问话。可无论我们问的是十几个字几十个字一句话还是几句话,她都只嗯一下,就像海绵,用近乎冷漠的忐忑吞吸你任何的好意。我开始变得不愿说话,也不愿看电视。每当我走到客厅,她都站起来,将遥控器轻放于茶几,走回房。偶尔她来不及站,便缩着身躯,使自己坐得更小。当我走掉,她也不会换掉我刚看过的频道,就是我一小时不回来,她也不换。我像是住在宾馆。举止端庄,气氛刻板,不可能再半裸着自由走动,或将腿架在茶几上一边看电视一边睡觉。地上连一颗茶叶末也没有,春天将这里反复打扫。盥洗池擦拭得像光亮的银器。

"我还是应该交点伙食费。"一次,她这样说。

"你也太见外了吧。"小莉说。

"你看我总是吃。"

"你跟我生分什么?"

小莉有时去她房间,和她聊会儿天。"她偶尔抽烟,有时写点日记。"小莉说。她们也失去原来在校园的感觉,那用粗野义气建立起的关系如今变得冰冷而客套。在台灯下,放着鞋面龟裂但被擦拭干净的松糕鞋。春天说这可能是她唯一的家产。

有一天,这个勤快的人在拼命拖一块沾了油渍的地面时,不小心碰及酒杯。这是小莉精挑细选买回的几只玻璃酒杯之一。我将它放在茶几上,准备回过邮件就去喝。现在它一头栽向地面。春天扔掉拖把,反身跪下,试图接住。她动作如此迅捷,却还是没挡住它摔碎。

"你没事吧?"我说。

"对不起。"

"我是问你人有没有事。"我望着她膝盖之下的玻璃碎碴。

"没事,对不起。"

她站起来,眼神里有东西汩汩而出,但她还是低头压制住这情感。她感激于这只有亲人才有的宽宏大量,但她很快劝自己相信这只是奢望,这不过是男主人遥远的同情或者男人们本该有的大气。有几天她更加不敢看我。现在想来这可能又是她新一轮爱情的开端,因为过了些时日她便蠢蠢欲动,过来测试这种关系是否存在。比如开始化点妆,今日涂抹口红,明日吊颗耳环,后日又改换发型。另外,在沉闷而惯穿的商场制服之内,会不时穿一件艳丽的衬衣,或者低胸T恤。有时则蹬红高跟鞋。每天都会有一样代表着春心荡漾的东西在她身上显现出来,就像一个同性恋男子,只要走在街上,便能让人们从他再正常不过的衣着和举止里发现出某点端倪来。而这端倪正是他想暗示给心上人的。

她生了场病。

她以为会招来同情,却不知这只会增加我的厌烦。嗯唵、嗯唵、嗯唵。她谨慎地呻吟着,节奏缓慢,像是在召唤我。我不为所动。小莉回来后,她为了证明这不是表演,愈加疯狂地哼唧起来。到最后我都怀疑她是不是真得了重病。

"你怎么了?"我们问。

"我快要死了,"她悲啼着,眼泪朝外滚,"你看,都没什么血色。"

"喝点热水吧,我这就去倒。"我说。

"嗯唵,我快死了。"

"那要不要送你去医院?"小莉说。

她摇摇头,自顾流泪去了。我们离开时她重新哼叫起来。她可能在歌唱自己无尽的孤独,我想。房间里像是有条永恒的溪流,流过橱柜、电视、纸盒子以及一切凹凸不平的物质,塞满整个空间,使我们烦躁到几乎要自杀或者杀人。这像农民一样含糊不清虚张声势技艺粗鄙的声音迫使我和小莉先后离开自己家。

她过生日那天,不知从哪里弄来一笔钱,买了威士忌、五粮液、北京烤鸭以及许多奢华到只有上流社会才吃的食物。我请了你们而不总是作为虫子寄生于此,她脸上闪耀着尊严的光芒。她邀请我们浪饮。我们本不善饮,一会儿便醉态百出,第一次表现得像是一家三口。她屈膝挪过来,骑坐于我的大腿。小莉只是愣了一下,也爬过来,跟着一起用食指托起我的下颚。

"我应该叫你什么好呢?"春天说。

"姐夫。"小莉说。

"那好,姐夫我问你一个问题,我和小莉一起做你老婆好吗?小莉你同意吗?"

"同意,一万个同意。"小莉说。

"你看小莉都同意了,姐夫你说句话。"

她骑着双腿往我身上靠,我挣扎个不停。她饮了一大口爬下来。她都走开了,忽然转过身来。她顿了一会儿,指指我硬起的裆部,像螺旋桨一样加速狂笑。然后她上气不接下气地说一件旧事。小莉想必听过,却还是撺掇她讲。她花了很大力气才算克制住自己,说:"他说,他很久没做了,希望我能原谅;我说,我原谅;他说,你原谅就好;我开始脱衣服;他想制止;我说,你怎么了;他说,你已经原谅我了,我确实是很久没做了;我说,没事;我脱完让他脱;他悲哀地指着自己下面,那里湿湿一团,已经射过了。"一说完,她就撕心裂肺地笑起来。小莉不小心将嘴中的酒喷出来,点燃了我们新一轮的狂笑。我们身上就像绑满炸药,只要谁伸手一指,说"我请求你原谅我",我们便此起彼伏地笑起来。到这时我才知道笑是恐怖的事,我们的影子在墙上晃荡,每个器官都在震颤,我们挣脱不了笑的苦刑,就快要死在这笑里了。然后我率先戛然而止,小莉跟着停下,只有春天还在作出努力。我感到厌恶。这压根就没什么好笑的。她尴尬的笑声最后像几颗爆竹还在原野孤单地炸响。

两天后,小莉回去看生病的娘,春天在暮色降临之时醉醺醺地归来。这时的她和以前比判若两人,她踩着高跟鞋,穿着低胸T恤、红色超短裙,像是风暴中的树摇曳着摇回家。在乳白的灯光照射下,她涂着浓烈口红的嘴唇微微张开,喷着动物一样的气息。当我从卫生间走出来,她伸出手捞向我两腿之间。我停下来。她将手贴在我的大腿内侧,慢慢往上移动。我的阳具硬得像一根钢棍。我双腿发抖,心里发虚,在她的舌尖就要舔到我耳根时,推开她。

"不要这样。"我说。

她不太相信,继续恬不知耻地过来抓。我捉住那手,说:"够了,我说够了。"她又羞又怒。为了让她明白我不会告诉小莉,我说:"没事,这没什么,这很正常,喝多了都这样。"

我走回自己房间,听到她说:"好吧。"

19

她拖动皮箱,自楼梯上来。她没坐电梯。滑轮触碰台阶,发出难听的摩擦声。在到达家门前时她停下脚步,我不确定是不是这里。门后贴着我的创作计划,已完成的用红笔抹掉,正在进行的用蓝笔标注进度。小莉在它周围贴上各种画着表情的纸条,我爱庆庆、庆庆加油之类。我大小莉十五岁。春天站在门前,开始拨打小莉的电话。

"我想接我同学过来住段时间。"

上周,小莉这样说。我感到不快,小莉搂着我不停地撒娇。现在客人来了。小莉打开门,爆发出鸟叫那样的欢呼。但此人毋宁说已不是她的同学,或者说已被时光折磨得让小莉认不出来了。她灰头土脸,表情悲戚,摆着看起来是讨好的僵笑。她朝我鞠躬,不听劝阻,脱鞋走进我们家。她不确定自己会被允许待多久。在躬身时,她的两只乳房像是朝下跳了一下。作为男主人,我走到门边,将她的行李提进来。

20

护城河缓慢地流淌。也许是我觉得水在流,便会有哗哗的响动。其实一片静寂,风吹出水面的波纹。白天,它是土黄色的,泛着白沫,飘荡着沿途居民抛弃的剩饭剩菜、死猫死狗。现在是夜晚,河面漆黑,但总有一处波纹闪耀着路灯的反光。白沫还是能看见。明早或者明天凌晨就要下一场大雨。

这里只剩我和她。

我们面对着深井一般的远处,一言不发。我一次次举起酒瓶,她有样学样,跟着喝。我的一生毁于那个完全没必要的电话。我只拨打一次,当时她在忙别的事儿,旁边还站着一位吃醋的男人。但后来她对我说:"这世上只有你还会来过问我,你在电话里说,对,就这事,专门问问。"

"我没法通过和别人在一起来摆脱对你的爱你知道吗?"她强调道。我因为深陷于这可怕的事实而全身麻木,在电话里说着一些无济于事的话。"没用的,我根本没办法摆脱对你的爱。"她说。我说:"早点睡吧,时间不早了。"也许她一觉醒来便冷静了。

第二天她从电话亭打来上百个电话。"够了,我说你他妈的够了。"我甩动手臂,就像那里真的粘着什么动物。我差点踩扁手机,但还是捡起来,重新装好。我既害怕听到它的声音,又不得不依靠这频繁响起的声音告诉自己:至少她现在还活着。"你到底要干吗?"我说。她没完没了地哭。我挂掉电话后她会重新拨过来。她疯了。后来我以其人之道还治其人之身,不停反拨,她一接通我便挂掉,直到她不再接了。我想她有可能去死。"好吧。"我对自己说。

一小时后,她换了一间电话亭打来,说:"我只是好怀念你对我的好。"

"我不想对你好。"

"我知道,我没资格让你这样。"

"对不起。"

她沉默很久才说:"没事。"就像小偷顺着脆弱的绳子从楼上慢慢溜下来,我快安全着陆了。我说:"答应我,好好生活。"她让我听了一会儿心如死灰的呼吸,说:"我会好好的,谢谢你。"

电话挂上后,我被汹涌而至的愧疚淹没。这可能是世上最珍贵最不容亵渎的感情了,这感情泛着原谅、宽容甚至是同病相怜的光芒。但不久她又打过来,说:"我还是想见你。"

"我们已经分干净了。"

"只见这一次,最后一次。"

"你有完没完?"

"只见一次还不行吗?分手后连见次面也不行吗?"

"不行。"

"我求你了。"

"我也求你。"

我挂断电话。我们重复了上一番气急败坏的游戏。最终我说:"好,七点护城河见。"她既不欢欣鼓舞,也不垂头丧气,只是冷漠地说好。她只是一定要达成此事。我给小莉留下纸条:我打牌去了,勿念。我爱你。我在途中买了一打百威啤酒和一瓶敌敌畏。我这就将我的尸体带去送给你。我走得飞快。

她早到了。她试图站起来,看到我气冲冲的嘴脸还是坐回

379

去了。她头发凌乱,神情苦涩,脸上布满泪痕,试图摸我的手,被我掸开。我说:"这是啤酒懂吗?敌敌畏,懂吗?"她惊惧地点头。我说:"你不是叫我来吗?我来了,找我什么事?"她低下头。"什么事?"我吼道。她伸出双手,可怜巴巴地看着我。"抱抱我。"她说。我嫌憎地转过身去。她翻出一个纸团,说:"你知道这是什么吗?"我瞟了一眼。"这是你的精液。"她说。它们如今一定又硬又黄。

"拿到公安局去告我强奸吧。"我说。

"不是这个意思。"

"那拿给小莉看吧。"

"也不是。"

"那你要干吗?"

"我们合二为一过。"

"你这样的伎俩让人恶心,"我站起来,"还有别的事么?"

"我想来想去,我还是爱你。"

我就知道会这样。我摇晃着敌敌畏,说:"我这就去死。"她拼命摇头,我不是要你这样,我只是要你爱我。"我死给你看。"我说。她跌跌撞撞爬过来,抱住我双腿,我怎么拔也拔不出来。她的眼泪糊了我一裤子。我想这时天上有人,一定能慈悲地看到我孤苦上视的目光,一定能看见我被箍死在大地的双腿。"你别喝。"她啼哭着说。我拖着她走到椅边,将敌敌畏放下去,拿起一瓶啤酒,咬开瓶盖。

"你的酒量是几瓶?"我阴阳怪气地问。

"五瓶。"

"好,"总共十二瓶,我将多余的两瓶抛到河里,"你五瓶,我五瓶。"

"好。"

"一醉解千愁。"

"好。"

"那你坐下来,我们喝。"

各自喝到第四瓶时,我将剩余两瓶的瓶盖也咬开。"这是最后一瓶。"我将它们各倒了一半,又倒进去敌敌畏。那恶心的味道飘到我鼻孔。我酸楚起来,说:"只有这法子了。"

"什么法子?"

"不求同年同月同日生,但求同年同月同日死。"

她只是惊愕了一会儿。

"我没办法和你在一起,只能下去,"我晃荡着眼泪和鼻涕,"我没办法,春天,你知道吗?"

她强颜欢笑。或许是耻笑自己,或许是苦笑这命运,亦有可能要装着为有这样一个多少还算说得过去的结果而开心。她抓起第四瓶酒狂饮。"死就是那样,就是一下子,"我喝得稳重多了,"可能有点痛苦,但也就三四秒的事情。"

"就像被打了一拳,我们晕过去,晕过去就不再醒来。"我接着说。

"对不起。"我继续说。

"对不起什么?"她总算回答了。

"我不能在阳间照顾到你。"

"我不怪你。"

"到下边去,我对你好一点。"

"嗯。我会对你十倍地好。"

"我厌恶这世界。"

"我也是。"

"可以我一个人去。"

"我一个人去吧。"她的眼泪再也控制不住。

"我们一起，"我说，"你过来，让我抱抱你。"

我张开双手，她摸索过来，跨坐在我身上。我们紧紧抱着。她的身体一直抽搐。我不时抓起酒瓶喝一口，她也这样。我泪流满面，说："我并不爱你，但对你怀有亲情。我下去再好好照顾你，好不好？"她哭出声音来。我说："别哭。"

"嗯。"她庄重地说。

"喝完这瓶，我们就走。"

"嗯。"

"你先来。"

"嗯。"

"你先走。"

"嗯。"

"我随后就来。"

她可是将我抱了又抱，吻了又吻。我摇头晃脑，看起来悲不自胜，对社会充满了恨。她喝光第四瓶，抓起第五瓶。这啤酒瓶子和敌敌畏的颜色是一样的琥珀色。她喝了一小口便弯下身子呕吐，但她还是再喝了两大口，确定再喝进去一些。我也举起第五瓶。她看看我，抱着头，跌跌撞撞走开，几次要跌倒。不一会儿便口吐白沫，眼也像失明了，伸出双手摸索。我放下酒瓶。她晃到河边，颤巍巍地站在防洪墙护沿上。她曾转头看着一棵树，也许她觉得那是我。最终她哀鸣一声，栽进冰冷的河里。

我望着道路、斜坡和远处的小区，我家灯火已明。她沉到水底了。我还以为需要将她推下去，但她自己跳进去了。我将属于我的第五瓶以及我喝过的所有空瓶子都找出来，一一丢进水里,然后背脊发凉地坐在长椅上。她沉到水底了。河面漆黑,远方如深井,世界寂静,就像个口袋。她沉到水底了。后来我听见一阵微小的拍打声,就像从遥远处传来一阵上木梯的脚步声。我跳了起来,跑过去,看见春天的双手够到防洪墙的水泥护沿,不停颤抖。她身上挂满水草和污物,往下滴着水,她连抬头的力气都没有,呼吸粗重地喷出来。因为疼痛,她交换使用着双手。我准备一脚踩向那猛烈颤抖的手,最终停在半空。何必多此一举。不久,她果然支撑不住,又掉进河里。

附录

编选后记

徐兆正

受阿乙先生委托,兹从他的四部小说集里选出十二篇,组成这本选集。我将阿乙已出版的小说集(共六十篇小说)粗略地划分为六个大类:一、经验;二、志异;三、痴人;四、概念;五、技法;六、元小说。

在第一类中,编者较为侧重那些偏离作者生活的文本。有一种关于经验的看法是,作家只擅长于复制他曾经历的生活,而在他其余的作品中则有些不真实之感。此类看法毋宁说是沿袭了腐朽的现实主义美学,反观那些看起来极为不同的智性作家,大抵也未能逃脱同一逻辑:因为他们都将物质与精神粗暴地分开,不是在这一边,就是在那一边;不是左拉,就是博尔赫斯。但经验在阿乙这里,却越来越多地作为一种绽开的元经验:经验不再作为一种素材,而仅仅是需要被普遍精神接管的内在差异,是想象流溢与发生的最终场域。基于以上原因,我将《巴赫》与《阁楼》纳入这一辑中。

在第二类中,编者选择了《信使》(原题《春天》)与《五百万汉字》。志异在阿乙笔下又分为纯粹的志异与志异化的乡村生活经验,前者以《狐仙》始,近来又有《虫蛀的外乡人》;后者则以《黑夜》始,至最近的作品《对人世的怀念》。在《对人世的怀念》里,尤其是其结尾部分的怅然,令人想起《重现的时光》中的一个镜头:马塞尔忽然发觉身边熟识的人都已老得不成样子。而在此前一刻,他们还那么光鲜。这种时间的跳跃准确地发生在平稳的叙述里。此次选入的两篇虽非新作,但均代表了阿乙始终坚持的一个写作方向。

第三类是痴人,与志异的作品相似,阿乙对此同样有着两种写法——仅在《灰故事》中即可看到——其一以《小卖部大侠》《八千里路云和月》为代表,其二以《明朝和二十一世纪》为代表。但是这种分流很快就被《明朝和二十一世纪》所预示的《先知》所垄断。此后亦有《北范》问世,但无不逾越"以自嘲的方式去组织某些智性叙述"的倾向。质而言之,前一脉的写法被中断,也许是作者察觉到幽默之中存在着油滑成分;仅就阿乙最近的作品来看,对待后一脉写法,他同样有所警惕。

在第四类中,关于遗忘的《忘川》与关于占有的《虫蛀的外乡人》这样的作品代表的是作者对《先知》或《北范》式写法反思之后的实践,也可以说是一次断裂。阿乙开始将意图表达的想法(诉诸思这一持久行为)消隐于故事之中(为思寻求一种恰如其分的表达)。以《虫蛀的外乡人》为例,在写作之初,作者也许就看到了水中密集的鱼与世间密集的人这类景象。此外,世人祈愿化作石头也是一个象征,它象征着理性的冥顽。象征与图像都不是随意选择的,但叙述终究围绕着他所构想的那个画面展开。马尔康姆在《回忆维特根斯坦》中记载了维特根斯坦对小说的一种看法:"当托尔斯泰只是在讲故事时,他对我的感染远远大于当他对着读者说话的时候。当他背对着读者,那么在我看来就是最有感染力的……在我看来,当他的哲学隐含在故事里面时,他的哲学就最为真实。"我觉得恰也这么看待《先知》与《忘川》这两类作品的断裂与联系。

在第五类中,编者选择了最能代表阿乙写作技法的三个短篇小说:《意外杀人事件》《小人》与《鸟看见我了》。技术意义上的技法是不重要的,对现代主义的作家来说,重要的只是去重新刺激、把握以至再造一种现实,而这就需要一种从属于想象力的目光。这三篇小说正是如此回应了这个问题:写作的本质不是技术,而是想象力。纯粹的故事本身并没有让读者切近主旨,也并无能力推翻先入的认识,而技法的目的便在于令真理之外的偶然观念遽然现身(《意外杀人事件》),让潜伏于地面叙事之下的罪孽在文本最后姗姗来迟(《小人》)。

在第六类中,编者选择了《作家的敌人》这一篇。此类元小说作者较少涉及,另一篇是收录于《灰故事》的《蝴蝶效应巨著》。阿乙在随笔《写作的秘密》第六则中有如下说法:"写作的耻辱在于,总有一个无形的长者,他是你的共谋,告诉你怎样才能骗到读者。演讲的耻辱也如此。效果的奴隶。"然而这一篇显然要比"作家刻意讨好的邀赏本性"更开阔。谁是作家的敌人?也许写到的任何一点任何一人都是。但隐藏最深的不如说是小说最后陈白驹所朗读的作品片段,恰恰是阿乙处女作中《在流放地》的开篇——从多角度刻画自己,这一手法在《鸟看见我了》等篇目已有采用,即出场的几个人物都带有作家的一部分性格,但毕竟不如这一篇——《作家的敌人》深藏的则是阿乙从正反两方面对自己形象的反省:他既将自己看做陈白驹,也将自己比作那个年轻人。

除了以上十篇以外,编者还选入了作者的两个中篇小说:《极端年月》与《春天》。二者都是阿乙在新长篇《早上九点叫醒我》以前力道最足的一次书写,具有里程碑式意义。因此将它们分别安排在本集的中部与尾部,以为呼应。

《极端年月》是三易其稿,初稿为《情人节爆炸案》,二稿为《世间》,都写于二〇〇八年前。《灰故事》收三稿《极端年月》,《鸟,看见我了》则复收一稿《情人节爆炸案》。有关二者的详细比较,编者将另撰他文,于此不赘。《极端年月》叙事的两条主线重叠在世事的无常与有常这一点:无论如何有头无尾的案件总会被侦破,总会水落石出,而我们也"注定"要接受他人的背叛,然后在离奇的等待以至最终放弃很久之后,被重来的讨好割伤。事情总是这样,但有常并不能抵消无常,"黑暗却正是经验的一部分"(《百分之五十》)。

但问题似乎又不仅仅是背叛,因为那个"注定"实在匪夷所思。的确,阿乙写过很多这类经验,如收录在《寡人》中的小说《您好》(2010年12月25日),而作者在此篇的另一个版本《一击即溃》中则写道:"我受不了你这现代怪兽的折磨了,你让恋爱变成每三分钟一次的狐疑、求证、拷打,你杀死孟姜女范杞良了。"(《阳光猛烈,万物显形》P296)就在这一点,阿乙把握住了现代爱情的核心,他不仅探讨了背叛的来由(泛滥的信息与过度的知情),也勾连了一个古老的写作命题(两性的分离以及对无法结合的恐惧)。

背叛的来由应该被如此复述:从前,分离的恋人在互不知情的时空里保持着对彼此的忠诚,那时没有信息,没有"音讯",因此虽天各一方,总还有团圆的梦可做。现在,人们随时知晓对方在做什么(短信——电话——纳粹一般的社交平台对于公开的强迫——监听)。由于知情,信息摧毁了忠诚的一切可能。这甚至不是说总有不忠的事实,而是人们不再忠诚于自己。至于阿乙揭示的那个古老的写作命题,则是在两希神话中都有的"两性同一"的题中之义。

因此,《极端年月》实际写到的要比所谓的"黑暗经验"更进一步:这篇小说事关主体的承担——主体既非个体,亦非自我。个体平庸乏味,自我性质不变。主体是一次遭遇。作者试图绘制的便是一幅恋爱主体在无常世间以经受背叛的方式,自觉锻造出了一种爱的真理,并且开始忠诚于此的浓烈油画。与《极端年月》不同的是,另一个中篇《春天》涉及到客体,它落实在城市经验的书写,亦即个体的他者化。个体在城市中是陌生的,不仅是个人认知,也在于彼此间联系的疏离。质而言之,任何一个城市之于任何一个个体,都是"世界之都"。她哪里都能去,但哪里都去不了。她是永远的异乡人,并且以自身的消失来达成与世界的最后关联。

限于篇幅,关于本集的选编情况和理由,大致交代如此。福克纳曾在一封致马尔科姆·考利的信中说道:"即使是个短篇小说的集子,其形式、整合就跟长篇小说一样重要——要自成一体,单一的,围绕一个音调,整合中有对位,向着一个结局,一个终曲。"不揣冒昧地说,这也是本集的意旨:它试图呈现阿乙这十年来在中短篇小说领域的写作成就,但却是一个我们既熟悉又陌生的阿乙,那个在小镇与城市经验的裂隙间,在志异的虚构、经验的重构以及观念的图像化之间,在技法的在场与声音的消隐之间——愈来愈坚定的小说家形象。

最后,谨向阿乙先生与人民文学出版社诸位编辑老师的信任,致以谢意。

2016 年 6 月 2 日写好